CÉSAR VIDAL

CÉSAR VIDAL

EL HIJO
DEL HOMBRE

*La historia de Jesús contada
por sus discípulos desconocidos*

© César Vidal Manzanares, 2007
© De esta edición: 2007, Distribuidora y Editora Aguilar, Altea, Taurus, Alfaguara, S. A.
Calle 80 N° 10-23
Teléfono (571) 6 39 60 00
Fax (571) 2 36 93 82
Bogotá - Colombia

Diseño de cubierta: Alejandro Colucci

Primera edición en Colombia, noviembre de 2007

ISBN: 978-958-704-608-3
Impreso en en Colombia - *Printed in Colombia*

Glosario

Adon. Señor.

Adonai. Señor. El equivalente a YHVH, uno de los nombres del Dios único.

Adoní. Mi Señor.

Ah. Hermano.

Ahava. Amor.

Ahí. Hermano mío.

Am-Israel. El pueblo de Israel.

Amim. Pueblos.

Anav. Humilde.

Anavim. Humildes.

Arets. Lit: La tierra. El territorio histórico del pueblo de Israel.

Asheret. Dichosa, bienaventurada.

Asherim. Dichosos, bienaventurados.

Av. Padre.

Avi. Mi padre.

Avihem. Vuestro padre.

Avinu. Nuestro padre.

Avodah. Servicio sagrado.

Avot. Padres.

Avotinu. Nuestros padres.

Avva. Papá.

Baruj ha-Shem. Gracias a Dios.

Bat. Hija.

Ben. Hijo.

Beni. Hijo mío.

Beni olam ha-zeh. Los hijos de este mundo.

Benot. Hijas.

Berajah. Bendición.

Bereshit. Génesis.

Berit. Pacto.

Berit ha-Hadashah. Nuevo Pacto.

Berit milah. Circuncisión.

Besoráh. Buena noticia. Evangelio.

Bet ha-knesset. Sinagoga.

Bet Hazqenim. Los ancianos (lit: casa de los ancianos).

Cohanim. Sacerdotes.

Cohen. Sacerdote.

Cohen ha-gadol. Sumo sacerdote.

Davar. Palabra.
Dérej. Camino.
Divré-hen. Palabras de autoridad.
Domine. Señor (latín).

Ebenim. Piedras.
El-Elyón. Dios Altísimo.
Elohi Avotinu. El Dios de nuestros padres.
Elohim. Dios.
Elyón. Altísimo.
Erinias. Diosas de la venganza en la mitología griega.

Galili. Galileo.
Gan Edén. Paraíso.
Goy. Gentil.
Goyim. Los gentiles, las naciones.
Guet. Certificado de divorcio.
Guevurah. Poder.
Guevurot. Milagros (lit: poderes).

Ha. El, la, los, las.
Hades. La morada de los muertos (griego).
Hajam. Sabio, maestro, experto.
Hajemí ha-Torah. Doctores de la Ley de Moisés.
Haverah. Hermandad, fraternidad.
Hayi olam. Vida eterna.
Heijal. Templo.

Hesed. Misericordia.

Jasid. Piadoso.
Jeír dserá. Mano seca (griego).
Jojmah. Sabiduría.
Juqotaim. Prescripciones.

Kavod. Gloria.
Kosher. Puro (en relación al alimento).

Lejai olam. Vida eterna.

Makón. Lugar. También el Templo de Jerusalén.
Malaj. Ángel.
Malajim. Ángeles.
Malajim qedoshim. Santos ángeles.
Maljut ma-shamayim. Reino de Dios.
Mashal. Parábola.
Matsat. Gracia.
Matsot. Panes sin levadura.
Mélej. Rey.
Mélej-ha-gadol. El Gran Rey.
Mélejim. Reyes.
Meshalim. Parábolas.
Mikvé. Estanque para los baños de purificación.
Mishpahah. Familia.
Mishpat. Justicia. Equidad.

Mitsvah. Mandamiento.
Mitsvot. Mandamientos.
Mojes. Publicano.
Moré. Maestro.
More ha-Torah. Maestros de la Ley.
Morenu. Nuestro maestro.
Morí. Mi maestro.
Moshlim. Autoridades.
Mut. Que muera.

Naví. Profeta.
Nefesh. Alma.
Nevim. Profetas.
Nidá. Situación de impureza ritual por la menstruación.
Niflaot. Prodigios, milagros.
Notsrí. Nazareno, de Nazaret.

Olam ha-bah. El mundo venidero.
Olam ha-ze. Este mundo. El mundo presente.

Perush. Fariseo.
Perushim. Fariseos.
Perú urebú. Creced y multiplicaos.
Pésaj. Pascua.

Qaisar. César.

Qesef. Plata. Dinero.
Qodesh. Santo.

Roshi ha-cohanim. Los principales sacerdotes.
Ruaj. Espíritu.
Rujot. Espíritus.
Rujot raim. Espíritus inmundos. Demonios.
Ruaj ra. Espíritu inmundo. Demonio.

Séfer. Libro.
Séfer Tehillim. Libro de los salmos.
Seferim. Libros.
Selijah. Remisión.
Shalom. Paz.
Shalom lajem. Paz a vosotros.
Shammash. Asistente. Sacristán.
Shelihim. Apóstoles.
Shomroní. Samaritano.

Talmid. Discípulo.
Talmid hajam. Doctor de la Ley.
Talmidim. Discípulos.
Tefillah. Oración.
Tehillim. Salmos.
Tehom. Abismo.
Teshuvah. Conversión, arrepentimiento.
Tov. Bien, bueno.

Tov meod. Muy bien.
Tsadiq. Piadoso, justo.
Tsedokim. Saduceos.

Yehudah. Judea.
Yehudí. Judío.
Yehudim. Judíos.
Yerushalayim. Jerusalén.
Yom Kippur. El día de la expiación.

Zenut. Inmoralidad sexual.
Ziqenim. Ancianos.

EL HIJO DEL HOMBRE

Jerusalén, 57 A. D.

PARTE 1

Capítulo

1

*A*yudad, *ahim*, ayudad!

—Sí, venid, *ahim*.

—¡No puede escapar!

La multitud de judíos piadosos que en esos momentos elevaba sus fervorosas preces al único Dios verdadero dirigió la mirada inquieta hacia el lugar de donde procedían las agitadas voces. Sin embargo, a pesar de que no estaba desprovista de diligencia, no acertaron a ver lo que estaba sucediendo. Ante sus ojos tan sólo aparecía desplegado un grupo de diez o doce correligionarios sudorosos que, con los rostros desencajados, no dejaba de lanzar unos gritos desgarrados.

—¿A quién se refieren? —preguntó inquieto un *perush* a uno de sus compañeros de *haverah*, pero éste sólo pudo responderle con un dubitativo encogimiento de sus estrechos hombros.

—¡Israelitas, ayudad! —clamó uno de los que acababan de pulverizar el ambiente de oración con sus gritos—. Es el hombre que por todas partes enseña a todos en contra del *am-Israel,* de la Torah y de este sagrado *makón.*

Un escalofrío de indignación recorrió a la masa orante que tan sólo un instante atrás se había mantenido impávida. Pese a todo, de momento, siguieron inmóviles aunque expectantes.

—Y además —prosiguió con voz entrecortada el hombre desgreñado—, además de todo esto, ha metido a *goyim* en el Templo, y ha profanado este santo *makón.*

Un áspero grito de indignación nacido de centenares de airadas gargantas sacudió el sagrado recinto. ¿Cómo podía nadie haber introducido a un pagano, a un incircunciso, a un idólatra en el lugar donde moraba Adonai? ¿Quién había sido capaz de perpetrar una abominación tan horrible? ¿A qué repugnante desalmado se referían?

Las angustiadas preguntas encontraron una rápida respuesta cuando, de entre los que habían irrumpido gritando en el Templo, emergió una figura que se veía arrastrada y empujada para que quedara a la vista de todos.

Se trataba de un hombre calvo, enjuto, de nariz aguileña y cuerpo menudo. Se hubiera podido encontrar a multitud de sujetos semejantes en los innumerables comercios diminutos que atestaban las calles empinadas de Jerusalén o en las nada escasas escuelas donde los eruditos rabinos explicaban día y noche la Torah. Sin embargo, había algo que destacaba en él, convirtiéndolo en diferente a los millares de judíos que poblaban la ciudad santa. A pesar del peligro innegable que corría y de la manera brutal en que lo maltrataban, de él parecía emanar una extraña calma. Sus ojos, no muy grandes, pero extraordinariamente vivos, brillaban incluso de una manera especial.

—Este hombre..., este... miserable... —escupió más que pronunció la palabra— ha cometido un pecado horrible contra este *makón* y contra Adonai. Merece la muerte.

El hombrecillo calvo intentó alzar la mano como ademán previo a solicitar la palabra. No lo consiguió. De un súbito tirón, uno de los sujetos que lo habían arrastrado hasta aquel lugar le bajó el brazo y, acto seguido, lo empujó con tanta fuerza que estuvo a punto de estrellarlo contra el irregular suelo de piedra. Si no lo consiguió, se debió únicamente a que el cuerpo dio contra uno de los no pocos presentes que se había acercado a contemplar la inusitada escena.

—¡Han profanado el *Heijal!* ¡Han profanado el *Heijal!* —sonó la airada proclama ya fuera del recinto.

Igual que si una antorcha chisporroteante hubiera sido aproximada a un enorme montón de paja seca, la espantosa noticia corrió por las angostas callejuelas de la ciudad abrasando todo a su paso. En apenas unos instantes, comerciantes y compradores, hombres y mujeres, chicuelos y ancianos, se fueron aproximando al lugar con el horror y la curiosidad pintados en el rostro. En apenas unos instantes, también los recién llegados comenzaron a gritar a voz en cuello exigiendo la muerte inmediata del asqueroso blasfemo. En apenas unos instantes, el hombrecillo se encontró fuera del Templo y conducido a empujones en dirección al lugar que conocía mejor de lo que hubiera deseado, aquel en que se mataba a pedradas a los que quebrantaban la Torah.

* * *

El legionario se golpeó el pecho en un saludo marcial repetido en infinidad de ocasiones.

—*Domine* —informó—, los judíos están organizando otro alboroto y esta vez parece que es de consideración.

Claudio Lisias, el avezado tribuno al que acababa de serle dirigida la palabra, observó por un instante a su veterano subordinado. Lo conocía desde hacía años. Los suficientes como para saber que si utilizaba la palabra alboroto no estaba exagerando y que, muy posiblemente, se estaba refiriendo a esa forma concreta de tumulto que, comúnmente, acaba degenerando en derramamiento de sangre.

—¿Dónde? —inquirió lacónicamente.

—En el Templo —respondió el legionario.

La mención del lugar sagrado provocó en el tribuno un punzante amago de náusea. La idea de una religión que carecía de imágenes de la divinidad y que además insistía en que sólo existía un dios, el propio, le resultaba punto menos que repulsiva. Pero además aquel sitio maldito constituía un continuo foco de molestos conflictos. La idea de erigir la torre Antonia en un enclave que dominara el santuario era y seguía siendo, desde luego, una demostración de cómo Roma se preocupaba de forma meticulosa por mantener la ley y el orden.

Con paso aparentemente tranquilo, Claudio Lisias se acercó a la ventana oblonga que trepanaba el frío muro de piedra amarillenta. Sí. El legionario no había exagerado en lo más mínimo. Allá abajo los judíos parecían acelerados animalillos salidos de un inmundo hormiguero. Un nuevo vistazo y captó que las macizas puertas del Templo estaban cerradas. Mejor. Así no intentarían atrincherarse en él para evitar una intervención romana. Claro que también garantizaban que los legionarios no podrían entrar a por ellos... Otro movimiento rápido de los ojos y distinguió con nitidez inesperada el motivo del indubitable tumulto. Se trataba de un hombrecillo de apariencia casi ridícula al que conducían a empujones. Júpiter sabría de quién se trataba, porque, al menos, externamente, parecía tan judío como sus agresores. Indudablemente, querían sangre, bien, pues se iban a quedar con las ganas.

—Lucio —dijo el tribuno apartándose de la ventana y dejando que penetrara en la estancia un cónico chorro de resplandor amarillento—. Dos..., no, tres centuriones con sus hombres. Equipados para el combate. Ya.

El legionario volvió a saludar militarmente y abandonó la sala corriendo. Cuando regresó apenas unos instantes después para informar de que los efectivos estaban formados, el tribuno ya se había puesto la coraza y tenía el yelmo sujeto bajo el brazo.

Descendió sosegadamente las recortadas escaleras de piedra hasta llegar al patio irregular donde lo esperaban sus hombres uniformados y sudorosos. Por un instante, contuvo la respiración. Se mirara como se mirase, no dejaba de ser una lástima emplear a aquellas fuerzas excepcionales en la miserable tarea de propinar palos a unos bárbaros tan repugnantes como los judíos. Bueno, todo fuera por asegurar la paz en el seno del imperio.

—Soldados —comenzó a hablar Claudio Lisias con un tono de firmeza en la voz—. Los judíos parecen dispuestos a perpetrar un asesinato. No lo vamos a consentir. Rescataremos a su víctima y, si el derecho lo exige, si, efectivamente, ha cometido un delito, la juzgaremos y crucificaremos, pero lo haremos nosotros, las fuerzas de la ley y del orden, y no un puñado de miserables desarrapados. Sabéis que podéis y debéis ser contundentes, pero no os excedáis en el uso de la fuerza. ¡Andando!

Pronunció la última palabra a la vez que se calaba el yelmo rematado por un altivo penacho de color escarlata y que se extendía por entre las filas de los legionarios un murmullo acelerado mezcla de diversión e impaciencia.

—¡Abrid paso a Roma! —gritó el curtido legionario que iba en cabeza antes de propinar un severo puntazo en el costado del primer judío que se interponía en su camino.

Un bufido de sorprendido dolor fue la respuesta que obtuvo en paralelo al segundo golpe que asestó. Los legionarios procuraban no dañar ningún órgano vital ni romper ningún hueso, pero no hubiera podido negarse que se sentían complacidos atizando los cuerpos de los judíos. Aquella gente que se negaba a entrar en una casa donde estuvieran ellos porque pensaban que así se contaminaban o que practicaban esa horrible forma de mutilación conocida como circuncisión no se merecía un trato diferente.

Desde luego, el método empleado para avanzar resultaba eficaz. Tras los aullidos de la primera docena de judíos, los demás se habían apartado de su paso con los rostros contraídos por el temor. Así, lograron los soldados alcanzar sin mucha dificultad el lugar exacto donde se hallaba la víctima diminuta de aquella turba enfurecida. Tan sólo por ver la cara que se les había puesto a los que lo golpeaban y cómo habían dejado los puños suspendidos en el aire como si se los sujetara algún ser invisible, podía decirse que había merecido la pena salir de la torre Antonia y llegar hasta aquel sitio agobiante e impregnado de multitud de olores, todos ellos desagradables.

—¡Encadenadlo! —ordenó el tribuno con la misma impasibilidad con que habría preguntado por las posibilidades de que se pusiera a llover en ese mismo momento.

Un par de legionarios envueltos en espesa marcialidad abandonó la sólida formación y colocó dos cadenas al hombre. El tribuno frunció la mirada mientras observaba cómo sus hombres obedecían meticulosamente sus órdenes. Aquel sujeto parecía muy tranquilo. Quizá excesivamente. No aliviado por haber salvado la piel, sino... sereno. Sí, ésa era la palabra. Sereno. De la misma manera que lo estaría el mar en calma frente a Jafa.

—Tú —dijo señalando a uno de los que habían estado a punto de estrellar el puño contra el cuerpo del detenido—. ¿Por qué pretendías golpear a este hombre?

No llegó a responder. Antes incluso de que pudiera abrir la boca, la gente, muda durante unos instantes, comenzó a gritar de nuevo. Claudio Lisias llevaba el suficiente tiempo destinado en Jerusalén como para entender a los judíos cuando hablaban en su lengua gutural, pero sólo si se expresaban despacio y sin tragarse en exceso los sonidos vocales. Lo que ahora le llegaba hasta los oídos era una algarabía confusa e incomprensible. No. Resultaba obvio que no sacaría nada en limpio en medio de aquella pestífera gentuza. Lo más prudente sería conducir al detenido hasta la torre Antonia y allí intentar aclarar lo que había sucedido.

—¡Llevadlo a la torre! —dijo sin alzar la voz, pero con un tono de autoridad que no admitía discusión alguna.

Los legionarios formaron en torno al preso y comenzaron a moverse en dirección a su acuartelamiento. Recorrieron sin dificultad los primeros pasos en medio de una multitud numerosa, pero aún amedrentada. Entonces, como el grito incontenible de una madre agobiada que da trabajosamente a luz o el alarido agudo de un condenado que expira destrozado en la cruz, una sola palabra rasgó el pesado aire:

—¡*Mut!*

—Significa «muera», *domine* —se apresuró a traducir uno de los centuriones con el mismo sosiego con que hubiera informado de que la ración de queso que había en las despensas era suficiente.

—Seguid —dijo el tribuno como si no le importara lo que acababa de escuchar.

Y entonces todo el cosmos que envolvía el angosto camino hacia la torre Antonia experimentó un cambio prodigioso. Primero, fue un murmullo apenas inteligible; luego, el volumen se elevó hasta asemejarse al tono semiirritado del que desea hacerse entender por un sordo; finalmente, se convirtió en un solo grito, fuerte, potente y decidido, que se repetía, una y otra vez, con una cadencia sobrecogedora.

—¡*Mut*! ¡*Mut*! ¡*Mut*! ¡*Mut*! —sonaba como martillazos descargados rítmicamente sobre un yunque la voz de la agitada turba exigiendo la muerte del arrestado.

—¡No os dejéis provocar! —escuchó que decía uno de los centuriones—. ¡No hagáis caso y seguid avanzando!

Sin duda, eso hubieran deseado los legionarios, pero no tardaron en comprobar que un nutrido grupo de judíos se había situado en las rectilíneas gradas que conducían a la torre. No estaban colocados a uno y otro lado del camino, sino que lo taponaban totalmente, igual que si hubieran alzado un muro humano. No cabía la menor duda de que, cuando los hombres de Claudio Lisias llegaran a ese punto del trayecto, los judíos intentarían recuperar al detenido.

—Centurión —dijo el tribuno sin apartar ni por un instante la vista de los que se interponían en su camino del Templo a la torre.

El suboficial se acercó y escuchó con suma atención las órdenes que su superior le bisbiseó al oído.

—Así se hará, *domine* —dijo.

Igual que si se tratara de un solo hombre, los legionarios avanzaron resueltos hacia las gradas bajo los gritos ininterrumpidos de *¡mut!, ¡mut!* Claudio Lisias tuvo la impresión de que había visto relucir la hoja corta, pero terriblemente mortífera, de una *sica* en la mano de uno de los que les cortaban el camino. Y entonces todo sucedió con la exacta precisión de un mecanismo perfectamente ajustado. Como si se tratara de las plumosas alas de un ave grácil que echara a volar, las prietas filas de los soldados se abrieron aplastando contra las paredes a los judíos. Entonces un grupo de legionarios echó mano del detenido, lo alzó en vilo igual que si se tratara de un paquete liviano que se coloca sobre la cabeza y avanzó corriendo hacia las gradas. Cualquiera habría pensado que serían detenidos por los judíos interpuestos en su camino. Desde luego, era lo que los alborotadores mismos pensaban, pero todo sucedió de una manera muy diferente. El extremo de las alas de hierro se plegó formando una especie de punta de lanza que cargó con toda su fuerza contra aquel obstáculo formado por una barrera de cuerpos sudorosos.

Mientras exhalaban alaridos y proferían maldiciones, los judíos se vieron derribados, sin remisión, por aquel impulso inesperado e invencible. Antes de que pudieran recuperarse del impacto, los legionarios habían logrado alcanzar las puertas de la fortaleza.

—Por poco... —escuchó Claudio Lisias que decía jadeando uno de los centuriones.

—*Ei exestín moi eipein ti pros se?**

Atónito, el tribuno se volvió hacia aquella voz que se expresaba en griego. Quien se había dirigido a él era el hombrecillo al que acababan de salvar levantándolo en volandas sobre las gradas que conducían hacia la torre Antonia. Pero..., pero ¿quién era aquel sujeto? Si parecía judío...

—*Ellenistí guinóskeis?*** —preguntó aún sorprendido Claudio Lisias. Por un instante, temió que el preso fuera alguien de peso, de mucha más relevancia de la que había imaginado—. *Ouk ara sy ei ho Aiguyptios ho pro touton ton hemeron anastatosas kaí exagagon eis ten eremon tous tetrajisjilious andras ton sikarion?****
—preguntó el tribuno invadido por la inquietud.

---

* ¿Se me permite decirte algo?

**¿Sabes griego?

***¿Acaso eres tú el egipcio que hace algún tiempo provocaste una sedición y condujiste al desierto a cuatro mil sicarios?

—*Egó anzropos men eimi Ioudaios Tarseus, tes Kilikías ouk asemos póleos polítes. Déomai de sou, epístrepsón moi lalesai pros ton laón*** —respondió el hombrecillo con aquella desconcertante serenidad que parecía envolverlo como si se tratara de un manto cómodo y amplio. Fue precisamente ese tono tranquilo que infundía tan extraña sensación el que quebró las defensas del tribuno. Sin percatarse apenas de lo que estaba consintiendo, asintió con la cabeza en un gesto de clara autorización.

El hombrecillo, de pie en las gradas, alzó a su vez la mano. Como si se tratara de un poderoso hechicero capaz de calmar las olas rugientes de un mar embravecido, un silencio absoluto descendió sobre la encrespada muchedumbre. Entonces comenzó a hablar. No se dirigió a los judíos en griego, sino en su propia lengua. Desgranaba las palabras con una pronunciación cuidadosa que al tribuno se le antojó incluso elegante. Desde luego, era bien diferente de la jerga pesadamente gutural que se veía obligado a escuchar a diario. A éste, por lo menos, se le entendía. El extraño detenido había comenzado suplicando que escucharan lo que tenía que aducir en su defensa y, de momento, había conseguido que sus correligionarios permanecieran callados. Ahora con

---

* Soy un judío de Tarso, una ciudad no insignificante de Cilicia. Te suplico que me permitas hablar al pueblo.

un tono sorprendentemente tranquilo, continuaba su discurso:

—Yo, por supuesto, soy judío. Nací en Tarso de Cilicia, pero me crié en esta ciudad. Me eduqué a los pies de Gamaliel, de manera estricta y conforme a la Torah de nuestros padres, celoso de Elohim, como hoy lo sois todos vosotros. Perseguía yo este *dérej* hasta la muerte, arrestando y llevando a prisión a hombres y mujeres. De lo que digo es testigo el *cohen ha-gadol,* y toda la *Bet Hazqenim.* De ellos recibí cartas para los *ahim,* y fui a Damasq para traer presos a Yerushalayim a los que allí estuviesen para que se les castigara. Pero, cuando iba de viaje, cuando me encontraba cerca de Damasq, hacia el mediodía, de repente me rodeó una inmensa luz que procedía del cielo. Y caí al suelo, y oí una voz que me decía: «Shaul, Shaul, ¿por qué me persigues?». Yo entonces respondí: «¿Quién eres, *Adoní?*». Y me dijo: «Yo soy Yeshua *ha-Notsri,* al que tú persigues». Y los que estaban conmigo por supuesto vieron la luz, y se quedaron espantados; pero no entendieron la voz del que hablaba conmigo. Y dije: «¿Qué debo hacer, *Adoní?*». Y *ha-Adon* me dijo: «Levántate, y ve a Damasq, y allí se te dirá todo lo que está ordenado que hagas». Y como yo no conseguía ver por el *kavod* de la luz, tuvieron que llevarme de la mano los que me acompañaban y así logré llegar a Damasq.

Entonces un tal Ananyahu, un *tsadiq* de acuerdo con la Torah, y que además tenía buen testimonio de todos los *yehudim* que vivían allí, me visitó y, acercándose, me dijo: «*Ah* Shaul, recibe la vista». Y yo, en ese mismo momento, recuperé la vista y lo miré. Y él dijo: «*Elohi Avotinu* te ha escogido para que conozcas Su voluntad, y veas al *Tsadiq* y oigas la voz de su boca. Porque serás testigo suyo ante todos los hombres, de lo que has visto y oído. Ahora, pues, ¿por qué te detienes? Levántate y sumérgete en el agua, e, invocando su nombre, lava tus pecados». Regresé a Yerushalayim y me sucedió que mientras estaba orando en el *Heijal* el *Ruaj Adonai* se apoderó de mí. Y le vi que me decía: «Date prisa, y sal rápidamente de Yerushalayim; porque no recibirán tu testimonio acerca de mí». Yo dije: «*Adoní,* ellos saben que yo encarcelaba y azotaba en todas las *bet ha-knes-set* a los que creían en ti; y cuando se derramaba la sangre de Estefanos, tu testigo, yo también estaba presente, y consentía en su muerte, y guardaba las ropas de los que le mataban». Sin embargo, me dijo: «Ve, porque yo te enviaré lejos, a los *goyim*».

Los *goyim,* los gentiles, los no judíos... ¿Qué clase de misión tenía aquel hombrecillo entre los hombres que no habían cometido la atrocidad de rebanarse la verga? El tribuno no llegó a articular ni siquiera un esbozo de respuesta a la pregunta que acababa de formularse. Apenas la palabra *goyim* descendió sobre la abigarrada turba que se congregaba a escasos pasos de ellos, cuando todos comenzaron a vociferar gritando:

—Quita de la tierra a tal hombre, porque no debe seguir viviendo.

No se contentaron con aullar como fieras enfurecidas. De repente, como si estuvieran poseídos por las mismas Erinias, algunos comenzaron a despojarse de sus ropas y a arrojarlas en dirección a los legionarios o a lanzar, con gesto despectivo, polvo al aire. Era obvio que, de un momento a otro, aquella masa enloquecida se lanzaría sobre ellos para matar al detenido.

—Meted al preso en la torre —dijo Claudio Lisias con un tono de voz que no admitía discusión alguna.

Esquivando una nutrida lluvia de fétidas inmundicias, los soldados, a duras penas, lograron introducir al arrestado en el interior de la fortaleza. Apenas habían cerrado las pesadas puertas tras de sí cuando escucharon el estruendo embravecido de una muchedumbre encolerizada que se estrellaba contra ella y que comenzaba a golpearla con la violencia suficiente como para temer que pudieran echarla abajo.

Capítulo

2

Claudio Lisias se apartó de la entrada invadido por un sentimiento de cólera casi doloroso. De buena gana, se habría abofeteado. De buena gana y de no haber tenido a sus legionarios a unos pasos apenas de donde se encontraba. Pero ¿cómo había podido ser tan estúpido para permitir que aquel sujeto, aquel judío tan judío como los judíos encolerizados que actuaban ahora como Erinias sin prepucio por las malolientes calles de Jerusalén, se dirigiera a semejante masa de fanáticos? ¡Qué error! ¡Qué inmenso error! Aquella ciudad perdida en un extremo del mundo podía convertirse en un matadero gigantesco y todo porque..., porque él no había estado a la altura de las circunstancias. Pues se la iba a pagar. Por supuesto que sí. Claro que de momento iba a enterarse de las razones de lo que estaba sucediendo.

—Vamos a examinar al detenido con azotes —dijo a uno de los centuriones mientras se dirigía hacia su habitación con paso apresurado.

—¡Agua! ¡Agua! —grito enfurecido nada más penetrar en la estancia. Necesitaba arrancarse la sensación de suciedad pegajosa que lo embargaba. Verdaderamente, el calor era espantoso, casi como el que se siente en la cercanía de los pantanos más pestilentes y Claudio Lisias sabía por experiencia que los hombres se convierten en imprevisibles cuando se ven sometidos a un sofoco semejante.

El fámulo no tardó en aparecer con una jofaina de gélido metal llena de agua y una toalla de lino blanco que reposaba en su curtido brazo derecho. Depositó el recipiente redondo encima de la mesa sin desbastar del tribuno y se apartó unos pasos con gesto cuidadamente respetuoso.

—¡No te quedes ahí pasmado! —gritó Claudio Lisias a la vez que arrojaba su yelmo sobre una silla—. Ayúdame a quitarme todo esto.

Con gestos rápidos y un tanto temblones, el sirviente despojó al tribuno de la coraza, de las grebas y de la espada. Comprobó que todo el material ardía, seguramente por los rayos de sol que invadían despiadadamente las angostas callejuelas de la maloliente ciudad, y se dijo que no podía molestarse por la impaciencia de su superior.

Apenas se vio libre de su indispensable panoplia, Claudio Lisias introdujo las manos en el agua y se la arrojó con furia sobre la cara. Repitió el movimiento dos, tres, cuatro veces hasta que casi vació la jofaina. No es que el calor desapareciera por completo, pero, al menos, tenía la sensación de que lo combatía y, como mínimo, lograba contenerlo. De entrada, parecía que el sudor había dejado de manar, copioso y caliente, por todo su cuerpo.

—¡Trae otra! —dijo mientras tendía el recipiente al fámulo.

Esta vez, cuando regresó el criado, Claudio Lisias se limitó a lavarse las manos. A decir verdad, hubiera preferido darse un baño completo y arrancarse de la piel toda la podredumbre que sentía que se le había pegado en su contacto con las míseras calles de Jerusalén. Pero, desgraciadamente, no era posible. Desde luego, aquel judío escuchimizado se iba a enterar ahora. Le iban a sacar la verdad a latigazos. Suerte iba a tener si le quedaba algo de piel para cuando hubieran logrado averiguar todo.

—*Domine...*

Claudio Lisias apartó la mirada de la jofaina y contempló al centurión que acababa de entrar en la estancia. Se le notaba azorado. Como si hubiera sucedido algo especialmente comprometedor.

—¿Qué pasa ahora, Cayo? —preguntó irritado.

—*Domine*, ese hombre..., el detenido...

—Sí, ¿qué sucede? ¿A qué esperáis para irle arrancando la piel a tiras? —dijo el tribuno mientras terminaba de secarse las manos.

—Es que..., es que no puede ser... —musitó el soldado.

—¿Que no puede ser? ¿Qué majadería estás diciendo, centurión?

—*Domine*, ese hombre afirma que es ciudadano romano... El caso es que no abrió la boca mientras lo sujetábamos con correas, pero cuando estuvo atado se volvió y dijo: «¿Os está autorizado azotar a un ciudadano romano sin que se haya pronunciado una condena previa?».

El calor era ahora punto menos que insoportable, pero el tribuno no pudo evitar el sentir que un dedo gélido se le deslizaba, pesado y casi doloroso, por la columna vertebral. Un ciudadano romano... Eso era justo lo que le faltaba. Por si un motín inesperado fuera poco, además había estado a punto de flagelar a un ciudadano romano. Apretando los dientes, Claudio Lisias estrelló la arrugada toalla contra el suelo y abandonó a grandes zancadas la estancia para dirigirse al lugar donde se hallaba atado el detenido.

Efectivamente, lo habían sujetado con correas, las que se empleaban siempre para estos casos, y el legionario que tenía que flagelarlo..., pero, ¿sería posible? Si estaba temblando asustado. ¡Asustado! ¡Un legionario asustado! ¡Lo que le faltaba por ver! Claro, el muy majadero estaría pensando en lo que le hubiera caído encima si hubiera tocado un solo pelo a un ciudadano romano. El tribuno carraspeó y con un tono de voz neutra se dirigió al detenido:

—*Legue moi, sy Romaios ei?**

—*Naí***.

De modo que sí lo era. Y cómo lo había dicho. Ni un gesto de temor, de impaciencia, de amenaza. Tan sólo serenidad. Sí.

—Yo con una gran suma adquirí esta ciudadanía —dijo Claudio Lisias con una voz en la que se traslucía, por primera vez desde que todo había comenzado, el temor. A fin de cuentas, aquel detenido podía ser alguien de dinero o posición y desear vengarse. No habría resultado el primero, desde luego.

El hombrecillo le miró y, acto seguido, dijo con aquel exasperante tonillo de tranquilidad que exudaba:

—Pues yo lo soy de nacimiento.

Como impulsados por un resorte, los demás soldados encargados de colaborar en la tarea de darle tormento se apartaron del judío. Definitivamente, estaban todos metidos en un buen lío.

* Dime, ¿eres romano?
** Sí.

* * *

Claudio Lisias se revolvió una vez más en su lecho. Por una de esas razones que no lograba desentrañar en aquella extraña tierra, a pesar de la temperatura que habían sufrido por la mañana, hacía frío, verdaderamente mucho frío aquella noche. Con todo, aquella circunstancia no impedía que llevara transpirando desde hacía horas. El sudor se había solidificado formando una capa pegajosa en la piel y ahora, cada vez que se movía, la ropa se le adhería al cuerpo causándole una sensación que era más agobiante que incómoda. No, aquella noche no parecía posible que pudiera pegar ojo y la culpa la tenía aquel maldito detenido judío. Por supuesto, había dispuesto que permaneciera encadenado y sometido a estrecha custodia para evitar su fuga. Sin embargo, nada de eso arreglaba el fondo del asunto. A decir verdad, el sujeto se comportaba correctamente y, por lo que le habían informado, se limitaba a cantar en la mazmorra donde lo habían arrojado cargado de cadenas. Todo eso estaba muy bien, pero se trataba de un ciudadano romano..., *cives romanus* y, por añadidura, de nacimiento. No quería pensar lo que hubiera pasado de haber llegado a azotarlo. Toda su carrera se habría ido al Hades. Los interminables años de meticuloso ahorro destinado a reunir el dinero suficiente que le permitiera comprar la ciudadanía; las heridas en el campo de batalla; los inacabables sudores de la brega cotidiana; los superiores imposibles de soportar; la familia perdida porque es imposible soportar una existencia semejante..., todo eso y más lo había dado por bueno para llegar a donde estaba y ahora podía desvanecerse como un débil hilo de humo empujado por el poderoso vendaval. Una denuncia, una simple denuncia, y se vería reducido a la miserable condición de esos legionarios que tenían que patrullar por las calles o ejecutar crucifixiones. Eso como mínimo...

Y luego estaban aquellos judíos fanáticos voceando en el exterior de la torre Antonia. Habían seguido aullando hasta la hora de llenar la andorga en que, poco a poco, se habían retirado a sus casas. A pesar de todo, los conocía lo suficiente como para estar seguro de que, mañana, volverían a arremolinarse delante de la fortaleza exigiendo la muerte de..., ¡de un ciudadano romano! Eran demasiadas complicaciones —y además de envergadura— como para poder salir de ellas con bien.

Volvió a retorcerse una, dos, tres veces y acabó saltando de la cama. Por un instante, el frío que sintió en las plantas de los pies lo serenó, pero se trató de una impresión efímera. Muy pronto, la sensación de agobio, a pesar de la innegable gelidez de la noche, volvió a apoderarse de él. Con la boca espesa y el gesto caído, llegó hasta la ventana. Jerusalén dormía, pero eso no era necesariamente bueno. Nunca se sabía en aquella maldita ciudad si descansaba para levantarse alegre o si únicamente recuperaba fuerzas para despertarse enfurecida. Seguramente, sólo los dioses podían prever lo que traería la nueva jornada. ¡Los dioses!

Con el corazón encogido, el tribuno dejó que su mirada cansina e irritada vagara por los edificios visibles desde la torre Antonia y entonces, inesperadamente, al tropezar con los sólidos muros del Templo, sintió que algo se encendía en su mente. ¡Claro! ¿Cómo no se le había ocurrido antes? La única salida era ponerse en contacto con el Sinedrio. A fin de cuentas de ellos dependía el gobierno religioso de la ciudad y no podía negárseles la capacidad para imponer el orden. ¡No había más que ver los garrotes de los que se valía la guardia del Templo para mantener sujetos a aquellos tipos levantiscos! Sí, la salida era hablar con la gente del Sinedrio, contarles lo sucedido y que ellos asumieran la desagradable tarea de aclarar el asunto y, si fuera posible, de adoptar una decisión de manera que sus espaldas quedaran a cubierto.

Una sonrisa, apenas oculta por la profunda oscuridad en que se hallaba sumida la habitación, se dibujó maliciosa en el atezado rostro del tribuno. Lenta pero animadamente, regresó a su lecho. Ahora estaba convencido de que había encontrado la solución más adecuada para sus cuitas. Se dejó caer con gesto casi divertido, cerró los ojos y se durmió plácidamente.

* * *

A la mañana siguiente, el tribuno se levantó invadido por la sensación grata y liberadora de que era posible averiguar la causa por la que su detenido era tan odiado por los judíos y, de paso, librarse de indeseables complicaciones. Con gesto casi risueño, mandó que le soltaran las cadenas y, a continuación, dio orden de que se convocara a los principales sacerdotes y al Sinedrio. Por lo que sabía, existía un Sinedrio amplio que sólo se reunía para ocasiones muy especiales y otro que funcionaba como un tribunal casi permanente formado por miembros que iban rotando para que no se produjera una interrupción de sus funciones. Lo más seguro es que fueran ésos los que hicieran acto de presencia en la torre Antonia.

No se equivocó. Mediada la mañana, los miembros del Sinedrio, precedidos por la pompa habitual en ellos, llegaron hasta la fortaleza, símbolo de la autoridad de Roma. Atravesaron el soleado patio como una bandada rápida de cuervos observada por los legionarios con una mezcla de curiosidad y desprecio.

El tribuno no logró contener una punzada de profundo desagrado cuando comparecieron ante su presencia. Por supuesto, se mostraron pulcramente corteses y pronunciaron las fórmulas obligadas de rigor, pero en los rostros de algunos de ellos aparecía la típica expresión del que olfatea estiércol fresco y no puede evitar el que quede de manifiesto el asco profundo que lo invade. Quizá eso es lo que sus legionarios eran para aquella gente invadida por el sentimiento de su propia importancia. Una acumulación de excrementos a los que había que soportar porque manejaban magníficamente la espada. Por supuesto, Claudio Lisias sabía por experiencia que todas las naciones tenían su propia porción de orgullo estúpido, pero, en su opinión, puesta a prueba en no pocos lugares del imperio, la de los judíos sobrepasaba lo tolerable. ¿Cómo se podía creer en la propia superioridad simplemente porque eran tan vagos como para no mover un solo dedo un día de cada siete, porque no consumían carne de puerco o porque los varones se mutilaban ridículamente el miembro viril? Bueno, en cualquier caso, ésa no era la cuestión.

Apartó aquellos pensamientos irritados de su mente, saludó en griego de la mejor manera que pudo a los recién llegados y les expuso en breves palabras cómo había tenido que intervenir en el Templo el día anterior.

—Por supuesto —añadió en tono de disculpa—, habría deseado evitarlo, pero no me quedó otra alternativa. Tengo órdenes muy estrictas de evitar cualquier homicidio u otra ofensa grave contra la ley en las calles de esta ciudad y era obvio que la muchedumbre deseaba matar al que ahora es mi detenido.

Mientras aparentaba una fría indiferencia que distaba de sentir, el tribuno percibió en los barbudos rostros de los miembros del Sinedrio una respuesta dividida para sus palabras. Sin duda, algunos se sentían molestos, pero otros parecían más bien desconcertados, como si no terminaran de entender la razón por la que se les había convocado. Lo que le faltaba. ¡Tener que dar explicaciones minuciosas a aquella turba de asnos codiciosos! Todo fuera porque siguieran imperando la ley y el orden.

—El césar ha sido siempre respetuoso con vuestras leyes, costumbres y tradiciones... —dijo Claudio Lisias e inmediatamente percibió un brillo de cólera perfectamente contenida en algunos de los que le escuchaban—. He creído, por lo tanto, que era indispensable informaros de lo acontecido, pedir vuestra opinión y solicitar que adoptéis la resolución debida.

No había terminado de pronunciar la última frase cuando realizó un gesto con la mano. Captado de manera inmediata por dos legionarios, movió a éstos a acercarse a las puertas, a abrirlas y a dejar entrar a cuatro de sus compañeros. Por un momento, pudo parecer que venían solos, pero bastó que los dos que iban en cabeza se apartaran a los lados para que pudiera contemplarse al detenido que tantos quebraderos de cabeza estaba ocasionando a Claudio Lisias. Llevaba la barba y el pelo ligeramente revueltos, pero, dadas las circunstancias, el aspecto que presentaba resultaba bastante aceptable.

—Aquí lo tenéis —dijo Claudio Lisias, señalando con la mano izquierda al recién llegado.

Sí, resultaba obvio que algunos lo conocían y no parecía que simpatizaran con él. Peor para ellos.

—Os ruego que lo escuchéis —concluyó la presentación el tribuno y, a continuación, hizo un gesto con el mentón al detenido indicándole que podía hablar.

Por un instante, pudo pensarse que el encadenado no entendía lo que el tribuno acababa de decirle, pero se trató de una impresión pasajera. El hombre dio unos pasos, se colocó ante los miembros del Sinedrio y comenzó a hablar:

—*Ahim,* con toda buena conciencia he vivido delante de Elohim hasta el día de hoy...

El tribuno percibió que un anciano del Sinedrio se inclinaba hacia uno de los siervos que tenía al lado y le susurraba con disimulo unas palabras. Como si actuara movido por un resorte invisible, el fámulo se dirigió hacia el encadenado con rápido paso y, cuando estuvo a su altura, alzó la mano para golpearlo.

—¡Dios te golpeará a ti, pared blanqueada! —dijo el encadenado sin moverse un dedo del lugar donde estaba ni realizar el menor amago de defenderse—. ¿Estás tú sentado para juzgarme conforme a la Torah y, quebrantando esa Torah, ordenas que me golpeen?

El siervo quedó paralizado con la mano ridículamente levantada. Sin duda, había esperado partir la boca a un reo desprevenido e inerme, pero aquel hombre había reaccionado y lo había hecho con la suficiente energía como para insultar a su amo.

—¿Al *cohen ha-gadol* de Elohim injurias? —se pudo escuchar que preguntaban alarmados algunos de los miembros del Sinedrio.

El tribuno se removió incómodo en su asiento. Así que el sumo sacerdote de los judíos ordenaba atizar a los detenidos que no le agradaban... Desde luego, aquellos bárbaros eran bastante más peligrosos de lo que podía parecer a primera vista. Y unos descarados por añadidura. ¡Les había importado una higa que él estuviera presente!

—No sabía, *ahim* —prosiguió el detenido con un tono de disculpa—, que era el *cohen ha-gadol*, porque escrito está: «No maldecirás a un príncipe de tu pueblo».

Aquel hombre no iba a dejar de desconcertarle, pensó Claudio Lisias. ¡Encima se empeñaba en mantenerse dentro de la legalidad frente a alguien que había ordenado quebrantarla tan desvergonzadamente! Forzoso era reconocer que nunca se había encontrado con nada igual.

—*Ahim* —dijo inesperadamente en voz alta el detenido—. Yo soy *perush* y *ben perush*. Acerca de la esperanza y de que los muertos se levantan se me juzga.

Fue terminar la frase y aquel Sinedrio silencioso se convirtió, dividido casi por la mitad, en un hervidero de voces incomprensibles y de gritos airados. Pero ¿qué era lo que estaba pasando?, se preguntó el tribuno. ¿Qué significaba eso de que los muertos se levantaban? ¿De dónde se levantaban? ¿Y cómo lo hacían? ¿Y, por encima de todo, qué tenía que ver esa incomprensible afirmación con el alboroto del día anterior en el Templo?

—Yo soy también *perush* —logró decir uno de los miembros del Sinedrio puesto en pie—. Ningún mal hallamos en este hombre. Si un espíritu le ha hablado, o un ángel, no resistamos a Elohim.

—¿Un ángel? ¿Un espíritu? —gritó profundamente irritado otro de los presentes—. ¡Qué estupidez! Ni los ángeles ni los espíritus existen.

—Ni los muertos van a levantarse nunca —le apoyó otro puesto en pie que levantaba el puño con gesto amenazante—. Tal y como es la suerte de los animales, así es la de los hombres. ¿Quién puede afirmar que el *ruaj* de los unos va a la tierra y el de los otros asciende al cielo?

—Bien has hablado, *ah* —corroboró el que se sentaba a su lado—. ¡Los muertos no se levantan!

—¡Por supuesto que sí! —afirmó otro de los miembros del Sinedrio—. ¿Acaso no afirmó el *naví* Daniel que los muertos se levantarán, unos para vida eterna y otros para vergüenza y confusión perpetuas?

Pero ¿qué era todo aquello? ¿De qué estaban hablando aquellos judíos fanáticos? ¿De muertos que regresaban de la tumba? ¿De espíritus? ¿Estaban juzgando a aquel hombre por lo que creía que sucedía con los cadáveres ya deshechos en sus tumbas? Definitivamente, aquellos bárbaros no tenían remedio. Y entonces lo vio. Un grupo de sirvientes, precisamente de los que acompañaban al Sumo sacerdote, se adelantó para apoderarse del detenido.

—¡Centurión! —gritó Claudio Lisias—. ¡Impedid que le hagan daño! ¡Es un ciudadano romano!

Pocas veces había contemplado el tribuno que sus hombres obedecieran una orden con tanto entusiasmo. En un abrir y cerrar de ojos se abalanzaron hasta el lugar donde se encontraba el hombrecillo y lo colocaron tras sus robustos cuerpos mientras contenían a los siervos del Sumo sacerdote. No se ensañaron. Se limitaron a golpearles en las rodillas, en los codos, en las clavículas, en lugares lo suficientemente dolorosos como para bloquear cualquier acción agresiva con el riesgo máximo de causar una fractura o una luxación, pero no la muerte. En apenas unos instantes, gracias a la peculiar eficacia de las tropas del césar, el ciudadano romano se encontró a salvo una vez más.

Capítulo
3

La tercera jornada desde los desagradables incidentes en el Templo amaneció pesada y cabezona para el tribuno Claudio Lisias. Salvar dos días seguidos la vida del mismo ciudadano romano le parecía excesivo incluso en aquel agujero infecto que era la ciudad de Jerusalén. Desde luego, tendría que informar a sus superiores de que las autoridades del Sinedrio distaban mucho de encontrarse bien avenidas y de que, por encima de todo, no parecían capaces de mantener el orden como se esperaba. Si había pasado eso por un simple ciudadano romano —¡y encima por cuestiones religiosas!— a saber lo que cabría esperar en caso de que algún loco atacara a uno de sus hombres o, los dioses no lo permitieran, deseara comenzar un motín... Claro que ese informe tendría, de momento, que esperar. Ahora lo que urgía era tomar una decisión sobre lo que convenía hacer con el detenido.

Pasó el día dándole vueltas al espinoso tema y maldiciendo todo aquel enredo inesperado. Ni siquiera la comida, que era mucho mejor que la colación habitual de las legiones, logró arrancarle de su negro malhumor. En un par de ocasiones, estuvo incluso tentado de ordenar que aquel sujeto que tantas complicaciones le había causado compareciera ante su presencia. Sin embargo, al fin y a la postre, desistió. ¿Qué le importaba a él todo aquello de que los muertos se levantaban si ni siquiera los propios judíos lograban ponerse de acuerdo al respecto? ¿Y por eso querían matarlo? No podía quitárselo de la cabeza. Si estaban dispuestos a cometer semejante atrocidad con uno de los suyos por semejante futesa, ¿qué no serían capaces de hacer con un romano? Sí, lo más prudente sería pedir instrucciones.

Se hallaba a punto de llamar a un amanuense para dictarle la epístola, cuando uno de los centuriones entró en su estancia.

—*Domine*, hay un joven judío ahí fuera que insiste en veros.

—¿Lo habéis registrado? —preguntó el tribuno, que no estaba dispuesto a que la sorpresa le llevara otra vez a bajar la guardia.

—Sí, no lleva nada encima —respondió el soldado.

—¿Ha dicho lo que quiere?

El centurión pareció sentirse incómodo al escuchar la pregunta. De hecho, titubeó un instante antes de responder.

—Que si ha dicho lo que quiere —insistió irritado el tribuno.

—Lo envía el detenido, ese Paulos. Al parecer es su sobrino... y, *domine,* lo he interrogado antes. Lo que tiene que comunicaros es de enorme importancia. Podríamos encontrarnos con un levantamiento.

Un levantamiento. El tribuno contuvo todos los músculos de su rostro de la misma manera en que hubiera parado un tiro de caballos. Ésa era la pesadilla de todo encargado de mantener la ley y el orden, que cualquier bárbaro enloqueciera y, seguido por varios congéneres, comenzara a degollar inocentes.

—Que pase. ¡Vamos!

El centurión abandonó la estancia con paso rápido. Apenas tardó unos instantes en regresar. Ahora lo acompañaba un muchacho de unos quince o dieciséis años. La barba apenas era una sombra sobre su rostro moreno —¿por qué se empeñaban los judíos en dejarse aquellas incómodas pelambreras en el rostro?— e iba ataviado con un ropaje largo y negro, demasiado modesto incluso para un correligionario. De repente, el tribuno pensó que podía pertenecer al mismo grupo que había defendido al detenido ante el Sinedrio. O sea que este mozalbete también creería en eso de que los muertos se levantan... ¡País de locos!

—El preso, Paulos, me llamó y me rogó que trajese ante tu presencia a este joven —volvió a insistir el centurión, esta vez como si se tratara del enunciado de un deber al que estaba dando cumplimiento de manera meticulosa—. Aquí está y tiene algo que decirte.

El tribuno se levantó de un salto de la silla en que se encontraba sentado y se acercó al muchacho. Luego, de forma inesperada, lo tomó de la mano y se retiró unos pasos hacia una esquina de la habitación, la más oscura y apartada.

—¿Qué es lo que tienes que decirme? —preguntó con un imperioso tono de voz que no admitía excusa alguna.

Había esperado Claudio Lisias que el muchacho reaccionara con nerviosismo cuando le cogiera la mano. Aquellos judíos siempre se comportaban de manera extremadamente desagradable ante el menor contacto con los que no eran sus correligionarios. Sin embargo, el visitante no pareció inmutarse. Debía de ser muy importante, sin duda, lo que tenía que comunicarle cuando no se inmutaba ni siquiera ante el tacto de un romano.

—Los judíos —comenzó a decir el muchacho con un tono de voz que al tribuno le pareció demasiado grave para su edad— han convenido en rogarte que mañana lleves a Shaul..., a Paulos, ante el Sinedrio. Para ello, fingirán que van a investigar alguna cosa más cierta acerca de él. No los creas; porque más de cuarenta hombres de ellos le acechan y se han juramentado bajo maldición a no comer ni beber hasta que le hayan dado muerte; y ahora están listos esperando que se lo entregues.

—¿Quién eres? —preguntó Claudio Lisias en cuanto el muchacho calló.

—Soy el hijo de la hermana de Shaul, quiero decir de Paulos, tu detenido —respondió en un griego bastante aceptable—. Es él mismo el que me ha pedido que te informe.

«Un pariente de Paulos», reflexionó el tribuno y se percató de que hasta ese momento no se había preocupado de conocer el nombre de aquel ciudadano romano que tantos quebraderos de cabeza le estaba causando. Aunque este muchacho también le había llamado de otra manera, con un nombre judío. Sí, era costumbre habitual que aquellos desagradables sujetos tuvieran un nombre doble, el suyo judío, de nacimiento, y otro griego o latino. Éste era, al parecer, el caso del detenido. Resultaba lógico si se tenía en cuenta que contaba con el privilegio de la ciudadanía de nacimiento.

—¿Cómo te has enterado de todo esto? —preguntó Claudio Lisias que no tenía el menor deseo de permitir que quedara suelto cabo alguno.

—Soy *perush* —respondió el muchacho—. Los *perushim* no deseamos que se dé muerte a nadie por creer que los muertos se levantan, pero eso es lo que los hombres de que te acabo de hablar tienen intención de hacer con él.

Cuarenta judíos juramentados... Mal, muy mal asunto. Podía perder a varios hombres tan sólo intentando proteger al tal Paulos. Eso sin contar con las complicaciones de permitir que un ciudadano romano sufriera daño, quizá la misma muerte, a manos de esos canallas. Desde luego, había que actuar con rapidez.

—*Bene est** —dijo al fin el tribuno—. Me ocuparé de todo, pero debes tener algo muy presente si deseas salvar al hermano de tu madre.

—Sí, *kyrie* —respondió el muchacho.

—No digas ni una palabra de esto a nadie. ¿Me has entendido? A nadie.

El joven asintió.

---

* Está bien.

—Centurión —gritó al suboficial que permanecía en el extremo de la habitación—. Llama a los centuriones Julio y Cayo, y luego acompaña a este hombre hasta la salida. ¡Ah! Si lo desea, puede despedirse de su pariente.

El muchacho lo miró con gratitud. Estaba a punto de despegar los labios cuando el tribuno le hizo un gesto con la mano. Ahora no estaba para perder el tiempo escuchando palabras de agradecimiento.

Apenas tuvo que esperar Claudio Lisias unos instantes antes de que los dos centuriones a los que había convocado aparecieran.

—*¡Domine!* —exclamaron al unísono mientras se golpeaban el pecho con el puño.

—Nos enfrentamos con una situación de emergencia —dijo con gesto grave el tribuno—. Si actuamos con rapidez, podremos conjurar el peligro; pero si sale mal tendremos sangre en las calles.

Hizo una pausa. Por la expresión que se había dibujado en el rostro de sus subordinados captó que le habían comprendido sobradamente.

—Bien —continuó Claudio Lisias—. Lo que vamos a hacer es lo siguiente. A la hora tercera de la noche, doscientos soldados, setenta jinetes y doscientos lanceros saldrán en dirección a Cesarea. Su misión consistirá en llevar al detenido, ese tal Paulos, hasta la residencia del gobernador Félix. ¿Entendido?

—Sí, *domine* —respondieron nuevamente a la vez los dos centuriones.

—Pues manos a la obra. Con la mayor rapidez y sigilo posibles.

Los centuriones abandonaron la estancia casi a la carrera. Sí, se dijo el tribuno, con la ayuda de los dioses, todo saldría bien. Con gesto decidido, estimulado por la idea de poder acabar de una vez por todas con aquel espinoso enredo, se sentó a la mesa y echó mano del recado de escribir.

Claudio Lisias al excelentísimo gobernador Félix: Salud —comenzó la comunicación oficial—. *A este hombre, aprehendido por los judíos, y a quien iban ellos a matar, lo libré yo acudiendo con la tropa. Tras saber que era ciudadano romano y deseando averiguar la causa por la que le acusaban, le llevé al concilio de ellos; y hallé que le acusaban por cuestiones de su ley, pero que no había cometido ningún delito digno de muerte o de prisión. Sin embargo, al ser avisado de las asechanzas que los judíos habían tramado contra este hombre, inmediatamente te lo he enviado, instando también a los acusadores a que traten ante ti lo que tengan contra él. Pásalo bien.*

* * *

Félix terminó de leer la carta de Claudio Lisias. Lo bueno que tenía aquella urbe conocida con el nombre de Cesarea era que apenas se diferenciaba de otras agradables ciudades griegas situadas en las orillas del Mare Nostrum. Las aguas del mar eran azules y limpias; la gente hablaba un griego sonoro, casi musical, y, si se sabía por dónde caminar, uno no se encontraba jamás con aquellos odiosos judíos. Con un poco de suerte, hasta podía llegar a olvidarse de que se estaba destinado en aquel lugar perdido. Y ahora, cuando mejor se encontraba, el tribuno de la torre Antonia, el veterano pero impertinente Claudio Lisias, le venía con aquella desagradable historia acerca de un ciudadano romano al que un grupo de judíos enloquecidos deseaba matar nada más y nada menos que por cuestiones religiosas.

Levantó la mirada del texto y observó a los dos hombres que le contemplaban. Uno de ellos era un centurión procedente de Jerusalén. Duro, sin fisuras, disciplinado. De lo mejor que podía encontrarse en las legiones de que disponía Roma de Siria a Germania. En cuanto al otro... Un judío calvo, delgado y de ojos vivos. No había más que echar un vistazo al sujeto en cuestión para darse cuenta de que no podía constituir una amenaza para el orden público.

—¿Cómo habéis llegado hasta aquí? —preguntó a los centuriones.

—Salimos de Jerusalén a la hora tercera de la noche con una fuerza de infantería y tropas adicionales de lanceros y caballería —comenzó a informar Cayo—. Ya de noche, llegamos a Antípatris. Descansamos allí y, al día siguiente, mientras los legionarios emprendían el camino de regreso hacia la torre Antonia, los jinetes nos trasladamos hasta aquí. Conforme a las órdenes que habíamos recibido del tribuno Claudio Lisias, te entregamos al detenido sano y salvo.

—¿Se registró algún incidente durante el viaje? —preguntó el gobernador.

—Nos siguieron a distancia durante un buen rato —respondió Cayo—, pero, al final, abandonaron.

Sí, pensó el gobernador, sin duda, aquellos sujetos habían actuado de la manera más prudente. De haber atacado con tal inferioridad de condiciones, no hubieran tenido supervivientes y, de haberlos habido, habrían terminado en una cruz romana.

—¿De dónde eres..., Paulos? —preguntó Félix al detenido.

—De Tarso —respondió el detenido.

—Tarso... —repitió como un eco apenas susurrado el gobernador.

—En Cilicia —acotó más Paulos su origen geográfico.

—Sí, claro, de Cilicia —asintió Félix a la vez que recordaba la escuela de filosofía de la ciudad. Filosofía. Quizá aquel hombre era un filósofo. Si ése era el caso, no le extrañaba que los judíos hubieran deseado matarle. No había conocido ningún pueblo más impermeable a la filosofía que ellos. Esos bárbaros tenían bastante con sus dichosas escrituras redactadas con aquellas letras incomprensibles. Razón de más para no perder un solo instante con él.

—Bien, Paulos —dijo ahora, dirigiéndose al detenido—. Te oiré cuando vengan tus acusadores. De momento, vamos a ocuparnos de que estés custodiado en un lugar seguro. ¡Lleváoslo al pretorio de Herodes!

—Y por lo que a ti y a tus hombres se refiere —dijo Félix a Cayo mientras Paulos abandonaba la sala—, comed y descansad antes de regresar a Jerusalén. Habéis cumplido a la perfección con lo que se os había ordenado.

Capítulo

4

Un pesado hedor de aire sin renovar mez-
clado con sudor humano arañó las fosas
nasales del recién llegado. Pero lo peor no fue la fe-
tidez. Lè resultó imposible controlar la sensación
de que iba a ser arrojado a un pozo al observar la
negrura de la celda cuya chirriante puerta acababa
de abrir el legionario ante él. Sí, realmente, no existía mucha diferencia entre arrojarse a un estanque
hondo y sin agua y entrar en aquella mazmorra oscura. Por añadidura, por más que parpadeaba para
intentar distinguir algo, sus pupilas, rebosantes del
sol claro de Cesarea, no lograban discernir ni una sola silueta.

—¿Paulos? —preguntó, aunque sin atreverse a
cruzar el mal recortado umbral—. Soy Lucano.

—¡Lucano! —pudo escuchar que le respondía una voz extraordinariamente vivaz, y más teniendo en cuenta que pertenecía a un hombre sumido en la oscuridad más densa.

—Sí, he venido a visitarte —y, eludiendo la mirada de desaprobación del legionario que esperaba impaciente a que entrara ya en las tinieblas, Lucano penetró en el lugar donde se encontraba recluido Paulos. Le había animado enormemente el escuchar el inconfundible sonido de la voz de su amigo y maestro, pero aun así no pudo evitar un escalofrío al sentir cómo la puerta se cerraba gemebunda y sonaba, duro y áspero, el chasquido de la cerradura metálica. No se veía absolutamente nada, de manera que buscó a tientas la pared y procuró pisar con cuidado para no tropezar.

—¿Paulos? —dijo con apenas un hilo de voz.

—Sí, Lucano. Aquí.

—Aquí... —repitió con ironía Lucano mientras la sonrisa le asomaba a los labios. Como si fuera tan fácil determinar algo en medio de aquella negrura...

—Sí, estoy aquí —repitió el recluso, que había comprendido las dificultades con las que se enfrentaba el visitante—, pero es mejor que no te muevas ahora. El suelo está húmedo y podrías resbalar. Espera a que consigas ver algo.

Lucano obedeció y con la mayor precaución se detuvo en el lugar donde se hallaba.

—¿Te encuentras bien? —preguntó mientras procuraba adaptarse a la idea de no ver.

—Gracias a Dios, sí —respondió Paulos—. ¿Y tú? ¿Y Trófimo? ¿Y los demás?

—Todos están bien, Paulos —y añadió—: Gracias a Dios.

—¿Cómo te han dejado entrar?

—Les dije que era tu médico. Al parecer se te permite recibir visitas que tengan una justificación —contestó Lucano, que ya comenzaba a distinguir algunos bultos confusos en medio de la compacta oscuridad.

—Ha sido una buena idea —reconoció con satisfacción el detenido—. ¿Cómo van las cosas en Jerusalén? ¿Han molestado a los hermanos?

—No..., no les han hecho nada —respondió el recién llegado—. Por lo visto, sólo tienen interés por ti.

—¿Saben todos que no quebranté la Ley? —preguntó el detenido con un ligero tinte de inquietud en la voz.

—Sí, Paulos. No debes preocuparte. Todos lo saben.

—Me acusaron de introducir a un incircunciso, a Trófimo, en el Templo —se defendió Paulos—. Se trata de una acusación falsa. Nunca pasó del atrio de los gentiles.

—Sí, Trófimo me contó lo mismo —intentó tranquilizarle Lucano—. No temas. Nadie duda de tu inocencia.

Lucano estaba comenzando a distinguir de manera difusa los contornos del cuerpo del prisionero. Estaba encadenado al muro, pero no daba la impresión de que le hubieran golpeado o de que se encontrara enfermo. Sin dejar de palpar la pared, intentó ahora moverse hacia él. Estuvo a punto de resbalar un par de veces, pero, al final, alcanzó su objetivo y, entonces, descendió lentamente hasta quedar sentado a su lado.

—Todo ha sido para bien, Lucano —dijo el detenido con voz animosa.

Sí, conocía de sobra lo que Paulos pensaba de situaciones como aquélla. ¿Cómo las había descrito en su carta a los hermanos de Roma? Sí, «sabemos que a los que aman a Dios todas las cosas les ayudan para bien, a los que son llamados de acuerdo con su propósito, porque a los que conoció, a ésos también los predestinó...». Claro que, en circunstancias como aquéllas, la fe en afirmaciones semejantes se veía sometida a prueba.

—¿Sabes, Lucano? —continuó hablando el recluso—. A la noche siguiente de todo esto, cuando estaba custodiado por los romanos, se me presentó el Señor y me dijo: «Ten ánimo, Paulos, porque de la misma manera que has dado testimonio acerca de mí en Jerusalén, también es preciso que lo des en Roma».

Lucano se llevó la mano a la barba en un gesto habitual cuando reflexionaba sobre alguna cuestión. ¡Roma! La obsesión, la vieja obsesión de Paulos. Llegar a la capital del imperio con el mensaje. Desde luego, no daba la impresión de que las circunstancias actuales permitieran ser optimista.

—Paulos —comenzó a decir apesadumbrado el médico—. Quizá habríamos llegado con más facilidad a Roma si hubieras hecho caso de lo que te decían los hermanos de los distintos lugares por los que pasamos antes de llegar aquí. Todos ellos te advertían de que no debías bajar a Jerusalén...

—Lucano, Lucano... —le interrumpió el detenido—, ¿por qué te afliges? Lo que sucede ahora no tiene la menor importancia. El Señor me ha dicho que iré a Roma y llegaré a Roma. Sin ningún género de dudas.

El visitante decidió no insistir. No tenía sentido. Paulos estaba convencido de lo que decía y nada de lo que él pudiera aducir en defensa de sus posiciones le llevaría a adoptar una posición diferente. Habría que centrarse en cuestiones más prácticas.

—¿Qué vamos a hacer ahora? Me refiero mientras..., mientras estás encarcelado.

—El gobernador me ha dicho que tendré que comparecer ante mis acusadores, pero será aquí, en Cesarea. No me cabe ninguna duda de que saldré con bien del procedimiento. Soy inocente y la justicia del césar acostumbra a ser ecuánime. Cuando esté libre nos dirigiremos a Roma. No sé todavía cómo, pero lo haremos.

Lucano respiró hondo. Le hubiera gustado compartir la seguridad de Paulos, pero no era el caso y además lo que le había planteado seguía sin recibir una respuesta pertinente.

—Eso puede llevar meses —comenzó a decir el médico—. Imagina, tan sólo imagina, que tus enemigos en Jerusalén, los saduceos y el Sumo sacerdote, para empezar, deciden tardar en comparecer a la espera de que enfermes en prisión o incluso mueras..., eso si no les da la razón el gobernador. Tú confías mucho en los romanos, pero les gustan los sobornos como a cualquier otro hombre...

—Lucano —dijo Paulos con voz calmada, incluso un tanto condescendiente—. No se trata de que les gusten o no los sobornos, sino de que la ley romana es muy severa con los que incurren en ese tipo de faltas. No es imposible que reciban dinero del Sumo sacerdote, pero, sinceramente, lo veo improbable. Y por lo que a ti y a los otros se refiere... Bueno, los demás deben regresar con sus congregaciones. No tiene ningún sentido que pierdan más tiempo esperando mi puesta en libertad. Me acompañaron a Jerusalén para traer los donativos de los hermanos. Ya están entregados, luego pueden irse en paz con la satisfacción de haber cumplido la voluntad del Señor. En cuanto a ti, pienso que tu caso es distinto.

Lucano sintió una ligera opresión en el pecho al escuchar la última frase. Se trataba de una señal de alerta que se le presentaba frente a lo inesperado, lo que no había sido meditado con anterioridad, lo que se escapaba de sus pensamientos. ¿En qué era él diferente de los demás?

—Tú posees dones de los que ellos carecen —comenzó a decir Paulos como si hubiera podido leer en el corazón de su interlocutor—. Sé de sobra que todos ellos son hermanos fieles y entregados. Difícilmente, encontraría gente tan buena como ellos y cuando digo buena lo digo en todos los sentidos más hermosos de la palabra. Pero tú..., ¡ah, mi médico amado! Tú eres algo particular. Eres instruido, escribes bien, sabes narrar... No. Tú no debes irte. Tienes que quedarte en esta tierra porque puedes realizar una tarea que te agradecerán todos los hermanos y que, por encima de todo, servirá para dar gloria al Padre por medio de Cristo Jesús.

Por un instante, el médico se sintió presa de la perplejidad. ¿A qué se estaba refiriendo Paulos? ¿De qué tarea estaba hablando? ¿Qué era lo que la dotaba de esa importancia?

—Cuando Jesús el Señor se alzó de entre los muertos —prosiguió Paulos—, al tercer día se apareció a Cefas y después a los once ya juntos, y después fue visto por más de quinientos hermanos de los que muchos siguen vivos, aunque algunos durmieron en el Señor hace tiempo. Después se apareció a Jacobo, luego a todos los apóstoles y, finalmente, después de algún tiempo, como si fuera un aborto, a mí.

Sí, Lucas sabía todo eso. Se lo había oído decir a Paulos en infinidad de ocasiones. Hubiera incluso podido recitarlo de memoria, pero ¿qué tenía que ver con el hecho de que no pudiera regresar a su congregación y tuviera que permanecer en aquellas tierras?

—Mucha de esa gente sigue viva, Lucano —prosiguió Paulos— y no se trata sólo de que pueden dar testimonio de cómo vieron a Jesús que había vuelto de la muerte, es que también pueden narrar lo que hizo mientras vivía entre los hombres. No pocos de ellos lo conocieron de manera cercana antes de que fuera crucificado.

El médico clavó la mirada en los ojillos de Paulos. A pesar de la oscuridad, se percibía que despedían una luz viva, como si en su interior ardiera una llama intensa e imposible de extinguir.

—Tú, Lucas, puedes hablar con ellos porque la mayoría vive en esta tierra, y luego consignar por escrito sus recuerdos —concluyó con un tono de voz tentador Paulos—. Ésa podría ser la tarea más importante que has llevado a cabo en tu vida.

Anonadado por lo que acababa de escuchar, el médico abrió y cerró la boca un par de veces sin lograr pronunciar una sola palabra. ¿En verdad era consciente Paulos de lo que estaba diciendo?

—Jacobo me habló de que Mateo, uno de los doce elegidos por el Señor, ha escrito en hebreo una colección de algunos de sus dichos. Al parecer, Mateo tiene la intención de redactar en el futuro una vida de Jesús como las que los profetas escribieron de Samuel o David. De momento, no lo ha hecho y no resulta extraño. Ningún apóstol anda sobrado de tiempo como bien sabes. Sin embargo, tú, Lucano..., tú sí puedes hacerlo.

Repentinamente, una sensación de ahogo descendió sobre el visitante. ¿Él escribiendo una vida del mesías? Pero..., pero si no lo había conocido en persona, si ni siquiera era judío, si era un simple gentil que tan sólo unos años antes ignoraba todo sobre el único Dios verdadero.

—Tú conoces el hebreo, Lucano —prosiguió Paulos—. Puedes leer ese texto de Mateo y luego añadir lo que todos ellos te cuenten. Por añadidura, también conoces a los grandes historiadores griegos, ya que una y otra vez has repasado las obras de Heródoto, de Tucídides, de Jenofonte. Además tienes la posibilidad de dejarlo todo consignado en griego, la lengua que todos conocen en el imperio. Piénsalo bien. Donde no podamos llegar los que llevamos la Buena Noticia, sí podrá llegar una copia de tu texto, un texto como nunca se ha escrito.

—Pero..., pero... yo... —Lucano hubiera deseado protestar, decir que no era digno de esa misión, que seguramente tampoco poseía la competencia suficiente para llevarla a cabo. Sin embargo, un freno hasta entonces desconocido le impidió articular la menor objeción al proyecto de Paulos.

—Ésa será tu misión mientras yo esté recluido en esta mazmorra... o en otra —concluyó Paulos.

Antes de que pudiera decir una sola palabra, Lucano sintió cómo las manos del apóstol se posaban sobre su cabeza a la vez que pronunciaba una oración. Pidió con fervor sereno y alegre que el Espíritu Santo lo guiara en el nuevo camino que estaba a punto de emprender, que le apartara de todo lo falso y le condujera a lo verdadero, que aprovechara al máximo sus cualidades, que eran numerosas. Antes de que el médico pudiera darse cuenta, Paulos había concluido la oración invocando el nombre del mesías.

—Y ahora, Lucano —dijo posando la mano derecha sobre el hombro del médico—, no te entretengas. Redime el tiempo.

EL HIJO DEL HOMBRE

Netseret

PARTE 2

Capítulo

1

Lucano abandonó el pretorio de Herodes embargado por la sensación confusa de la persona que tiene que llevar a cabo una tarea importante y que no sabe por dónde empezar. De hecho, de no haber tenido a pocos pasos de distancia la fortaleza, hubiera dudado de lo que le había sucedido tan sólo unos momentos antes. En su corazón se entremezclaban casi dolorosamente los sentimientos de pesar y de rabia. ¿Por qué se había empeñado Paulos en bajar —subir, hubiera dicho él— hasta Jerusalén? En una comunidad tras otra, los distintos hermanos, impulsados por el Espíritu Santo, le habían advertido de que no le esperaban sino sufrimientos en la Ciudad Santa. A pesar de todo, se había empeñado en seguir su trayecto. ¿Verdaderamente era indispensable que el dinero de los donativos para los hermanos de Jerusalén lo entregara en persona? ¿No hubiera podido delegar esa tarea en alguien? Por supuesto que sí, pero con su proverbial tenacidad —¿o acaso era testarudez?— había llegado hasta el Templo y el resultado es que ahora se encontraba encarcelado sin que nadie pudiera aventurar si llegaría a ser puesto en libertad. Y, sin embargo, a pesar de la irritación que le invadía a Lucano le hubiera resultado imposible encolerizarse con Paulos. Lo había visto moverse en Corinto, en Éfeso, en Filipos, en tantos lugares como para concebir el menor sentimiento negativo hacia él. Por supuesto, Paulos podía equivocarse y con certeza lo había hecho ahora, pero con toda seguridad en su error se había visto impulsado por las motivaciones más puras y nobles. Claro que eso no cambiaba el hecho de que estaba encadenado en el extremo del Mare Nostrum sin una perspectiva aparente de verse puesto en libertad pronto...

Como si una mano gigantesca le sujetara el pecho, Lucano se detuvo y respiró hondo. Quizá lo que Paulos acababa de decirle constituía otra equivocación. ¡Escribir una vida del mesías como otros en el pasado habían hecho con Samuel o David! No, no podía ser. Resultaría un peso excesivo para sus espaldas. Le abrumaría. Sí, era cierto que había leído a Tucídides y a los otros historiadores griegos, pero...

Enredado en sus propios pensamientos, Lucano percibió un diminuto poyo de piedra situado a unos pasos y, de repente, se dio cuenta de que estaba muy cansado y necesitaba reposar. Se sentó, casi se desplomó, sobre aquella laja de piedra fría y mal cortada. Luego respiró hondo y cerró los ojos. ¿Qué podía hacer ahora?, volvió a preguntarse con los párpados todavía cerrados. ¿Verdaderamente qué podía hacer? Permaneció así unos instantes hasta que su corazón se sosegó y su respiración volvió a ser tranquila y regular.

Se incorporó y dejó que su mirada vagara sin rumbo establecido. Un par de mujeres llevando cántaros de agua atravesaron la calle apenas a unos pasos de él. No se diferenciaban especialmente, quizá el color de su atavío era un poco más oscuro, de las muchas que podían verse en cualquier otro rincón del Mare Nostrum. Apartó la vista y dejó que se deslizara sobre el pavimento irregular. Fue entonces cuando chocó con un objeto semideshecho. Parpadeó un instante para asegurarse de que se trataba de lo que parecía. Sin embargo, la luz no era buena y no podía estar seguro de que no fuera otra cosa. Lentamente, se incorporó del poyo y salvó la distancia que le separaba de aquello.

Se trataba de un grumo pardigris, inerte, inmóvil. Se inclinó y lo tomó entre los dedos. Estaba frío, tan gélido como la muerte que había hecho presa en él hacía ya varias horas. Era un gorrioncillo, quizá muerto por el impacto del frío nocturno. Nadie lo lamentaría ni lo echaría de menos y, sin embargo..., sin embargo, ni siquiera aquel pajarillo había muerto sin el permiso del Altísimo.

Echó un nuevo vistazo al animalillo yerto y, acto seguido, lo depositó lentamente en el suelo con un gesto tierno no exento de respeto. Luego se incorporó y respiró hondo. No quedaba otra alternativa. Descendería a Jerusalén y comenzaría el trabajo que le había sido encomendado.

* * *

—¿Puedes leer en hebreo, *ah?*

Lucano necesitó un instante para darse cuenta de lo que su interlocutor le había preguntado. Aquel hombre, vestido íntegramente de lino blanco, parecía rodeado de una aureola muy peculiar. Tenía la frente estrecha y surcada por un par de arrugas profundas y rojizas que casi caían sobre unas cejas pobladas. No era alto, pero sus ojillos vivos y su barba gris y dilatada resultaban mucho más imponentes de lo que hubiera sido una estatura elevada. Entre ambas partes de su rostro destacaba aquella nariz poderosa y aguileña, y aquellos labios fuertes y apenas tapados. Pero lo que más impresión causaba a Lucano era que por las venas de aquel hombre corría la misma sangre que hubo tiempo atrás en el cuerpo del mesías. ¿Hasta qué punto Jesús se había parecido a aquel hombre, a Jacobo, al que sus compatriotas denominaban Yakov, *ha-ah ha-mashíaj*? ¿Hasta dónde sus facciones eran semejantes? Seguramente, era imposible saberlo y, en realidad, tampoco importaba mucho. Lo que sí resultaba poderosamente sugestivo era el sosiego que parecía desprenderse de su persona. Hubiérase dicho que el tiempo se detenía al entrar en su presencia y, de la misma manera, la inquietud y la ansiedad se desvanecían.

—Sí —respondió finalmente Lucano—. Puedo leer en hebreo.

—Existe una colección de dichos de Yeshua, *ha-Adon* y *ha-mashíaj* —continuó el hombre vestido de lino, utilizando el griego pero salpicado por los términos que empleaba habitualmente—. Fue recogida por...

—... por Mateo —interrumpió Lucano e inmediatamente se arrepintió de su impetuosidad, que podía ser interpretada como una falta de respeto.

—Sí. Matai era un hombre instruido —asintió Yakov a la vez que utilizaba el nombre original del autor—. De hecho, llegó a ejercer como *mojes* hasta que el *mashíaj* lo llamó para que lo siguiera. Se había pasado la vida tomando nota de impuestos, tributos y tasas, y, cuando abandonó todo, bueno, supongo que los dedos le picaban. Un día, comenzó a consignar por escrito las enseñanzas del *mashíaj*. ¿Por qué lo hizo? A decir verdad, nunca lo hablé con él. Quizá alguien le pidió una copia, quizá algunos hermanos le dijeron que deseaban tener una relación de aquellas palabras... Fuera como fuese, antes de que Yeshua fuera crucificado por orden de Poncio Pilato, Matai ya había escrito buena parte de la colección si es que no toda...

Hablaba un griego curioso aquel hombre, se dijo Lucano. Lo utilizaba, desde luego, con soltura, como una persona que lo conoce desde niño, pero, sin lugar a dudas, no era su lengua madre. Buena prueba de ello eran el acento fuerte de Galilea, la manera en que violentaba ocasionalmente la gramática o la forma en que construía las frases. Eso por no mencionar la manía de utilizar los nombres propios en originales en lugar de en su traducción al griego.

—... pero, lógicamente, la escribió en hebreo —prosiguió el hombre vestido de lino blanco—. La lengua sagrada en que Adonai se reveló a *am-Israel*.

—Lo leeré sin problemas —aseguró Lucano.

Con un gesto ágil, Yakov se puso en pie. Por un instante, su vestidura de lino se abrió y Lucano pudo entrever una rodilla totalmente encallecida. No recordaba haber contemplado nunca algo semejante. Recordaba..., sí, por increíble que pareciera, recordaba las rodillas de un camello. ¿A qué podía deberse aquella peculiaridad? ¿Una malformación? ¿Una herida? De ser así, ¿qué podría haber provocado aquella curiosa forma de cicatrización?

Yakov abandonó la habitación, pero apenas tardó unos instantes en regresar. Al hacerlo, en la diestra llevaba un rollo que, como captó Lucano, estaba escrito por el exterior, una señal inequívoca de que se habían servido de los dos lados para conservar aquel material. Le dio la impresión de que las informaciones sobre el carácter ahorrativo de los hermanos de Jerusalén distaban mucho de ser erróneas.

—Toma. Lee —dijo Yakov mientras tendía el rollo a Lucano.

No se le escapó al médico que el denominado *ha-ah ha-mashíaj* lo estaba poniendo a prueba. Si no lograba desenvolverse de manera correcta con aquellas líneas, estaba seguro de que no le confiaría el texto consignado tiempo atrás por Matai.

Lucano cogió el manuscrito y lo desenrolló con soltura. La caligrafía era, ciertamente, hermosa. Las palabras hebreas aparecían trazadas con una limpieza extraordinaria, casi hubiera podido decirse que con la elegancia propia de un escriba especialmente avezado. Pero ahora no podía entretenerse en aquellos aspectos. Buscó con la mirada una de las líneas y comenzó a leer:

—*Vegam-ení omer lajem shaelú vinnatén lajem dirshú vetimtsaú difqú vipataj lajem.*

Levantó la mirada del texto. Yakov no había despegado los labios, pero por la expresión de sus ojos resultaba obvio que esperaba una traducción y que más le valía al médico ser lo más exacto posible al realizarla. Lucano clavó nuevamente los ojos en aquella línea y comenzó a recitar:

—Y yo os digo: pedid y se os dará, buscad y hallaréis, y llamad y se os abrirá.

Yakov había cerrado los ojos para escuchar la lectura, pero la sonrisa satisfecha que rajaba ahora su poblada barba dejaba de manifiesto la manera en que se había caldeado su corazón con aquellas frases.

—Es una gran verdad lo que acabas de leer —dijo al fin abriendo los párpados.

—Sin duda —asintió Lucano, que no había podido evitar que aquellas palabras contuvieran un significado especial para él.

Guardó silencio por un instante y volvió a dirigirse al judío:

—Desearía pedirte un favor.

—¿De qué se trata, *ah?*

—Verás, Yakov —comenzó a decir Lucano—. Tú conociste al *mashíaj* desde su infancia. Lo viste moverse cuando era un niño, cuando crecía..., quisiera que...

—Todo eso tiene poca importancia —cortó suavemente el judío—. Lo relevante es su enseñanza..., su enseñanza y lo que sucedió después del bautismo de Yohanan. Lo anterior...

—Pero yo querría saber cómo era —insistió Lucano procurando no parecer descortés y resultar, al mismo tiempo, convincente—. Seguro que...

—Era un niño normal que crecía *bejojmáh ubeqomáh ubehen im-Elohim veim anashim**.

Sin duda, lo que acababa de afirmar Yakov era importante, pero a Lucano distó de parecerle suficiente. No colmaba su deseo de saber más sobre la infancia del Señor y mesías.

—*Ahí*—dijo Yakov—. Es cierto que le vi correr y jugar y trabajar, pero nada de eso tiene importancia. Además yo no estuve a su lado en los inicios.

Lucano intentó decir algo, pero el judío alzó la mano imponiendo silencio con suavidad.

—No creía en él, *ah*, pero ahora no vamos a hablar de eso. Hubo otra gente, gente que amaba a Adonai y su Torah que sí lo siguió desde el primer momento. Muchos siguen viviendo en esta Tierra... Yohanan, Yehudah, Yoram, Cleopas... No son po-

---

* En sabiduría y en edad y en gracia con Dios y con los hombres.

cos, no, y te servirán mucho mejor que yo en tus propósitos.

—¿Dónde puedo encontrarlos? —preguntó Lucano, consciente de que no conseguiría convencer a Yakov.

—Tendrías que empezar por Galil, por Netseret o, mejor, por el Yardén. Donde Yohanan empezó a sumergir a la gente en el agua como señal de que se volvían hacia Elohim.

Lucano asintió con la cabeza, aunque sin despegar los labios. No era lo que deseaba, pero se trataba de un inicio con apariencias de resultar prometedor. Y además estaba el libro de Matai.

—Lucano —dijo Yakov—. Puedes decirles que *ha-ah ha-mashíaj* te envía. Te proveeré de las cartas de presentación necesarias para que los *ahim* de los distintos lugares te ayuden en tu labor.

El hombre guardó silencio y, por un instante, clavó su mirada en el médico. Lucano experimentó la desagradable sensación de que aquellos ojos agudos y penetrantes lo estaban partiendo en dos para escrutar con mayor facilidad su interior.

—*Ah* —exclamó al cabo de un rato Yakov—. Oraremos por ti. Tu misión, sin ninguna duda, viene de Adonai.

Capítulo

2

Lucano desenrolló el manuscrito y comenzó a leer. Era la tercera vez que llevaba a cabo esa tarea desde que Yakov se lo había entregado en la ciudad del Gran Rey. *«Ze sefer toledot hamashíaj Yeshua ben-David, ben-Abraham...»**. Sí, tenía lógica. Matai comenzaba su obra enunciando el contenido. *«Sefer toledot»*... Notable término. El mismo que la Torah utilizaba para referirse a algunas de sus porciones más significativas. Lo que venía a continuación era una genealogía. *«Abraham Olid et-Itsjaq veItsjaq Olid et-Yaqov»***. Recorrió las líneas con atención. No cabía la menor duda de que Matai

---

* Éste es el libro del mesías Jesús, hijo de David, hijo de Abraham...

** Abraham engendró a Isaac e Isaac engendró a Jacob.

había consignado una genealogía que dejaba de manifiesto que Jesús era descendiente de David y, por lo tanto, había cumplido la profecía que señalaba que el mesías estaría señalado por esa circunstancia. Sin duda, se trataba de un argumento de enorme interés para los judíos. No tenía la misma relevancia seguramente para aquellos que, como él, procedían de un contexto gentil.

Repasó la genealogía dos veces más. Sí, no podía caber la menor duda de que aquél era un libro judío. Jesús, el mesías, hijo de Abraham, hijo de David... La siguiente frase le había llamado la atención la primera vez igual que si hubiera chocado con un árbol mientras caminaba tranquilamente. «*Yohanan yavo al-col-kikar hayarden...*»*. Había un salto obvio en el texto. Tras la genealogía, Matai comenzaba su colección de palabras refiriéndose a Juan el Bautista... Como había pasado con Yakov en Jerusalén, daba la impresión de que la infancia del mesías no le interesaba especialmente. Hubiérase dicho que la encontraba no sólo secundaria sino incluso prescindible.

—*Shalom*.

La palabra arrancó a Lucano de la lectura. Levantó los ojos hacia la entrada irregular del modesto lugar donde se alojaba desde hacía dos noches. Por

---

* Juan vino a toda la región cercana al Jordán.

primera vez en su vida, Lucano se había encontrado con una población desprovista de casas. En aquella aldea, la gente vivía en cuevas excavadas en la blanda roca de la achatada montaña. Era cierto que durante el día sacaban sus humildes herramientas y enseres fuera de aquellos diminutos agujeros y trabajaban bajo míseros toldos, pero, cuando se ponía el sol, aquellos laboriosos personajes se replegaban dentro de las oscuras oquedades de la redonda colina de la misma manera que los blandos cuernecillos de un caracol amenazado.

Había calculado que en aquella montaña blanquecina podrían vivir unas ochenta o noventa familias. Sin duda, se trataba de gente humilde, con no pocas dificultades para dar de comer a sus numerosas proles. Bueno, pues después de tanto tiempo de imaginarla, ya la conocía. Ésa era la población de Nazaret —Netseret, como decían ellos—, en la que durante años había vivido Jesús.

Le habían acogido inicialmente con recelo, pero cuando preguntó por los *ahim* y dijo que venía de parte de Yakov, *ha-ah ha-mashíaj*, la situación cambió. Sin ninguna duda, algunos siguieron desconfiando, pero, de manera casi inmediata, aparecieron los que le brindaron alojamiento y pitanza. Desde el principio, se ofreció a abonar el coste de tan magro sostén, pero los *ahim* se negaron. ¡Eran *ahim!,* le dijeron a mitad de camino entre la sorpresa y el sentimiento de verse ofendidos. Sí, sin duda, eran hermanos. Le constaba porque lo había visto en docenas de lugares esparcidos por el orbe donde el hecho de ser hermanos —hijos del Padre anunciado por Jesús— se traducía siempre en una hospitalidad que sobrepasaba la lengua, el origen o la ciudad de nacimiento.

El hombre que acababa de entrar en la habitación se encontraba situado en esa línea sutil en la que de un momento a otro se produce el paso de la edad madura a la ancianidad. Su barba, que en otro tiempo debió de ser vigorosamente negra, ahora resultaba de un gris blanquecino y descendía sobre el pecho cubriéndolo casi por completo. Se trataba de una de esas barbas típicamente judías a las que no lograba acostumbrarse Lucano, pero que tan comunes resultaban en aquellas tierras, especialmente entre hombres piadosos. Vestía de blanco, como Yakov. No se hubiera atrevido a decir que se trataba de una indumentaria litúrgica como la que había contemplado en los sacerdotes de los cultos paganos, pero, sin duda, compartía con la del *ah ha-mashíaj* una sencillez frugal y, a la vez, elegante.

—Soy Lucano... —comenzó a decir mientras se incorporaba en respuesta al saludo del recién llegado.

—Sé quién eres, *ah* —cortó sin acritud el hombre en un griego áspero y cargado de sonidos guturales—. La carta del *ah ha-mashíaj* relataba todo muy bien. Yo me llamo Yosef. ¿En qué puedo servirte?

—Estoy recogiendo el material necesario para escribir una vida del mesías —respondió Lucano— y tengo intención de hablar con aquellos que lo conocieron.

Yosef hizo una seña para que Lucano volviera a sentarse y tomó a su vez asiento. Sólo cuando se hubo acomodado en la estera que cubría parcialmente el suelo de piedra continuó la conversación.

—*Ha-ah ha-mashíaj* me dice que te entregó una copia del libro de Matai.

—Sí, así es —reconoció el médico.

—¿Puedes leer sin dificultad en hebreo?

—Sí.

—Bien. Permíteme ahora hacerte una pregunta, *ah*. La idea de escribir ese libro, ese proyecto, ¿se te ocurrió a ti o a otra persona?

—*Ah* —respondió Lucano—. Yo soy médico, un sencillo y modesto médico. Sin especial importancia. Creo que semejante posibilidad no se me hubiera pasado por la cabeza nunca. En realidad, la idea fue de Paulos..., quiero decir de Shaul, Shaul de Tarso. ·

—Shaul de Tarso... —repitió Yosef mientras el rostro se le ensombrecía.

Durante unos instantes el recién llegado guardó silencio. No daba la sensación de ser presa de la irritación, pero no cabía duda de que se sentía incómodo con lo que acababa de oír.

—Voy a ser sincero contigo —dijo al fin—. Seguramente sabes que Shaul de Tarso no es bien visto por algunos de los *ahim*. Se rumorea de él que enseña a los *yehudim* que no han de cumplir la Torah que Moshé recibió de Elohim en el Sinaí.

Lucano sintió una incómoda opresión en el pecho y en el estómago. Estaba más que al corriente de las maledicencias que se habían vertido sobre Paulos en los lugares más diversos. Los gentiles le acusaban de querer convertirlos en judíos, los judíos lo acusaban de negar la Ley de Moisés como si fuera un gentil. Le constaba que ni una cosa ni la otra eran mínimamente ciertas, pero ahora no le parecía que fuera el momento más adecuado para extenderse en detalles al respecto.

—Pau..., Shaul se encontró con Yakov hace unos días —comenzó a decir Lucano—. El *ah ha-mashíaj* le refirió esos mismos rumores. Insistió sobre todo en que la gente lo acusaba de enseñar a los judíos que no debían seguir la Torah de Moshé y a no circuncidar a sus hijos. Puedo adelantarte, *ah*, que semejante afirmación no pasa de ser pura maledicencia. Yakov así lo comprendió y por eso aconsejó a Shaul que tomara a cuatro jóvenes que estaban vinculados por un voto y que se purificara con ellos rasurándose la cabeza. De esa manera, todos entenderían que nada de lo que se decía de él era cierto. Por lo que se refería a los gentiles..., a los *goyim,* Yakov le insistió en que siguiéramos absteniéndonos de consumir alimentos sacrificados a los ídolos; de comer animales que, por estar vivos, aún llevaran sangre en su interior; de cosas estranguladas y de eso que vosotros los judíos denomináis *zenut.*

Yosef frunció los ojos. Era obvio que intentaba asimilar todo lo que acababa de señalar Lucano. Por un instante se mantuvo en silencio y, finalmente, preguntó:

—¿Y qué hizo Shaul?

—Seguir punto por punto lo que le había dicho Yakov —respondió Lucano—. Pagó el coste de los votos de los jóvenes y acudió día a día al Templo hasta que concluyeron las ceremonias de purificación.

Yosef se mantuvo en silencio. Resultaba evidente que lo que acababa de escuchar chocaba frontalmente con algunas de sus ideas previas.

—No sólo eso —prosiguió Lucano, que había captado que en la mente de Yosef se había abierto un lugar por el que poder penetrar—. Debo informarte de que el motivo de la visita de Shaul a Yerushalayim era entregar distintas ofrendas que las comunidades fundadas por él entre los gentiles enviaban a los hermanos de Yehudah.

Yosef atrapó entre dos de sus dedos una guedeja de la poblada barba y comenzó a tirar de ella suavemente. Lucano no podía saberlo, pero se trataba de un gesto que repetía frecuentemente para concentrarse mejor en sus pensamientos. Se mantuvo así en silencio un buen rato y, al final, sus labios se abrieron.

—¿Qué deseas saber exactamente?

* * *

—Sí, claro que recuerdo a Yohanan... —dijo Yosef mientras ofrecía un pedazo de carne asada a Lucano.

El médico no pudo evitar una cierta sensación de culpa al llevarse la comida a la boca. Era obvio que Yosef vivía muy humildemente. Ofrecerle aquel animal tenía que haber significado un enorme sacrificio, quizá el fruto del trabajo de varias semanas.

—La mayoría de la gente sabe quién fue Yohanan —comenzó a decir en aquel griego duro y plagado de palabras semíticas que empleaba—. Un *naví*. Un *naví* como no había existido desde la muerte de Zakaryahu. Nadie se atrevería a negarlo. Ni siquiera la estirpe maldita de los *tsedokim*. Sin embargo, hay cosas de su vida que poca gente sabe...

—¿A qué te refieres? —preguntó intrigado el médico.

—Verás, *ah* —prosiguió Yosef—. Te puedo contar todo esto porque yo soy un *cohen*. Exactamente igual que el padre de Yohanan. Cuando lo conocí, yo era apenas un niño y él era ya un hombre mayor.

—¿Quién reinaba entonces? —le interrumpió Lucano—. ¿Estás hablando de la época de Herodes?

—Eh..., sí, por supuesto —respondió Yosef—. Por aquel entonces reinaba Herodes. No pocos pensaban entonces que *ha-mashíaj* no tardaría en nacer. Nuestro *av* Yakov había profetizado a su hijo Yehudah que *ha-mashíaj* vendría precisamente cuando el cetro de los *yehudim* lo sostuviera alguien que no fuera *yehudí*. ¿Conoces el texto, *ah*?

Sí, Lucano lo conocía.

—Supongo que te refieres al libro de Géne..., quiero decir de *Bereshit* —respondió el médico.

Una sonrisa se dibujó satisfecha en la barba blanquecina de Yosef. *Baruj ha-Shem* no estaba perdiendo el tiempo hablando con aquel *goy*.

—Como iba diciendo —continuó su relato—. El padre de Yohanan era un sacerdote llamado Zakaryahu, de la clase de Abyahu. Su mujer era de las hijas de Aarón, y se llamaba Elisabet. Ambos eran *tsadiqim* delante de Dios, y caminaban irreprensibles en todas las *mitsvot* y *juqotaim* de Adonai.

A decir verdad, eran un matrimonio feliz salvo por una cosa.

—¿Qué? —preguntó Lucano.

—Te he dicho, *ah,* que cumplían todas las *mitsvot* de Adonai. No es del todo exacto. Había una *mitsvah* que no podían cumplir, la que ordena *Perú urebú.*

—Creced y multiplicaos —tradujo Lucano provocando una nueva sonrisa de satisfacción en su interlocutor.

—Todos sabían la tristeza que esa situación provocaba a Yohanan y Elisabet. Ella era, desde luego, estéril, y ambos tenían ya una edad avanzada. Y entonces, cuando nadie lo esperaba... ¿Por qué no comes, *ah?*

Lucano hincó el diente a la carne, guiado más que por el hambre por el deseo de que Yosef continuara con su relato.

—Verás —siguió el *cohen*—. Zakaryahu comenzaba a cumplir con su cometido, según el orden de su clase, conforme a la costumbre de los *cohanim,* cuando le tocó en suerte ofrecer el incienso, entrando en el *Heijal* de Elohim. Mientras tanto, toda la multitud del pueblo estaba fuera orando a la hora del incienso. Y en ese momento, justo en ese momento, se le apareció un *malaj* de Elohim, en pie a la derecha del altar del incienso.

—¿Un *malaj?* —preguntó Lucano, que sintió en ese momento no estar tomando notas de lo que relataba el *cohen.*

—Sí —respondió Yosef sin darle importancia, absorto como estaba por el hilo del relato—. Cuando Zakaryahu lo vio, le invadió el temor...

El temor..., sí, reconoció Lucano. Tenía sentido. Entrar en un templo y encontrarse con un ángel debía provocar en cualquier hombre normal una reacción semejante.

—El *malaj* se dio cuenta de cómo se sentía Zakaryahu e inmediatamente le dijo: «No temas; porque tu *tefillah* ha sido oída, y tu mujer Elisabet te dará un hijo, y le llamarás Yohanan. Y tendrás gozo y alegría, y muchos se alegrarán de su nacimiento porque será grande delante de Elohim. No beberá vino ni sidra, y estará lleno de *ha-Ruaj ha-Kodesh,* incluso desde el vientre de su madre. Y hará que muchos de los *beni* Israel se conviertan a Adonai Elohim. E irá delante de él con el *ruaj* y la *guevurah* de Elyahu, para hacer que los corazones de los padres se vuelvan a los hijos, y los rebeldes a la prudencia de los justos, para preparar a Adonai un pueblo bien dispuesto».

—Me imagino que Zakaryahu se sentiría lleno de alegría —pensó en voz alta Lucano.

—*Ah* —respondió Yosef—. No pocas veces nos pasamos media vida pidiendo algo a Elohim para luego no creer que sea posible que nos las otorgue. Eso fue lo que le sucedió a Zakaryahu...

—¿Qué quieres decir? —preguntó sorprendido Lucano.

—Quiero decir, *ah*, que Zakaryahu no creyó al *malaj* Elohim. Se dirigió a él y le dijo: «¿Cómo sabré que es cierto lo que me acabas de decir?». Y luego, como si quisiera justificar su incredulidad, añadió: «Porque yo soy viejo, y mi mujer es de edad avanzada...».

—¿Y qué sucedió entonces?

—El *malaj* dijo a Zakaryahu: «Yo soy Gabriel, el que estoy delante de Elohim; y he sido enviado a hablarte, y darte estas buenas noticias. Pues a partir de ahora, te vas a quedar mudo y no podrás hablar, hasta el día en que todo se cumpla, porque no creíste mis palabras, que se cumplirán a su tiempo».

—Y así sucedió... —dijo Lucano.

Yosef levantó la mano imponiendo silencio a su invitado.

—*Ah*, no tengo la menor intención de concluir este relato hasta que te acabes la carne.

Capítulo
3

L ucas consumió con la mayor rapidez la comida que Yosef, el *cohen,* había colocado ante él. Así lo había hecho porque se sentía poseído por un deseo ardiente de saber lo que había sucedido con Yohanan. Nunca había oído hablar de todo aquello y la posibilidad de conocer nuevos detalles de los que no le había relatado nadie encendía en él un fuego extraño.

—He concluido, *ah* —dijo el médico depositando en la escudilla el hueso mondo.

—*Tov, tov* —respondió asintiendo su anfitrión. Acto seguido, deslizó bajo sus manos un lebrillo reluciente y acercó una jarrita llena de agua.

Tardó un instante Lucano en comprender lo que acababa de hacer Yosef, pero, cuando se percató, extendió los dedos para que sobre ellos cayera el líquido limpio y frío. El *cohen* recitó una *berajah* y, acto seguido, vertió el agua. Lucano experimentó una sensación extraña cuando las primeras gotas cayeron sobre sus dedos. Era como si poseyeran un poder purificador que retirara cualquier residuo de suciedad que pudiera haber no sólo en su cuerpo, sino también en su alma. Se frotó las manos, extendió el agua hasta las muñecas y aceptó el paño que le tendía Yosef.

—Ahora podemos continuar la historia —dijo el *cohen* cuando vio cómo se secaba las manos.

—Gracias —exclamó de todo corazón el médico.

—Nos habíamos quedado en... Sí, sí. Bueno, el pueblo estaba esperando a Zakaryahu, y se extrañaba de que se demorase en el *Heijal*. Y salió, pero cuando lo hizo, no les podía hablar y comprendieron entonces que había contemplado una visión. Por supuesto, el *cohen* deseaba hablarles, pero no pudo pasar de comunicarse por señas, y, en adelante, permaneció mudo. Y, cuando se cumplieron los días de su *avodah*, regresó a su hogar. Y entonces, *ah*, entonces sucedió lo que el *malaj* le había dicho a Zakaryahu. Después de aquellos días concibió su mujer Elisabet, y se recluyó en casa por cinco meses. Según se cuenta, no paraba de decir sorprendida: «Así se ha comportado conmigo Adonai en estos días en que se dignó quitar mi afrenta entre los hombres».

—¿Estaba encinta de Yohanan, verdad? —preguntó el médico. Sin embargo, Yosef no le respondió. Cerró los ojos con gesto de indulgencia, levantó la palma derecha suavemente y siguió hablando. Resultaba obvio que no iba a alterar su manera de narrar porque se lo pidiera aquel *goy* procedente de Elohim sabía dónde. Seguiría a su ritmo de la misma manera que el buen intérprete no lo cambia simplemente porque le griten los espectadores que debe hacerlo.

—Cuando a Elisabet se le cumplió el tiempo de su alumbramiento —prosiguió el *cohen*— dio a luz. Fue un niño. Y cuando oyeron los vecinos y los parientes que Elohim había puesto de manifiesto lo grande que era su misericordia para con ella, se llenaron de alegría. Durante años habían orado todos ellos para que Zakaryahu y Elisabet cumplieran con el precepto de *perú urebú*, y ahora, *Baruj ha-Shem*, era una realidad que nadie podía negar. Por supuesto, cuando llegó el octavo día, el de la *berit milah*, estaban convencidos de que el niño tendría que llevar el nombre de su padre.

Lucano estuvo a punto de intervenir para preguntar cómo conciliaron aquel deseo con la orden del *malaj*, pero guardó silencio. Iba conociendo a Yosef y sabía que la interrupción no daría ningún fruto.

—Todos decían «Zakaryahu», «Zakaryahu» —prosiguió el *cohen*— y entonces la madre dijo: «No; se llamará Yohanan». Puedes imaginarte la sorpresa de todos. ¿Por qué? ¿Por qué iba a llamarse Yohanan? Realmente, no había nadie en la *mishpahah* que se llamara así. Sin saber qué pensar, se acercaron a Zakaryahu y le preguntaron por señas cómo quería que se llamara el crío. Y pidiendo una tablilla, el *cohen* escribió: «Yohanan es su nombre». Y todos se quedaron pasmados. Y en ese mismo momento se le abrió la boca y se le soltó la lengua, y rompió a bendecir a Elohim. Y se llenaron de temor todos sus vecinos.

—No era para menos —pensó en voz alta Lucano.

—El *am-Israel* es tan parlanchín... —dijo Yosef—. Al cabo de nada, los vecinos habían extendido las noticias de lo sucedido por las montañas de Yehudah y todos los que las oían las guardaban en su corazón, preguntándose quién era aquel niño. Por añadidura, Zakaryahu, que había estado en silencio casi un año, rompió entonces a hablar guiado por el *Ruaj ha-Kodesh*.

Por un instante, el *cohen* guardó silencio, al tiempo que cerraba los ojos. Hasta ese momento, había relatado todo con calma absoluta, como si se tratara de un *mashal* o de un *midrash* destinado a sus *ahim* en la fe, pero, de repente, en su interior se había operado un cambio profundo. Era como si también él fuera presa del impulso del *Ruaj ha-Kodesh* que se había apoderado de Zakaryahu más de medio siglo atrás.

—*Baruj* Adonai Elohim ha visitado y redimido al *am-Israel*, y nos ha levantado un cuerno de salvación, en la casa de David su siervo, como habló por boca de sus santos *nevim* que fueron desde el principio. Salvación de nuestros enemigos, y de la mano de todos los que nos aborrecen, para hacer *hesed* con nuestros padres y acordarse de su *berit*, del juramento que hizo a Abraham nuestro padre, que nos había de conceder que, librados de nuestros enemigos, sin temor le serviríamos en *qodesh* y *tsedakah* delante de él, durante todos nuestros días. Y tú, niño, *naví* de El-Elyón serás llamado, porque irás delante del rostro de Adonai para preparar sus caminos, para dar conocimiento de salvación a su pueblo, para *selijah* de sus pecados, por las entrañas de misericordia de Elohim, con que nos visitó desde lo alto la aurora para dar luz a los que habitan en tinieblas y en sombra de muerte, para encaminar nuestros pies por camino de *shalom*.

Yosef abrió los ojos y clavó la mirada, extrañamente intensa, en Lucano.

—Eso fue lo que dijo en aquellos momentos Zakaryahu y fue miel para los oídos de los que lo escuchaban. ¿Era Yohanan *ha-mashíaj*? ¿Era Elyahu? ¿Era un *naví*? ¿Quién hubiera podido decirlo? Pero lo que no podía negarse era que Elohim había otorgado a sus padres aquel retoño cuando parecía totalmente imposible que gozaran de descendencia. Igual que había sucedido con Abraham y Sara.

—¿Llegó a servir como *cohen* en el *Heijal?* —preguntó Lucano.

Yosef negó con la cabeza.

—Aquel niño creció y se fue fortaleciendo en *ruaj*, pero Zakaryahu y Elisabet no pudieron acompañarlo mucho. Eran muy mayores, como te he dicho, y marcharon a reunirse con sus padres... ¿entiendes la expresión?

—Sí, quieres decir que se murieron.

—Exacto —asintió Yosef—. Murieron cuando Yohanan era un niño. Y entonces..., entonces sucedió algo inesperado. El niño fue recibido por un grupo de *tsadiqim* y llevado al desierto. Allí estuvo hasta que llegó el día de su manifestación a Israel.

—Según mis cálculos —dijo Lucano—, eso debió de ser en el año decimoquinto del imperio de Tiberio César. Por aquel entonces, era gobernador de Judea... Poncio Pilato, y Herodes era el tetrarca de Galilea, y su hermano Felipe era tetrarca de Iturea y de la provincia de Traconite, y Lisanias era tetrarca de Abilinia. Por lo que se refiere a los *kohanim ha-guedolim* tuvieron que ser Anás y Caifás. ¿Podrías confirmarme esto?

—*Ah* —respondió el *cohen*—. No tengo la menor idea de los años que el césar llevaba reinando. A decir verdad, tengo dificultades para distinguirlos, seguramente porque son casi tan inicuos unos como otros. Lo demás que me dices... sí, por supuesto, Anás y Caifás dominaban Yerushalayim y el Sanhedrín en aquel entonces y sí, Herodes, Felipe y Lisanias gobernaban los despojos del reino de Herodes padre que les habían arrojado los romanos.

—En el libro que me entregó Yakov —prosiguió Lucano mientras desenrollaba el manuscrito y buscaba algo concreto— recoge algo de la predicación de Yohanan, pero me parece un poco escaso. Sí, aquí está. Citaba al profeta Isayahu y...

—Lo que Matai ha escrito en su libro es cierto, pero sí, resulta incompleto —dijo suavemente Yosef—. Puedo decirlo porque yo fui de los primeros que salió a escuchar la predicación de Yohanan a orillas del torrente Yardén. Su mensaje era muy claro. Tan sencillo que un niño o un necio podía entenderlo. Aún me parece escuchar cuando gritaba: *malú ha-yamim umalkut ma-shamayim qerobah labo shubú...* Quiero decir...

—Lo he entendido perfectamente —dijo Lucano.

---

* Los días se han cumplido y el reino de los cielos se ha acercado, arrepentíos...

—Sí —prosiguió Yosef—, eso era lo que gritaba mientras se movía por toda la región contigua al Yardén. Predicaba a la gente la *teshuvah*, el que se volvieran de sus pecados, y que, acto seguido, se sumergieran en las aguas del torrente. No se trataba, como enseñan algunos en Israel, de pasar por un baño que limpiara y que por ello tenía que ser repetido una y otra vez. Así actúan, desde luego, algunos de los *yehudim* que viven en el desierto, pero lo que Yohanan llevaba a cabo era muy distinto. Aquella inmersión era un testimonio público de la *teshuvah* y de que los que habían dado ese paso, también habían recibido la *selijah* de los pecados.

—Era, por lo tanto, muy parecido a nuestro bautismo —dijo Lucano.

—Sí —respondió Yosef—. Es cierto que simbolizaba la *teshuvah* y el perdón inmerecido que se recibía de Dios, pero ahí acaban las similitudes. Ninguna referencia a la muerte y resurrección de *ha-mashíaj* ni a la nuestra.

—Sí, es lógico —reconoció Lucano.

—En cuanto a lo que dice Matai de que Yohanan citaba las palabras del *naví* Isayahu para explicar sus acciones es totalmente cierto. *Qol qoreh bamidbar**...

—«Preparad el camino del Señor» —recitó en griego Lucano—. «Enderezad sus sendas. Todo valle se rellenará, y se rebajará todo monte y collado, y

---

* Voz que clama en el desierto.

los caminos torcidos serán enderezados, y los caminos ásperos allanados...».

—*Ve raú kol-basar et yeshuat Elohenu**... —concluyó la cita Yosef—. Sí, Yohanan gritaba aquellas palabras en las cercanías del Yardén y se hubiera esperado que los montes se hubieran convertido en llanuras y que los valles hubieran elevado su nivel hasta allanarse totalmente.

—Yosef —dijo Lucano—. Antes has dicho que lo que Yohanan hacía en el Yardén no era como las ceremonias que otros *yehudim* practican en el desierto de Yehudah y que tampoco era exactamente como nuestro bautismo aunque se parecía. ¿Tienes idea de dónde sacó Yohanan todo aquello? Quiero decir si se lo reveló alguien, si...

Yosef inspiró hondo. Los músculos del rostro se le habían tensado como si acabara de recibir un golpe y deseara ocultar el dolor y aparentar que no le había importado. Lucano captó el gesto, pero, en esos momentos, ignoraba cómo debía continuar la conversación. Quizá lo más prudente sería interrumpirla, pero si lo hacía, ¿cabría la posibilidad de reiniciarla en otro momento?

—Yohanan... —comenzó a decir el *cohen*—. ¿Conoces la ceremonia por la que tiene que pasar un *goy* que desea entrar en el *am-Israel?*

---

* Y verá toda carne la salvación de Dios.

Lucano asintió con la cabeza. Sí, por supuesto que la conocía.

—Si es un hombre, tiene que dejarse circuncidar y ser sumergido totalmente en un baño de purificación; si es una mujer, sólo atraviesa por ese baño...

De repente, como si hubiera visto una llamarada, Lucano entendió todo. ¿De eso se trataba entonces? Pero..., pero ¿era posible?

—Discúlpame si no te comprendo bien —dijo el médico—. ¿Quieres darme a entender que Yohanan trataba a aquellos judíos como si fueran *goyim*, como si entraran en ese momento en el *am-Israel*?

Yosef asintió con la cabeza.

—Yohanan tenía una idea terrible del estado a que habíamos descendido. No éramos mejor que los *goyim* y, según se mirara, incluso podíamos ser peores. La única salida que le quedaba al *am-Israel* era arrepentirse de una manera tan profunda como lo haría un *goy* que abandonara sus ídolos para seguir al único Elohim.

—Comprendo que no resultara agradable escucharlo...

Por primera vez desde que habían comenzado a tratar ese tema, Yosef sonrió.

—No, *ah*, no puedes imaginarlo. Ni por aproximación. Se le acercaban multitudes para ser sumergidas en el Yardén por él y ¿sabes lo que les gritaba? ¿Lo sabes? Los miraba con aquellos ojos que arrojaban fuego y les decía: «¡Generación de víboras! ¿Quién os ha enseñado a huir de la ira que se avecina? Comportaos como alguien que se ha entregado a la *teshuvah* y no comencéis a decir en vuestro corazón: Tenemos a Abraham por padre; porque os digo que Elohim puede levantar *benim* de Abraham incluso de estas *ebenim*».

Lucano no pudo reprimir una sonrisa. El juego de palabras de Yohanan era verdaderamente ingenioso. Dios puede sacar *benim,* es decir, hijos de Abraham incluso de las *ebenim,* de las piedras. Brillante, realmente brillante para alguien que se había pasado la vida en el desierto.

—Sí, *ah* —prosiguió Yosef—. Y también les decía que el hacha estaba colocada contra la raíz de los árboles y que todo árbol que no diera buen fruto sería cortado y arrojado al fuego. Era duro como una roca, pero el pueblo le entendía. Por supuesto, algunos se sentían ofendidos, pero la mayoría, la inmensa mayoría, comprendía que aquellas palabras procedían de Elohim y que lo más sensato, lo más cuerdo, lo más sabio era no discutirlas y actuar en consecuencia. Verás, *ah*. Recuerdo una vez que estaba lanzando su predicación, porque, a decir verdad, siempre era la misma, y un grupo comenzó a preguntarle: «Entonces, ¿qué tenemos que hacer?». Reconocían que eran pecadores y que necesitaban la *teshuvah,* pero ¿cómo se concretaba eso? Yohanan los miró con aquellos ojos negros y profundos que tenía y respondió: «El que tiene dos túnicas, dé al que no tiene; y el que tiene qué comer, haga lo mismo».

—Nunca había escuchado esas palabras —reconoció sorprendido Lucano—. Tampoco aparecen en el libro de Matai.

—Ya te dije que lo que Matai contaba era verdad, pero que no era completo —señaló Yosef con una sonrisa—. En otra ocasión, llegaron unos *mojesim,* unos...

—Publicanos —tradujo inmediatamente el médico.

—Sí, eso, unos publicanos. Pues bueno, aparecieron unos publicanos para que los sumergiera en el Yardén y le dijeron: «*Morenu,* ¿qué debemos hacer?». Todos, absolutamente todos, esperábamos que lanzara sobre ellos una maldición. Aquella gentuza carecía de escrúpulos y colaboraba con Roma cobrando impuestos o, más bien, sangrando al pueblo. Sin embargo, Yohanan no fue más duro con ellos que con otros. Se limitó a decirles: «No exijáis más de lo que se os ha ordenado».

—No exijáis más de lo que se os ha ordenado —repitió Lucano.

—Exacto —confirmó Yosef—. No sé..., no sé si captas la fuerza de aquellas palabras. Por un lado, estaba diciendo a la gente normal que necesitaban tanto la *teshuvah* como los... *mojesim,* pero, al mismo tiempo, también les decía a éstos que la puerta de la *teshuvah* se les había abierto, que bastaba con que entraran por ella y cambiaran su vida. Cobrar impuestos era permisible; robar a la gente, por supuesto, no podía serlo.

—¿No tuviste dudas al ver cómo se comportaba? —preguntó Lucano.

—¿Dudas? ¿Se puede dudar de un *naví?*

—Pero su mensaje era muy áspero...

—¿Sabes de alguno de los *nevim* que no tuviera un mensaje áspero? —respondió el *cohen* con una sonrisa—. Y además, *ah,* ¿qué quieres que te diga? Lo que sucedió con los *mojesim* no fue lo más chocante. Recuerdo otro día que se le acercaron unos soldados. Al principio, nos asustamos mucho porque Yohanan anunciaba abiertamente el castigo que Elohim iba a descargar sobre Herodes. Más tarde o más temprano era de esperar que pensaran en detenerlo. Pero aquellos soldados no querían prender a Yohanan. No, ¡qué va! También ellos le preguntaron lo que debían hacer. En ese momento..., bueno, ahora me avergüenza reconocerlo, pero entonces..., entonces esperé que Yohanan les ordenara matar a Herodes.

—¿Matar a Herodes? —repitió sorprendido Lucano.

—Sí —dijo bajando el rostro Yosef—. Elohim me perdone por haber pensado siquiera en una cosa así, pero Herodes nos parecía tan cruel, tan miserable, quebrantaba la Torah de una manera tan desvergonzada...

—Imagino que no fue eso lo que dijo Yohanan —se atrevió a adelantar el médico.

—*Baruj ha-Shem*... por supuesto que no. Los miró y con su misma voz enérgica, gritó: «No extorsionéis a nadie, ni calumniéis; y contentaos con vuestro salario».

—¿Y eso fue todo? —inquirió Lucano.

Yosef asintió con la cabeza y se sumió en el silencio.

—Así vivimos aquellos días —dijo al final el *cohen*—. Es difícil explicar lo que se guarda en el propio corazón, pero..., pero puedo decirte, *ah,* que no pocas mañanas, mientras oraba, esperaba que Yohanan anunciara que era *ha-mashíaj* y que emprendiéramos el viaje hacia Yerushalayim.

—Pero Yohanan nunca dijo que fuera *ha-mashíaj*... —señaló Lucano utilizando el mismo término hebreo que el *cohen*.

—No, es cierto —reconoció Yosef—. Nunca lo hizo. Yohanan no era *ha-mashíaj*. Incluso se ocupó de que el *am-Israel* no se equivocara. Recuerdo que un día clamó con enorme fuerza: «Ciertamente, yo os sumerjo en agua, pero viene uno que es más poderoso que yo, de quien no soy digno de desatar la correa de su calzado. Él os sumergirá en *ha-Ruaj ha-Kodesh* o en fuego. Lleva el aventador en la mano, y limpiará su era, y recogerá el trigo en su granero, y la paja la quemará en un fuego que nunca se apagará». Y entonces, el verdadero *mashíaj,* el *ben* David el que había anunciado el *naví* apareció un día, allí mismo, a orillas del Yardén, donde Yohanan sumergía a la gente como símbolo de su *teshuvah.*

Capítulo
4

Lucano sintió un temblor repentino al escuchar las últimas palabras de Yosef. Por supuesto, lo sabía de sobra, pero en aquel momento experimentó, por primera vez, la sensación indescriptible de hallarse ante alguien que había conocido a Jesús, Señor y mesías, con una extraordinaria e irrepetible cercanía. Era como si por un oculto motivo que se escapaba de su capacidad de análisis, las frases que había escuchado anteriormente hubieran dejado de ser una suma de sonidos articulados para comunicar un contenido extraordinariamente poderoso y se hubieran transformado en un puente peculiar dotado de la capacidad sobrenatural de transportarle a un pasado anterior a su propio nacimiento.

—¿Quieres un poco de agua? —preguntó solícito Yosef.

Aquella pregunta que pretendía atender a una de las más imperiosas necesidades corporales arrancó a Lucano de la poderosa sensación que lo embargaba y lo trajo de regreso a aquella reducida habitación en una casa excavada en la blanda roca de la montaña de Nazaret.

—No, gracias, *ah* —respondió Lucano—. No sé si estás cansado... Quizá podríamos continuar el relato más tarde... o mañana.

El *cohen* sonrió aliviado. Se sentía agotado y aquellas palabras le ofrecían la posibilidad de reposar por un momento al menos, quizá incluso hasta el día siguiente.

—Pronto oscurecerá, *ah* —respondió Yosef—. Te propongo que descansemos nuestros corazones, que nos acompañes en la *tefillah* nocturna y que luego regresemos para cenar. Mañana, te contaré lo que sucedió el día que Yeshua *ha-mashíaj* llegó al Yardén.

Lucano hubiera deseado decir que de buena gana renunciaba a la cena, a la oración y al sueño, pero le pareció que, de actuar así, habría incurrido en un comportamiento desconsiderado.

Estaba el médico acostumbrado a reunirse en los domicilios más diversos para partir el pan, escuchar las lecturas de las Escrituras y las predicaciones, practicar la oración y realizar las ofrendas destinadas a los necesitados. Ninguna congregación de las establecidas por Paulos poseía templos como los que utilizaban aquellos que rendían culto a otros dioses y adoraban imágenes que, como enseñaba la Palabra de Dios, no podían caminar, ni ver ni oír. Sin embargo, había comprobado con cierta sorpresa mientras estaba en Jerusalén que los hermanos que pertenecían por nacimiento al pueblo de Israel se reunían en sinagogas en nada diferentes de las que servían para congregarse a los *perushim* o cualquier otro grupo judío. Fue eso mismo lo que encontró en Nazaret.

—Ésa —había dicho mientras caminaban Yosef con un gesto dirigido hacia su derecha— fue la *bet ha-knesset* donde acudía el *mashíaj* con su *mishpahah* mientras vivió en Netseret. Podemos visitarla en algún momento si lo deseas, pero, habitualmente, nos reunimos en la nuestra.

No había mucho más de un centenar de pasos entre ambos lugares. El ocupado por la sinagoga de los hermanos era pequeño y se hallaba situado a un costado del camino realizado por millares de pisadas anónimas que se dirigían hacia la cumbre de la montaña.

Experimentó Lucano una sensación de frescor y alivio al penetrar en el reducido recinto. A pesar de que en su interior estaban ya reunidas unas docenas de personas, las paredes estucadas preservaban el lugar de reunión del calor que reposaba, pesado y cabezón, sobre la montaña chata de roca blanda. Co-

EL HIJO DEL HOMBRE

mo era habitual, en todas las sinagogas judías, no había imágenes ni tampoco pinturas de seres humanos. Tan sólo en uno de los muros aparecían de manera esquematizada las siluetas de unos lirios.

Lucano asistió a toda la *tefillah* con el recogimiento que debía esperarse en cualquier creyente. Para un visitante no avisado hubiera resultado imposible distinguir a primera vista aquella reunión de la de cualquier otra sinagoga. Y, sin embargo..., sin embargo, la diferencia existía. El texto de la *tefillah* había sido alterado en aquellas partes donde se hablaba de la futura venida del *mashíaj* para que ahora manifestaran la gratitud porque ese *mashíaj* ya había llegado. Por añadidura, cada *tefillah* concluía con una expresión repetida vez tras vez: *ba-shem Yeshua ha-mashíaj*, en el nombre de Jesús el mesías.

Cuando concluyó el culto, Yosef anunció públicamente la visita de Lucano, lo que provocó que los hermanos se arremolinaran en torno a él impulsados por una mezcla abigarrada de emociones. Algunos lo miraron con cierta suspicacia, pero la mayoría se mostró muy amistosa e incluso hubo alguno especialmente atrevido que le invitó a celebrar el *shabbat* en su casa si aún se encontraba en Netseret.

—Ven. He de enseñarte algo —escuchó que decía Yosef a la vez que le cogía del brazo izquierdo y tiraba de él.

Le condujo hasta un extremo de la sinagoga y le mostró unas escalerillas empinadas y estrechas que conducían hacia un piso inferior.

—Baja —le dijo y subrayó la invitación con un movimiento afirmativo de la cabeza.

Lucano sintió una humedad casi cortante a medida que descendía por los estrechos escalones.

—Es nuestra *mikvé* —dijo Yakov a la vez que encendía una lamparita de barro—. Por supuesto, sirve para realizar nuestros baños rituales de purificación, pero también para que la gente pueda ser sumergida en agua, dando así testimonio de que tiene *emunah* en *ha-mashíaj*, la *emunah* por la que Elohim los declara *tsadiqim*.

«La *emunah* por la que Elohim los declara *tsadiqim*», pensó Lucano. Paulos habría dicho «la fe por la que Dios los justifica», y no habría hablado de entrar en una *mikvé,* sino de ser bautizados. Sin embargo, a pesar de la diferencia de lenguas y de palabras, de atavíos y de historia, de lugares de reunión y de fórmulas de oración, no cabía duda de que el mensaje era el mismo.

Los ojos del médico se habían acostumbrado a la penumbra cuando llegó al lugar en cuestión. Pudo así distinguir, bajo la temblorosa lucecita que desprendía la lucerna de aceite, el suelo de la *mikvé*. Sin duda, era modesto, pero, a la vez, dejaba de manifiesto el cuidado exquisito con el que aquellos galileos cuidaban de aquel modesto lugar de reunión. Se habían valido de una rudimentaria técnica de mosaico para trazar rectas blancas y negras en el sitio donde debían pisar los que eran sumergidos tras poner su *emunah* en el *Mashíaj*. Ni una figura, ni una imagen, ni una silueta, sólo líneas y, sin embargo, ¿quién se hubiera atrevido a negar que en su enorme y desnuda sencillez encerraban una innegable y sublime belleza?

Durante unos instantes, Lucano cerró los ojos y tuvo la sensación de que el pecho se le llenaba de un fluido intangible, pero tan real al menos como el aire que respiraba. Luego volvieron a subir los escalones, se despidieron cordialmente de los que aún se encontraban en la sinagoga y emprendieron silenciosamente el regreso hacia la casa de Yosef. Por el camino, se fueron cruzando con los restantes hermanos que paseaban divididos en grupos pequeños, que charlaban animadamente y que les saludaban al pasar a su lado. Lucano se sintió embargado por la misma sensación que había experimentado centenares de veces en las congregaciones de Europa y Asia. Se trataba de la cálida seguridad que se desprende de saberse parte de un todo que protege, resguarda y ama. Aquellas gentes estaban unidas por lo que denominaban *emunah,* pero, a la vez, se sentían hermanos que ansiaban brindar su ayuda y colaboración en todas las situaciones difíciles por las que atraviesa cualquier ser humano. Si uno de ellos enfermaba, si necesitaba urgentemente pagar los gastos derivados de un imprevisto, si se enfrentaba con problemas familiares, si carecía de trabajo, los demás miembros de la *bet ha-knesset* acudirían sin dudarlo en su ayuda como aquello que decían ser: *ahim,* hermanos.

La cena en la morada de Yosef fue frugal, pero muy grata. El *cohen* estaba de buen humor y de paso que ofreció a Lucano algunas aceitunas y un poco de queso, le comentó algunas anécdotas graciosas de los *ahim.* Durante un buen rato, el médico se olvidó totalmente de las razones de su viaje. Era como si sólo tuviera que disfrutar de una colación modesta con un amigo de toda la vida. Ni siquiera desapareció aquella impresión cuando Yosef le invitó a entonar con él la *tefillah* que debía pronunciarse antes de tenderse en la estera para descansar hasta el día siguiente.

Lucano no tardó en caer dormido, pero su sueño resultó muy inquieto. Hubiera deseado verse sumido en la negrura reparadora a la que estaba acostumbrado, pero, en su lugar, se vio sumido en una vorágine extraña en la que aparecían feroces soldados de Herodes y odiosos publicanos, judíos de ojos alucinados y *perushim* de aspecto altivo, y, por encima de todos ellos, un hombre vestido de piel gritaba con voz áspera y poderosa llamamientos a la *teshuvah* para no ser sumergido en el fuego que no se extinguiría. Fue, finalmente, el canto de un gallo el que le arrancó de aquella sucesión de imágenes desasosegantes.

Cuando abrió los ojos, vio, recortada contra la luz grisácea que entraba por la ventana, la silueta blanquecina de Yosef. Se había colocado las filacterias sobre la frente y el brazo izquierdo y oraba en dirección a Jerusalén. Tan concentrado se hallaba en su plegaria que no reparó en que Lucano había abierto los ojos. Por su parte, el médico decidió no realizar el menor movimiento para evitar que su anfitrión se distrajera. Ocasionalmente, captaba algunas de las palabras hebreas pronunciadas por el *cohen,* pero, en general, éste las musitaba de manera tan sigilosa que sólo le llegaban retazos de frases. Decidió cerrar los ojos y fingirse dormido al percatarse de que el *cohen* había terminado. Le parecía una muestra de descortesía el haber estado observando a un hombre entregado a una actividad sagrada. Fue así, con los párpados sin levantar, como oyó que Yosef abandonaba la estancia y salía al exterior de la vivienda.

Durante unos momentos, el médico se sintió sumido en una extraña sensación de irrealidad. Desde que había visto la primera luz del día, su existencia había estado vinculada a una cultura modelada por el canon helénico. Por supuesto, en medio de ella se había encontrado con judíos, con gálatas, con asiáticos, pero siempre el peso de la razón y de la belleza griegas se había dejado sentir por encima de cualquier otra circunstancia. Ni siquiera Jerusalén, con el Templo dedicado al único Dios, había resultado una excepción a esa regla. De ello eran buena prueba tanto la guarnición romana como los comerciantes extranjeros. Ambos hablaban en griego, tomaban notas en griego e incluso maldecían en griego. Netseret, sin embargo, resultaba diferente. Por supuesto, sus habitantes conocían el griego y lo hablaban con soltura y, además, a no mucha distancia había poblaciones poco o nada diferentes de las ciudades de Grecia. Sin embargo, su vida cotidiana... Su vida cotidiana era única y exclusivamente judía aunque sus habitantes se dividieran en los judíos que tenían fe en el mesías que había llegado y los que seguían insistiendo en negar esa realidad y en esperar a otro distinto de Jesús, su antiguo vecino.

¿Podría imaginar un romano, un corintio, un filipense cómo era aquel lugar perdido del orbe, aquel poblacho aislado, pequeño y pobre donde había vivido y trabajado el que había muerto por salvar a todo el género humano? No. Con toda certeza, no.

—*Ah, ¿estás ya despierto?*

La voz risueña de Yosef arrancó a Lucano de sus reflexiones. Abrió los ojos y procuró brindar una sonrisa al *cohen*.

—Sí, *ah* —respondió.

—Pues entonces ven a desayunar —le dijo Yosef a la vez que trazaba un gesto con la diestra invitándolo a salir de la habitación.

Lucano aceptó el agua que le ofrecía el *cohen* para lavarse las manos, asintió con un amén a la *berajah* que recitó para agradecer a Dios los alimentos y comenzó a desayunar. Durante unos instantes, Lucano no pronunció palabra alguna, temeroso de abusar de la hospitalidad que le brindaba el *cohen*.

—Debo partir esta tarde para arreglar unos asuntos de los *ahim* —comenzó a decir de manera inesperada Yosef—. De manera que, si no te parece mal, podría intentar terminar de contarte esta mañana lo que deseabas saber para tu libro.

—Por supuesto —asintió Lucano, disgustado por lo que acababa de escuchar, pero consciente de que no podía evitarlo.

—¿Dónde nos quedamos ayer? —preguntó Yosef.

—En el momento en que llegó...

—Sí, sí —dijo el *cohen* a la vez que se daba una palmada en la frente—. Ya recuerdo. Como te conté ayer, con exhortaciones como las que te refería, Yohanan anunciaba la *Besoráh* al pueblo. Y sucedió que cuando todo el pueblo se acercaba para ser sumergido por Yohanan en el Yardén, también Yeshua acudió.

—¿Que acudió? —interrumpió el relato el médico—. Quiero decir, ¿no se dirigió a la gente o a Yohanan?

—No recuerdo que me llamara la atención en medio de todas aquellas personas que acudían para ser sumergidas en el Yardén —reconoció el *cohen*—. Yo lo conocía, claro está, pero simplemente como el hijo de Yosef, es decir, como un buen muchacho que trabajaba, atendía a su familia y asistía a la sinagoga. En realidad, ¿qué importancia podía tener que apareciera a orillas del Yardén si yo también me encontraba allí?

—Pero a alguien debió llamarle la atención... —insistió Lucano.

—Quizá fuera así —respondió el *cohen*—. No me atrevería a negarlo, pero si he de serte sincero, no recuerdo habérselo escuchado a nadie.

—Pero..., pero no termino de comprender que no hablara con nadie —comentó sorprendido Lucano.

—No —afirmó con seguridad Yosef—. No lo hizo. Entró en las aguas y allí fue sumergido por Yohanan. Como todos nosotros. Como uno más de los que habíamos decidido entregarnos a la *teshuvah* para poder entrar en el *maljut ma-shamayim*. Seguramente, ni nos hubiéramos dado cuenta de lo que sucedía de no ser por..., por lo que sucedió nada más salir del Yardén.

—¿A qué te refieres? —preguntó intrigado Lucano.

—Verás, *ah* —continuó el *cohen*—. El rito de la inmersión era muy sencillo. Normalmente, cada uno de nosotros oraba unos momentos antes de entrar en el agua. Luego llegaba hasta Yohanan, pronunciaba algunas frases, nada establecido, simplemente unas palabras para indicar su deseo de regresar a Elohim y, a continuación, el *naví* lo sumergía. Luego lo habitual era apartarse unos pasos ayudado por los *talmidim* de Yohanan y orar para dar gracias a Adonai por lo que acababa de suceder.

—Entiendo —dijo el médico.

—Con Yeshua fue distinto —señaló Yosef—. Por supuesto, llegó hasta Yohanan, seguramente intercambió con él algunas palabras y fue sumergido en las aguas. Sin embargo, en lugar de apartarse del *naví*, comenzó a orar en ese momento y mientras oraba... ¿Cómo decirlo? Yohanan permaneció a su lado de una manera especial. Era... era como si reconociera que aquel hombre no era uno más, sino alguien fuerte, poderoso, grande. Entonces... entonces se abrieron los cielos y, como si se tratara de una paloma, el *Ruaj ha-Kodesh* se hizo manifiesto y yo mismo escuché una voz que decía: «Tú eres *beni* amado. Me complazco en ti».

Lucano escuchó pensativo aquellas palabras. Sí, no podía caber duda de que lo que había sucedido con Jesús era notablemente diferente de lo acontecido con otros judíos sumergidos por el profeta en el Jordán.

—Yosef —dijo al fin—. ¿Por qué piensas que *ha-mashíaj* fue hasta el Yardén para ser sumergido en las aguas por Yohanan? Quiero decir que..., bueno, no me parece que necesitara abrazar la *teshuvah*.

—Querido *ah* —respondió con una media sonrisa Yosef—. Sin duda, vas a tener una parte en el *Olam ha-bah* y no hay duda de que sabes mucho más sobre Israel que la inmensa mayoría de los *goyim*, pero...

—Pero sigo siendo un *goy* —concluyó la frase Lucano.

El *cohen* asintió con la cabeza.

—El *mélej* Israel, y el *mashíaj* lo es, debe ser reconocido por un *naví*. Fue lo que sucedió con el *mélej* David cuando lo ungió el *naví* Shmuel y con tantos otros que lo sucedieron. Yeshua no podía ser una excepción. Cuando acudió hasta donde se encontraba Yohanan, lo hizo por una razón muy diferente a la nuestra. Él no era un transgresor de la Torah. Lo que pretendía era ser reconocido como *mashíaj* y eso fue lo que sucedió, aunque, todo hay que decirlo, algunos no llegamos a comprenderlo entonces. Yo mismo necesité años.

—¿A pesar de escuchar la voz que lo denominaba *Beni?* —inquirió sorprendido Lucano.

—Sí..., en aquellos momentos..., bueno, en aquellos momentos nadie, salvo Yohanan, podía saber si aquel hombre era el *mashíaj* o si se trataba de un terrible pecador al que Elohim indicaba su perdón de una manera especial precisamente porque había estado más apartado que nadie de sus caminos.

Bueno, pensó Lucano, Yosef no era un *goy* y tampoco había estado especialmente espabilado a la hora de percatarse de lo que estaba sucediendo delante de sus narices. Con gusto se lo hubiera dicho, pero optó por callarse.

—Y ahora, *ah* —dijo inesperadamente el *cohen*—, he de irme.

Yosef acompañó sus palabras poniéndose en pie y comenzando a meter algunas cosas en un zurrón.

—Sí, claro —asintió Lucano—. Lo comprendo, pero debo hacerte un par de preguntas. Breves, por supuesto.

El *cohen* interrumpió la tarea, a punto de concluir su equipaje y se volvió hacia el médico.

—Dime.

—¿Qué pasó con Yohanan?

—Es sabido de todos —dijo Yosef a la vez que dejaba escapar un suspiro—. Yohanan se había referido en su predicación a Herodes el tetrarca. Señaló que se había casado con Herodías, mujer de Felipe, su hermano, quebrantando así la Torah. También señaló todas las maldades que Herodes había cometido, pero estoy convencido de que lo que más le irritó es que pusiera en cuestión su nuevo matrimonio. He-

rodes quería a aquella mujer y no estaba dispuesto a
que los acusara de comportarse inmoralmente ni siquiera un *naví*. Y así, a todas las iniquidades que había
perpetrado, añadió la de encerrar a Yohanan en la cárcel. No mucho después ordenó que lo decapitaran.

Pronunció las últimas palabras mientras regre-
saba a su tarea y cerraba la bolsa. Luego, con gesto
decidido, tiró del cordón y se lo colgó del hombro.

—*Ah,* puedes quedarte en esta casa todo el tiempo que necesites —dijo, mirando a Lucano con una
sonrisa amistosa—. No te dejo llave porque no tiene
cerradura. A fin de cuentas, tampoco hay nada que
merezca la pena robar, sólo un poco de comida y si
alguien se la lleva es porque la necesita. Si te quedas
aquí unos días, nos veremos a mi regreso. De lo contrario, nos encontraremos algún día en el *Gan* Edén.
Hasta entonces, *shalom.*

Lucano vio cómo el *cohen* traspasaba el umbral
y salió despedido en su persecución.

—Sólo una cosa más —dijo mientras corría para colocarse a su altura—. ¿Para cuando..., para cuando detuvieron a Yohanan, tú seguías con él?

El *cohen* no se detuvo para responder. Por el
contrario, caminaba como si tuviera mucha prisa y
deseara recuperar una parte del retraso que llevaba.
Era imposible saber cuánto tiempo podría mantener
ese ritmo de marcha, pero Lucano se sintió admira-

do de que un hombre de esa edad albergara tanto vigor en el cuerpo y en las piernas.

—Sí —respondió Yosef mientras descendía por la empinada cuesta levantando nubecillas de polvo—. Como te he dicho yo tardé algún tiempo en comprender quién era Yeshua. No te puedo ser de ayuda respecto a lo que sucedió después de que Yohanan lo sumergiera en el Yardén. Quizá lo mejor sería que hablaras con Eliezer. Él sí estaba en Netseret cuando Yeshua regresó.

—¿Eliezer? —repitió interrogante Lucano—. ¿Dónde vive?

El *cohen* se detuvo ya cerca del pie de la cuesta, algo que un sudoroso y jadeante Lucano agradeció desde lo más profundo de su corazón.

—¿Recuerdas dónde estaba nuestra *bet ha-knesset?* —preguntó Yosef.

El médico asintió mientras intentaba recuperar el aliento.

—*Tov, ah. Tov meod* —dijo el *cohen* con tono de aprobación—. Dos casas a la izquierda vive Eliezer. Estaba anoche en la reunión. Un tipo alto y huesudo. Bastante calvo. Puedes contarle que yo te envío porque..., porque creo que es quien más te puede ayudar. Sí, le gustará escucharlo. *Shalom.*

Capítulo
5

La descripción que Yosef había hecho del físico de Eliezer resultó ajustadamente exacta. Por añadidura, se hubiera dicho que conocía el corazón de aquel hermano con no menos precisión que su apariencia externa. El enjuto rostro se le había iluminado, como si le hubieran acercado la llama brillante de una lucerna, al oír que el *cohen* lo consideraba la persona más adecuada para narrar el regreso de Yeshua a Netseret.

—Sí —dijo con satisfacción mientras colocaba un jarro con vino y un plato de aceitunas delante del médico—. Yo estaba en Netseret cuando Yeshua regresó.

—¿Fuiste también *talmid* de Yohanan? —preguntó el médico a la vez que echaba mano de una de las aceitunas y se la llevaba a la boca. Tenía un sabor un tanto ácido, pero aun así le pareció buena.

—¿*Talmid* de Yohanan? —exclamó Eliezer—. Ni por aproximación. Soy, por supuesto, un *ben* Israel que pasó por el *berit milah* al octavo día y que siempre ha intentado vivir de acuerdo con las *mitsvot* de la Torah, pero... no, lo de Yohanan me parecía una exageración. Un sujeto vestido con piel de camello que aparece en el desierto diciendo que todos debemos abrazar la *teshuvah* o seremos arrojados al fuego como si fuéramos una rama seca... No, no, no. A mí todo aquello me parecía que se salía de lo tolerable. Excesivo. Es verdad que algunos como Yosef acudieron a verlo, pero no fue mi caso.

—Entiendo —pensó en voz alta Lucano.

—Tu eres un *ah*, por supuesto —comenzó a decir Eliezer—, pero también eres un *goy*. Vosotros veis a los *yehudim* como un todo igual. Pero no lo somos. Creemos en la Torah que Elohim entregó a Moshé en el Sinaí, y acudimos al *Heijal* cada vez que podemos, y suplicamos a Adonai que aparte la enfermedad cuando se ceba en alguno de nuestros hijos o de nuestras bestias, y le rogamos que no falte la lluvia, porque si no cae del cielo habrá hambre y quizá tengamos que vender a un miembro de la *mishpahah* para que sobrevivan los demás... Todo eso es cierto, pero no cabe engañarse: hasta ahí llega lo que tenemos en común. Los *tsedokim* que controlan el *Heijal* como aves de presa no creen que los muertos han de levantarse al final de los tiempos y niegan también que existan *malajim* o *ruaj;* los *perushim* se esfuerzan por colocar una valla en torno a la Torah que asegure su correcto cumplimiento, pero no pocas veces sólo consiguen agobiar a nuestro pueblo con una multiplicación de *mitsvot;* y tampoco falta gente como Yohanan que decide marcharse al desierto y afirmar que todo está corrompido y que a menos que se produzca una *teshuvah* generalizada seremos aniquilados por Elohim igual que en los días de Sedom.

—Y tú ni formabas parte de los *tsedokim* ni de los *perushim* ni estabas dispuesto a marcharte al desierto —concluyó Lucano.

—Exactamente —respondió el galileo mientras se llevaba a la boca un jarro y se servía un trago generoso.

—*Tov meod* —dijo Lucano—. ¿Y qué pasó cuando regresó Yeshua?

Eliezer dejó escapar un suspiro. El médico tuvo la impresión de que recordaba, sin duda, lo que había sucedido, pero de que lo que albergaba en su corazón no le llenaba de alegría.

—Verás, *ah* —comenzó a relatar Eliezer—. Yo conocía a Yeshua desde que era un niño. No nació aquí. En realidad, cuando su familia se estableció en

Netseret ya estaba un tanto crecido. Puede decirse que se trataba de gente buena. *Tsadiqim.* Sí, eran *tsadiqim.* Su padre, Yosef, era un artesano que no rechazaba ningún trabajo con tal de sacar adelante a la *mishpahah.* Podía arreglar una mesa y clavar un arcón, pero cuando levantaron Séforis no dudó en trabajar como albañil, como tejador, como carpintero. Lo que fuera para dar de comer a los suyos. Por lo que se refiere a Miriam era también una buena mujer, una auténtica hija de Sara. Y del resto de sus *ahim* ¿qué puedo decirte? Ya sabes que Yakov es la columna de nuestras congregaciones en Yerushalayim... Yeshua quizá era algo más callado, pero..., pero ¿cómo diría yo?

—¿Normal? —se atrevió a adelantar Lucano.

—Sí, *ah.* Eso es —reconoció Eliezer—. Normal. Acudía a la *bet ha-knesset* cada *shabbat;* memorizaba la Torah, los *nevim* y los *ketubim;* descendía a Yerushalayim por las grandes fiestas... Pero nada más. Puedes creerme, *ah.* Nada más. No realizaba *guevurot,* ni *niflaot,* ni cosa que se le pareciera. Era un buen muchacho. Eso es todo. Aunque, a decir verdad, habría sido de desear que cumpliera con el precepto de *perú urebú.* Incluso puedo decirte que un par de familias de Netseret soñó con que su hija se convirtiera en la mujer de Yeshua...

—Y entonces decidió descender al Yardén...

—Efectivamente —reconoció Eliezer—. Así fue. Descendió al Yardén y al cabo de... más o menos un par de meses volvió a Netseret.

—¿Hablaste con él?

—No sabría decirte, *ah* —contestó Eliezer—. Supongo que le saludaría en algún momento al cruzarme con él. De lo que sí me acuerdo es de que al poco de llegar, un *shabbat,* apareció por la *bet ha-knesset.* Hasta ahí todo resultaba normal porque ésa era su costumbre y la de su *mishpahah.* Pero entonces, una vez estuvo en la *bet ha-knesset* se levantó a leer.

—¿Lo había hecho antes?

—Sí, por supuesto —respondió el galileo—. Leía muy bien en hebreo. Y además tenía una voz muy hermosa. De modo que cuando se puso en pie, el *shammash* no dudó en entregarle el *séfer* del *naví* Yeshayahu, que era el que debía leerse ese *shabbat.*

Eliezer realizó una pausa. Hasta ese momento, había hablado con un tono de voz moderadamente tenso, pero, de repente, la ansiedad había aflorado a su rostro delgado y huesudo.

—No sé si acertaré a contarte bien lo que sucedió —dijo—. El *shammash* le entregó el *séfer* abierto por el lugar de donde había que realizar la lectura. Estaba todo claro, pero Yeshua lo siguió desenrollando, como si buscara un texto concreto. Lo cierto es que no le costó nada dar con él. Un instante. Tan sólo un instante y encontró lo que deseaba.

—¿Recuerdas el pasaje del que se trataba?

—*Ah*, no podría olvidarlo jamás —respondió con voz conmovida el galileo—. «*Ruaj Adonai alaí yaan mashaj oti lebasor anavim...*».

—«El Espíritu del Señor está sobre mí, por cuanto me ha ungido para anunciar buenas noticias a los humildes...» —tradujo Lucano.

—Así es —exclamó sorprendido Eliezer—. Yosef no exageraba cuando decía que conocías el hebreo.

—¿Hasta dónde llegó la lectura de Yeshua? —preguntó Lucano eludiendo referirse al comentario del galileo.

—«*Shelajaní liqueró lishebuim deror uleiverim peqaj-qoaj lishalaj retsutsim hafshim* —y entonces levantó los ojos del *séfer*, nos miró y añadió—: *liqueró shenat-ratson la-Adonai*»*... Nada más decir estas palabras, volvió a enrollar el *séfer*, se lo dio al *shammash* y se sentó.

—¿Que se sentó? —exclamó Lucano—. ¿Así? ¿Sin más?

—Si no me interrumpes, *ah*, quizá podría terminar de contártelo...

---

* Me ha enviado a sanar a los quebrantados de corazón; a pregonar libertad a los cautivos, y recuperación de la vista a los ciegos; a poner en libertad a los sobrecargados; a predicar el año de gracia del Señor.

—Sí, por supuesto... —reconoció el médico, súbitamente avergonzado por su impaciencia.

—Como te iba diciendo, se sentó —prosiguió el galileo—, pero todos lo mirábamos sorprendidos. ¿Por qué había escogido aquel pasaje del *naví* y, sobre todo, por qué había añadido al final una frase que era también de Yeshayahu, pero que no aparecía en esa parte del texto? Estábamos desconcertados, debo reconocerlo, y entonces dijo, creo que no podré olvidarlo mientras viva, entonces, justo entonces, dijo: «*Huqam ha-katub hazzeh ha-yom beaznayjem*»*.

—Perdóname —volvió a interrumpirle el médico—. Si Yeshua afirmó eso, se estaba proclamando como el *mashíaj*. Acababa de decir que era el *mashíaj*, aquel al que había ungido el *Ruaj ha-Kodesh* para anunciar la *Besoráh* a los demás...

—Así lo entendimos todos —asintió Eliezer—. Por supuesto, puedes imaginarte que nos pareció un disparate. ¿Cómo podían salir aquellas *divré-hen* de su boca? ¿Quién se creía Yeshua que era para ir anunciando que el *Ruaj ha-Kodesh* lo había ungido y que era el año de Adonai. ¿Cómo podía hacer eso el hijo de Yosef, el artesano? ¡Seguro que su padre, que era un *tsadiq*, le habría arrancado las orejas por actuar de esa manera! Y entonces, ay, entonces, como si hu-

---

* Hoy se ha cumplido esta Escritura delante de vosotros.

biera podido leer lo que decíamos en nuestros corazones, añadió: «*Hen debar emet aní maguid lajem
ein naví ratsuí berets moladetto*»*. ¿Lo comprendes,
ah? Nos estaba diciendo que nuestra incredulidad no
era una virtud, sino una demostración de que él era
quien decía ser...

Lucano contempló la frente de Eliezer que aparecía perlada de sudor. Era obvio que no se encontraba bien, que aquellos recuerdos le causaban dolor
como si estuvieran extrayéndole un diente cariado.

—Y por si había alguna duda, Yeshua añadió:
«Y en verdad os digo que muchas viudas había en
Israel en los días de Elyahu, cuando el cielo estuvo
cerrado por tres años y seis meses, y hubo una gran
hambre en toda la tierra; pero a ninguna de ellas fue
enviado Elyahu, sino a una mujer viuda en Tzarfat
de Tsidon. Y muchos leprosos había en Israel en tiempo del *naví* Elisha, pero ninguno de ellos fue limpiado, salvo Naamán el sirio».

Lucano tragó saliva. Sí, por mucho que le costara creerlo a Eliezer, podía imaginarse el efecto que
aquellas palabras debía de haber provocado en los judíos presentes en la sinagoga de Nazaret. Jesús se había presentado como el mesías y a continuación no
sólo les había echado en cara su falta de fe sino que

---

* En verdad os digo que ningún profeta es persona grata en su propia tierra.

les había recordado cómo en el pasado Dios había mostrado su compasión a gentiles que le habían creído a la vez que pasaba por alto a israelitas que carecían de esa confianza en Él. ¡Menudo regreso a su pueblo! Sin duda, tenía que haberles escocido mucho.

—Al oír estas cosas —prosiguió Eliezer con una voz mortecina—, a todos en la *bet ha-knesset* nos invadió la ira, y poniéndonos en pie, empezamos a empujarle. Primero, lo sacamos del recinto y luego lo llevamos a empellones hasta la cumbre del monte sobre el cual está edificado Netseret. Elohim nos perdone, porque el deseo que se había apoderado de nosotros era el de despeñarle.

—¡Dios santo! —exclamó Lucano al escuchar aquellas palabras.

—Sé que estuvo mal, muy mal, *ah* —reconoció Eliezer mientras bajaba la vista y la clavaba en un punto indefinido—, pero..., pero aquellas palabras habían sido muy duras. Acababa de regresar del Yardén y, tras anunciar que era el *mashíaj*, nos lanza todo aquello de los *nevim* Elisha y Elyahu..., pero ¿cómo..., cómo podía compararnos con aquellas generaciones de idólatras que se habían postrado delante de imágenes de piedra?

—¿Cómo acabó todo?

—Llegamos hasta el repecho de la montaña —continuó el galileo con voz trémula—. Es el único lugar desde el que se puede lanzar a alguien al vacío. Y entonces, cuando, a empujones, lo habíamos colocado a unos pasos de la muerte, se volvió y nos miró.

—¿Os miró? —preguntó sorprendido Lucano.

—Sí —respondió Eliezer con los ojos cuajados de lágrimas—. No..., no lo hizo con cólera o con reproche o con miedo. Tan sólo nos dirigió la misma mirada limpia que tantas veces habíamos visto en su rostro. Y entonces..., bueno, creo que entonces nos percatamos de que habíamos estado a punto de matar al hijo de Yosef el artesano, a un vecino de toda la vida, a uno de los nuestros, a un miembro del *am-Israel* y la vergüenza nos paralizó. Por un instante tan sólo estuvo parado ahí, al borde del abismo, y luego dio un paso, un solo paso hacia nosotros y nosotros le abrimos camino permitiéndole que se marchara.

EL HIJO DEL HOMBRE

Kfar-Najum

PARTE 3

Capítulo

1

Lucano sintió el soplo del viento que, ahora de manera especialmente impetuosa, se estrellaba contra su rostro. Era caliente y arrastraba un aroma un tanto diferente del que se esperaría a la orilla del mar. Colocando la mano sobre los ojos como si se tratara de una visera, levantó la mirada al cielo de Galilea mientras se preguntaba si no estallaría una tormenta de un momento a otro. Sin embargo, el azulado firmamento tan sólo le causó una impresión de extraordinaria quietud, casi de inmovilidad. Incluso las nubes de aspecto acuchillado parecían prendidas al cielo por algún hilo invisible en lugar de verse desplazadas por aquel aire impetuoso. Bajó la mirada y la descansó en el hombre que se hallaba sentado a su lado. Fue así cómo se percató de que lo observaba con curiosidad,

como si no acertara a entender el interés con el que
el médico contemplaba aquel espacio que él había visto desplegado sobre sí y los suyos desde la infancia.

—¿Así que conoces a Yakov, *ha-ah ha-mashíaj*
y a los *ahim* de Netseret? —preguntó el galileo.

Lucano asintió con la cabeza.

—Yosef y Eliezer son verdaderos israelitas, de
esos en los que no hay sombra de engaño alguna. Les
confiaría la vida sin dudarlo un instante.

El hombre que hablaba con el médico dio un tirón a la red que sujetaba entre las manos.

—Esta noche tenemos que salir a pescar y ayer
se rompió la red. Un enganchón. Claro que pudo ser
peor y quedarme sin ella. En medio del mar. Pero,
siéntate, *ah,* siéntate.

Lucano echó un vistazo al suelo para descubrir
el lugar más idóneo en el que colocar las posaderas.
Pero todo eran piedras y arena. Puesto a elegir, decidió quedarse con la segunda. Apartó los guijarros
mondos que las olas habían arrastrado hasta la orilla
y tomó asiento.

—Así estarás mejor, *ah* —dijo con sonrisa satisfecha el pescador—. Muchas veces, cuando voy subido a la barquilla intentando ganarme la pitanza, veo
la playa a lo lejos y me digo: «Shimshon, ahora donde estaríamos bien es en la arena comiéndonos unos
pescaditos preparados en las brasas». Bueno, no quie-

ro hacerte perder el tiempo, *ah*. Yo sé de sobra lo malo que es perder el tiempo. Dime exactamente qué es lo que deseas saber.

—¿Conociste a Yeshua? —planteó de manera directa el médico.

—Sí, claro que sí —respondió el pescador—. ¿Quién no conocía a Yeshua en Kfar-Najum? Verás, *ah*, después de que Yeshua pasara por Netseret tras ver a Yohanan el *naví...*, bueno, ¿cómo te diría?

—Las cosas no le fueron bien —intentó ayudarlo Lucano.

—Sí, eso es —agradeció con una sonrisa Shimshon—. En Netseret se sintieron muy ofendidos y, según me cuentan, aunque es un tema del que prefieren no hablar mucho, estuvieron a punto de matarlo. Entonces decidió venirse a Kfar-Najum porque éste era un lugar más seguro y además porque aquí ya tenía *talmidim*, aunque entonces no lo sabíamos.

—¿Tú lo viste?

—Sí, era un niño entonces, pero lo vi muchas veces, aunque creo que es la primera la que no podré olvidar nunca. ¡Red de Baalzebú! —se interrumpió con un exabrupto el pescador—. ¿Te dejarás arreglar de una vez?

Lucano guardó silencio mientras el pescador daba un tirón tras otro a la red para terminar de remendarla.

—Me cuentan —dijo Shimshon al tiempo que dejaba la red sobre las rodillas y movía los dedos para relajarlos— que después de lo que pasó en Netseret, Yeshua vino a Kfar-Najum y se dedicó a enseñar a la gente en *shabbat* . Yo era muy pequeño entonces y no podría decirte qué les contaba, pero sí recuerdo que salían de la *bet ha-knesset* comentando lo que les había dicho porque hablaba con una autoridad especial y no como si se limitara a repetir la enseñanza de algún rabí. Insisto en que no puedo ser más exacto porque no conocía yo la Torah como para poder discernir, pero..., bueno, otras cosas sí que podía verlas y juzgarlas. Por ejemplo, recuerdo que en la *bet ha-knesset* había un desdichado que tenía un *ruaj ra*. El hombre vagabundeaba por las calles de Kfar-Najum desde hacía tiempo y, por supuesto, las mujeres y los niños lo rehuíamos. Incluso cuando estaba tranquilo asustaba por la mirada torva con que nos observaba y cuando el *ruaj ra* lo sacudía... Ufff, eso es mejor no recordarlo.

—¿Y ese hombre... visitaba la *bet ha-knesset?* —preguntó sorprendido el médico.

—Sí —asintió Shimshom con un vigoroso movimiento de cabeza—. No es que lo liberara de su desdicha, pero, por regla general, allí se quedaba sentado, sin moverse, sin abrir los labios, como si temiera de un momento a otro un ataque contra él que luego lo mismo no tenía lugar. No iba siempre a la *bet ha-knesset,* pero cuando aparecía nos pasábamos todo el tiempo esperando que el *ruaj ra* lo sacudiera para atormentarlo.

El médico se pasó la mano por la barba. Pensó que, desde luego, no debía de haber sido muy agradable el estar en una reunión religiosa con un sujeto situado a pocos pasos que podía comenzar a contorsionarse y a gritar en cualquier momento.

—Aquel *shabbat* —continuó el pescador— aquel desgraciado había aparecido de los primeros y se había colocado en una esquina. Y entonces entró Yeshua. ¡Oh, Adonai! ¿Querrás tú reparar esta red, ya que yo no lo consigo?

Por unos momentos, Lucano temió que el pescador destrozara su herramienta o la arrojara contra el suelo o incluso la pisoteara presa de la cólera, pero no sucedió nada de aquello. De todas formas, prefirió permanecer en silencio a la espera de que su interlocutor se sosegara.

—Ya... —dijo al cabo de unos instantes Shimshon—. ¿Por dónde iba? Sí, sí... Bueno, el caso es que aquel hombre al que dominaba un *ruaj ra* estaba en la *bet ha-knesset* y entonces entró Yeshua. A mí no se me pasó por la cabeza que tuviera que ocurrir nada. Seguramente tampoco lo pensó casi nadie, pero apenas cruzó el umbral, una voz quejumbrosa, oscura, que no era del *olam ha-ze,* gritó: «Déjanos. ¿Qué tienes con nosotros, Yeshua *ha-Notsri?* ¿Has venido para destruirnos? Yo sé quién eres. *¡Attá ha-Qedosh ha-Elohim!»**.

El calor espeso parecía haber aumentado a orillas del mar, pero Lucano no pudo evitar que un escalofrío le recorriera la espalda al escuchar aquellas palabras.

—Todos nos quedamos paralizados al oír eso —prosiguió Shimshon, que había vuelto a dejar la red sobre su regazo—. No sé si lo comprendes bien, *ah...,* pero aquello..., hasta yo, que era un niño, me quedé sobrecogido... Un *ruaj ra,* o, a juzgar por sus palabras, varios, había gritado que Yeshua era el *mashíaj* y lo habían hecho, aterrados, presa del pánico más absoluto, suplicando que no les causara ningún daño, que les permitiera marcharse. Era como si se tratara de un ejército vencido que lo único que esperara de un enemigo más poderoso fuera que, conmovido, le otorgara las mejores condiciones para la rendición.

—¿Y qué hizo Yeshua?

—Yeshua... —el pescador respiró hondo antes de responder—. Bueno, hay que haber estado allí para saber lo que fue aquello. Miró a aquel hombre y, reprendiéndolo, dijo: *«Dom vetse mimanu»*.

---

* ¡Tú eres el Santo de Dios!

—Cállate, y sal de él— tradujo impresionado el médico.

—Eso mismo —dijo Shimshon—. «Cállate y sal de él». ¿Puedes imaginarte a un hombre común y corriente, al hijo de un humilde artesano, dirigiéndose a un *ruaj* maligno, y ordenándole que saliera del hombre del que se había apoderado? Pues eso mismo fue lo que hizo Yeshua, y entonces... ¡paf! El *ruaj* lo agitó, lo derribó y salió de él.

—¿Se hirió el hombre? —preguntó el médico.

—Ni un arañazo, *ah*. Ni el menor rasguño. El hombre, después de padecer tantos años, se encontró a la perfección. Bueno, como podrás imaginarte, todos nos quedamos pasmados. Recuerdo que hablaban unos con otros y decían: «¿*Mah ha-dabar ha-zeh*? ¿Qué es esto? ¿Con autoridad y poder manda a los *rujot raim* y salen?». Como podrás imaginar, *ah,* a partir de aquel momento su fama se difundió por todos los lugares de los contornos.

El pescador movió la cabeza como si acabara de ver lo que estaba narrando, calló por un instante, parpadeó como si acabara de despertar y volvió a su red. Lucano tuvo la sensación de que ahora sí estaba a punto de terminar con su tarea.

—Es muy difícil —prosiguió— imaginarse lo que sucedió durante aquellos días en Kfar-Najum. Por ejemplo, recuerdo una ocasión en que había salido yo de casa y me dirigía a la playa cuando... Bueno, verás, *ah*, vivíamos por aquel entonces muy cerca de aquí, a un par de casas de Shimón, el *talmid* al que Yeshua llamaba Kefa. Bueno, pues mi padre llegó a la barca y se dio cuenta de que había olvidado unos anzuelos y me ordenó que fuera a por ellos. Salto de la barca y echo a andar y entonces veo que Yeshua iba caminando por la playa con cuatro o cinco *talmidim* a su lado. Andaban charlando. De eso no tengo duda alguna. Y entonces, como salido de las entrañas de la tierra, aparece un leproso.

—¿Estás seguro de que era un leproso? —preguntó el médico.

—Sí, *ah*, claro que lo estoy —dijo Shimshon—. Llevaba la ropa sucia y asquerosa que tienen los leprosos a los que se ha echado de una población ya hace algún tiempo. La Torah ordena que deben salir de cualquier lugar habitado y, como se quedan sin el cuidado de sus familias, no tardan en convertirse en seres repugnantes, que no sólo van vestidos como te he dicho, sino que además huelen muy mal. Peor que cualquier bestia con la que te hayas podido cruzar en la vida. Pero, además, aquel hombre... *¡Baruj ha-Shem!* Cuando vio a Yeshua, echó a andar hacia él y entonces... al mover los brazos, al mover las piernas... Apenas estaba cubierto por harapos y, ay, Adonai, se le vio..., se le vio el cuerpo blanco. ¡Blanco por la lepra!

Lucano guardó silencio. En alguna ocasión había tenido oportunidad de examinar a leprosos que habían alcanzado esa fase de la enfermedad. No sólo eran incurables, es que además causaban un espanto más que justificado en cualquier persona que los veía. Sí, ciertamente, debió de resultar muy duro para un mozalbete contemplar a aquel enfermo.

—Llegó hasta Yeshua —continuó el pescador— y los que iban con él dieron un respingo. No era para menos, claro está. Pero a aquel hombre le debía importar bien poco lo que dijeran o hicieran los demás. Miró a Yeshua, se arrojó al suelo y le dijo: «*Adoní, im-jafets attah heló tunal letaherení*»*. La voz le temblaba, *ah*. Yo creo..., yo creo que había acudido a Yeshua como la última esperanza que le quedaba de que alguna vez pudiera curarse y llevar una vida normal, y sentir en la piel los dedos de sus seres queridos... Creo que todo eso era lo que estaba diciendo. Y entonces, Yeshua, extendiendo la mano, lo tocó.

—¿Tocó al...? —comenzó a preguntar sorprendido el médico que sabía no sólo el asco sino el peligro que iban unidos a semejante acción.

—Sí, *ah*, lo hizo. No fue un golpe o un empujón para quitarlo de en medio. No. Alargó la mano y la posó sobre el rostro del leproso. Casi, casi como

---

* Señor, si quieres, puedes limpiarme.

si le estuviera regalando la primera caricia en mucho tiempo y entonces le dijo: *«Jafets aní utehar».* «Quiero. Queda limpio». Y entonces la lepra..., la lepra desapareció. Aquellas manos, aquellas piernas, aquellos brazos cubiertos de toda aquella podredumbre blanca... *Ah,* estaban limpios, sanos como los tuyos o los míos. Y ¿sabes lo que Yeshua añadió en ese momento? ¿Te lo imaginas?

Lucano negó con la cabeza, pero no despegó los labios.

—Si yo hubiera curado a ese leproso, se lo habría contado a todo el mundo —dijo el pescador, reprimiendo la risa—. Sí. Primero, me hubiera hecho a un lado para que los *talmidim* vieran mejor lo que había sucedido. Luego habría ido a Kfar-Najum y lo habría voceado a los cuatro vientos. Eso habría hecho, pero Yeshua...

El pescador se llevó la muñeca a los ojos y atrapó una lágrima que pugnaba por salir.

—Yeshua le mandó que no le dijese nada a nadie. ¿Entiendes? ¡Nada a nadie! Y luego, como buen cumplidor de la Torah que era, le ordenó: «Ve, muéstrate al *cohen,* y presenta la ofrenda de tu purificación, tal y como mandó Moshé, para que así tengan un testimonio».

El médico siguió en silencio. ¿Cuánto tiempo podía haber pasado desde que Shimshon había visto a Jesús limpiando al leproso? Veinticinco..., no, unos treinta años. Sin embargo, a tres décadas de distancia recordaba todo como si acabara de verlo esa misma mañana. Desde luego, había que reconocer que no era para menos. Entonces era un niño que ya se ganaba el pan saliendo a pescar con su padre. Esa rutina sólo se rompía al llegar el *shabbat* y acudir a la sinagoga o, quizá, si descendía a alguna de las festividades en Jerusalén y, de repente, de la manera más inesperada, había aparecido aquel hombre que podía someter a los demonios con una simple frase o ahuyentar la lepra con una orden. ¿Cómo hubiera podido olvidarlo? No. Los años pasarían, su cabeza se llenaría completamente de canas y lo seguiría recordando.

—Como puedes imaginarte, *ah* —continuó el pescador—, venía gente a escucharle de todas partes. Bueno, a escucharle y a que los curara de sus enfermedades. Sin embargo, Yeshua no se aprovechaba de todo aquello. Todo lo contrario. Atendía a todos y luego se apartaba a lugares desiertos, y oraba. ¡Oraba!

Shimshon volvió a la red, pero ahora sí parecía que el problema estaba resuelto. Realizó dos o tres movimientos con las manos y dijo con una sonrisa:

—Esta noche si no hay pesca no será por falta de herramienta.

Capítulo

2

Shimshon dobló el brazo derecho con la destreza del que ha repetido un movimiento miles de veces. En el puño sujetaba un extremo de la red y con la izquierda iba rodeando el antebrazo hasta llegar a la mano y volver a descender al codo. Al ver aquella forma peculiar de utilizar la red, Lucano recordó el sistema al que había recurrido para vendar a heridos en el pasado.

El pescador terminó de pasar la red en torno al brazo y se acercó a la gastada borda. La temblorosa llamita de una lucerna estaba colocada en la proa picuda y dibujaba extraños dibujos amarillos en la rizada superficie de las aguas. Sin embargo, su finalidad no era distraer al viajero sino atraer a los peces. Se esperaba que, como si fueran moscas, se encaminaran a la luz aunque esa cercanía se tradujera en su captura y muerte.

Shimshon echó un vistazo a las aguas y, acto seguido, lanzó la red. Lucano no pudo evitar tener la sensación de que en aquel movimiento había envuelta cierta elegancia. Por un instante, el objeto se abrió en el aire como si fueran los pétalos de una flor pujante de hermosura y luego descendió sobre el agua para hundirse con la misma rapidez que una piedra arrojada a un pozo. El pescador esperó un instante y luego, de manera resuelta, tiró de ella. La subió a la barca después de repetir aquel movimiento un par de veces.

—Mal empezamos —dejó escapar tras haber comprobado que la red estaba totalmente vacía.

—¿Tú eres el *ah* que es médico?

Lucano se volvió hacia la persona que se acababa de dirigir a él. Era un hombre anciano. Lo había visto cuando subían a la barca y ya entonces le había llamado la atención cómo alguien de tanta edad salía a trabajar por la noche.

—Sí. Soy yo —respondió.

—Yo también conocí a Yeshua —dijo con una voz apenas audible—. Trabajaba en ocasiones con Shimón.

—¿Te refieres a Kefa? —preguntó el médico súbitamente interesado por la idea de poder hablar con alguien que hubiera pescado con Pedro.

—Sí —contestó—. En casa éramos muchos y nunca tuvimos la posibilidad de adquirir una barca para todos. Mi hermano Menajem sí pudo hacerse con una, pero como no tardó en cargarse de hijos... El caso es que me contrataban otros pescadores. A veces, era Zavdai, que contaba con varios empleados y, a veces, si la temporada iba bien y no andaba muy agobiado era Shimón.

—Ya van tres veces y nada —escuchó el médico que protestaba Shimshon en la proa.

—Aquel día yo estaba con Shimón —continuó el anciano—. Bueno, en realidad, nos habíamos reunido un par de barcas y estábamos lavando las redes. En eso andábamos ocupados, cuando vimos que, a orillas del lago de Kinneret, se arremolinaba un grupo de gente. Nos miramos sorprendidos porque no podíamos comprender lo que estaba sucediendo y entonces alguien señaló que lo que hacían era seguir a Yeshua. Inmediatamente, comprendimos que ésa era la causa de aquel alboroto. Y entonces nos dimos cuenta de que se acercaba al lugar donde estábamos. Recuerdo que uno de los pescadores protestó al verlo y empezó a decir que lo único que nos faltaba era que nos distrajera del trabajo con lo mal que iban las cosas últimamente. Y no le faltaba razón. Era la pura verdad. Llevábamos una racha muy mala, tanto que yo esperaba que en cualquier momento Shimón me dijera que no volviera a trabajar al día siguiente.

—¡Un pez! —sonó indignada la voz de Shimshon—. ¡Un pescadito! Seis veces he arrojado la red y esto es lo que he recogido...

—Yeshua se acercó a una de aquellas barcas —reanudó el anciano su relato—, la que era de Shimón, y, de un salto, entró en ella. Y entonces le rogó que la apartase de tierra un poco, pero que no la echara a la mar, porque así, desde la barca, podría enseñar a la multitud que lo seguía.

—¿Tenía amistad con Shimón ya entonces?

—Mucho más que eso —respondió el pescador mientras sacudía la diestra en el aire para acentuar la importancia de lo que iba a decir—. Tan sólo unos días antes, Shimón había invitado a Yeshua a comer a su casa. En el pasado, ya había acudido al Yardén a escuchar a Yohanan el *naví* y ahora deseaba enterarse de lo que enseñaba Yeshua. Pero las cosas se le complicaron. Precisamente el día que Yeshua iba a ir a su casa, la suegra de Shimón cayó enferma. Sufría una fiebre tan alta que la pobre infeliz estaba postrada en la cama y no podía ni moverse. Con el corazón apenado, Shimón salió al encuentro de Yeshua y le dijo que no le era posible hacer honor a la invitación. Por supuesto, le explicó la razón, pero a Yeshua aquellas palabras no parecieron impresionarle. Todo lo contrario. Siguió caminando hasta la vivienda de Shimón y entró en ella. Y entonces se acercó a la cama de la suegra y ordenó a la fiebre que la dejara.

—¿Y qué sucedió?

—Era una fiebre muy alta...

Pyreto megalo, tradujo mentalmente al griego el médico las palabras del pescador.

—... pero abandonó a la suegra de Shimón. Según decía él, se puso tan bien que se levantó del lecho y se empeñó en servirles ella misma la comida. Desde entonces, quizá porque Shimón le estaba muy agradecido o quizá porque su mujer no las tenía todas consigo de lo que podía sucederle a su madre, o por las dos cosas, Yeshua se quedó en aquella casa. No dormía siempre allí porque muchas noches se alejaba y se pasaba orando solo hasta el amanecer, pero cuando estaba en Kfar-Najum lo normal era que descansara en casa de Shimón. Yo mismo lo vi allí en bastantes ocasiones, o sea que, como te iba diciendo, conocerse, se conocían.

—Entiendo.

—Bien, pues como te iba contando, Yeshua estuvo un rato enseñando a la gente. Como casi siempre, les habló de la necesidad de abrazar la *teshuvah* y les contó aquellos *meshalim* tan hermosos que él mismo había inventado y no aprendido de otros como pasaba con los *perushim.* Y, cuando terminó de hablar, le dijo a Shimón: «Boga mar adentro, y echad vuestras redes para pescar».

—¡Ahora tres peces...! —escuchó Lucas que protestaba Shimshon—. ¡Vaya nochecita!

—Cuando oyó lo que le había dicho Yeshua —prosiguió el pescador—, Shimón le respondió: «*Adoni,* toda la noche hemos estado faenando y nada hemos pescado». Yo pensé en ese momento: «Bueno está que le esté agradecido por lo de su suegra, bueno está que le tenga durmiendo en su casa, pero que además le permita dar lecciones de pesca..., a él, que es un artesano de Netseret, que no ha vivido jamás a orillas del mar, si fuera por mí...», pero Shimón no se comportó como yo lo hubiera hecho. No. ¡Qué va! Miró a Yeshua y le espetó: «Pero en tu palabra echaré la red». ¿Te imaginas, *ah,* el cabezón de Shimón, que era bueno, pero un tanto bruto, diciendo a aquel campesino que en su palabra iba a echar las redes?

—¿Qué sucedió? —preguntó Lucano.

—Shimón nos ordenó que lanzáramos la red —continuó el veterano pescador—. Lo hicimos refunfuñando, no deseo engañarte, porque nos parecía una estupidez y estábamos deseando regresar a casa a descansar después de toda una noche perdida, y entonces... *Ah,* ¿cómo podría explicártelo? Aquellas redes... pesaban..., pesaban como si hubiéramos pescado el palacio de Shlomo con todos sus esclavos y esclavas. ¡La cantidad de peces era tan grande que llegamos a temer que se pudieran romper las redes! Entonces nos pusimos a hacer señas a los compañeros que estaban en la otra barca, para que viniesen a ayudarnos. Y acudieron, y llenamos las barcas. Las llenamos tanto que parecía que se iban a hundir con el peso de los peces.

El pescador calló un instante y respiró hondo, como si el relato le hubiera arrojado una carga sobre el pecho de la que ahora se podía liberar.

—Toda la noche faenando, *ah,* y de pronto aquel sujeto que no podía saber más de barcos de lo que yo sé de teñir vestidos de cortesanos había logrado que no volviéramos a casa con las manos vacías. Mientras sujetaba las redes, la verdad es que me sentí avergonzado por todo lo que había pensado sobre él. Entonces busqué con la mirada a Shimón y..., y..., bueno, había caído de rodillas ante Yeshua y le estaba diciendo: «Apártate de mí, *Adoni,* porque soy hombre pecador».

El pescador volvió a guardar silencio. Respiraba mal y, por un instante, Lucano pensó en invitarle a interrumpir su relato y a continuarlo cuando se encontrara mejor. Sin embargo, como si hubiera podido leer en el corazón del médico, el anciano levantó la palma de la mano.

—Me pasa a veces —dijo con tono de excusa—. Son muchos años de salir a la mar.

—Quizá...

—No —cortó con voz sorprendentemente enérgica el pescador—. Déjame que termine de contarte lo que pasó. Shimón se había puesto de rodillas diciendo que era un pecador. Decía la verdad, pero lo que él había manifestado, también lo sentíamos todos. Yo y Yohanan y Yakov, los hijos de Zavdai, y sus asalariados. No teníamos alegría en los corazones por los peces atrapados ni porque regresábamos a casa con las barcas a rebosar. No, lo que sentíamos era que aquel hombre casi desconocido no era como nosotros. Se trataba de alguien diferente, totalmente distinto, tanto que nos recordaba cómo éramos en realidad, pobres pescadores, sin la menor importancia, que estaban ocupados sobre todo en la forma de llenarse la andorga. Nos sentíamos tan pequeños, tan diminutos, tan... pecadores que estoy seguro de que si Yeshua nos hubiera dicho en esos momentos que por nuestros pecados debíamos arrojarnos al mar y ahogarnos lo hubiéramos hecho sin rechistar. Pero..., pero no fue eso lo que nos dijo. Yeshua puso la mano sobre el hombro de Shimón y...

Volvió a llenar el pecho de aire el galileo y ahora Lucano no abrigó ninguna duda de que estaba realizando todos los esfuerzos posibles por no romper a llorar.

—... le puso la mano en el hombro... —prosiguió con la voz empañada el pescador— y le dijo: «*Al-tirá ki mehayom vamaelah tatsud anasim*»*.

—¡Hemos cogido algo! —gritó Shimshon desde la proa—. ¡Yohanan! ¡Menahem! ¡Yehudah! ¡Vamos, holgazanes, echad una mano!

Como en miles de ocasiones como aquéllas, el anciano dio un salto impulsado por la emoción de haber capturado una presa importante. Pero Lucano ansiaba como nunca conocer el final de la historia. Con rapidez, le agarró de la manga y le preguntó:

—¿Y qué pasó?

Una leve sonrisa apareció en el rostro del galileo.

—¿Qué va a pasar, *ah*? Cuando llegamos a tierra, Shimón dejó todo y lo siguió.

---

* No temas porque desde hoy pescarás hombres.

Capítulo
3

L o que sucedió en aquellos días... Sinceramente, es para haberlo visto.

Quien se había dirigido a Lucano era un anciano casi desdentado, con escaso cabello que se agrupaba en dos mechones situados encima de las orejas y una nariz que parecía proyectarse al vacío para luego retraerse sobre el labio superior. Cuando hablaba quedamente, la sensación que daba era la de la experiencia decantada durante décadas, pero cuando se reía la visión de aquellos escasos dientes aislados le confería un aspecto cercano a la decrepitud.

—Éste tiene mucha suerte —intervino en la conversación Menahem, el anciano pescador que le había contado al médico la historia de la pesca prodigiosa—. Hace años que no trabaja. Sus hijos le mantienen.

EL HIJO DEL HOMBRE

—Me dejé los dientes por ellos —respondió el viejo—. No hacen nada de más y además tú sabes lo que dice la Torah: «Honrarás a tu padre y a tu madre...».

—Me dejé los dientes por ellos —respondió el viejo—. No hacen nada de más y además tú sabes lo que dice la Torah: «Honrarás a tu padre y a tu madre...».

—... *lemaan iitab laj ulemaan yarijun yamijá al-haarets** —concluyó la cita el pescador.

—Exacto —reconoció satisfecho el desdentado.

—Y lo de los dientes es verdad, Yehoram... —concedió.

—¿A qué te dedicabas? —preguntó Lucano movido por la curiosidad.

—Era zapatero —respondió Yehoram—. Y como el cuero era malo..., bueno, hay que ablandarlo con los dientes.

El médico asintió con la cabeza sin decir una sola palabra. Sí, había visto ocasionalmente esa dolencia. Por regla general, comenzaba afectando a las encías, que difícilmente podían soportar aquel empleo y, al fin y a la postre, repercutía de forma dramática en los dientes. Solía tardar algo en caer el primero, pero luego iban desapareciendo a una velocidad verdaderamente escalofriante.

—No creas que es mala ocupación, *ah* —dijo con una de esas sonrisas que acentuaban su ancianidad—. Te sientas a la puerta de tu casa y te dices: las

---

* Para que te vaya bien y tengas largos días en la tierra.

sandalias que se pone el rabí para anunciar el inicio del *shabbat* las he hecho yo, y el calzado que se quitan los muchachos para pasear por la playa lo cosí yo, y, bueno, una vez incluso le reparé a Yeshua...

—No, Yehoram, no —le interrumpió Menahem—. No nos cuentes ahora lo de las sandalias de Yeshua. Te lo he oído miles de veces.

Lucano esperó una protesta del zapatero, pero éste se limitó a lanzar una carcajada enseñando los pocos restos de lo que debió ser en otra época una vigorosa dentadura.

—Tienes razón —concedió—. Todo el mundo conoce la historia... y además ésa no es la más importante.

—¿Cuál dirías tú que fue la más importante? —preguntó Lucano decidido a interrogarle acerca de la reparación del calzado de Jesús en cuanto tuviera oportunidad.

—Otra que sucedió en casa de Shimón —comenzó a decir el pescador.

—Pero no la de su suegra, no —aclaró Yehoram—. Verás, *ah*. Sucedió uno de esos días en que Yeshua estaba enseñando en la casa de Shimón, y se encontraban sentados a su alrededor algunos *perushim* y *more ha-Torah* que habían venido de todas las aldeas de Galil, y de Yehudah y de Yerushalayim. Para entonces, las noticias sobre la manera en que Yeshua curaba a la gente se habían extendido, y aunque se sabía que en esos momentos estaba entregado a enseñar, hasta el lugar donde vivía Shimón llegaron también unos hombres que traían en un lecho a un paralítico. Su intención era abrirse camino hasta el interior de la casa y colocarle delante de él para que lo liberara de su enfermedad. Sin embargo, no tardaron en percatarse de que no era posible. Había demasiada gente arremolinada alrededor del edificio y desde luego no tenía la menor intención de perderse una sola de las palabras que Yeshua cruzaba con los *more ha-Torah* simplemente porque trajeran a un paralítico...

—Tampoco seas tan duro con esas gentes —le interrumpió Menahem—. Después de lo que habían visto que hacía Yeshua y de escucharle alguna vez en la *bet ha-knesset* ardían en deseos de ver lo que opinaban de él los *perushim* y los *more ha-Torah*... Seguramente, pensaron que el paralítico podía esperar un ratito.

—Sí, claro, como los que no se podían mover no eran ellos... —dijo con dejo irónico Yehoram—. Bueno, a lo que iba, no había forma de llevarlo hasta donde se encontraba Yeshua, y entonces uno de los que cargaba con la camilla del paralítico dice a los otros: «¿Y por qué no lo subimos al tejado y lo bajamos por él?». «Pues, sí, ¿por qué no?», se preguntó otro. Y así, a empujones, se abrieron paso hasta la pared exterior. Uno que junta las manos para que se encarame otro al tejado; otro que ata al paralítico a la camilla para que no se caiga...

—El paralítico que empieza a decir: «¡Dejadlo! ¡Dejadlo! ¡Bajadme! ¡Ya me verá otro día!» —interrumpió el pescador.

—¿Eso decía el paralítico? —preguntó Lucano.

—Sí... —reconoció el antiguo zapatero con gesto irritado—. Cualquiera hubiera hecho lo mismo. Si se hubiera caído, mientras lo subían..., bueno, además de no poder andar se podía haber roto la cabeza o un brazo o el cuello...

—El *ah* te entiende, Yehoram —le interrumpió Menahem—. Sigue contando, te lo rogamos, sigue contando.

—Bueno, el caso es que lograron subirse hasta arriba del todo y con ellos alzaron al paralítico y entonces, pobre Shimón, comenzaron a quitar la techumbre. Era fácil, a fin de cuentas. Un poco de enramada, algunas tejas sueltas..., paf, cuando se quisieron dar cuenta ya se habían cargado el tejado y abierto un boquete lo suficientemente grande como para bajar la camilla y colocarla justo enfrente de Yeshua.

—Así fue, *ah,* así fue —corroboró Menahem.

—Yeshua captó enseguida la *emunah* de los que acompañaban al paralítico. No era para menos. Nada les había echado atrás y no habían parado hasta colocarle a su amigo delante de las narices, y entonces..., entonces Yeshua le dijo al pobre inválido: «Hombre, tus pecados te son perdonados». Al escuchar aquellas palabras, el que estaba en la camilla sintió como si le retorcieran el corazón. Por supuesto, había permitido que lo llevaran para curarse, pero sabía de sobra algo que todos los demás ignoraban: que su alma estaba atormentada por la culpa que sólo nace de un pecado terrible, y al oír aquello...

—Al oír aquello —intervino Menahem—, los *soferim* y los *perushim* comenzaron a cuchichear y a decirse los unos a los otros: «¿Quién es este que habla blasfemias? ¿Quién puede perdonar pecados sino sólo Elohim?». La verdad es que razón no les faltaba...

—Sí, eso decían —reconoció con un deje de pesar el zapatero—, pero entonces Yeshua, que se daba cuenta de lo que sucedía, les preguntó: «¿Qué caviláis en vuestros corazones? ¿Qué es más fácil, decir: Tus pecados te son perdonados, o decir: Levántate y anda?». Y antes de que pudieran responder, añadió: «Pues para que sepáis que el *Ben ha-Adam* tiene potestad en la tierra para perdonar pecados...». Y entonces... oh, entonces, *ah*, se volvió hacia el paralítico y le espetó: «A ti te digo: levántate, toma tu camilla y vete a tu casa».

—Lo que sucedió entonces, *ah*... —volvió a intervenir el pescador—, es que no te lo puedes ni imaginar. Aquel hombre, al que llevábamos viendo postrado durante tanto tiempo, se levantó delante de todos nosotros, echó mano de la camilla en la que estaba acostado y se fue a su casa, mientras daba *kavod* a Elohim.

—No fue el único —dijo el zapatero—. El mismo paralítico mientras se abría camino entre la gente e intentaba llegar al exterior pudo escuchar cómo todos, sobrecogidos de asombro, daban también *kavod* a Elohim. Estaban atemorizados, pero decían: «Hoy hemos visto maravillas».

Lucano no se atrevió a romper el silencio que había descendido tras escucharse las últimas palabras de Yehoram. También se sentía conmovido. Era obvio que Jesús había utilizado palabras que sólo le era dado pronunciar a Dios y además utilizando aquel título, *Ben ha-Adam,* el Hijo del Hombre. Nunca había escuchado a Paulos referirse a Jesús de esa manera. El Hijo del Hombre...

—Aquel día fue muy especial —prosiguió Yehoram—. Cuando se puso el sol, todos los que tenían enfermos de diversas dolencias se los trajeron y Yeshua..., Yeshua, poniendo las manos sobre cada uno de ellos, los curaba. Estuvo así toda la noche y, cuando ya era de día, salió y se fue a un lugar desierto, pero la gente le seguía buscando y acabó dando con él. Por supuesto, no querían que se marchara. Pero Yeshua les dijo: «Es necesario que también en otras ciudades anuncie la *Besoráh* del *maljut* Elohim, porque para esto he sido enviado».

—Yehoram —intervino Lucano—. ¿Tú estabas presente cuando sucedió todo aquello?

El zapatero y el pescador se miraron como impulsados por un resorte y después estallaron en una carcajada. Se reían con verdadero entusiasmo, con incontenible alegría, como si acabaran de escuchar una historia extraordinariamente graciosa. Se miraban, se daban palmadas en los muslos y se doblaban. Así estuvieron un rato intentando hablar pero sin conseguirlo.

—Pero ¿se puede saber qué pasa? —preguntó Lucano sin comprender la escena que se desarrollaba ante su vista.

—Ay, *ah*, ay... —respondió Yehoram mostrando su boca desdentada.

—¿Alguno de los dos me va a explicar qué es lo que resulta tan gracioso? —insistió Lucano un tanto amostazado.

El pescador se pasó la mano por los ojos llorosos, se quitó las lágrimas de un par de manotazos e intentó responder. No le resultó fácil. Todavía en un par de ocasiones rompió a reír, pero, finalmente, logró contenerse y entonces, clavando la mirada en Lucano, le dijo:

—Yehoram era el paralítico.

Capítulo

4

L as olas del mar de Kinneret se acercaban a lamer la arena grisácea y blanda de la recortada playa de Kfar-Najum. Se comportaban de manera suave y amodorrada, como si estuvieran cansadas de albergar durante todo el día a los pececillos de inmenso buche y de empujar a las míseras, pero eficaces, barquichuelas de los pescadores galileos. Ahora, al final del día, daba la sensación de que ansiaban recostarse cerca de la casa de Shimón, el hombre al que Yeshua dio el sobrenombre de Kefa, y disfrutar de un bien merecido descanso.

Lucano había compartido la cena frugal de Shimshon —¡qué contento estaba porque la pesca no había resultado del todo mala!— y ahora aprovechaba para relajarse un poco al final del día. A la vez que disfrutaba de la brisa fresca y salobre que llegaba a grupas de las olillas, el médico intentaba ordenar sus ideas. Se veía obligado a reconocer que el empeño al que se había entregado sin demasiada convicción ahora le resultaba demasiado cercano como para dejarlo indiferente. Hubiera deseado acercarse a los testigos de la vida del hombre al que ellos llamaban Yeshua con un cierto distanciamiento no desapasionado, exactamente igual que el manifestado por Tucídides al escribir de la guerra del Peloponeso y, sin embargo..., sin embargo, no le resultaba posible por más que se esforzara. Ahora sabía cómo olía de adulto un niño que había presenciado la salida de un demonio en una humilde sinagoga; había contemplado al pescador que con sus ojos había visto la carne blanca de un leproso restaurada en su plenitud y no podría olvidar la boca desdentada de un hombre paralítico que había recibido a la vez el perdón de los pecados y la salud. Esta última historia, sobre todo, había tenido sobre él un efecto sobrecogedor. Sabía más que de sobra que en el interior del cuerpo humano hay mecanismos que se quiebran y que impiden que las piernas, o las manos u otros miembros se muevan. A decir verdad, no sólo los conocía. Podía, por añadidura, identificarlos. Precisamente por ello, había pedido a Yehoram que le consintiera examinar sus piernas y su espalda. Había descubierto así que estaban completamente sanas y que no ponían al descubierto ninguna secuela. ¿Cómo había sido exactamente aquella dolencia que lo había atenazado antes de que Jesús le dirigiera la palabra? ¿Había sido un mal enraizado en su espíritu el que le había privado del uso de las piernas y, por ello, al escuchar la sentencia absolutoria del hombre de Nazaret se había puesto en pie, curado? ¿O, por el contrario, era su cuerpo el que estaba deshecho impidiéndole dar un paso y aquella palabra poderosa lo había restaurado como si nunca hubiera experimentado mal alguno? Su experiencia de años como médico no le permitía aventurar un diagnóstico, pero sí podía decir algo sin ningún género de dudas. Aquel hombre había estado paralítico y había recuperado la facultad de andar; había sufrido la inmovilidad y ahora, a sus años, podía salir en una barca al lago de Kinneret e incluso ayudar con las faenas de pesca.

No era sólo eso lo que llamaba la atención de Lucano. Estaba también la manera en que Jesús se había presentado a sí mismo. Era cierto que en la sinagoga de Nazaret se había aplicado el cumplimiento de una profecía de Isaías de un carácter mesiánico más que evidente, pero luego... Tenía la sensación de que no había sentido ninguna prisa por decir quién era, que prefería que los demás se dieran cuenta de lo que se manifestaba ante sus ojos, que se percataran por sus propios medios de que él era el *Ben ha-Adam*. *Ben ha-Adam*.

El Hijo del Hombre. No recordaba haber escuchado nunca a Paulos utilizar ese título para referirse a Jesús. El segundo Adán, sí. Incluso el Adán celestial o espiritual, pero nunca el Hijo del Hombre, y, sin embargo, así se había presentado Jesús antes de curar a un paralítico y perdonar los pecados. ¡Perdonar los pecados! Los *perushim*, los *soferim* tenían razón. ¿Quién puede perdonar los pecados salvo Dios? ¿Resultaba tan extraño que se hubieran indignado? ¿Se dieron cuenta sus primeros discípulos de lo que hacían al seguirlo?

Estaba sumido en estos pensamientos, cuando sintió el roce de una mano que se posaba sobre su hombro. Sobresaltado, Lucano volvió a tranquilizarse al darse cuenta de que tan sólo era Yehoram.

—¿Estás bien, *ah?* —preguntó.

—Sí, por supuesto —respondió Lucano con una sonrisa que pretendía expresar a la vez despreocupación y agradecimiento.

—Da gusto este fresquito, ¿verdad? —comentó el antiguo zapatero mientras tomaba asiento al lado del médico.

—Sí. Es muy agradable.

—¿En tu tierra hace calor como aquí? —preguntó súbitamente interesado el anciano.

—Sí y mucho frío en invierno.

Por unos instantes, agotado el tema del clima, los dos permanecieron en silencio, un silencio que sólo se vio cortado por un carraspeo del zapatero antes de volver a tomar la palabra.

—¿Hasta cuándo te quedarás con nosotros, *ah?*

Lucano dejó de observar las olas y se volvió para mirar de frente al recién llegado. No podía responderle lo que no sabía, pero, de momento, iba a continuar con su labor.

—Yehoram, ¿te acuerdas de los primeros *talmidim* de Yeshua?

Súbitamente serio, el anciano olvidó la pregunta que acababa de formular y asintió con la cabeza.

—Sí, claro que me acuerdo, *ah* —dijo con tono serio—. Primero estuvieron Shimón y los *beni* Zavdai, Yakov y Yohanan...

—Conozco lo que sucedió con ellos —le interrumpió Lucano.

—Eran gente peculiar —señaló el zapatero—. Shimón era una buena persona. Pescador, casado, con una suegra, bueno como tantos otros de aquí, de Kfar-Najum. Los *beni* Zavdai..., ésos eran otra cosa. Más jóvenes, ambiciosos, por menos de nada te soltaban un bofetón que te estampanaban contra el suelo. No te digo más que los llamaban *Boanerges.*

—Los hijos del trueno.

—Exacto —reconoció satisfecho Yehoram—. Los hijos del trueno. Y luego fueron llegando los otros, porque había muchos siguiendo a Yeshua para que los curara o los liberara de la opresión de un *ruaj* perverso o incluso para escucharle contar sus *meshalim*, pero la cuestión de acompañarlo..., ahí hubo menos. No te lo podría asegurar con certeza, pero yo creo que el primero fue Matai.

Matai..., Mateo... Lucano experimentó un escalofrío al escuchar la referencia al autor del libro que le había entregado Yakov. ¿Cómo habría sido aquel hombre que, años después, se dedicaría a recoger algunos de los dichos de Jesús?

—¿Conociste a Matai? —preguntó el médico.

—Cualquiera no conocía en Kfar-Najum a ese malandrín... —respondió con sonrisa pícara Yehoram—, pero quien lo conocía mejor que nadie fue su amigo Natán.

—¿Sería posible hablar con él? —preguntó con el corazón encogido el médico.

—¿Con Natán? Sí, por supuesto. ¿Quieres conocerlo? Te lo digo más que nada porque te va a costar, por lo menos, invitarle a comer.

Lucano no pudo evitar lanzar una carcajada.

* * *

—¿Así que tú eres el médico ese que va haciendo preguntas?

El hombre que dirigía la palabra a Lucano era un judío bajo, de barba muy negra y extendida, vientre prominente, casi esférico, y movimientos lentos.

—Sí —respondió—. Me temo que yo soy.

—Bueno y ¿qué es lo que quieres saber? —preguntó mientras echaba mano a la fuente de barro donde descansaba un cordero troceado.

Cogió la enorme tajada con una destreza asombrosa, como si no hubiera hecho otra cosa en su vida, y la colocó sobre un pedazo de pan abierto. Luego le propinó dos bocados que, por sus dimensiones, sorprendieron a Lucano. Desde luego, sería mejor esperar a que se vaciara la boca antes de responder.

—¡Vamos! ¿Qué quieres saber? —insistió Natán mientras masticaba a toda velocidad y las migas comenzaban a proyectarse sobre su luenga barba.

—Me han informado de que fuiste amigo de Matai... —comenzó a decir el médico.

—Sí... —respondió Natán frotándose los dedos y echando mano de una nueva tajada a la que propinó un enorme bocado.

Lucano esperó mientras Natán apretaba las mandíbulas contra la carne envuelta en pan.

—Matai era un *leví*. Ya sabes, pertenecía a la tribu que se ocupa de proporcionar los *cohanim*.

—Sí, lo sé.

—A decir verdad, solían llamarlo Leví. Y, de repente, un día se convirtió en *mojes*.

—¿*Mojes*? —preguntó Lucano—. ¿Te refieres a un publicano? ¿A un recaudador de impuestos?

—Sí, a eso mismo —contestó Natán echando mano de un tercer pedazo de carne de cordero—. Los *mojesim* son mala gente como, seguramente, tú sabes. No es que cobren impuestos —que de todos es sabido que pagarlos no le gusta a nadie—, es que se quedan con más *qesef,* con mucho más *qesef* del que deben.

Lucano conocía el sistema sobradamente. Roma necesitaba impuestos, pero se cuidaba muy mucho de cobrarlos de manera directa. Arrojaba semejante carga sobre gente extraída de la población local que, a cambio de aceptar la impopularidad, se llevaba una parte de lo percibido. Solían caracterizarse por practicar la corrupción y en el caso de Judea y otros territorios cercanos, aquélla llegaba a resultar especialmente escandalosa. Por supuesto, eran aborrecidos en todas partes.

—Leví o Matai, como quieras llamarle, era especialmente odioso —dijo Natán como si se hubiera convertido en el eco de los pensamientos del médico—. Era un *cohen,* como ya te he dicho y tenía que haber estado ofreciendo sacrificios en el *Heijal* de Yerushalayim, pero un día regresó a Kfar-Najum y dijo que todo aquello se había terminado.

—¿Que todo se había terminado? —preguntó extrañado el médico.

—Sí. Exactamente. Que todo se había terminado —confirmó Natán—. Naturalmente, todos nos quedamos sorprendidos. ¿Por qué decía aquello? ¿Qué le había pasado? Al principio, pensamos que quizá le había sucedido lo que al *naví* Yeramyahu, que se le había aparecido Adonai y le había ordenado abandonar su condición de *cohen* para transmitir sus palabras.

Guardó silencio y una nube de tristeza le oscureció el bronceado rostro. Luego sacudió la cabeza levemente, se pasó el dorso de la mano por los labios y agarró un nuevo pedazo de cordero.

—Pero no fue así, médico. No fue así. Leví no había recibido una revelación de Adonai. Al parecer, lo único que habían contemplado sus ojos era la iniquidad del *cohen ha-gadol*.

—¿Sería muy... indiscreto...? —comenzó a decir el médico.

—No, no... —dijo Natán agitando la mano que no sujetaba el pan y el cordero—. A algunos amigos nos contó que había visto a unos *cohanim* que protestaban porque no se les entregaba su parte de los sacrificios. No lo habían hecho por codicia, no creas. Se habían comportado así porque sus *mishpahot* tenían hambre. Y entonces, sin escucharles una sola vez, habían aparecido los miembros de la guardia del *cohen ha-gadol* y los habían deshecho a bastonazos.

—¿Eso fue lo que hicieron los guardianes del *Heijal?* —preguntó sorprendido Lucano.

El galileo bajó la cabeza en una señal que era a medias de pesar y a medias de asentimiento.

—Leví quiso ver al *cohen ha-gadol.* Esperaba que todo se tratara de un error...

—Pero no lo era —adelantó Lucano, que recordaba lo que Paulos le había contado sobre su interrogatorio por el Sinedrio.

—No, no lo era y aquello le empujó a dejar todo y volverse a Kfar-Najum. ¿Qué hacía él sirviendo a un hombre que decía representar lo más sagrado y que molía a golpes a unos infelices que tan sólo se quejaban porque les robaban sus salarios y no podían dar de comer a sus *mishpahot?* Por eso se marchó de Yerushalayim y, todo hay que decirlo, lo hizo con el corazón deshecho. Al principio, se limitaba a pasear mudo por las calles o a quedarse en la playa sentado durante horas. Un día, finalmente, regresó a la *bet ha-knesset*...

—Y fue peor —terció Yehoram—. Al principio, no sucedió nada. Todo transcurrió de la manera habitual, pero, al concluir...

—Leví salió a la calle y comenzó a caminar hacia la orilla del mar —continuó Natán—, y entonces una pareja de *perushim* se le acercó. ¿Qué le dijeron? Sólo Adonai lo sabe. Gesticulaban, se llevaban las manos a la cabeza, abrían los ojos como si estuvieran contemplando un verdadero prodigio. De repente, Leví levantó la mano derecha, les apuntó con el dedo y les dijo: «Desapareced de mi vista o no sé lo que puedo haceros». Y luego, sin esperar a que dijeran una sola palabra, se marchó caminando deprisa, casi corriendo, hacia la playa.

Volvió a hacer una pausa Natán, masticó los últimos resquicios de cordero que tenía en la mano y luego se quedó con la mirada fija, como si fuera presa de un terrible pensamiento.

—Creo que voy a beber algo de vino antes de seguir comiendo otro poquito —dijo al fin como si emergiera de un sesudo razonamiento.

Lucas le acercó el recipiente de barro, mientras se preguntaba cuánto cordero trasegaría Natán antes de concluir la historia.

—Al día siguiente —dijo el amigo de Matai tras pasarse el dorso de la mano por los labios húmedos de vino—, Leví se convirtió en *mojes*.

Lucano guardó silencio. Era obvio que aquel *cohen* no había podido resistir la corrupción del *Heijal*, pero, sin duda, no era el único que había sido testigo de ella. Simplemente, Leví había demostrado que su piel era más fina. Mientras que otros *cohanim* miraban hacia otro lado por necesidad, por cinismo o por convicción, aquel hombre se había desmoronado. Seguramente, había caído en un estado de cólera tan profundo que había buscado aquello que pudiera situarle más lejos de su vida anterior. Quizá si en Kfar-Najum hubieran vivido gentiles de los que crían cerdos, Leví habría consumido su carne a la vista de todos. Dadas las circunstancias, se había convertido en publicano.

—Durante meses, la gente no sabía lo que pensar —continuó el pariente del *cohen* renegado—. ¿Cómo un hombre entregado al servicio de Adonai se había convertido en uno de los peores enemigos del *am-Israel*? Por supuesto, habían existido *mojesim* mucho antes de que lo fuera Leví, pero todos procedían de otras *mishpahot,* no de una que ofreciera sus sacrificios ante Adonai en la ciudad santa de Yerushalayim. Al cabo de muy poco tiempo, me da pena decirlo, pero no debo ocultarlo, se había ganado el odio de todos. La gente lo acusaba de ser despiadado, cruel, desprovisto de compasión. El rostro se le transformó incluso. Parecía que, en vez de cara, tenía una mueca dura, como de piedra. Era igual que esas imágenes horribles que adoran los *goyim.*

—La verdad es que podías suplicarle, ponerte de rodillas, llorar, pero su corazón se había convertido en algo seco —confirmó Yehoram.

—Y entonces pasó lo peor —continuó Natán—. No sé qué fue primero, si la pedrada...

—No —corrigió Yehoram—. Lo primero fue cuando comenzaron a arrojarle basura delante de la casa.

—Sí, tienes razón —reconoció Natán—. Al principio, sólo dejaban inmundicias, raspas de pescado, tripas, cosas así, pero luego todo fue de mal en peor. Un día le tiraron una piedra. Estuvieron a punto de saltarle un ojo. *Baruj ha-Shem,* no le acertaron, pero estuvo con la cabeza vendada durante semanas. Y lo peor es que la gente, en lugar de sentir compasión, se reía al cruzarse con él y lo celebraba. Creo que pensaban que era lo menos que se merecía. Y menos mal que decidió no volver a pisar la *bet ha-knesset,* porque si lo hubiera intentado..., bueno, hubiera terminado todo muy mal.

La mano de Natán se acercó a una nueva tajada de pan, pero luego, como si se viera sujeta por un ser invisible, quedó suspendida por un instante en el aire. Al cabo de un instante, el antiguo amigo de Leví decidió retirarla y siguió hablando.

—Y luego estaba la cuestión de las compañías, porque ¡vaya compañías!... —dijo Natán sacudiendo la mano derecha, la que no había llegado a agarrar el pan—. Hasta entonces, la verdad es que siempre había sido un hombre piadoso. *Tsadiq.* Ahora, sin embargo, no sólo dejó de frecuentar la *bet ha-knes-set,* sino también a sus amigos de siempre. Ni *soferim,* ni *perushim,* ni gente buena del pueblo. Sólo otros *mojesim* y mujeres..., bueno, ya puedes imaginarte qué clase de mujeres podían encontrarse con él. Sinceramente, no creo que fuera feliz. Y es que, a fin de cuentas, era un *yehudí.* Sin duda, lo seguía siendo, pero...

Yehoram se acercó a Natán y le echó el brazo por el hombro, pero el hombre apartó suavemente el apoyo que le proporcionaba su amigo.

—Verás, una mañana, Leví se sentó, como siempre, al banco de los tributos públicos. Llegaba la gente, él evaluaba lo que tenían que pagar, tomaba nota y cobraba. Llevaba ya un rato con su ocupación habitual cuando apareció Yeshua y... ¿cómo podría explicártelo? Yeshua no tenía nada que pagar porque, de entrada, no tenía nada. Pero allí se quedó, parado, mirándolo. Sin pronunciar una sola palabra, sin hablar con él. Y, de repente, le dijo: «Sígueme».

—Sígueme... —repitió suavemente Lucano.

—Fueron sus únicas palabras —corroboró Natán.

—¿Y qué le dijo Leví? —preguntó el médico.

—No le dijo nada, *ah,* pero dejó todo, se levantó y le siguió.

Lucano se preguntó en silencio cómo había podido suceder todo aquello. Ni una sola palabra, ni un comentario y aquel publicano se levantaba y le seguía. Sin más.

—Y eso no fue lo más sorprendente —continuó Natán como si hubiera adivinado los pensamientos que se daban cita en el corazón del médico—. Lo que nos llamó a todos la atención fue lo que sucedió después.

—¿A qué te refieres?

—A la alegría que se apoderó de Leví —respondió Natán—. A decir verdad, nunca había sido especialmente risueño, pero cuando se convirtió en *mojes*, las cosas empeoraron. Disponía de *qesef* en abundancia, y de mujeres y tenía nuevos amigos..., incluso se le oía a veces lanzar carcajadas, pero no puedo decir que una sola vez lo viera contento de verdad, con esa alegría que arranca de cuando te sientes realmente bien, en paz, a gusto. En realidad, vivía en un estado perpetuo de amargura sólo interrumpido a veces por unas risas. Entonces, tras comenzar a seguir a Yeshua, la situación cambió. Caminaba a saltitos por la calle, como si intentara sortear los charcos; canturreaba... Bueno, es lo que te estoy diciendo, se le veía muy feliz. Estaba tan contento que decidió dar una fiesta para que todo el mundo supiera lo dichoso que era, para compartir lo que había descubierto con Yeshua. Fue una fiesta..., no te la imaginas. Bueno, no quiero desmerecer esta comida..., el cordero está muy bueno, pero aquello resultó increíble para una ciudad como Kfar-Najum. A veces, tengo la sensación de que debió de gastarse todo lo que había ganado como *mojes*. Por supuesto, invitó a los amigos, a los *mojesim* que habían trabajado con él y a gente semejante.

—También invitó a Yeshua y a sus *talmidim* —terció Yehoram con un tono que a Lucano se le antojó levemente irónico.

—Sí, claro que lo hizo. Deseaba decir a sus amigos que su vida había cambiado y que Yeshua era la razón y que ahora era uno de sus *talmidim*.

—Y ahí vino el lío... —rememoró Yehoram.

—¿Por qué? —preguntó Lucano.

—No sé cómo, pero el caso es que los *soferim* y los *perushim* acabaron haciendo acto de presencia —dijo Natán— y, al cabo de un instante, se acercaron a los *talmidim* de Yeshua y les espetaron: «¿Por qué coméis y bebéis con *mojesim* y malas mujeres?». No lo gritaron a voces, eso no, pero se movieron por allí como la serpiente por el *Gan Edén*. Al cabo de un ratito, la alegría comenzó a desaparecer al igual que un pedazo de cera que se consume bajo el fuego. Los *talmidim* no sabían qué pensar, los muy ignorantes. ¿Sería posible que Yeshua no se estuviera comportando de la manera más adecuada? Si era así, ¿por qué lo hacía? Y, sobre todo, ¿no se habrían equivo-

cado al seguir tan deprisa a un hombre que no tenía
ningún problema en sentarse a comer con *mojesim* y
ese tipo de... personas? Pobrecillos. Creo que no tenían la menor idea de lo que hacer.

—¿Y Yeshua? —preguntó Lucano.

—¿Que qué hizo Yeshua? —repitió, sonriendo,
la pregunta—. Carraspeó un poco, levantó la voz, no
gritando, no, sino sólo lo suficiente para que todos
pudieran oírle y dijo: «Los que están sanos no necesitan ningún médico, sino los enfermos. Yo no he venido a llamar a la *teshuvah* a *tsadiqim,* sino a pecadores».

—¿Nada más? —preguntó el médico al ver que
su interlocutor guardaba silencio y no pronunciaba
una sola palabra más.

—Nada más, *ah* —respondió suavemente—, pero fue suficiente. Todos los que estábamos allí entendimos de sobra lo que quería decir. Yeshua estaba
abriendo las puertas a toda la gente sin excepción. No
es que pudieran entrar por ellas porque actuaran en
contra de la Torah. No, no era eso. Lo que pasaba era
que porque habían quebrantado alguna *mitsvah,* o
muchas, se les decía: «Lo que habéis hecho está muy
mal. Sois culpables, pero Adonai os llama para que
os volváis hacia Él y abandonéis esa forma de vida».
Es, como decía Yeshua, semejante a lo que hace un
médico, que atiende a los enfermos y no a los que están sanos.

—Por supuesto —dijo Yehoram—. Yeshua sabía que todos estamos enfermos en mayor o menor medida, que todos lo necesitamos, y nos llamaba para que nos miráramos el corazón y, en lugar de negar lo que había, dijéramos: «Es cierto. Estoy enfermo. Cúrame para que no siga siendo igual». Leví era de los que habían visto la puerta abierta, y había entrado por ella. Había dejado todo, era cierto, pero ¿qué leproso desearía conservar las vendas asquerosas que han envuelto sus llagas?

Sí, se dijo Lucano, sabía por experiencia que lo primero que la gente arrojaba de sí era cualquier objeto que pudiera recordarles la enfermedad que los había atormentado hasta ese momento. Leví había reconocido que había estado enfermo y que Yeshua lo había curado. Por eso, había lanzado lo más lejos posible las huellas de su dolencia, pero, al mismo tiempo, había deseado compartir su nuevo estado de salud y alegría con antiguos compañeros de enfermedad. Por supuesto, no todos habrían estado de acuerdo con lo que Leví había hecho, pero ¿cómo podían negar que ya no estaba enfermo? Por lo que se refería a los otros, a los quejosos, a los murmuradores, a los aguafiestas…, seguramente, eran los enfermos que no deseaban bajo ningún concepto reconocer su verdadera situación y preferían pensar, erróneamente, que carecían de dolencias.

—¿Y qué pasó con los enfermos que se empeñaban en que estaban completamente sanos? —pensó en voz alta Lucano.

—Ésos, *ah*, fueron los peores —respondió Yehoram con tristeza.

Capítulo

5

*A*quellas palabras de Yeshua sobre los enfermos que necesitan un médico no les gusta-
ron —dijo Yehoram—. Estaban acostumbrados a di-
vidir a la gente en buenos y malos. Los demás eran
los malos y ellos, por supuesto, eran los buenos. Los
otros tenían que cambiar su forma de vida, por supuesto, pero no ellos. Y entonces aparecía Yeshua y
les decía que todos estaban enfermos y que todos, sin
excepción, necesitaban quien los curara.

—¡Si sólo fuera eso...! —intervino Natán—. Es
que además Yeshua no daba ningún valor a cosas que
eran importantísimas para ellos.

—Así es —remachó Yehoram—. Yeshua sabía
y enseñaba que no se podía desear a la mujer del prójimo, o que no se debía odiar, o que había que elimi-

nar la ira de los comportamientos diarios, pero otras cuestiones...

—Otras cuestiones no le importaban nada o, por lo menos, muy poco, y además le traía sin cuidado que le compararan con los demás.

—Sí, hay gente que siempre se está midiendo con otros y que ansía que lo comparen con los demás, por supuesto, siempre para decir que son mejores. No sucedía así con Yeshua. Por ejemplo, recuerdo que en cierta ocasión un grupo de *perushim* le dijo: «¿Por qué los *talmidim* de Yohanan ayunan muchas veces y pronuncian su *tefillah* e igualmente los de los *perushim,* pero los tuyos comen y beben?». La pregunta no tenía buenas intenciones. Lo que pretendía era dejar de manifiesto que Yeshua no era *tsadiq*. Si lo hubiera sido, sus *talmidim* se hubieran comportado como los de otros.

—Es razonable —reconoció Lucano.

—Los malvados suelen parecer razonables —dijo Yehoram—. Pero Yeshua..., ¿cómo te lo explicaría, médico? No se dejaba atrapar por esa gente que lo único que busca es enredarte. Sabía echar mano de sus palabras, como si fueran moscas volando por el aire, y se las devolvía señalando que eran ellos los que estaban en falta y no él. En esa ocasión, se volvió hacia ellos y les dijo: «¿Pretendéis acaso que los que están de bodas ayunen mientras el esposo está con ellos?

Ya vendrán tiempos en que el esposo les será quitado; entonces, cuando lleguen esos días, ayunarán». Eso fue lo que les dijo.

—Sí —señaló Natán—. Protestaban porque no se comportaba de la misma manera que ellos y Yeshua les decía: Sois vosotros los que no os comportáis de la forma más adecuada. Ahora mismo hay una boda y, en lugar de disfrutarla, os dedicáis a no comer. Lo que es una solemne estupidez.

—Sí, una solemne estupidez —insistió Yehoram—. Claro que entonces empezaron a acusarlo de introducir enseñanzas nuevas y peligrosas que no respetaban la Torah, y, una vez más, Yeshua supo responder, porque les dijo que eran ellos los que habían colocado remiendos en la Torah hasta el punto de que podían desgarrarla. Recuerdo cómo lo decía...

Yehoram cerró los ojos, levantó una mano como si pudiera atrapar las palabras de Yeshua aún flotando en el aire, y dijo:

—«Nadie corta un pedazo de un vestido nuevo y lo pone en un vestido viejo; porque si lo hace, no sólo romperá el nuevo, sino que el remiendo sacado de él no encajará con el viejo. Y nadie echa vino nuevo en odres viejos; porque el vino nuevo romperá los odres y se derramará, y los odres se perderán. El vino nuevo en odres nuevos se ha de echar;

y lo uno y lo otro se conservan. Y ninguno que beba del añejo, quiere luego el nuevo; porque dice: El añejo es mejor». —Yehoram abrió los ojos, sonrió y dijo—: ¿Te das cuenta, *ah?* Yeshua era el vino añejo. Su enseñanza era el espíritu decantado de la Torah. Cualquiera que probara su enseñanza sabía que era lo mejor que nunca podría encontrar. Y los otros..., bueno, los otros no eran sino gente que añadía *mitsvot* aquí y *mitsvot* allá, *mitsvot* que nunca recibió Moshé en el Sinaí y que, por ser nuevos, acabarían tirando de la Torah hasta desgarrarla. ¿Me entiendes?

Lucano asintió con la cabeza, pero no estaba del todo seguro de haber seguido con exactitud las palabras de Yehoram.

—Verás —prosiguió el desdentado zapatero—. Recuerdo un *shabbat* en que Yeshua pasaba por en medio de unos sembrados. Mientras iba caminando, sus *talmidim* arrancaban espigas, las frotaban con las manos y se comían el grano. El caso es que algunos *perushim* lo vieron e inmediatamente les dijeron: «¿Por qué hacéis lo que no es lícito hacer en *shabbat?*». Se hubiera dicho que habían atrapado a Yeshua en una trasgresión de la Torah; que, efectivamente, se comportaba como algunos temían y ellos estaban empezando a anunciar; que era un personaje al que no se podía prestar atención.

—Entiendo —dijo Lucano adelantándose a la previsible pregunta de su interlocutor.

—Pero Yeshua no se dejó amilanar. A decir verdad, tampoco se molestó en rebatir aquella acusación. No. ¡Qué va! Se volvió y les dijo: «¿Ni siquiera habéis leído esto? ¿Lo que hizo David cuando tanto él como los que estaban con él tuvieron hambre? ¿Cómo entró en la casa de Elohim, y tomó los panes de la proposición, que sólo pueden comer los *cohanim,* y comió, y dio también a los que estaban con él?». Y cuando le miraban como pasmarotes, sorprendidos de que pudiera citar con esa soltura las Escrituras, añadió: «El *Ben ha-Adam* es *Adon* del *shabbat*».

—El *Ben ha-Adam...* —repitió Lucano—. El *shabbat...*

—Sí, *ah.* Yeshua era el *Ben ha-Adam.* Él sí mantenía y guardaba la Torah como Adonai había querido; y no ellos, que no dejaban respirar a la gente con tanta regla y tanta norma y tanto mandato.

✽ ✽ ✽

Lucano había comprendido perfectamente la cuestión. No estaba en absoluto en contra de respetar los mandamientos de la Torah, pero encontraba intolerable la manera en que los hombres los habían ido transformando con el paso del tiempo. De un día

de descanso y alegría, habían terminado convirtiéndolo en un laberinto de normas no sólo complicadas
sino incluso contraproducentes.

—Recuerdo —continuó el galileo— un *shabbat*
que entró en la *bet ha-knesset* y se puso a enseñar,
como era habitual en él. Estaba allí un hombre que
tenía seca la mano derecha y los *soferim* y los *perushim* comenzaron a acechar, para ver si Yeshua lo
curaba en *shabbat*. A esas alturas, no tenían ninguna
duda de que podía hacerlo, porque éramos muchos
los testigos de las curaciones que había realizado, pero esperaban que diera ese paso para acusarlo de quebrantar el *shabbat*. Pero él..., él sabía de sobra lo que
pensaban. Entonces dijo al hombre que tenía la mano seca: «Levántate, y ponte en el medio». Aquel inválido se puso en pie, y entonces Yeshua les dijo: «Os
voy a preguntar una cosa: ¿Es lícito en *shabbat* hacer bien, o hacer mal?, ¿salvar la vida, o quitarla?».
Y entonces mirando a todos los que estaban a su alrededor, dijo al hombre: «Extiende la mano». E hizo
lo que le había ordenado, y la mano quedó curada.

Un caso de *jeír dserá*, pensó Lucano. Los había
contemplado más de una vez. El miembro se iba se-
cando, como una rama a la que no le llegara la savia.
Al final, se convertía en un sarmiento sin utilidad
que colgaba a un lado del cuerpo como testimonio
de la aterradora impotencia del ser humano para en-

frentarse con buena parte de las dolencias que lo amenazaban en cualquier recodo del camino de su existencia.

—A decir verdad, nadie podía acusar a Yeshua de quebrantar el *shabbat*. No había administrado una medicina a aquel hombre, no lo había operado, no lo había palpado... Ni siquiera se acercó a él. Se limitó a curarlo usando únicamente la voz y, como todos saben, hablar no está prohibido en *shabbat*. Sin embargo, había dejado en muy mal lugar a aquella gente. Ahora había que ser un estúpido total para no percatarse de que, a pesar de toda su palabrería, andaban muy lejos de los que sufrían, ya fuera porque padecían una enfermedad del cuerpo o porque su *ruah* estaba lleno de heridas. Mientras que Yeshua...

—Sí, lo entiendo —dijo Lucano.

—Quizá no lo entiendas tan bien como tú te crees —intervino Natán, que llevaba un buen rato callado y, sorprendentemente, sin comer—. Aquello los sacó de quicio, los llenó de furor y no tardaron en ponerse a hablar de lo que podrían llevar a cabo contra Yeshua.

Capítulo

6

C uándo eligió a los doce? —preguntó Lucano.
—Déjame pensar... —dijo Yehoram cerrando
los ojos, como si así pudiera concentrarse mejor—.
Primero, estuvo llamando a algunos aquí en Kfar-
Najum..., a Shimón, a los Beni Zavadai, a Matai Leví..., luego pasaron algunas semanas..., vino lo del
campo por el que pasaron en *shabbat* arrancando las
espigas y lo del hombre de la mano seca..., y, sí, más
o menos por aquellos días Yeshua se fue al monte a
orar, y pasó la noche orando a Elohim.

—¿Y? —acabó preguntando Lucano al ver que
Yehoram se callaba y no parecía tener intención de
reanudar su relato.

—Oh, perdóname, *ah* —dijo el zapatero como
si regresara de un sueño—. Bueno, como te iba di-

ciendo, Yeshua se pasó la noche orando a Adonai y, cuando se hizo de día, llamó a sus *talmidim,* a todos los que lo habían seguido hasta entonces, y escogió a doce de ellos, a los cuales también llamó *shelihim.*

Shelihim, pensó Lucano, «enviados». Sí, era el mismo significado de la palabra griega *apostolloi.*

—Todos podíamos ser *talmidim* —prosiguió Yehoram—, pero sólo doce serían *shelihim.* Yo, por ejemplo, no fui elegido para serlo...

Lucano captó un deje de pesar en aquellas palabras del zapatero, a pesar de los años que habían transcurrido.

—¿Recuerdas a quiénes eligió Yeshua como *shelihim?*

—¿Cómo no podría hacerlo? —respondió Yehoram—. Déjame ver. Eligió a Shimón, a quien también llamó Kefa, a Andreas su hermano, a Yakov y Yohanan..., luego vinieron..., déjame pensar..., sí, Filipos y Bar-Talmai..., Matai, Toma..., Yakov ben Jalfai, Shimón el kananí... sí, y Yehudah ben Yakov, y Yehudah el de Keriot. Ésos eran todos. La verdad es que fue un día muy especial.

—Fue el día en que Yeshua enseñó todas aquellas cosas en el prado —dijo Natán, que llevaba un buen rato callado.

—Sí, justo —concedió Yehoram—. Fue ese mismo día.

—¿Qué tuvo de especial esa predicación? —preguntó Lucano—. Quiero decir: ¿fue diferente de lo que enseñaba habitualmente en las *bet ha-knesset?*

—Sí... y no —dijo Natán—. Yeshua era impresionante de verdad cuando enseñaba, pero aquel día...

—Sí, aquel día fue auténticamente excepcional —insistió Yehoram con entusiasmo—. Verás. Descendió con los *shelihim* del monte donde los había escogido, y se detuvo en un lugar llano, en compañía de los *talmidim* y de una gran multitud de gente de toda Yehudah, de Yerushalayim y de la costa de Tsor y de Tsidon que había venido para oírle y para ser curados de sus enfermedades; y los que habían sido atormentados por *rujot* inmundos eran curados. Y toda la gente procuraba tocarlo, porque salía *guevurah* de él y curaba a todos. Fue precisamente cuando entonces levantó la mirada hacia los *talmidim* y les dijo: «*Asheri* vosotros los *anavim* porque vuestro es el *maljut ma-shamayim. Asheri* los que ahora tenéis hambre, porque seréis saciados. *Asheri* los que ahora lloráis, porque reiréis. *Asheri* sois cuando los hombres os aborrezcan, y cuando os aparten de ellos, y hablen mal de vosotros y os vituperen, y rechacen vuestro nombre como algo malo, por causa del *Ben ha-Adam.* Alegraos en ese día, y llenaos de gozo, porque vuestra recompensa es grande en *ha-shamayim;* porque así se comportaron sus padres con los *nevim.*

Pero ¡ay de vosotros, los que os consideráis ricos!, porque ya tenéis vuestro consuelo. ¡Ay de vosotros, los que ahora os sentís saciados!, porque tendréis hambre. ¡Ay de vosotros, los que ahora reís!, porque os lamentaréis y lloraréis. ¡Ay de vosotros, cuando todos los hombres hablen bien de vosotros!, porque así hacían sus padres con los falsos *nevim*».

Por la mente de Lucano pasó la idea de pedirle al hombre que interrumpiera su relato y que le excusara por ir a su alojamiento y regresar inmediatamente con el rollo que le había entregado Yakov. Sin embargo, la rechazó de inmediato. Yehoram estaba repitiendo de memoria aquellas palabras y siempre tendría la posibilidad de contrastarlas con los datos que poseía por escrito. Ahora era mejor escucharle hasta el final.

—Después de haber pronunciado aquellas palabras sobre lo felices que debíamos sentirnos aunque la gente nos atacara o hablara mal de nosotros, daba la sensación de que tocábamos el cielo —continuó Yehoram—. A un lado, estábamos nosotros, los que entrábamos en el *maljut ma-shamayim* aceptando su invitación; y al otro, los que preferían quedarse fuera pensando que ya estaban más que satisfechos, que tenían más que de sobra...

—Que no eran enfermos —dijo Lucano.

—Exacto —asintió con un vigoroso cabezazo Yehoram—. Que no eran enfermos necesitados de

Yeshua como médico. Después de escuchar aquello podríamos habernos sentido tan orgullosos como los *perushim*, pero entonces..., entonces su predicación cambió de rumbo. Nos miró con aquellos ojos tan especiales que tenía y dijo: «Pero a vosotros, los que estáis dispuestos a escuchar, os digo: Amad a vuestros enemigos, haced el bien a los que os aborrecen; bendecid a los que os maldicen y orad por los que os calumnian. Al que te golpee en una mejilla, preséntale también la otra; y al que te quite la capa, ni aun la túnica le niegues. A cualquiera que te pida, dale; y al que tome lo que es tuyo, no pidas que te lo devuelva. Y como queráis que se comporten los hombres con vosotros, también comportaos vosotros con ellos».

Lucano reprimió una sonrisa. No le costaba imaginarse la cara que debían haber puesto los que habían escuchado aquel día las palabras de Jesús. En un instante, los había trasladado de la altura celestial a la realidad cotidiana y en esa áspera situación les había enseñado que debían comportarse con compasión y generosidad. Se trataba no sólo de evitar comportarse con los demás como uno no desearía para sí mismo. En realidad, había que darles justo el trato que se ansía recibir de los otros.

—Estábamos pasmados oyendo todo aquello —prosiguió Yehoram—. Y entonces Yeshua añadió:

«Porque si amáis a los que os aman, ¿qué mérito tenéis? Porque también los pecadores aman a los que los aman. Y si hacéis bien a los que os hacen bien, ¿qué mérito tenéis? Porque también los pecadores hacen lo mismo. Y si prestáis a aquellos de quienes esperáis recibir, ¿qué mérito tenéis? Porque también los pecadores prestan a los pecadores, para recibir otro tanto. Amad, pues, a vuestros enemigos, y haced bien, y prestad, sin esperar recibir nada a cambio; y será vuestra recompensa grande, y seréis *beni* Elyón, porque él es compasivo para con los que son ingratos y malos. Sed, por lo tanto, misericordiosos, como también Avihem es misericordioso. No juzguéis, y no seréis juzgados; no condenéis, y no seréis condenados; perdonad, y seréis perdonados. Dad, y se os dará; una medida buena, apretada, remecida y rebosante os arrojarán en el regazo; porque con la misma medida con que midáis, os medirán...».

Yehoram se detuvo y, con súbito apresuramiento, estiró la mano hacia la mesa. Tomó un recipiente rebosante de agua y bebió con fruición. Hubiérase dicho que la boca se le había secado al recordar la mañana en que Jesús había pronunciado aquella predicación. Hizo una pausa, se pasó la lengua por los labios y volvió a brindarse un trago prolongado.

—Parece que todo sucedió esta mañana —dijo depositando el recipiente vacío sobre la mesa—. Me parece estar viendo la expresión pasmada de aquella gente y sintiendo el airecillo fresco que soplaba a ratos y escuchando cómo incluso algunos parlanchineaban sobre la dureza de aquella enseñanza y se permitían dudar de la autoridad de Yeshua y de la inteligencia de los que le seguían. Y entonces, como si pudiera oírlos, como si realmente leyera lo que tenían en el interior de sus corazones, dijo: «¿Acaso puede un ciego guiar a otro ciego? ¿No caerán ambos en el hoyo? El *talmid* no es superior a su *moré*; pero todo el que alcance la perfección, será como su *moré*». Y entonces, para que nadie se sintiera superior al que estaba sentado a su lado añadió: «¿Por qué miras la paja que está en el ojo de tu *ah*, y no te percatas de la viga que hay en tu propio ojo? ¿O cómo puedes decir a tu *ah: Ah*, déjame sacar la paja que tienes en el ojo, sin ver la viga que tienes en el tuyo? Hipócrita, saca primero la viga de tu propio ojo, y entonces verás bien para sacar la paja que está en el ojo de tu *ah*».

Lucano se preguntó qué habría sentido la multitud al escuchar aquellas palabras. Había vivido mucho tiempo en medio de otros creyentes como para saber de sobra que aquella enseñanza traspasaba holgadamente los límites de una máxima filosófica. En realidad, constituía toda una lección acerca del comportamiento que debía darse cita en el interior de una comunidad que pretende compartir los mismos fines y la misma vida porque la impulsa y anima la misma esperanza.

—«No es un árbol bueno el que da malos frutos —continuó Yehoram—, ni es un árbol malo el que da buen fruto. Porque por su fruto se conoce a cada árbol. Porque no se cosechan higos de los espinos, ni de las zarzas se vendimian uvas. El hombre bueno, del buen tesoro de su corazón saca lo bueno; y el hombre malo, del mal tesoro de su corazón saca lo malo; porque de la abundancia del corazón habla la boca». Tenías que haber escuchado el murmullo que resonó al pronunciar la última frase. A muchos no les sentó bien. Nada bien. Claro que, bien mirado, era un verdadero bofetón para algunos de los que estaban escuchándole. Lo que acababa de decirles era que nuestras palabras expresan lo que llevamos de verdad en el corazón. Puedes ver que alguien es avispado, que es un necio, que es orgulloso o que destila amor hacia Adonai simplemente fijándote en lo que sale a través de sus labios y los que estaban allí en el prado escuchando no eran una excepción. Y entonces, cuando había llegado a ese punto, remató su predicación con uno de esos *meshalim* que Yeshua contaba como nadie.

—¿Con un *mashal?*

—Sí —respondió Yehoram—. Parece que lo estoy viendo. Abrió las manos, miró de un lado a otro del prado y dijo: «¿Por qué me llamáis, *Adon, Adon,* y no hacéis lo que yo digo? Todo aquel que viene a mí, y oye mis palabras y las cumple, os indicaré a quién es semejante. Es semejante al hombre que al edificar una casa, cavó y ahondó y colocó el fundamento sobre la roca; y cuando vino una inundación, el río golpeó con ímpetu contra aquella casa, pero no la pudo mover, porque estaba fundada sobre la roca. Pero el que oyó y no actuó, semejante es al hombre que edificó su casa sobre tierra, sin fundamento y el río dio contra ella con ímpetu, y entonces se desplomó, y fue grande la ruina de aquella casa». Es difícil que hubiera podido hablar con más claridad. Yeshua no buscaba a gente para que lo adulara, para que lo alabara, para que derramara sus palabras de miel sobre él. A decir verdad, creo que incluso desconfiaba de los que se acercaban a él para verter elogios en sus oídos. No. No tenía interés alguno en que lo llamaran *Adon, Adon.* Lo que deseaba verdaderamente era que la gente obedeciera sus enseñanzas y no le quisiera movida por la soberbia o por el orgullo. Lo que le importaba era cómo sería nuestra vida. Si se basaba en sus enseñanzas, si descansaba sobre la *emunah* en Adonai que nos ama como Avinu y sobre el amor que nos tuviéramos sus *talmidim*..., bueno, podríamos hacer frente a los golpes mayores. Los soportaríamos por terribles que resultaran. Pero si tenía otra base...

—Se desplomaría igual que una casa sin cimientos en medio de una inundación —concluyó Lucano.

—Exacto.

—¿Y entendían lo que les enseñaba? —preguntó el médico.

—Aquel día ya lo creo que lo comprendieron todo muy bien —dijo Yehoram, y frunció los labios en un gesto que subrayaba su respuesta afirmativa.

—Lo que no quiere decir que les gustara —intervino Natán—. Por que ésa es otra. A veces los sacaba verdaderamente de quicio.

—Y tanto... —concedió Yehoram—. Si bien se pensaba, lo que hacía y decía Yeshua era lo mismo que se podía encontrar en la Torah y los *nevim*, pero que todos o casi todos habíamos olvidado o no queríamos recordar.

—Sí, eso era lo que pasaba, por ejemplo, cuando trataba a cualquier *goy* —añadió Natán—. Como sucedió con aquel soldado romano...

—Un soldado romano... —repitió sorprendido Lucano.

—Y de no escasa importancia —remachó Natán.

Capítulo

7

Tú eres un *goy* —comenzó a decir Yehoram—. Y no puedes entender lo que significa para nosotros el poder de Roma.

Lucano se sintió tentado de responderle que, como antiguo esclavo perteneciente a un pueblo derrotado por las legiones, conocía sobradamente lo que podía significar el poder romano. Pero, de inmediato, le vinieron a la cabeza todos los aspectos positivos de la presencia de Roma en aquellas tierras. El problema no era tan sencillo como parecía pensar aquel pescador galileo. Al final, el médico decidió mantenerse en silencio y continuar escuchando a los dos hombres.

—Si eres alguien común —comenzó a decir Yehoram—, cualquier soldado romano puede obligarte a llevarle la carga una milla...

—Con lo que pesa —rubricó Natán—, puedes acabar baldado.

—Si eres una mujer —prosiguió el zapatero—, pueden insultarte, sobarte o cosas peores.

—Ni siquiera los poderosos están libres de ellos —señaló Natán—. ¡El mismo *cohen ha-gadol* tiene que entregar sus vestimentas sagradas al gobernador romano y pedírselas cada vez que va al *Heijal!*

—Pero bien que se lleva con Roma... —le interrumpió Yehoram—. Es como una ramera que viviera de estar sentada sobre las siete colinas.

—No todos los romanos son... así, por supuesto —señaló Natán temeroso de que aquellas palabras resultaran desagradables para un *goy*—. Sin ir más lejos, ése fue el caso de aquel centurión.

—Sí, por supuesto —asintió Yehoram—. Aquel mismo día, después de terminar la predicación, entró en Kfar-Najum. Y el siervo de un centurión, a quien éste quería mucho, estaba enfermo y a punto de morir. Cuando el centurión oyó hablar de Yeshua, le envió unos *ziqenim* para rogarle que viniese y curase a su siervo. Y ellos acudieron a Jesús y le rogaron con solicitud, diciéndole: «Es digno de que le concedas esto, porque ama a nuestra nación, y nos edificó una *bet ha-knesset*». Otro hubiera pensado en los inconvenientes de entrar en la casa de un *goy,* del riesgo de convertirse en alguien impuro con ese contacto, de mil y una cosas..., pero Yeshua..., Yeshua no podía pasar por alto a alguien necesitado, fuera hombre o mujer, pobre o rico, *yehudí* o *goy*, y se fue con ellos.

Lucano observó a Natán. No quería dictar juicios apresurados, pero escuchaba el relato de Yehoram con una mezcla de inquietud y malestar, como si le trajera recuerdos no especialmente gratos.

—Caminaron un buen rato, pero cuando ya no estaban lejos de la casa, llegaron hasta Yeshua unos amigos del centurión que le dijeron: «Kyrie, no deseo causarte ninguna molestia, porque no soy digno de que entres bajo mi techo. Por eso no me consideré digno de visitarte en persona. Sin embargo, di la palabra, y mi siervo se curará. Porque también yo soy hombre puesto bajo autoridad, y tengo soldados bajo mis órdenes; y digo a éste: Ve, y va; y al otro: Ven, y viene; y a mi siervo: Haz esto, y lo hace». Aquel hombre era un *goy*, amable con nosotros, pero *goy* a fin de cuentas. Y, para remate, servía en el ejército que nos recordaba cada día que éramos un pueblo sometido a los *goyim*. Sin embargo, había entendido lo que podía hacer Yeshua mucho mejor que buena parte de la gente de Kfar-Najum. En el *bet haknesset*, los *soferim*, los *perushim* no se habían molestado en reflexionar sobre la *guevurah* que salía de

Yeshua. No. Por el contrario, andaban pensando que si violaba el *shabbat*, que si estaba dispuesto a comer con mala gente..., y entonces llega ese *goy* y dice: «Yo sé lo que es mandar. Tengo gente a mis órdenes y obedecen lo que yo les digo sin rechistar. Y tú..., tú tienes mucho más poder del que se pueda imaginar. Por eso, con que digas una palabra, con que des la orden, mi siervo quedará curado». Cuando escuchó aquellas palabras, Yeshua se quedó pasmado y, volviéndose, dijo a la gente que le íbamos siguiendo: «Os digo que ni aun en Israel he hallado tanta *emunah*». *Emunah*, ¿comprendes, *ah*? Aquel hombre no podía hacer nada por su siervo, pero se había dirigido a Yeshua, la persona que podía darle lo que necesitaba, y lo había hecho con *emunah*. No me sorprende que, al regresar a casa los que habían sido enviados por el centurión, encontraran sano al siervo que había estado enfermo.

—La compasión era muy importante para Yeshua —intervino Natán—. Desde luego, estoy convencido de que eso fue lo que tocó el corazón de Leví, pero no se trató de un caso aislado. Recuerdo, por ejemplo, lo que pasó en Naín...

—Naín, sí... —corroboró Yehoram—. Es una ciudad pequeña...

—... a la que habían invitado a Yeshua a predicar —volvió a recuperar Natán el relato decidido a ser él quien lo concluyera—. Iban con él muchos de sus *talmidim* y una gran multitud. Estábamos ya cerca de la puerta de la ciudad, cuando, de repente, nos dimos cuenta de que llevaban a enterrar a un difunto. Había gente llorando, algunas mujeres hasta daban gritos, pero no parecía que hubiera ningún familiar cerca. ¿Dónde estaban los parientes de aquel muerto? No recuerdo quién lo preguntó, pero, de pronto, comenzó a correr un murmullo: «Es el hijo de una viuda. El único que tenía».

—Pobre mujer —dijo Lucano, que se imaginaba la situación de alguien que había perdido a los seres más importantes de su vida y se quedaba totalmente sola y desamparada.

—El caso es que gente había mucha —prosiguió Yehoram—, pero aquello..., bueno, ¿cómo diría yo?

—Hacía que diera la impresión de que la viuda estaba aún más sola —dijo Lucano.

—Sí, eso es. Exactamente —reconoció el zapatero sorprendido de la agudeza del médico—. Toda aquella gente..., en lugar de acompañar a la pobre mujer, lo único que conseguía era que pareciera mucho más abandonada de lo que estaba. Pequeñita, delgada, con los ojos totalmente rojos e hinchados de tanto llorar...

—Daba mucha pena, sí —intervino Natán, pero calló inmediatamente ante la mirada de reconvención que le lanzó el zapatero.

—Cuando Yeshua la vio, inmediatamente se compadeció de ella, y le dijo: «No llores». Y, acercándose, tocó el féretro.

—¿Tocó el féretro? —preguntó Lucano sorprendido de que Jesús hubiera quebrado la *mitsvah* de la Torah que ordenaba no tener ningún contacto físico con un muerto.

—Sí —remachó Yehoram sin percatarse del asombro del médico—, y los que lo llevaban se detuvieron. Y Yeshua dijo: «Joven, a ti te digo, levántate». Entonces se incorporó el que había muerto, y comenzó a hablar. Y Yeshua se lo entregó a su madre.

—¿Qué hizo la gente? —preguntó Lucano.

—Todos tuvieron miedo, y alababan a Elohim, diciendo: «Un gran *naví* se ha levantado entre nosotros» y «Elohim ha visitado al *am-Israel*».

Lucano guardó silencio. No le cabía la menor duda de que los presentes tenían que haberse sentido impresionados. Unos momentos antes sacaban a un joven —a propósito, ya era bastante sorprendente que hubiera sabido Jesús que se trataba de un joven— cuya muerte dejaba a la madre totalmente desamparada y de manera casi inmediata había aparecido aquel hombre seguido por una multitud, había detenido el cortejo tras tocar el féretro en contra de lo dispuesto por la Torah y con sólo una orden, como Elohim cuando había dado forma a los cielos y la tierra, le había devuelto la vida. No podía resultar extraño que la gente lo aclamara como profeta o que incluso afirmara que Dios había llevado a cabo una de esas visitas con las que, ocasionalmente, bendecía la Historia del pueblo de Israel.

—Y, sin embargo —prosiguió Yehoram arrancando a Lucano de sus pensamientos—, les costaba mucho entenderlo. No se trataba sólo de los *perushim* o de los *soferim* o de los que, simplemente, no tenían la menor intención de cambiar su vida. No, incluso un *tsadiq* como Yohanan, el que había sumergido a las gentes en el Yardén, comenzó a tener dudas sobre Yeshua. Resulta que sus *talmidim* le informaron de lo que estaba sucediendo y llegó a la conclusión de que Yeshua no era tal y como se había esperado. Yohanan había soñado con que pusiera fin a la injusticia del *mélej* Herodes, con que acabara con el dominio de los romanos, con que extirpara hasta el último resquicio de pecado en medio del pueblo de Israel, y Yeshua...

—Yeshua —intervino Natán— lo mismo se ponía a comer con gente como los antiguos compañeros de Matai que atendía la súplica de un *goy* que además era centurión. Eso sin contar sus curaciones en *shabbat* o la manera en que se había permitido tocar el féretro en el que llevaban un cadáver. ¡Y además sus *tal-*

midim ni ayunaban ni multiplicaban las oraciones como los de Yohanan! El caso es que, al enterarse de
aquello, Yohanan llamó a dos de sus *talmidim* y les
ordenó que fueran a ver a Yeshua. Su misión no era
otra que preguntarle si era él quien había de venir o si
tenían que esperar a otro. Y así lo hicieron.

—Yo estaba cerca de Yeshua cuando llegaron
aquellos dos *talmidim* de Yohanan —dijo Yehoram—. Eran delgados, enjutos, como si no comie-
ran nunca, y tenían la piel muy oscura, tan atezada
que casi parecían gente de Mitsraym. Bueno, el caso es que se acercaron a Yeshua y le espetaron:
«¿Eres tú el que había de venir, o esperaremos a
otro?». En ese momento, Yeshua estaba atendiendo
a muchos que habían acudido a él presa de enfermedades y dolencias, y de *rujot raim*. Por cierto, recuerdo que ese día a muchos ciegos les devolvió la
vista. Y, en respuesta a lo que acababan de preguntarle, Yeshua les dijo: «Id, haced saber a Yohanan lo
que habéis visto y oído: los ciegos ven, los cojos andan, los leprosos son limpiados, los sordos oyen, los
muertos son resucitados, y a los *anavim* es anunciada la *Besoráh;* y *asherí* aquel hombre que no halle tropiezo en mí».

Yehoram guardó silencio por un instante, como
si necesitara recuperar el aliento. Luego respiró hondo y prosiguió:

—Yeshua podía haberse irritado con Yohanan. Estoy convencido de que cualquier otro se hubiera resentido por aquella falta de *emunah* y más cuando el mensaje que le había enviado consistía en comunicarle que era una dicha creer en él. Sin embargo, no fue así. Esperó a que los *talmidim* de Yohanan se marcharan y comenzó a decir a la gente: «¿Qué salisteis a ver en el desierto? ¿Una caña sacudida por el viento? ¡Vamos! ¿Qué salisteis a ver? ¿A un hombre cubierto de vestiduras delicadas? Pues bien, los que tienen vestimentas caras y viven con lujo están en los palacios de los reyes. Pero vosotros ¿qué salisteis a ver? ¿A un *naví*? Sí, os digo, y más que *naví*. Éste es de quien está escrito: "He aquí, envío mi mensajero delante de tu faz, el cual preparará tu camino delante de ti". Os digo que entre los nacidos de mujeres, no hay un *naví* mayor que Yohanan; pero el más pequeño en el *maljut* Elohim es mayor que él. ¿A qué, pues, compararé a las gentes de esta generación, y a qué son semejantes? Semejantes son a los muchachos sentados en la plaza, que se dan voces los unos a los otros y dicen: "Tocamos la flauta para vosotros, y no bailasteis; entonamos endechas para vosotros, y no llorasteis". Porque vino Yohanan, que ni comía pan ni bebía vino, y decís: Está poseído por un *ruaj* maligno. Vino el *Ben ha-Adam* que come y bebe, y decís: Éste es un hombre glotón y borracho, amigo de *mojesim* y de prostitutas. Pero la *jojmah* es justificada por todos sus hijos».

—Sí, Yeshua seguía proclamando que Yohanan era un *naví*, el mayor de todos los tiempos. Quizá podía tener dudas, encerrado como estaba en una prisión de Herodes, pero, al fin y a la postre, un hombre que amaba a Elohim como lo hacía Yohanan acabaría por ver las cosas claras. Yohanan, pensara la gente lo que pensara, no era un problema. El problema, a decir verdad, era nuestra generación. Cuando Yohanan había comenzado su predicación, no eran pocos los que habían encontrado razones para rechazarlo. Era triste, no comía, no bebía, gritaba..., pero luego cuando había aparecido Yeshua no lo habían recibido mejor. Lo acusaban de juntarse con indeseables, de tener relaciones con gentuza... ¡Hasta de beber vino y de comer! No. El problema verdadero no eran ni Yohanan ni Yeshua. El problema éramos nosotros, que no deseábamos aprovechar lo que Elohim nos ofrecía y que para cubrir la verdad recurríamos a esos motivos totalmente falsos. Porque no es que Yohanan fuera demasiado sombrío o Yeshua demasiado alegre, es que nosotros estábamos apegados a una forma de vida que no queríamos cambiar. Era una verdadera cadena, pero no deseábamos que Yeshua la rompiera. Claro que, al final...

—Al final, la *jojmah* es justificada por sus hijos —dijo Yehoram—. La verdad es la que es y no podemos taparla por mucho que nos empeñemos en ello, de la misma manera que no podemos ocultar el sol aunque levantemos la mano y nos la pongamos delante de los ojos. De esa manera, como mucho, sólo conseguimos engañarnos a nosotros mismos.

—Cierto —corroboró Natán—. Cierto. Porque Yeshua había dado pruebas sobradas de que era el *Ben ha-Adam*, pero cuando un corazón se cierra..., bueno, ahí está el caso del padre de Yehudah.

—Exactamente —asintió con la cabeza Yehoram—. Es lo mismo que sucedió con el padre de Yehudah.

Lucano se dijo que acababa de perder el hilo del relato.

—¿Al padre de qué Yehudah os referís? —preguntó.

—Al de Yehudah, el de Keriot —respondió Natán.

—Sí, *ah* —corroboró Yehoram—. El que traicionó a Yeshua.

—Me gustaría conocer esa historia —afirmó el médico.

—Podríamos presentarte a alguien que estuvo allí —dijo Yehoram.

—Por supuesto. Claro que sí... —respondió Natán—, pero ¿no podríamos comer algo antes?

Capítulo

8

Lucano contempló a la mujer que le habían presentado con el nombre de Shlomit tratando de determinar la edad que podía tener. ¿Cincuenta? ¿Sesenta? Sin duda, era mayor, pero por la manera, rápida, ágil y cuidadosa, con que había servido las fuentes que tenían ahora ante la vista le había dado la sensación de que conservaba una extraordinaria vitalidad. Durante las últimas semanas, no había dejado de observar a las mujeres de aquella parte del país. Se casaban a la edad habitual en el imperio, trece o catorce años —a decir verdad, sólo en las comunidades que invocaban a Jesús eran mayores cuando contraían matrimonio— y, por regla general, quedaban embarazadas muy pronto. Antes de cumplir los veinte años, era fácil que hubieran dado a luz a dos o tres hijos. Y, desde luego, trabajaban mucho, muchísimo. Se levantaban antes que nadie para ordeñar alguna cabra o, si tenían suerte, una vaca. Cuando el marido abandonaba el lecho, su desayuno ya estaba preparado, y luego venía el resto de la jornada, las tareas seguidas de guisar, lavar, limpiar y, si resultaba preciso, sembrar, cosechar y almacenar. La que alcanzaba los cuarenta y cinco años, sobreviviendo los partos, las penurias, las enfermedades y el simple agotamiento cotidiano, podía considerarse afortunada. Claro que los hombres no tenían más suerte. A decir verdad, contaban con muchas más posibilidades de abandonar antes este mundo. Teniendo en cuenta todo aquello, lo de la mujer que acababa de terminar de servir la mesa resultaba excepcional y más con esa fuerza...

La anciana pronunció unas palabras de cortesía pidiendo perdón por la pobreza de los alimentos que ofrecía a sus invitados y luego rogó a Yehoram que pronunciara una *berajah* en muestra de agradecimiento a la generosidad de Dios. El zapatero sonrió dejando al descubierto sus despobladas encías y asintió agradecido al ruego de la mujer. Luego comenzaron a comer y, como era de esperar, Natán se mostró el más rápido en ir disponiendo de las verduras con ayuda del pan.

Lucano dejó que los tres charlaran un rato preguntándose y respondiéndose por viejos conocidos.

Algunos habían muerto, pero ese tipo de noticias en lugar de apenarles provocaba un comentario, que casi podría calificarse de animado, en el sentido de que ahora estaban en la presencia de *ha-Adon*. Sí, no le cabía ninguna duda. Aquella gente había llegado a una situación en la que su vida ya era un tranquilo rememorar de tiempos pasados y una serena espera del momento en que partirían a encontrarse con Yeshua.

Lucano aún tuvo que aguardar a que repasaran una veintena larga de existencias ajenas de Nazaret, Cafarnaum y Jerusalén, antes de que Yehoram acabara explicando el propósito de que el médico se hubiera sumado a la comida. Al escuchar, la mujer abrió los ojos desmesuradamente y, por último, volvió la mirada envuelta en el pasmo hacia Lucano. Evidentemente, aquellas palabras le habían ocasionado una enorme sorpresa.

—¿No eres *yehudí*? —preguntó sin terminar de dar crédito a lo que acababa de escuchar.

Lucano sonrió. Era difícil saber si la mujer lo decía en serio o, simplemente, pretendía elogiarlo de la misma manera que a un niño se le dice que parece mayor o a una madre que no se le nota el efecto de los partos. En cualquier caso, contestó con una negativa cortés.

—Da igual —dijo la anciana agitando la mano derecha en un gesto que pretendía privar de importancia al hecho—. ¿En qué puedo servirte?

—¿De verdad conociste a Yeshua? —preguntó el médico.

—Sí —respondió a la vez que se le iluminaban los ojos con un destello de orgullo—. Yo era una de las mujeres que lo servían.

Lucano se sorprendió al escuchar aquellas palabras. Jamás había escuchado que Jesús fuera acompañado por un grupo de mujeres que se dedicaran a atenderlo.

—¿Nunca lo habías oído? —preguntó Shlomit como si hubiera podido leer los pensamientos del médico.

—Confieso que no —reconoció Lucano.

—Sí. La verdad es que poca gente que no viviera entonces lo imaginaría. Ya sabes que los rabinos incluso evitan el menor contacto físico con nosotras..., por eso de si nos encontramos en situación de *nidá*...

—Sí lo sé.

—Yeshua *ha-Adon* era muy diferente —dijo Shlomit—. No tengo la sensación de que esa cuestión le importara mucho. Por supuesto, cumplía fielmente todas las *mitsvot* contenidas en la Torah, pero algunas cosas..., bueno, el caso es que todo el mundo sabe que Yeshua iba por todas las ciudades y aldeas, predicando y anunciando la *Besoráh* del *maljut* Elohim y los doce con él, pero suele pasarse por alto que también lo acompañaban algunas mujeres.

—¿Qué clase de mujeres?

—Por regla general, se trataba de algunas que podían distinguir claramente entre lo que había sido su vida antes y después de conocer a Yeshua.

Lucano guardó silencio. Por el tono con que habían sido pronunciadas las palabras y, sobre todo, por el fruncimiento de cejas de la anciana, debería de haber captado a la perfección lo que le había dicho. Sin embargo, se veía obligado a reconocer que no terminaba de entenderlo.

—Verás —comenzó a decir un momento antes de que Lucano pensara que había vuelto a adivinar sus pensamientos—. Se trataba de mujeres que habían sido curadas de *rujot* malignos y de enfermedades.

—Entiendo —dijo el médico, que había llegado a la conclusión de que acabaría comprendiendo todo a medida que avanzara el relato—. ¿Erais muchas?

—Pues no —respondió la mujer—. Aunque lo cierto es que a Yeshua nunca lo siguió mucha gente. Entiéndeme. Sí, siempre tenía muchedumbres detrás de él para que curara a los enfermos y expulsara los *rujot raim*, pero luego, a la hora de la verdad... Créeme, bien poquitos.

—¿Y quiénes eran las mujeres? —insistió Lucano temeroso de que la mujer se desviara de la cuestión.

—Déjame recordar... —dijo la anfitriona, entrecerrando los ojos—. Estaba Miriam, a la que llamaban Magdalít, de la que habían salido siete *rujot* malvados; Yohanna, mujer de Juza, intendente de Herodes, y Susanna, bueno, y algunas otras que le servían con sus bienes. Como yo, la pequeñaja Shlomit.

Lucano procuró que la sensación de sorpresa que lo invadía no se trasparentara. Por supuesto, estaba acostumbrado a ver a mujeres en las congregaciones y conocía el papel acentuadamente importante que tenían en aquellas que había establecido Paulos, pero lo que ahora escuchaba le parecía inusitado. A decir verdad, se trataba de la primera noticia. Debía regresar sobre ese tema más adelante.

—¿Cómo fue lo del padre de Yehudah de Keriot? —preguntó el médico regresando a la historia que le había conducido a aquella casa.

—Era un *perush* —respondió Shlomit—. No estoy segura de que Yehudah lo fuera, pero su padre, que se llamaba Shimón, con toda seguridad pertenecía a una *haverah* de *perushim*. El caso es que rogó a Yeshua que fuera a comer con él.

—¿Sabes cuáles pudieron ser las razones? —preguntó el médico.

La mujer se encogió de hombros, antes de responder:

—¿Quién puede decirlo con certeza? Quizá Shimón era tan sólo un padre preocupado porque su hijo se había convertido en *talmid* de un sujeto de la pequeña Netseret; quizá deseaba comprobar que lo que se contaba de él, de sus enseñanzas, de sus milagros, era cierto... El caso es que invitó a Yeshua a comer con él y que Yeshua aceptó. Llegó a la casa del *perush*, entró y se acomodaron a la mesa. Y entonces sucedió lo que nadie se hubiera esperado...

—Y tanto... —acertó a decir Natán antes de que Yehoram le propinara un codazo en el costado imponiéndole silencio.

—El caso es —continuó Shlomit, aparentemente sin darse cuenta de lo sucedido— que una mujer de la ciudad, que era pecadora, al saber que Yeshua estaba a la mesa en casa del padre de Yehudah, decidió ir a verle. Incluso se trajo un frasco de alabastro con perfume con la intención de honrarlo, pero las cosas acabaron sucediendo de una manera muy diferente.

La anciana hizo una breve pausa mientras su rostro se contraía con un gesto que hubiera podido atribuirse a un acceso de dolor.

—¿Te pasa algo? —preguntó inquieto el médico.

Shlomit negó con la cabeza, tragó saliva y continuó el relato:

—Había mucha gente reunida en la casa para escuchar lo que pudiera decir Yeshua, de manera que no le fue difícil pasar desapercibida cuando entró en la habitación. La verdad es que, para cuando quisieron darse cuenta, había logrado colocarse en la parte de atrás de la mesa, el lugar donde reposan los pies de los que comen. Estaba segura de que mantendría la calma, pero al llegar al lugar en el que se encontraba, rompió a llorar. No eran unas lagrimitas, no. Fue como si se hubiera abierto una fuente que tuviera en los ojos y las lágrimas empezaran a salir y a salir y a salir. Y entonces, como si se tratara de la cosa más normal del mundo, comenzó a regar con aquellas lágrimas los pies de Yeshua, y a enjugarlos con sus cabellos. Y además le besaba los pies, y se los ungía con el perfume que había traído.

Lucano se mantuvo en silencio. Se mirara como se mirara, la escena hubiera resultado escandalosa en cualquier parte del orbe. ¡Una prostituta besando los pies de un hombre! ¡Y además de un maestro que se suponía que enseñaba acerca del Altísimo! ¡Dios santo! No habría resultado nada sorprendente si los presentes se hubieran sentido horrorizados.

—Cuando Shimón, el *perush*, el padre de Yehudah, contempló aquello se desilusionó muchísimo —prosiguió Shlomit—. No es que dijera una sola palabra, seguramente porque era un hombre cortés que no deseaba quebrar las normas de hospitalidad, pero por la manera en que se le había demudado el rostro se podía entender lo que había en su corazón. Sus ojos parecían gritar: «Éste, si fuera un *naví*, sabría quién y qué clase de mujer es la que le toca, porque es una pecadora».

El médico guardó silencio. Shlomit podía decir lo que quisiera, pero con certeza no sólo aquel fariseo había sentido perplejidad al contemplar semejante escena.

—Pero nada de aquello pareció importarle a Yeshua —continuó Shlomit—. Como si no pasara nada, como si la comida fuera de lo más común y corriente, Yeshua se dirigió al padre de Yehudah y le dijo: «Shimón, una cosa tengo que decirte». Y entonces el *perush* le dijo a su vez: «Di, *morí*». En ese mismo momento, Yeshua dejó de comer y comenzó a contarle uno de esos *meshalim* que narraba como nadie. «Un acreedor —le dijo— tenía dos deudores: el uno le debía quinientos denarios, y el otro cincuenta; y no teniendo ellos con qué pagar, los perdonó a ambos. Di, pues, ¿cuál de ellos le amará más?». Shimón no debía de estar para discusiones y le respondió de manera rápida, incluso seca: «Pienso que aquel a quien perdonó más». Y entonces Yeshua le dijo: «Rectamente has juzgado» y, señalando a la mujer, añadió dirigiéndose a Shimón: «¿Ves a esta mujer? Entré en tu casa, y no me diste agua para los pies; pero ésta me ha regado los pies con lágrimas, y los ha enjugado con sus cabellos. No me diste un beso; pero ésta, desde que entré, no ha parado de besarme los pies. No ungiste mi cabeza con aceite; pero ésta ha ungido con perfume mis pies. Por lo cual te digo que se puede ver que sus muchos pecados le han sido perdonados en que ha amado mucho, mientras que aquel a quien se le perdona poco, poco ama».

—¿Qué pasó entonces?

—Yeshua se volvió hacia la mujer y le dijo: «Tus pecados te son perdonados».

—¿Eso le dijo?

—Por supuesto. «Tus pecados te son perdonados» —aseguró Shlomit a la vez que subrayaba sus frases con un gesto de asentimiento trazado con la barbilla—. No puedes imaginarte el revuelo que se armó cuando pronunció esas palabras. Los que estaban a la mesa, comenzaron a cuchichear, a murmurar, incluso a maldecir mientras se preguntaban: «¿Quién es éste, que también perdona pecados?». Desde luego, no les entraba en la cabeza que Yeshua se atribuyera esa autoridad.

—¿Y la mujer?

—Allí seguía la pobre sin atreverse a rechistar, pero Yeshua se volvió hacia ella y le dijo: «Tu *emunah* te ha salvado, vete en paz».

Lucano se llevó la mano a la barba abrumado por lo que acababa de escuchar.

—Yeshua sabía perfectamente lo que era el bien y el mal —continuó Shlomit—. Lo distinguía como no he visto jamás que lo hiciera nadie. Por eso, nunca hubiera dicho que la prostitución careciera de importancia o que los *perushim* eran, por el simple hecho de serlo, unos malvados. No. Tanto ellas como ellos eran pecadores. Incluso era cierto que aquellas mujeres que entregaban su cuerpo por unas monedas quebrantaban más la Torah. Desde luego, aquella mujer era más pecadora que Shimón, el padre de Yehudah. Sin embargo, había una gran diferencia que los separaba. La mujer, que sabía que había pecado muchas veces, se había acercado a Yeshua para pedir perdón y recibirlo no porque fuera buena sino porque Elohim lo es. Shimón, que, seguramente, había quebrantado mucho menos la Torah, se había mantenido distante de Yeshua porque se consideraba demasiado bueno como para necesitar el perdón. Ella lo había recibido y demostraba su gratitud en un raudal de amor que había corrido hacia Jesús como sus lágrimas y su perfume. El *perush,* por el contrario, no había recibido ningún perdón porque no lo había solicitado y no lo había solicitado porque la misma idea de necesitarlo se le hacía insoportable. ¿Acaso era tan extraño que no demostrara el menor signo de amor?

Sí, pensó Lucano, todo el relato estaba impregnado por los signos de la autenticidad y la coherencia. Podía imaginarse a los *perushim* horrorizados ante los gestos de la mujer, y a Yeshua viendo cómo se sentían decepcionados y, sobre todo, captando lo más importante de todo el panorama que tenían ante los ojos. Alguien con el corazón desgarrado había llegado hasta sus pies para sentir sobre sus heridas el bálsamo del perdón. Yeshua no sólo no se lo había negado sino que además había intentado que los otros también lo recibieran. Todos —de Yeshua a la mujer pasando por los *perushim*— habían actuado como era de esperar, pero él mismo, el Lucano supuestamente experimentado, se había dejado llevar también por la sensación de escándalo. Definitivamente, debía confesar que nunca dejaba de aprender de las acciones de Yeshua.

—Tengo una pregunta que hacer... —comenzó a decir el médico con tono dubitativo.

—Te escucho —dijo quedamente Shlomit.

—Resulta..., resulta un poco delicado... —prosiguió con creciente dificultad Lucano.

—¿Quieres saber si yo era la pecadora?

Capítulo

9

Lucano sintió que un rubor molesto e inesperado se le agarraba incontenible a las orejas, provocándole un agobiante ardor que aún subrayaba más su sensación de vergüenza. Siempre había procurado ser muy delicado en su trato con las mujeres y ahora plantear a una, anciana por añadidura, si se había dedicado a la prostitución le provocaba un acentuado sentimiento de malestar. A decir verdad, ahora mismo se sentía embargado por el deseo de no haber sido tan explícito y haber evitado así a Shlomit la necesidad de ser ella la que sacara a la luz lo que había en su corazón. Pero ahora ya resultaba tarde.

—¿Te parece que los hombres hubieran pagado por yacer conmigo? —preguntó con un tono difícil de identificar Shlomit.

Lucano permaneció callado mientras bajaba la mirada.

—¡Vamos! No te burles de él —intervino Yehoram—. No te conoció hace años y no podría responderte..., si es que el decoro se lo permitiera.

—Pero lo ha pensado... —insistió la mujer.

—No es tan extraño —habló ahora Natán—. Todas las personas con las que ha hablado...

—No —cortó la mujer mirando fijamente al médico—. No era yo. Fue una amiga mía. Una gran amiga.

—¿Vive todavía? —preguntó Lucano apenas atreviéndose a alzar la vista.

—Murió hace años. Vivía a un par de calles de aquí.

—Entiendo —dijo el médico.

—¿Estás seguro de que lo entiendes? —preguntó Shlomit—. Quizá sea así, pero lo cierto es que a ella no la conociste. Si hubieras podido hablar con ella...

—La verdad es que resulta increíble la forma en que cambió la vida de aquella mujer desde aquel momento —intervino Yehoram—. Quizá otro hubiera pensado que, después del perdón, lo más normal era pensar que lo sucedido en los años anteriores no había sido tan grave y más cuando esa absolución se le había concedido de manera gratuita, un verdadero regalo de Elohim. Pero no fue el caso de ella.

—Continuó mostrando su amor a Elohim hasta el último momento de su existencia —dijo Shlomit—. No hubo una sola *mitsvot* que quebrantara desde entonces. Su último día lo empleó en atender a unos *ahim* que procedían de Galil y se dirigían hacia Yerushalayim. Daba la sensación de que se encontraba bien, pero, apenas había terminado de despedirlos a la vera del camino, cuando se sintió repentinamente cansada. Recuerdo que entró en mi casa jadeando. Le pregunté si se encontraba mal, pero se limitó a sonreír y a decirme que se le pasaría si la dejaba que se sentara un rato. Continué con las faenas en que estaba ocupada, pensando que se recuperaría. De verdad que no le di importancia...

Shlomit calló por un instante. En sus ojos, negros y diminutos, se habían concentrado unas lágrimas que, de manera prodigiosa, no desbordaban sus párpados descendiendo impetuosas por las arrugadas mejillas.

—De repente..., de repente, escuché un sonido raro..., como..., como...

—Como si alguien quisiera respirar y no pudiera —dijo el médico.

—Sí, así es —concedió sorprendida la mujer—. Me levanté de un salto y llegué justo a tiempo de evitar que se cayera. Como pude, la llevé hasta mi lecho. La recliné, le pregunté si quería un poco de agua, pero me dijo que no con la cabeza. Movía los labios, aunque no me era posible entender lo que decía. Sólo alguna palabra aquí y allá.

Shlomit levantó la mano derecha y con el dorso se quitó una lágrima que había comenzado a caer en paralelo a la nariz.

—«Déjame ir a buscar a alguien» —le dije—, pero me agarró la mano con fuerza. *«Shemá* Israel...», consiguió pronunciar, y luego continuó la oración moviendo apenas los labios, y entonces, miró a algún lugar a mi espalda y dijo: «Yeshua».

—Yeshua... —repitió conmovido Lucano.

—Sí, Yeshua. Parecía..., bueno, puede sonar raro, pero hubiera asegurado que en aquellos momentos lo estaba viendo..., como..., como si hubiera venido a recogerla.

El médico no pudo reprimir un escalofrío al escuchar aquellas palabras que le transportaban a algo sucedido a unos pasos apenas de donde se encontraba ahora.

—Llegó a decir «Yeshua» una vez más y entonces..., oh, es como si la estuviera viendo ahora mismo..., sonrió, sí, sonrió y..., y entregó el *ruaj*.

Un espeso silencio descendió sobre la modesta habitación en la que estaban reunidos los cuatro comensales.

—Por lo que a mí se refiere —dijo al cabo de unos instantes Shlomit—, conocí a Yeshua de una manera muy diferente. Por supuesto, había visto el cambio de vida que ella había experimentado y aquello me llamó la atención...

—¿Ya erais amigas? —preguntó Lucano.

—Entonces todavía no —respondió—, pero ¿quién no sabe a qué se dedica una mujer que saca agua del pozo cuando no hay nadie para evitar malos encuentros? Todos la conocían en el pueblo. Ruidos, borracheras, tratos con *goyim* y con *yehudim*... Y entonces comenzó a ir a sumergirse a la *mikvé* para purificarse después de estar en situación de *nidá*. ¡Ella! ¡Ella que se había entregado a tantos hombres, limpiándose ahora cada mes conforme a la Torah! Y empezó a trabajar... mucho. Se colocaba en la plaza y se contrataba para vendimiar, para recoger en la época de la cosecha... Más de uno intentó aprovechar la situación por la que atravesaba para yacer con ella. Ninguno lo consiguió. Los rechazó a todos y, si insistían, les informaba de que su vida había cambiado. Y entonces yo pensé que quizá el que había cambiado su vida podría..., podría cambiar la mía.

Shlomit calló bruscamente, como si algo muy superior a ella le hubiera impuesto silencio. Lucano habría deseado preguntarle por la causa de su desdicha, pero después de lo sucedido unos momentos antes no se atrevía a hacerlo. Bueno, dijo para consolarse, la historia de lo acontecido en la casa del padre de Yehudah valía de sobra el esfuerzo de escuchar a la mujer. Hasta donde él sabía, no se trataba de un episodio conocido de la vida de Yeshua y mucho menos de los antecedentes del hombre de Keriot. Si había que conformarse...

—Todo comenzó cuando era una niña —dijo inesperadamente Shlomit interrumpiendo los pensamientos del médico—. Debía de andar yo por los once años y tenía muy buen aspecto, porque mis padres ya comenzaron a pensar en la persona con la que me casarían. Bastaba con que tuviera la primera regla y entonces ya podían acordar los términos de la boda. Con trece o catorce años, sería una novia feliz.

Lucano captó cómo sobre el rostro de la mujer se dibujaba una sonrisa de alegría casi infantil. Sin duda, debieron de ser tiempos dichosos o, al menos, el recuerdo lo resultaba.

—Y luego vendrían los niños y, ¿quién sabe?, uno de ellos podría ser el mismo *mashíaj*. Y entonces me hice mujer e inmediatamente caí enferma.

Una nube de inmensa tristeza descendió sobre el rostro arrugado de Shlomit al pronunciar las últimas palabras. El médico frunció el ceño. ¿Qué estaba dando a entender la anciana con aquello de me hice mujer y caí enferma?

—Cuando tuve mi primera regla —prosiguió Shlomit con una voz ahora mortecina—, me puse muy contenta. Había dejado de ser una niña y pasaba a formar parte de las hijas fecundas de *am-Israel*. No sé a cuántas pude contarle en aquellas horas el cambio que había experimentado mi cuerpo. Y pasó el primer día y el segundo y el tercero...

La mujer detuvo el relato y respiró hondo.

—Quizá podrías terminar otro día tu historia... —dijo Lucano.

Shlomit negó con la cabeza y sonrió agradecida por la gentileza del *goy*.

—Pasaron cinco días, pasó una semana, pasaron dos semanas y yo seguía sangrando. Mi madre se preocupó, por supuesto, y, al final, también mi padre comenzó a sentirse angustiado por lo que me sucedía. Cuando acudimos a un médico para que me examinara, ya me había visto el rabino y habían transcurrido por lo menos tres meses.

—¿Te sentías muy débil? —inquirió el médico.

—Sí, mucho —respondió la mujer—. Estaba agotada a todas horas. Mi padre, compadecido y preocupado, me ordenó que no trabajara en el campo. Por supuesto, no deseaba que me cansara, pero tampoco quería que mi enfermedad contaminara nada. Me quedé en casa ayudando a mi madre, pero...

—... pero cada vez se te hacía más difícil —terminó la frase por ella Lucano.

—Exactamente —reconoció la mujer asintiendo con la cabeza—. Lavar, coser, barrer..., todo lo que había hecho antes con enorme facilidad, ahora me resultaba imposible. Antes de que concluyera el año, mis padres se habían dado cuenta de que en esas condiciones no me casaría. De mí no tendrían un solo nieto y, seguramente, tampoco alguien que pudiera cuidarlos en su ancianidad. A decir verdad, no me extraña que con tanta tristeza en el corazón murieran al cabo de muy pocos años.

—¿Tenías hermanos?

—No. Mi padre se había casado ya muy mayor. Me tuvieron a mí y ahí se terminó su semilla, y vivió poco más después de la aparición de mi enfermedad. Sabía que no se perpetuaría su familia y estoy convencida de que eso acabó causando que se reuniera antes con sus padres.

—¿Y tu madre?

—Nunca se consoló de aquella muerte. Es cierto que su marido había tenido muchos más años, pero había sido un hombre bueno y cariñoso que la había cuidado con enorme atención. Ahora se sintió aplastada por la soledad. Podíamos vivir de la tierra que había dejado mi padre, pero... ella, en realidad, no deseaba hacerlo. Una tarde regresó a casa con lo que parecía un simple resfriado. Sin embargo, durante toda la noche no dejó de toser. A la mañana siguiente, estaba pálida, y aquella tos, seca y violenta, no llegaba a pararse. Murió dos semanas después, totalmente consumida, como si aquellos accesos continuos la hubieran corroído por dentro.

El médico se acarició la barba. Había contemplado una vez un mal semejante. Se había tratado de un tribuno romano de cierta edad, aunque de apariencia sana, a excepción de una hernia inguinal. Pequeño, de escasos cabellos blancos y amable, comenzó a toser y había expirado al cabo de unos días ante la sorpresa de su familia.

—Cuando murió mi madre —prosiguió la mujer—, derramé muchas lágrimas. La gente pensaba que la quería mucho y es cierto que la amaba, pero, sobre todo, lloraba por mí. Estaba sola, sin posibilidad de encontrar marido y, sobre todo, enferma. Entonces..., bueno, entonces pensé que quizá podría encontrar a un médico que me..., me curara.

Lucano tragó saliva y trató de no pensar en los métodos que podían haber utilizado sus colegas para remediar su dolencia.

—Pasaron los años, viajé en busca de remedios, me fui desprendiendo poco a poco de lo que tenía mi padre... Cuando me quise dar cuenta, llevaba enferma doce años y había gastado todo mi dinero en los médicos sin conseguir que me curaran.

Una sensación de culpa y vergüenza se apoderó del pecho de Lucano al escuchar aquellas palabras. Intentó evitarlo, pero se imaginó las tribulaciones de aquella pobre mujer que padecía flujo de sangre y que ansiaba ser curada. Sí, con seguridad, uno tras otro le habrían ido privando de sus recursos sin conseguir ningún resultado y, al final de aquel camino plagado de dolor y decepciones, se habría encontrado sola y, por añadidura, pobre.

—Es muy difícil mendigar —dijo Shlomit con tono lastimero—. Sobre todo, cuando se ha dispuesto siempre de recursos suficientes para vivir. Yo (Ha-Shem me perdone) pensé en algún momento de desesperación en quitarme la vida.

Lucano reconoció de nuevo en las palabras tristes de la anciana las señales inconfundibles de un relato fidedigno. Sabía de nobles que se habían abierto las venas en el baño en situaciones similares, de mujeres que se habían ahorcado con sus propias ropas, de esclavos que se habían lanzado al vacío desde lo alto de una montaña. Su acción había venido precedida en la mayoría de los casos por un pesar semejante al de Shlomit, al que se sumaba la convicción de que no existía salida alguna.

—Una tarde, cuando todos descansaban en sus casas para evitar las horas en que el sol es más pesado, me acerqué hasta el pozo. No tenía sed, ¿sabes? Tan sólo pensaba en arrojarme a sus profundidades y acabar con mi vida. Y allí..., allí me encontré con ella.

Capítulo
10

M e había apoyado en el broquel del pozo, cuando me percaté de que venía, su-
jetando un cántaro, hacia donde me encontraba. Me
pregunté, primero, quién podía ser aquella despista-
da que acudía a sacar agua a esas horas, pero, de repente, la reconocí. Ahora me da vergüenza decirlo,
pero entonces me indignó que una mujer que se había
dedicado a lo que ella apareciera precisamente cuando yo iba a quitarme la vida. Fíjate si somos estúpidos en algunas ocasiones...; lo que yo pensaba llevar a cabo era mucho peor porque tenía intención de
matarme, de quitarme una vida que sólo Adonai puede tomar y, sin embargo, en esos mismos momentos,
fui yo la que condenó y no la que se sintió culpable.

—¿Se dirigió a ti? —preguntó Lucano.

—Primero, todo hay que decirlo, se extrañó mucho de verme. Ella iba al pozo a esas horas para evitar problemas y, de repente, se había cruzado con otra mujer. Bueno, el caso es que me ofreció agua porque se había dado cuenta de que yo no llevaba nada para sacarla, y luego me preguntó cómo me encontraba... y..., y... enseguida empezó a hablarme de Yeshua. Yo al principio no atinaba a comprender a qué venía mencionar a una persona que iba por los pueblos hablando del *maljut ma-shamayim,* pero entonces me contó lo sucedido en la casa de Shimón el *perush,* el padre de Yehudah de Keriot y, cuando me quise dar cuenta, ya me había dicho que Yeshua también podría socorrerme en el mal que se había apoderado de mí tantos años atrás.

Shlomit guardó silencio unos instantes. Los labios habían comenzado a movérsele sin pronunciar palabra y a Lucano le pareció obvio que realizaba un enorme esfuerzo para no dejarse llevar por la emoción.

—Con la enfermedad que yo tenía no era fácil moverse entre la gente —dijo con voz temblorosa Shlomit—. Yo estaba en situación de *nidá* y cualquiera que me tocara o al que yo rozara...

—... quedaba impuro —concluyó su frase Lucano.

—Sí, así era —concedió la mujer—. Lo que acababa de oír había despertado en mí una cierta esperanza, lo reconozco, pero, inmediatamente, empecé a pensar en las dificultades. ¿Lograría encontrar al tal Yeshua? Y, suponiendo que lo consiguiera, ¿cómo podría acercarme a él? Sin despedirme siquiera de la mujer, eché a andar hacia la salida del pueblo, aunque, a decir verdad, carecía de rumbo. Caminaba como en sueños, sin darme cuenta de lo que estaba haciendo. Aún seguía dándole vueltas en la cabeza a estas cuestiones cuando, de repente, oí un ruido.

—¿Qué clase de ruido?

—¿Cómo te diría yo? Como..., como de tumulto. Yo pensé entonces en apartarme del camino porque no deseaba encontrarme con nadie y menos con un grupo de gente, pero cuando iba a desviarme, los vi. Eran gentes del pueblo que movían las manos y gritaban y cantaban, y en medio de ellos, en el centro, iba un hombre con una túnica de esas que se fabrican de una sola pieza, sin costura. Supongo que la curiosidad fue más poderosa que mi deseo de apartarme, porque allí me quedé, clavada a la tierra, a la espera de enterarme de lo que sucedía a unos pasos de mí. Y entonces, unos niños, no debían de ser más de cuatro o cinco, pasaron corriendo por delante de mí, en dirección al pueblo. Corrían y saltaban e iban gritando: «¡*Yeshua ha-Notsri*! ¡*Yeshua ha-Notsri*!».

La mujer guardó silencio y volvió a respirar hondo.

—Mira..., no sé cómo contártelo, pero cuando escuché aquello... fue..., fue como si algo me tocara el corazón y le quitara el velo de amargura que lo había envuelto desde hacía tantos años. En ese momento, supe, sí, lo supe, que si llegaba hasta Yeshua, si lograba alcanzarlo, si podía tocarlo, me curaría. Pero ¿cómo conseguirlo? Oyendo a los niños, había comenzado a llegar más gente del pueblo y, muy pronto, en aquel camino angosto, empezaron a rodearlo y casi, casi estrujarlo. Uno le tendía la mano para rozarle el cabello, otro se empeñaba en estrecharle la mano...; la verdad es que no sé ni cómo conseguía respirar. Pero no me dejé desanimar. No, de ninguna manera. Si tan sólo llegaba a tocar el borde de su manto, sabía que aquel flujo de sangre cesaría. Moví la cabeza a uno y otro lado para descubrir la mejor manera de lograrlo y entonces me di cuenta de que la única forma era intentar abrirme camino por detrás, por donde había menos gente, porque todos intentaban mantenerse a su altura. Y, así y no me pidas que te diga cómo pudo ser, conseguí acercarme por su espalda, toqué el borde de su manto, y al instante, sí, médico, te puedo asegurar que fue al instante, cesó el flujo de sangre.

—¿Y qué pasó entonces?

—Ay, médico, ay —dijo la mujer que ya no realizaba ningún esfuerzo por contener las lágrimas—,

Yeshua se detuvo y dijo: «¿Quién es el que me ha tocado?». Entonces todos se pusieron a decir que no habían sido ellos, y uno grandote y con aspecto de bruto, que luego me enteré de que le llamaban Kefa, dijo: «*Moré*, la multitud te aprieta y te empuja, y dices: ¿Quién es el que me ha tocado?». Pero Yeshua no se conformó con aquella respuesta y dijo: «Alguien me ha tocado; porque me he dado cuenta de que ha salido *guevurah* de mí». ¿Comprendes? ¿Cuántos no lo habrían tocado o apretado o rozado en aquellos momentos? Yo misma había visto a muchos, a muchísimos, pero su *guevurah* sólo había salido para curarme a mí y él me había descubierto.

—¿Y qué hiciste al escuchar todo aquello? Quiero decir que...

—¿Qué podía hacer? Al saberme descubierta, me acerqué temblando a donde estaba y caí a sus pies y entonces..., no sé ni cómo lo hice ni cómo me expliqué ni nada de nada, pero la verdad es que delante de toda aquella gente declaré la razón por la que le había tocado, y cómo, al instante, había sido curada. Y entonces, médico, entonces Yeshua me miró y me dijo: «*Bat*, tu *emunah* te ha salvado; vete en paz».

Sí, pensó Lucano, sin duda había sido la fe de aquella mujer la que la había salvado. Como ella misma había visto, los que se habían acercado a tocar a Jesús, a estrecharle la mano, a darle abrazos y empujones, habían sido docenas, quizá cientos, pero sólo ella había tenido esa fe que le había servido de canal para recibir el regalo de la salud. Si se reflexionaba juiciosa y equilibradamente en todo, ¿quién podía dudar que lo mejor que podía hacer después de todo aquello era dejar que las heridas ocasionadas por doce años de enfermedad, y de fracasos médicos, y de pérdida de todos sus bienes, se cerraran y así la paz de la que no había disfrutado en tanto tiempo descendiera sobre ella?

—Yeshua —prosiguió Shlomit— me acababa de decir todo aquello cuando llegó un hombre y gritó: «Tu hija ha muerto; no molestes más al Moreh».

—¿Quién era? —preguntó Lucano.

—Era una persona de la casa de Yair, un principal de la *bet ha-knesset* —intervino Yehoram—. Aquel día le había pedido a Yeshua que curara a una hija suya que tenía doce años y se estaba muriendo. A decir verdad, Yeshua se dirigía a la casa cuando Shlomit lo tocó y se curó. Pero en ese momento, aquel hombre anunció a Yair que no había motivo para molestar a Yeshua. En otras palabras, ya no había nada que hacer.

—Comprendo —dijo Lucano—. ¿Y qué hizo Yeshua?

—Cuando Yeshua lo oyó —respondió Yehoram—, le respondió: «No temas; cree solamente, y será salva», y siguió su camino hacia la casa seguido por la multitud. Llegamos enseguida, pero entonces Yeshua no dejó entrar a nadie consigo, salvo a Kefa, a Yakov, a Yohanan, y al padre y a la madre de la niña. Daba pena verlos. Lloraban todos y se lamentaban por la criatura, pero entonces Yeshua dijo: «No lloréis; no está muerta, sino que duerme». Sin embargo, aquellas palabras no despertaron la *emunah* de la gente. Todo lo contrario. Se burlaban de Yeshua, sabiendo que la criatura estaba muerta.

—Yeshua podía haberse marchado en ese momento —intervino la mujer—. Si no tienes *emunah* en lo que puede hacer Adonai, ¿cómo vas a recibir algo de él? Sin embargo, se quedó, tomó a la niña de la mano y ordenó: «*Taliza, kumi*»*. Y entonces, el *ruaj*, que había salido de ella, volvió, e inmediatamente se levantó; y Yeshua mandó que le dieran de comer.

—Como puedes imaginarte —dijo Yehoram—, sus padres estaban atónitos. Entonces Yeshua les mandó que a nadie dijesen lo que había acontecido. A decir verdad, tardamos años en saber lo que sucedió aquella mañana.

—Pero ¿por qué les dijo eso? —preguntó extrañado Lucano.

---

* Muchacha, a ti te digo, levántate.

—*Ah*, porque Yeshua no quería que la gente acudiera a él como si fuera un mago o un hacedor de prodigios como esos que tanto gustan a los *goyim*. Lo que deseaba era que la gente tuviera *emunah*, esa *emunah* que es el único canal por el que pueden pasar las *berajot* de Adonai. Shlomit la tuvo y fue curada, pero aquella otra gente..., es triste decirlo, pero sólo deseaban contemplar algo sensacional, prodigioso, excepcional, pero no escucharlo hasta el extremo de permitir que les cambiara la vida. Sin embargo, Yeshua no hizo excepciones.

—Comprendo —dijo Lucano asintiendo con la cabeza.

—No las hizo ni siquiera con su *mishpahah* —continuó Yehoram—. Recuerdo una vez en que su madre y sus *ahim* vinieron a verle; pero no podían llegar hasta él debido a la multitud. Entonces lo avisaron y le dijeron: «Tu madre y tus *ahim* están fuera y quieren verte». Pero él no se movió de donde estaba ni dejó de hacer lo que estaba haciendo. Se limitó a decir: «Mi madre y mis *ahim* son los que oyen la palabra de Elohim y la hacen».

—En el *maljut ma-shamayim* no se entra por relaciones de amistad, de parentesco, de cercanía —intervino Natán—. La madre y los *ahim* de Yeshua son los que oyen la palabra de Elohim y la hacen, como acabas de escuchar. Ni siquiera el simple hecho de ser un *yehudí* permite entrar en el *maljut ma-shamayim* como ya había dicho Yohanan. Las puertas estaban abiertas a todos, sí, eso es cierto, pero sólo entra el que se vuelve a Elohim, el que abraza la *teshuvah,* el que está dispuesto a iniciar una nueva vida.

—Yeshua explicaba todo esto con la historia de un sembrador —dijo Yehoram—. Verás. El sembrador salió a sembrar su semilla; y mientras sembraba, una parte cayó junto al camino, y fue pisoteada, y las aves del cielo se la comieron. Otra parte cayó sobre piedra, y, tras nacer, se secó, porque no tenía humedad. Otra parte cayó entre espinos, y los espinos que crecieron con ella, la ahogaron. Pero otra parte cayó en buena tierra, y nació y llevó fruto a ciento por uno.

—El mensaje de Yeshua es muy claro —terció Natán—. La semilla es la palabra de Elohim. Y los de junto al camino son los que oyen, pero luego viene *ha-Shatán* y quita de su corazón la palabra, para que no crean y se salven. Los de sobre la piedra son los que habiendo oído, reciben la palabra con gozo; pero carecen de raíces. Creen por algún tiempo, y en el tiempo de la prueba se apartan. La que cayó entre espinos, son los que oyen, pero luego se ven agobiados por los afanes y las riquezas y los placeres de la vida, y no dan fruto. Pero la que cayó en buena tierra, son los que con corazón bueno y recto retienen la palabra que han oído, y dan fruto con perseverancia. Ésos son la madre y los *ahim* de Yeshua.

—La gente —dijo Shlomit— se acercaba a Yeshua porque podía curar, es lo que me pasó a mí, y expulsar los *rujot* malignos y realizar tantas otras cosas maravillosas que llevaba a cabo con su *guevurah*, pero, en realidad, eso no era lo más importante. Lo más importante era la *Besoráh* predicada por Yeshua porque de aceptarla o rechazarla depende la salvación. Y además, médico, el ver los hechos más tremendos no significa que alguien vaya a acudir a Adonai con *emunah*.

—Bueno, no hay más que recordar lo que pasó en Gadara... —pensó en voz alta Natán.

Capítulo

11

Habíamos cruzado el lago de Kinneret y llegamos a la tierra de los gadarenos, que está en la ribera opuesta a Galil —comenzó a decir Yehoram—. Y entonces, nada más desembarcar, vino al encuentro de Yeshua un hombre de la ciudad.

—Se trataba de un hombre poseído por un *ruaj ra* desde hacía mucho tiempo —apostilló Shlomit— y no llevaba ninguna ropa, ni moraba en casa alguna, sino entre los sepulcros. No es que lo hiciera por gusto, es que era el sitio donde quería estar.

—¿Tenéis idea de lo que había hecho la gente de su pueblo por ayudarlo? —preguntó Lucano.

—Nada —respondió Yehoram—. Pero la verdad es que no creo que actuaran así por maldad. No, simplemente, no sabían, no podían echarle una mano en su desgracia. Habían recurrido incluso a atarlo con cadenas, para asegurarse de que no se hiciera daño y no se lo causara a ningún otro, pero aquel infeliz siempre se las arreglaba para romperlas y, a continuación, echaba a correr hacia lugares donde no había nadie.

—Impresionaba verlo, desde luego —señaló Shlomit—. Pero ¿cómo iba a ser de otra manera si llevaba roña de meses sobre el cuerpo, y las barbas y los cabellos los tenía revueltos y sucios? Y aquel día, de repente, se plantó ante Yeshua y lanzó un gran grito. Y cuando estábamos esperando que se lanzara sobre alguno de nosotros, se arrojó a sus pies y chilló: «¿Qué tienes contra mí, Yeshua, *Ben* El-Elyón? Te ruego que no me atormentes».

Lucano no pudo evitar el dar un respingo. Aquel hombre había reconocido a Jesús al verlo. No podía tratarse, por lo tanto, de un lunático, de uno de esos pobres infelices cuya mente enferma los acaba arrastrando a las peores locuras. Era el caso, sin duda, de un desdichado poseído por una fuerza superior que realizaba con él lo que deseaba y que, por supuesto, había reconocido a Yeshua exactamente igual que había sucedido con aquel otro hombre de la sinagoga de Nazaret.

—Y le preguntó Yeshua: «¿Cómo te llamas?» —prosiguió Shlomit—. Y él dijo: «Legión».

—¿Legión? —exclamó Lucano, sorprendido de que un *ruaj ra* se diera la denominación que correspondía a la unidad militar más importante del ejército romano.

—Sí —respondió Yehoram—. Porque muchos *rujot* malignos habían entrado en él, pero, a pesar de ser tantos, ahora le suplicaban que no les ordenase ir al *Tehom*.

—Entiendo —dijo Lucano.

—El caso es que aquella era una tierra donde vivían no pocos *goyim* y andaba por allí un hato de muchos cerdos que pacían en el monte...

El médico estuvo a punto de que se le escapara una sonrisa. Por si el hombre poseído por la legión de espíritus inmundos no resultaba poco sobrecogedor, además aquellos judíos piadosos habían tenido que soportar la visión del animal menos *kosher* que imaginarse pueda paciendo por allí cerca y ¡para colmo en manada! Los que seguían a Jesús debían haberse sentido revueltos hasta lo más hondo de su ser.

—... y le rogaron que los dejase entrar en ellos; y Yeshua les dio permiso. Y los *rujot* malignos, tras salir del hombre, entraron en los cerdos; y el hato se precipitó al lago por un despeñadero, y se ahogó. Y los que apacentaban los cerdos, cuando vieron lo que había acontecido, huyeron y dieron aviso en la ciudad y por los campos. Y salieron a ver lo que había sucedido; y llegaron a donde se encontraba Yeshua. Y hallaron al hombre de quien habían salido los *rujot* malignos, sentado a los pies de Yeshua, vestido, y en su cabal juicio; y se quedaron pasmados. Y los que lo habíamos visto todo, les contamos cómo había sido curado aquel infeliz al que habían atormentado los *rujot* inmundos.

—Y entonces pasó lo que menos nos hubiéramos esperado —dijo Shlomit—. Quiero decir que la gente de los alrededores sabía lo que aquel hombre llevaba padeciendo desde hacía años. Lo habían visto en manos de los *rujot* malignos no sabemos durante cuantísimo tiempo, habían contemplado cómo rompía las cadenas que le ponían como si se tratara de un trozo de pan, lo habían observado mientras huía hacia los sepulcros para dedicarse allí a correr, saltar y dar gritos. Todo eso y más lo habían visto sin poder hacer nada, sin poder cambiar nada, sin poder arreglar nada. Y ahora, delante de ellos, a unos pasos, lo contemplaban y se daban cuenta de que estaba curado y tranquilo, y de que todo lo había hecho Yeshua. ¿No te parece que lo normal hubiera sido que cayeran a sus pies? ¿Que lo invitaran a entrar en sus casas? ¿Que reconocieran aquella manifestación de la *guevurah* de Adonai? ¿No te lo parece?

Lucano guardó silencio. En el tono de la mujer podía percibir una mezcla de irritación y de ansia de entender algo que le resultaba incomprensible a pesar de los años que habían transcurrido. Su respuesta —fuera la que fuese— con seguridad no iba a llevarla a cambiar su percepción de lo acontecido.

—El caso es que aquella gente —intervino Yehoram— le rogó a Yeshua que se marchase. Claro que contemplaban a aquel infeliz que volvía a ser un hombre hecho y derecho, pero también veían los cerdos muertos flotando en el agua y se dieron cuenta de que tenían que decidir. Por un lado, estaba la *guevurah* de Adonai que se manifestaba en Yeshua y que era capaz de realizar cualquier cosa que se les pudiera pasar por la cabeza. Eso era indudable. Nadie lo podía negar viendo a aquel hombre, pero..., pero por otro lado, también estaban los cerdos. Seguramente, pensaron que podrían perder mucho más si aquel *yehudí* extraño seguía por allí y optaron por pedirle que se marchara.

—¿Y qué hizo? —preguntó Lucano.

—*Ah* —respondió Yehoram—. ¿Cómo puedes preguntarlo? ¿Qué iba a hacer Yeshua? Nunca forzó a nadie, nunca insistió, nunca amenazó. Subió a la barca y se dispuso a regresar a la otra orilla.

—Pero no los dejó abandonados —intervino la mujer—. Verás. El hombre de quien habían salido los *rujot* malignos le rogaba que le permitiera marcharse con él para continuar a su lado; pero Yeshua no se lo consintió y le dijo: «Vuélvete a tu casa, y cuenta las cosas tan grandes que Elohim ha hecho contigo». Y, dicho y hecho. Se marchó hacia la ciudad contando las cosas tan grandes que Yeshua había hecho con él.

—Lo más importante para Yeshua siempre fue la *Besoráh,* el anuncio de Buenas noticias —dijo Yehoram—. El *maljut ma-shamayim* se había acercado, nos había dado alcance y la gente, toda, sin excepción, debía responder a ese llamamiento de Adonai.

—Ésa fue la razón principal también de que eligiera a los doce *shelihim* —añadió Natán, que había escuchado con enorme atención el relato de sus dos correligionarios—. Por supuesto, todos sabemos que tenían que ser doce porque ése es el número de las tribus de Israel y tampoco se nos escapaba que iban a disfrutar de un puesto muy especial en el *maljut ma-shamayim,* pero, fíjate, *ah,* con todo lo importante que pudiera ser eso...

—... no era lo más importante para Yeshua —concluyó la frase Yehoram—. Yeshua los envió a predicar el *maljut ma-shamayim* y a curar a los enfermos. Y les dijo: «No toméis nada para el camino, ni bordón, ni alforja, ni pan, ni dinero; ni llevéis dos túnicas. Y en cualquier casa donde entréis, quedaos allí, y de allí salid. Y en cualquier sitio donde no os reciban, salid de aquella ciudad, y sacudíos el polvo de los pies como testimonio contra ellos». Y eso era precisamente lo que hacían. Pasaban por todas las aldeas, anunciando la *Besoráh* y curando por todas partes.

—Se comportaba así porque amaba a la gente —explicó Shlomit—. Deseaba que se volvieran hacia Adonai porque Él era el único que podía dar sentido a sus vidas y llenarlas y curar todas las heridas y enfermedades que tenían en el alma y en el cuerpo.

—Sí, *ah* —corroboró Natán—. Si hubiera que dar una respuesta a las razones del comportamiento de Yeshua habría que decir que todo en él brotaba de su amor por los demás y de la compasión que sentía hacia ellos. Por supuesto, era un *tsadiq* y obedecía las *mitsvot* de Avinu con todo su corazón, pero no se trataba de una obediencia fría y cerrada como, en ocasiones, puedes ver en otras personas. La suya nacía del mismísimo corazón de Elohim.

—Recuerdo muy bien —dijo Yehoram— en cierta ocasión en que regresaron los *shelihim* y le contaron todo lo que habían hecho. Y entonces él decidió retirarse a un lugar desierto de la ciudad llamada Beit-Tsaidah. Y cuando la gente lo supo, le siguió; y él, a pesar de que todos estaban muy cansados, los recibió, y les hablaba del *maljut* Elohim, y curaba a los que lo necesitaban. Y entonces el día comenzó a declinar; y se le acercaron los doce *shelihim* y le dijeron: «Despide a la gente, para que vayan a las aldeas y campos de los alrededores, y se alojen y encuentren alimentos; porque aquí estamos en un lugar desierto». Y Yeshua les dijo: «Dadles vosotros de comer». Y ellos, totalmente sorprendidos por las palabras de Yeshua, dijeron: «No tenemos más que cinco panes y dos peces, como no vayamos nosotros a comprar alimentos para toda esta multitud...». La verdad es que lo dijeron por decir algo, desconcertados, sin saber lo que hacer y, al mismo tiempo, con miedo a preguntar. Y no era para menos, ya que habría unos cinco mil hombres. Entonces Yeshua dijo a sus *talmidim:* «Hacedlos sentar en grupos, de cincuenta en cincuenta», y lo obedecieron haciendo que se sentaran todos. Y Yeshua, tomando los cinco panes y los dos pescados, levantó los ojos al cielo, pronunció una *berajah* y los partió, y dio a sus *talmidim* para que los pusiesen delante de la gente. Y comieron todos, y se saciaron; y recogieron lo que les sobró, doce cestas de pedazos.

—Aquel día incluso hubo no pocos que desearon proclamarlo *mélej* Israel... —dijo Yehoram con el pesar impregnándole la voz—. Por supuesto, Yeshua huyó de aquello. Y lo hizo con abatimiento, porque no le entendían, porque sólo acudían a él para que los curara o expulsara los *rujot* malignos. Incluso llegó a lamentar cómo habían interpretado el que les hubiera dado los panes y los peces. Él sólo buscaba que no desfallecieran de hambre en el camino hacia sus hogares y ellos…, ellos habían soñado inmediatamente con alguien que les proporcionara todos los días pan sin esforzarse por ganarlo o incluso sin merecerlo.

—Todo eso es cierto, Yehoram. Vaya si lo es —comentó Natán con voz apesadumbrada—, pero no sólo aquella gente no comprendía a Yeshua. Nosotros tampoco lo entendíamos.

Capítulo

12

Está bien —reconoció irritado Yehoram—. Tampoco nosotros lo comprendíamos. Por lo menos, no mucho mejor que aquella gente que salía a recibirle en todos los lugares y que luego se desilusionaba al ver que no les decía lo que querían. Sí, todo eso es cierto, pero ¿qué me dices de sus *shelihim*? ¿Le entendían los doce acaso?

—Sabes de sobra que ellos mismos han contado una y mil veces que no —dijo Shlomit con una tristeza que le empañaba la mirada como si se tratara de una neblina espesa—. También... pobre gente... pescadores..., artesanos...

—No hay más que recordar lo que pasó en Cesarea de Filipo —rememoró Natán—. Se lo escuché contar a Matai más de una vez y siempre que lo hacía se le saltaban las lágrimas a pesar de los años que habían pasado.

—¿Qué sucedió en Cesarea de Filipo? —preguntó Lucano, que cada vez se sentía más abrumado por todo lo nunca escuchado antes que iba descubriendo.

—Yeshua se había retirado para tener uno de esos tiempos que dedicaba a orar aparte —respondió Natán—, y estaban con él los *talmidim;* y entonces les preguntó: «¿Quién dice la gente que soy yo?». Ellos respondieron: «Unos dicen que eres Yohanan; otros, Elyahu; y otros, que algún *naví* de los antiguos que se ha levantado de entre los muertos».

Sí, reflexionó Lucano, teniendo en cuenta las veces que lo habían escuchado y que no pocos habían contemplado cómo curaba o expulsaba espíritus inmundos, no se podía decir que aquella gente tuviera las ideas muy claras acerca de Jesús. Nada más y nada menos que lo habían identificado con Juan, con el profeta Elías o con algún otro que siglos atrás hubiera ido a reunirse con sus padres. Desde luego, no era para sentirse satisfecho.

—Y entonces Yeshua les dijo: «¿Y vosotros, quién decís que soy?». Y en ese momento respondió Kefa: «El *Mashíaj ha-Elohim*».

—Bueno, Kefa al menos sí tenía las ideas claras —pensó en voz alta Lucano.

—No tanto, *ah,* no tanto. Era cierto que creía que Yeshua era el *mashíaj* y eso era verdad, pero la cuestión era ¿cómo creía él, bueno, él y tantos otros, que iba a ser el *mashíaj?* Fíjate que cuando Yeshua oyó aquellas palabras ordenó rigurosamente a los *talmidim* que a nadie dijesen aquello y entonces..., entonces añadió: «Es necesario que el *Ben ha-Adam* padezca muchas cosas, y que lo rechacen los *ziqenim,* los *roshi ha-cohanim* y los *soferim,* y que lo maten y que se levante al tercer día».

—Debió de ser muy decepcionante escucharlo —musitó Lucano.

—*Ah* —dijo Natán—, Yeshua nunca hacía excepciones ni tampoco ocultaba la realidad ni permitía que los que lo escuchaban se quedaran sin saber la verdad. Era el *mashíaj.* En eso Kefa tenía razón, pero no el que tantos y tantos esperaban. A él lo rechazarían y lo matarían. Y lo más terrible, según me contó Matai, es que además no les dejó duda alguna de lo que les esperaba a sus *talmidim.* Mirándolos fijamente les dijo: «Si alguno quiere venir en pos de mí, niéguese a sí mismo, tome su cruz cada día, y sígame...».

—«Porque todo el que quiera salvar su vida —añadió Yehoram— la perderá; y todo el que pierda su vida por mi causa, éste la salvará».

—Sí, eso les dijo —asintió Natán—, y luego añadió: «Porque ¿de qué le sirve al hombre ganar todo el mundo, si luego se destruye o se pierde a sí mismo?». Matai me dijo que, al escuchar aquellas palabras, sintió de repente una vergüenza que le devoraba el cuerpo de la cabeza a los pies. Por allí andaban todos pensando en el panorama maravilloso que les esperaba porque Yeshua era el *mashíaj* y, a bocajarro, les acababa de soltar que no servía de nada conquistar el mundo si se perdía el *nefesh*. Y por si les quedaba alguna duda, añadió en ese mismo momento: «Porque el que se avergonzare de mí y de mis palabras, de éste se avergonzará el *Ben ha-Adam* cuando venga en su *Kavod,* y en la del *Avva*, y de los *malajim qedoshim*. Aunque os digo en verdad, que hay algunos de los que están aquí, que verán el *maljut ma-shamayim* antes de gustar la muerte». Se puede hablar más alto, pero más claro...

No, se dijo Lucano, no se podían decir las cosas con más nitidez. Jesús había reconocido que era el mesías, pero *otro* mesías —el Hijo del Hombre—, y sus discípulos tenían que responder a esa realidad. Debían ser conscientes de ello porque aquellos que se avergonzaran de él, serían también objeto de la vergüenza del Hijo del Hombre.

—De todas formas, *ah,* no creas que los *talmidim* terminaron de comprender todo aquello —continuó Natán—. Quedaban impresionados de momento, eso sí, pero luego... Verás. Unos ocho días después, Yeshua subió a un monte a orar y se llevó consigo sólo a Kefa, a Yakov y a Yohanan. Allí pasaron la noche y, al día siguiente, cuando descendieron del monte, una gran multitud les salió al encuentro. Y, fíjate, un hombre de la multitud le gritó a Yeshua: «*Morí*, te ruego que veas a mi hijo, porque es el único que tengo; y sucede que un *ruaj* lo toma, y de repente se pone a dar voces, y lo sacude con violencia, y le hace arrojar espuma, y, maltratándolo, a duras penas se aparta de él. Y rogué a tus *talmidim* que lo expulsaran y no pudieron». Y decía la verdad. ¡No exageraba lo más mínimo! Matai me contó cómo se pasaron todo el día intentando enfrentarse con aquella situación y no pudieron expulsar al *ruaj* y entonces lo único que deseaban cada vez con más fuerza era que regresara Yeshua para solucionar todo aquello. Aquel hombre se quejaba con toda la razón. Y entonces Yeshua dijo: «¡Oh generación falta de *emunah* y retorcida! ¿Hasta cuándo he de estar con vosotros, y os he de soportar? Trae acá a tu hijo». Y mientras se acercaba el muchacho, el *ruaj* maligno lo derribó y lo sacudió con violencia; pero entonces Yeshua reprendió al *ruaj* inmundo, y curó al muchacho, y se lo devolvió a su padre. Bueno, después de ver aquello, los *talmidim* debían haberse dado cuenta de lo que les había enseñado durante tanto tiempo, pero..., pero volvieron a quedar deslumbrados por la *guevurah* de Yeshua y, en lugar de pensar en que, puesto que la *guevurah* de Elohim se manifestaba en él, lo menos que podían hacer era escucharlo con atención, se dedicaron a imaginar el provecho que podrían sacarle para ellos mismos y se pusieron a discutir ¡una vez más! quién de ellos sería el más importante cuando Yeshua, el *Mashíaj ha-Elohim,* se manifestara con todo su poder.

Natán guardó silencio. Lucano reparó en la manera en que habían quedado descompuestas sus facciones tras la narración. De hecho, bastaba contemplar su rostro, y el de Shlomit y el de Yehoram, para percatarse de que relatar todo aquello les resultaba muy doloroso. Con seguridad, habrían deseado contar relatos ejemplares sobre unos *talmidim* que siempre entendían a un *moré* que únicamente pronunciaba palabras dulces y cálidas. Sí, de ser por ellos, seguramente se habrían dedicado a exaltar la inteligencia de Pedro, y la intrepidez de Juan y Jacobo, y la perspicacia de Mateo, tan cercano por añadidura a Natán. Sin embargo, eran conscientes de que no podían permitirse una sola mentira como tampoco se la habían consentido los discípulos que, a su vez, les habían relatado todo. A diferencia de los griegos y de los romanos, que ocultaban la maldad de sus héroes y siempre pintaban sus historias con los colores más hermosos, aquellos judíos sólo pronunciaban palabras de descarnada realidad, las que daban testimonio de que Jesús, el Hijo del Hombre, no había sido comprendido por sus mismos discípulos, demasiado cegados por su propia ambición como para digerir lo que veían y escuchaban a diario y actuar en consecuencia.

—A Yeshua no se le escapaba lo que pensaban sus *talmidim* —prosiguió Natán después de lanzar un suspiro hondo—, por eso una vez tomó a un niño, lo colocó a su lado y les dijo: «Cualquiera que reciba a este niño en mi nombre, a mí me recibe; y cualquiera que me recibe a mí, recibe al que me envió; porque el que es más pequeño entre todos vosotros, ése es el más grande».

—Y lo peor es que todo esto sucedía a punto de iniciar su última subida a Yerushalayim... —musitó Shlomit.

—Sí —asintió Yehoram con los ojos bajos—. Así fue. Cuando se cumplió el tiempo en que había de ser recibido arriba, afirmó su rostro para ir a Yerushalayim.

—Eso quiere decir que todo lo que me habéis contado —dijo Lucano pasándose la mano por la barba— sucedió unos pocos días antes de la fiesta de *Pésaj*. De la última fiesta de *Pésaj* que pasó con los que lo seguían.

—¿Unos pocos días? ¡No! Varias semanas. Yeshua no se dirigió directamente desde Galil a Yerushalayim —señaló Yehoram—. Antes pasó por Perea y estuvo allí bastante tiempo.

—¿Perea? —exclamó sorprendido Lucano—. No sabía que Yeshua...

—*Ah*, el paso de Yeshua por Perea fue... —le interrumpió Yehoram—, bueno, no tengo palabras suficientes para decírtelo.

—Allí contó algunos *meshalim* que Matai no ha recogido en su libro —intervino Natán con una mirada súbitamente brillante—, pero que son muy hermosos, quizá los más bellos de todos.

El médico sintió que un calor muy especial lo invadía. ¿Era posible que hubiera existido toda una parte de la vida de Yeshua de la que nunca había oído hablar? ¿Podía darse la circunstancia de que algunas de sus enseñanzas, las pronunciadas en esa época, le fueran desconocidas? Si era así...

—*Ah*, tienes que viajar a Perea —dijo resuelto Yehoram—, debes contar en tu libro lo que sucedió allí.

—No conozco a nadie... —apenas acertó a balbucir Lucano.

—Pero nosotros sí —señaló Shlomit con una voz envuelta en el entusiasmo—. Te enviaremos con una carta de presentación para que la unas a la que te dio Yakov. Así no tendrán ninguna duda de que pueden confiar en ti, de que tu trabajo es importante y de que deben ayudarte.

—¿Lo haríais? —preguntó conmovido el médico.

Los tres ancianos asintieron con la cabeza.

—Por supuesto, *ah*, por supuesto —respondió con suave calidez Yehoram en representación de todos ellos.

EL HIJO DEL HOMBRE

Perea

PARTE 4

Capítulo

1

S í, por supuesto que recuerdo bien aquellos
días.

La persona que se dirigía a Lucano era un sujeto pequeño, casi diminuto, cuya calvicie total parecía compensada por una barba blanca que se abría
sobre su pecho semejante a una corriente lechosa. Le
había dicho que se llamaba Yonah y, a decir verdad,
su rostro parecía casi la encarnación de aquel hombre que significaba en hebreo «paloma». El cráneo
era reducido y con las sienes aplastadas, los ojillos re-
dondos y negros, y las guedejas parecían las plumas
de unas alas abiertas.

—Cuando decidió descender a Yerushalayim
—comenzó a decir el hombre— no pocos de los *talmidim* de Yeshua prefirieron quedarse en Galil. Al-

EL HIJO DEL HOMBRE

gunos no estaban dispuestos a dejar tras de sí sus ocupaciones. Otros, por difícil que pueda ser el creerlo ahora, estaban desilusionados. Lo que les decía Yeshua..., no, eso no era lo que deseaban creer ni tampoco era lo mismo con lo que habían soñado. Al final, no fuimos muchos los que salimos de Galil. Estaban los doce, por supuesto; las mujeres, pobrecitas que estaban dispuestas a seguirlo a cualquier sitio y luego..., déjame ver, el grupo de los setenta...

—¿El grupo de los setenta? —le interrumpió Lucano—. Nunca he oído la menor referencia a...

Yonah sonrió con dulce condescendencia.

—Yo formaba parte del grupo de los setenta —dijo con satisfacción apenas oculta—, pero seguro que tenemos luego tiempo de hablar de ello. Bueno, por dónde iba... Además de los doce, de las mujeres y de los setenta, venían algunos *talmidim* aislados. Se puede pensar lo que se quiera, pero no éramos muchos para bajar a Yerushalayim.

—Yehoram y Natán me comentaron que Yeshua no subió directamente a la ciudad santa —adelantó Lucano.

—Es cierto —reconoció el anciano—. Yeshua decidió evitar el camino directo. Primero, iba a pasar por Samaria y luego, tras cruzar el Yardén, entraría en Perea, que era también de la jurisdicción de Herodes Antipas, como Galil, y, finalmente, subiría a Yerushalayim.

—Buen rodeo —dijo Lucano—. ¿Tienes alguna idea de por qué...?

—Eres un poco apresurado, *ah* —interrumpió la pregunta Yonah—. Vamos por partes y todo llegará.

Lucano asintió un poco avergonzado por la suave reconvención del anciano.

—Sí, tienes razón —reconoció—. Te ruego que me disculpes.

—A lo que iba —dijo el hombre de la barba blanca con un leve asentimiento de cabeza—. El caso es que una mañana Yeshua nos dijo que teníamos que pasar por Shomrom y nos envió a una aldea para preparar su alojamiento y el de los demás. La noticia nos pilló un tanto de sorpresa. De todos es sabido que los habitantes de Shomrom no se llevan nada bien con nosotros los *yehudim*. Ellos pretenden que no hay que rendir culto a Adonai en Yerushalayim, sino en un *heijal* que han levantado en uno de sus montes. Incluso afirman que siguen la Torah de Moshé, cuando la verdad es que sus *soferim* la han falseado. Y no es eso lo peor. Es que rara es la vez que se encuentran con *yehudim* y la cosa no termina a golpes. Desde luego a nadie se le pasaba por la cabeza la idea de subir a Yerushalayim pasando por Shomrom. Bueno, pues entonces Yeshua nos dice que por ahí, por ahí precisamente íbamos a ir.

—¿Y no hubo ningún problema? —preguntó el médico.

El anciano dejó que los labios se le entreabrieran en una sonrisa rojiza que a Lucano se le antojó burlona.

—No lo recibieron. Se dieron cuenta de que su aspecto era de subir a Yerushalayim y no quisieron acogerlo. Entonces, cuando vieron aquello Yakov y Yohanan dijeron: «*Adoní*, ¿quieres que mandemos que descienda fuego del cielo, como hizo Elyahu, y los consuma?».

Ahora fue Lucano el que sonrió. Desde luego, no era exagerado llamar a los hijos de Zavadai los hijos del trueno. ¡Menuda ocurrencia! Achicharrar a las gentes de Shomrom porque no eran hospitalarias... ¡Hubieran tenido que quemar a medio orbe...!

—La verdad es que los *Boanerges* eran tremendos —continuó Yonah conteniendo a duras penas la risa—. ¡Tremendos! Pero Yeshua no estaba nada dispuesto a tolerar sus comportamientos. Nada más escucharlos, se volvió y les reprendió. «Vosotros no sabéis de qué *ruaj* sois —les dijo—, porque el *Ben ha-Adam* no ha venido para arruinar las vidas de los hombres, sino para salvarlas»... y nos fuimos a otra aldea.

El *Ben ha-Adam*, pensó Lucano. Qué distinto era aquel *Ben ha-Adam* de lo que sus propios discípulos habían esperado.

—La verdad es que era para irritarse con ellos —prosiguió el hombrecillo—. Con ellos y con otros. Sin embargo, nada de aquello desanimaba a Yeshua.

Todo lo contrario. Él sabía lo que tenía que hacer y lo hacía. Mucha gente no deseaba escucharle ya, pero él no renunciaba a anunciar a todos la *Besoráh*, que el *maljut ma-shamayim* les daba alcance, que la salvación estaba cerca. Precisamente por eso, nos designó a los setenta.

Lucano abrió la boca con la intención de formular una pregunta, pero, esta vez, supo contenerse a tiempo y callar. Estaba seguro de que el anciano le acabaría contando la historia de aquel grupo acerca del que nunca había oído referir una palabra.

—Fue precisamente después de lo de Yakov y Yohanan y su intención de que descendiera fuego del cielo, cuando Yeshua nos fue llamando uno por uno y, al final, designó a setenta. Lo recuerdo muy bien. Se acercó a donde yo estaba sentado con otros *talmidim* y me dijo: «Yonah, te ruego que vengas un instante». Me habló de que todos debían escuchar la *Besoráh*, de que no importaba si estábamos en tierra de Shomrom, de que había que realizar esa tarea antes de subir a Yerushalayim. ¿Cómo hubiera yo podido decirle que no después de llevar dos años viéndolo en Galil curando enfermos y expulsando *rujot* malignos? Acepté, claro está, y entonces cuando terminó de escogernos a los setenta, nos dividió en grupos para que fuéramos delante de él a toda ciudad y lugar por donde iba a pasar. Aunque viviera mil años, nunca podría olvidar las palabras que nos dirigió antes de despedirse de nosotros. Recuerdo que nos miró con aquellos ojos tan especiales que tenía y dijo: «La mies ciertamente es mucha, pero los obreros son pocos. Por lo tanto, rogad al *Adón* de la mies para que envíe obreros a su mies. Id y daos cuenta de que os envío como corderos en medio de lobos. No llevéis bolsa, ni alforja, ni calzado; y no os entretengáis, parándoos a saludar a nadie por el camino. En cualquier casa donde entréis, primeramente anunciad: "*Shalom* sobre esta casa". Y si hubiere allí algún *ben shalom,* vuestro *shalom* reposará sobre él; y si no es así, se volverá a vosotros. Y quedaos en aquella misma casa, comiendo y bebiendo lo que os den; porque el obrero es digno de su salario. No os dediquéis a pasaros de casa en casa. En cualquier ciudad donde entréis, y os reciban, comed lo que os pongan delante; y curad a los enfermos que en ella haya, y decidles: "Se ha acercado a vosotros el *maljut* Elohim". Pero en cualquier ciudad donde entréis y no os reciban, salid por sus calles y decid: "Aun el polvo de vuestra ciudad, que se ha pegado a nuestros pies, lo sacudimos contra vosotros. Pero esto sabed, que el *maljut* Elohim se ha acercado a vosotros". Y os digo que en aquel día será más tolerable el castigo para Sedom que para aquella ciudad. ¡Ay de ti, Korazín! ¡Ay de ti, Beit-tsaidah! Que si en Tsor y en Tsidon se hubieran hecho los milagros que se han hecho en vosotras, tiempo haría que, sentadas en tela de saco y ceniza, habrían abrazado la *teshuvah*. Por tanto, en el juicio será más tolerable el castigo para Tsor y Tsidon que para vosotras. Y tú, Kfar-Najum, que hasta los cielos te levantas, hasta el Sheol serás abatida. El que a vosotros oye, a mí me oye; y el que a vosotros desecha, a mí me desecha; y el que me desecha a mí, desecha al que me envió». Oye, ¿por qué pones esa cara tan triste, *ah?*

—Me parecen palabras muy duras —reconoció Lucano.

—Lo son, *ah,* lo son —coincidió Yonah—, pero ¿deberíamos negar la verdad sólo por el deseo de suavizar lo que decimos?

La pregunta quedó suspendida en el aire de la misma manera que una nube de verano sobre los cielos azules de Galil.

—Supongo que no —respondió Lucano.

—Yeshua llevaba tres años predicando la *Besoráh* en Galil y en Yehudah —dijo el anciano—. Las señales de que el *maljut ma-shamayim* nos había dado alcance fueron... *¡Baruj ha-Shem!* ¡Fueron numerosísimas! Devolvió la vista a los ciegos, hizo caminar a paralíticos, dio vida a los muertos, arrojó *rujot* malignos... ¿Se podía esperar más? No, *ah,* no se podía esperar más y Yeshua *ha-mashíaj* tenía razón. Las ciudades de los *goyim* aunque hubieran visto mucho menos se habrían entregado a la *teshuvah,* pero en

Galil... Ahora había llegado la hora de que los otros pueblos, las otras aldeas, las otras ciudades escucharan aquella *Besoráh*.

—¿Cómo fue vuestro viaje? —preguntó Lucano—. Disculpa que insista, pero...

—No, está bien. Yo mismo iba a contarlo ya. Al cabo de unos días, los que formábamos el grupo de los setenta regresamos al lado de Yeshua. Estábamos..., ¿cómo te diría? Rebosábamos de gozo, de alegría, de regocijo. Todo había sido tan... impresionante. Yo recuerdo que me acerqué a Yeshua y le dije: «*Adoní,* aun los *rujot* malignos se nos sujetan en tu nombre». Y entonces Yeshua nos dijo: «Yo veía a *ha-Shatán* caer del cielo como un rayo. He aquí que os doy *guevurah* para pisotear serpientes y escorpiones, y sobre toda fuerza del enemigo, y nada os hará daño. Pero no os alegréis de que los *rujot* se os sujeten, sino alegraos de que vuestros nombres están escritos en los cielos». Sí, Yeshua era así. Los demás estábamos entusiasmados con algo y él nos decía: «Sí, está bien, pero eso, precisamente eso, no es lo más importante». En aquella misma hora, por ejemplo, Yeshua se llenó de alegría en el *Ruaj* y dijo: «Yo te alabo, oh *Avva,* Adonai *ha-arets* y *ma-shamayim,* porque has escondido estas cosas de los sabios y entendidos, y las has revelado a los niños. Sí, *Avva,* porque así te agradó». E inmediatamente añadió: «Todas las cosas me fueron entregadas por mi *Avva;* y nadie conoce quién es *ha-Ben* sino el *Avva;* ni quién es el *Avva,* sino *ha-Ben,* y aquel a quien *ha-Ben* se lo quiera revelar». Y entonces se volvió a todos los *talmidim* y nos dijo: «*Asheri* los ojos que ven lo que vosotros veis; porque os digo que muchos *nevim* y *mélejim* desearon ver lo que vosotros veis, y no lo vieron; y oír lo que oís, y no lo oyeron». La verdad es que no se puede negar que Yeshua daba de lleno en el blanco. A nosotros, claro está, nos llamaba más la atención el ver caminar a un paralítico o el contemplar cómo un infeliz se veía libre de un *ruaj ra* y todo eso era importante. ¿Qué duda cabe? Pero se trataba de simples señales que mostraban que Yeshua no era un farsante sino el *Ben ha-Adam.* Sin embargo, lo verdaderamente importante, *ah,* era que Elohim había enviado a *ha-Ben,* a Yeshua, para mostrarnos su Amor. Amor, sí, porque eso es la suma de la Torah y de los *nevim* como Yeshua nos enseñó el día que nos contó el *mashal* del hombre *shomroní.*

—¿Qué *mashal* es ése? —interrumpió intrigado Lucano.

—¿Nunca has escuchado el *mashal* del hombre *shomroní?* —dijo sonriente Yonah.

—Matai... —comenzó a decir el médico.

—Sí, ya sé que Matai no lo relata en su colección de enseñanzas de Yeshua, pero, seguramente, si alguien se pusiera a escribir todo lo que enseñó e hizo

Yeshua no cabrían los *seferim* en el *olam ha-ze*. Bueno. Para eso estoy aquí. Para contarte todo lo que recuerdo de aquellos días. Vamos a ver... Yo escuché esa historia de los labios del propio Yeshua precisamente en la época en que caminábamos por Perea.

Lucano reposó la cabeza sobre las manos y se dispuso a enterarse de un relato de Yeshua del que no tenía la menor referencia.

—Todo empezó un día en que un *talmid hajam* se levantó y le dijo para ponerlo a prueba: «*Morí*, ¿haciendo qué cosa heredaré la *hayi olam*?». Entonces Yeshua le preguntó: «¿Qué está escrito en la Torah? ¿Cómo lo lees?». Eran dos preguntas y las dos resultaban obligadas. Primero, había que dilucidar lo que estaba preceptuado en la Torah, pero, en segundo lugar, era esencial saber cómo leía las *mitsvot* aquel hombre.

Lucano asintió mentalmente a lo que acababa de escuchar. Efectivamente, para comportarse correctamente no basta con saber lo que establece la Torah, sino que también debe determinarse si sabemos interpretarlo de manera adecuada. A fin de cuentas, ¿de qué sirve leer un texto si luego no lo entendemos correctamente?

—¿Y qué le respondió?

—Le respondió a la perfección —dijo Yonah—. Seguramente porque se lo había escuchado a su *moré* más de una vez. Sus palabras fueron: «Amarás a Adonai tu Elohim con todo tu corazón, y con toda tu alma, y con todas tus fuerzas, y con toda tu mente; y a tu prójimo como a ti mismo».

—Sí —convino Lucano—. La respuesta es excelente.

—Yeshua así lo reconoció y le dijo: «Bien has respondido; haz esto, y vivirás». Haz esto y vivirás. Total, nada. ¿Quién puede obedecer eso? El mismo *talmid hajam* comprendió en ese mismo momento que él mismo distaba mucho de actuar de acuerdo con ese principio y entonces, buscando justificarse a sí mismo, le dijo a Yeshua: «¿Y quién es mi prójimo?».

—Hay que reconocer que ésa también es una buena pregunta —admitió Lucano a la vez que pensaba en la encrucijada en que debía haber colocado a Yeshua.

—¡Y tanto! —exclamó Yonah con una sonrisa—. Aquel *talmid hajam* estaba convencido de que amaba a Adonai sobre todas las cosas y, seguramente, lo mismo sucedía con el prójimo, según quién fuera el prójimo, claro. Si el prójimo era su familia, su *haverah*, incluso el *am-Israel* en un sentido general y sin tener que acercarse mucho a determinadas personas...

—Sí, entiendo —dijo Lucano—. Es fácil amar al prójimo cuando somos nosotros los que elegimos al prójimo y podemos descartar a éstos o aquéllos. Pero ¿qué fue lo que contestó Yeshua a su pregunta?

—Yeshua le respondió: «Un hombre descendía de Yerushalayim a Yerijó y cayó en manos de ladrones, los cuales le desvalijaron; y, tras herirlo, se marcharon, dejándolo medio muerto. Sucedió que descendió un *cohen* por aquel camino, y viéndole, pasó de largo. Asimismo un *leví*, llegando cerca de aquel lugar, lo vio y pasó de largo. Pero un *shomroní*, que iba de camino, se le acercó, y viéndole, se compadeció; y acercándose, vendó sus heridas, echándoles aceite y vino; y poniéndole en su cabalgadura, lo llevó al mesón, y cuidó de él. Al otro día, cuando tenía que marcharse, sacó dos denarios, y se los dio al mesonero, y le dijo: "Cuídamelo; y todo lo que gastes de más, yo te lo pagaré cuando regrese". ¿Quién, pues, de estos tres te parece que fue el prójimo del que cayó en manos de los ladrones?».

—¡Vaya pregunta! —exclamó Lucano abrumado por los términos del relato que acababa de escuchar.

—Sí —reconoció con una sonrisa Yonah—. ¡Vaya pregunta! Porque el *mashal* no podía ser más claro. Ahí estaba un *yehudí* que había sido asaltado, pero por su lado habían pasado un *cohen* y un *leví* y ninguno le había atendido. No porque fueran especialmente malos, no, sino porque no habían querido correr el riesgo de tocarlo y de que, siendo un cadáver, los contaminara impidiendo que llevaran a cabo sus tareas en el *heijal*. En realidad, habían deseado comportarse de la mejor manera y no entorpecer su obligación de servir a Adonai, pero al actuar así, a pesar de que buscaban obedecer una *mitsvah,* habían despreciado una de las más importantes, la de atender a alguien que se hallaba en peligro de muerte. El caso ya resultaba bastante grave de por sí, pero es que, para remate, Yeshua indicaba que, al final, el que se había comportado correctamente era un *shomroní.* Bueno, debo decirte que a nosotros mismos el *mashal* nos pareció un tanto..., no, seamos sinceros, un tanto no, muy, pero que muy excesivo. Los *shomronim* nos odiaban hacía siglos, pero además, tan sólo unos días antes, no nos habían permitido entrar en una de sus aldeas para que se alojara Yeshua... ¡Incluso Yakov y Yohanan habían pensado en rogar a Adonai para que lloviera fuego sobre ellos!

—Pero el *Ben ha-Adam* no era del mismo parecer... —recordó Lucano.

—No. Por supuesto que no —exclamó Yonah alzando los brazos—. ¡Hasta el personaje bueno del *mashal* era un *shomroní!*

—¿Qué le respondió el *talmid hajam?* —indagó el médico—. ¿Le dijo que era un *shomroní* el que había cumplido con una *mitsvah* tan importante?

Yonah sonrió. Por un momento, Lucano tuvo la sensación de que un brillo sutil, pero difícil de negar, se reflejaba en su barba alba como si fuera el agua tranquila de un lago herida por la luz.

—Si hubiera sido capaz de dar esa respuesta, habría seguido a Yeshua —contestó el anciano—. No, desgraciadamente, no fue así. Se limitó a responder: «El que ejerció *hesed* con él» y entonces Yeshua le dijo: «Ve, y haz tú lo mismo».

—¿Lo mismo que un *shomroní?* —dijo Lucano conteniendo la risa a duras penas.

—No es para reírse, *ah*. Aquellas palabras de Yeshua resultaron muy ofensivas para algunos. ¿Cómo podía compararlos a ellos con un *shomroní* que, por sí mismo, es enemigo del *am-Israel?*

—Tengo una pregunta que hacerte —cambió de tema el médico, que había captado que, a pesar del paso de los años, no era conveniente hurgar demasiado en aquel episodio.

—Te escucho, *ah*.

—¿Te pareció alguna vez que Yeshua tuviera miedo? —preguntó el médico con un tono que procuraba evitar la irreverencia—. Entiéndeme. En Galil, no eran pocos los que habían rechazado su anuncio de la *Besoráh* a pesar de todo lo que habían visto. Luego, cuando entró en la tierra de los *goyim,* en Gadara, le pidieron que se fuera...

—Sé lo que pasó en Gadara. Yo estuve allí.

—Bien —asintió el médico—. Luego llegó a Shomrón y no quisieron ni recibirlo en una aldea y, en fin, hasta cierto punto casi se podía esperar... Otros *nevim*, como Yeremyahu, fueron rechazados por la gente que los escuchaba, pero se trataba de aquellos que habían abandonado la Torah... En el caso de Yeshua, los *soferim*, los *talmidim hajam*, no pocos *perushim* lo encontraban poco fiable. Resulta innegable que no eran pocos los que lo rechazaban y que incluso tampoco eran escasos los que lo contemplaban con hostilidad. ¿Nunca se preocupó? ¿Nunca se inquietó?

Yonah respiró hondo. Luego entrelazó los dedos de las manos y se pasó la punta de la lengua por los labios.

—*Ah*, sé de sobra, ya soy un viejo, que la mayoría de la gente es cobarde —comenzó a decir con tono apesadumbrado—. No siempre lo es por maldad. En muchas ocasiones, sólo quieren librar de problemas a su *mishpahah*, a los seres que más aman. En una mano, colocan el deseo de librarse de las complicaciones que derivarían de arriesgarse y, en la otra, la lealtad a la verdad, y suele pesar más el primero que la segunda. Es así de sencillo. Eso es lo habitual. Es lo que puedes encontrarte en cada plaza de cada aldea de cada región de esta tierra. Pero Yeshua era todo lo contrario. Para él, lo más importante era la Verdad, era ser fiel a la misión que le había entregado su *Avva*, era obedecerlo costara lo que costase. Por supuesto, hubiera preferido que la gente lo escuchara y abrazara la *teshuvah* y entrara en el *maljut ma-shamayim*, pero no iba a obligarlos a dar ese paso. Bajo ningún concepto. Tampoco iba a recortar la Verdad para causar una buena impresión en los que lo escuchaban.

—Sí, lo entiendo —dijo Lucano.

—Verás —prosiguió Yonah—. Aquel mismo día, nada más terminar de contar aquel *mashal*, un *perush* le invitó a comer con él. Yeshua entró en la casa, e inmediatamente se puso a la mesa. Al verlo, el *perush* se extrañó de que no se hubiese lavado antes. Pero *ha-Adon* le dijo: «Vosotros los *perushim* limpiáis lo de fuera del vaso y del plato, pero por dentro estáis llenos de rapacidad y de maldad. Necios, ¿el que hizo lo de fuera, no hizo también lo de dentro? Pues sed compasivos en vuestro interior y entonces todo os resultará limpio. Mas ¡ay de vosotros, *perushim!* que diezmáis la menta, y la ruda, y toda hortaliza, y pasáis por alto el *mishpat* y la *Ahava* de Elohim. Esto es necesario que lo hagáis, sin dejar aquello. ¡Ay de vosotros, *perushim!*, que amáis las primeras sillas en las *bet ha-knesset*, y las salutaciones en las plazas. ¡Ay de vosotros, *soferim* y *perushim*, hipócritas! que sois como sepulcros que no se ven, y los hombres andan por encima de ellos sin saberlo».

—Desde luego, no puede decirse que le importara mucho lo que los demás pensaran de él —reconoció el médico.

—No puedes imaginarte hasta qué punto le traía sin cuidado —dijo Yonah—. Apenas había terminado de pronunciar aquellas palabras, cuando uno de los *hajemí ha-Torah* le dijo: «*Morenu*, cuando dices esto, también nos ofendes a nosotros». Y él dijo: «¡Ay de vosotros también, *hajemí ha-Torah!*, porque echáis encima de los hombres cargas que no pueden llevar, pero vosotros ni aun con un dedo las tocáis. ¡Ay de vosotros, que edificáis los sepulcros de los *nevim* a los que mataron vuestros padres! De modo que sois testigos y consentidores de los hechos de vuestros padres; porque, en verdad, ellos los mataron, y vosotros edificáis sus sepulcros. Por eso la *Jojmah* de Elohim también dijo: "Les enviaré *nevim* y *shelihim;* y de ellos, a unos matarán y a otros perseguirán, para que se exija de esta generación la sangre de todos los *nevim* que se ha derramado desde la fundación del *olam,* desde la sangre de Hevel hasta la sangre de Zajaryah, que murió entre el altar y el *Heijal".* Sí, os digo que será exigida de esta generación. ¡Ay de vosotros, *hajemí ha-Torah!*, porque os habéis apoderado de la llave del conocimiento. Vosotros mismos no habéis entrado, y a los que deseaban entrar se lo impedisteis».

Lucano dejó escapar un silbido. Aquellas palabras de Yeshua no sólo constituían un desafío directo para los escribas y fariseos. Además contenían un claro mensaje de juicio. Puesto que, en lugar de abrir a la gente el conocimiento de la Torah, la habían cercado impidiendo que sirviera de consuelo; puesto que habían creado mandatos agobiantes para arrojarlos sobre el pueblo; puesto que habían asesinado a los profetas que habían reprendido semejante conducta, sólo podían esperar una acción judicial de Dios. Sí, aquellas frases debían de haberles escocido como una tanda descomunal de latigazos. A fin de cuentas, aquellas personas se consideraban los intérpretes verdaderos de la Ley de Dios, sus cumplidores más fieles, y Jesús había venido a decirles que, en realidad, se habían limitado a pervertir sus contenidos más importantes. Por supuesto, podían haber evitado caer en los errores de otras generaciones anteriores, pero no sólo no lo habían hecho, sino que además, por añadidura, los habían consagrado. Precisamente por eso, Dios sometería a su juicio a la generación que le estaba escuchando.

—Yeshua había hablado con dureza y, por supuesto, hubo gente a la que le dolió mucho —dijo Yonah—, pero ¿acaso era preferible mentir? ¿Debería haber ocultado la realidad para que lo quisieran y le ofrecieran enseñar en sus *bet ha-knesset*? ¿Tendría que haber buscado agradar a los más influyentes para que le abrieran todas las puertas? O, por el contrario, como hacía siempre, ¿debía decir la Verdad para complacer a su *Avva* que está en los *sha-mayim*?

Lucano no respondió. Le parecía obvio que aquellas preguntas se contestaban por sí mismas.

—Aquel día fue muy difícil —continuó Yo-nah—. Nada más terminar de decir todo aquello, los *soferim* y los *perushim* comenzaron a acosarlo y a provocarlo para que hablase sobre muchas cosas. Ya no deseaban saber más. Simplemente, lo acechaban, procurando cazar alguna palabra de su boca que les permitiera acusarle, pero él no les tenía ningún miedo.

—¿Y vosotros? —preguntó el médico—. ¿A vosotros no os asustaba todo lo que iba sucediendo?

—A veces, sí... —reconoció pesaroso Yonah—, y no se trataba sólo de miedo. También estaban la inquietud y la preocupación y la ansiedad... Y Yeshua lo sabía, pero continuamente nos animaba a no tener temor y a confiar sólo en Adonai. No debíamos desviarnos de lo que era realmente importante. Como sucedió cuando aquel hombre le pidió que le ayudara a repartir dinero.

—¿A repartir dinero? —exclamó Lucano sorprendido—. ¿A alguien se le ocurrió pedir a Yeshua que le ayudara a repartir dinero?

—Sí —dijo Yonah—, pero ésa es otra historia y creo que ya ha llegado la hora de la *tefillah*.

Capítulo

2

L ucano levantó la mirada del rollo que estaba leyendo y contempló el pasaje de Perea que se extendía en derredor. Aunque si se miraba bien se podía distinguir el río Jordán y una delgada línea de árboles que lo flanqueaba, la zona resultaba reseca comparada con los campos de Galilea o con los palmerales de Jericó. El rey Herodes Antipas no debía sentirse muy satisfecho con aquel trozo de terreno que le había tocado en suerte cuando el césar había despedazado el reino de su padre, el gran Herodes. Había que reconocer que Roma no se había comportado muy bien con él, pero, en realidad, ¿se merecía algo mejor? Quizá no era tan malvado como su progenitor, pero no le cabía duda alguna de que era mucho menos agudo y perspicaz. Se mirara como se mirara, aquella zona del orbe constituía una verdadera calamidad. Pequeña, no muy rica, dividida por odios religiosos, descuartizada entre distintos poderes políticos que iban del emperador de Roma al Sinedrio... Desde luego, nadie podía dudar de la fidelidad de Dios después de ver que había decidido iniciar la redención de todo el género humano en aquel lugar simplemente porque había hecho una promesa, hacía casi dos milenios, a un arameo errante llamado Abraham.

Respiró hondo y volvió a posar la mirada sobre el texto en el que llevaba ocupado las últimas horas. Era la quinta vez que lo leía desde que Jacobo se lo había entregado en Jerusalén. No le cabía la menor duda de que todo lo que relataba sobre Jesús era rigurosamente cierto. No se trataba únicamente de que el propio Leví hubiera escuchado aquellas palabras de los labios de Jesús. No, además estaba el hecho —obvio en hebreo, muy difícil de expresar en griego— de que Jesús había enseñado empleando una serie de recursos como los juegos de palabras o los proverbios ingeniosos que convertían sus dichos en materiales muy fáciles de memorizar y enseñar después. Saltaba a la vista que había buscado que sus discípulos se nutrieran de aquellas enseñanzas y alimentaran espiritualmente con ellas a otros y les había facilitado enormemente el aprendizaje.

Por supuesto, todo aquel material lo incluiría en su libro sobre Jesús. Todo sin dejar fuera una sola letra, pero no le cabía la menor duda de que había muchísimo más que consignar. No se trataba sólo de las historias que le habían relatado en Nazaret y Cafarnaum y que nunca se habían recogido. Además estaba ese paso de Jesús por Perea del que jamás había oído nada... ¡Dios santo! Estaba resultando como abrir un arcón y encontrar las cosas más insospechadas. Verdaderamente, el testimonio de Yonah estaba dotado de una importancia extraordinaria. ¡Cuántos episodios, cuántas enseñanzas, cuántas historias de Jesús que no se habían recopilado antes y que debían quedar fijadas por escrito! Sólo por esa parábola del buen samaritano había merecido la pena cruzar el Jordán y llevar a cabo todo aquel viaje. Y, sin embargo, era una entre tantas...

—¿Todo bien?

Lucano levantó la mirada del manuscrito y la dirigió hacia el lugar del que procedía la voz.

—Todo irá mejor cuando me cuentes la historia de aquel que le pidió a Yeshua que repartiera el dinero —respondió con una sonrisa el médico.

Yonah puso el gesto del que acaba de escuchar la petición machacona de un niño. Luego posó su diestra sobre el hombro del médico y tomó asiento a su lado.

—Pasábamos por en medio de una población de Perea —comenzó a decir el anciano—. Como siempre, se había reunido una multitud para ver a Yeshua. ¿Cuándo iban a tener la oportunidad de contemplar algo así? ¿Haría algún prodigio? ¿Se enfrentaría con algún *ruaj ra*? ¿Discutiría con algún *sofer*? Y entonces, se abre pasó un hombre por en medio de toda aquella gente y le grita: «*Morí*, di a mi hermano que reparta conmigo la herencia».

—¿Hablas en serio? —dijo Lucano intentando dominar la sorpresa que le había provocado aquella situación.

—Por supuesto. Totalmente —insistió Yonah—. Aquel hombre se acercó y le dijo que era necesario que se convirtiera en el partidor de la herencia. Supongo que se consideraría cargado de razones y quizá esperaba que un *tsadiq* se las reconociera frente a un hermano reticente o una madre tacaña. O quizá pensó tan sólo que Yeshua sería más barato que un *sofer* o un *perush* a los que pudiera solicitar un dictamen. Cualquiera sabe lo que anidaba en el corazón de aquel hombre, pero reconocerás que no deja de ser curioso que mientras Yeshua realizaba prodigios y mostraba que ni *ha-Shatán* podía asustarlo, ese sujeto se le acercara con esas pretensiones.

—Sí. Es cierto —asintió Lucano—. Casi me parece digno de risa. ¿Y qué le respondió Yeshua?

—Se le quedó mirando y le dijo: «Hombre, ¿quién me ha puesto sobre vosotros como juez o partidor?».

—¿Eso dijo? —preguntó el médico para, acto seguido, soltar una carcajada—. No quiero pensar la cara que se le pondría al sujeto.

—No sólo a él, porque, nada más soltarle aquello, nos dijo a todos: «Mirad, y guardaos de toda avaricia; porque la vida del hombre no consiste en la abundancia de los bienes que posee».

—Es cierto —reconoció Lucano—. Recuerdo haber escuchado a Paulos..., Shaul, quiero decir, enseñando que la raíz de todos los males es el amor al *qesef*.

—En realidad, la avaricia es una forma de idolatría —dijo Yonah—. En lugar de al único Adonai, se adora y rinde culto a las cosas.

—Sí, eso dice también Shaul, que la avaricia es idolatría y lo mismo cuenta Matai en su *séfer* cuando escribe que Yeshua enseñó que no se puede adorar a Adonai y a las riquezas.

—Para algunos, esa enseñanza de Yeshua parecía exagerada —señaló Yonah—. Por supuesto, aceptaban que la codicia era mala, pero ¿cómo se la podía comparar con el hecho de adorar a otro *Adon* diferente de Adonai? Y, sin embargo, Yeshua tenía razón. La gente es codiciosa porque busca en el *qesef* lo que sólo puede dar Adonai: la seguridad, la tranquilidad, la paz..., el contemplar el día de mañana con sosiego. Entonces, cuando desean resolver esas situaciones, esos sentimientos, en lugar de acudir a Adonai, adoran a un ídolo, el *qesef*.

—Sí, eso mismo enseña Shaul —dijo Lucano.

—Recuerdo unas palabras de Yeshua que tenían que ver con todo esto —prosiguió Yonah—. Solía decir: «Observad los cuervos, que ni siembran, ni siegan; que ni tienen despensa, ni granero, y Elohim los alimenta. ¿Acaso no valéis vosotros mucho más que las aves? ¿Y quién de vosotros podrá a costa de preocuparse añadir a su estatura un codo? Pues si no podéis conseguir ni siquiera lo que es de poca importancia, ¿por qué os afanáis por lo demás? Mirad los lirios, cómo crecen. No trabajan, ni hilan; pero os digo que ni aun Shlomo con todo su lujo se vistió como uno de ellos. Y si así viste Elohim la hierba que hoy está en el campo, y mañana es arrojada al horno, ¿cuánto más lo hará con vosotros, hombres de poca fe? Vosotros, pues, no os preocupéis por lo que vais a comer, ni por lo que vais a beber, ni estéis sometidos a la ansiedad o a la inquietud. Porque todas estas cosas buscan los *goyim*, pero vuestro *Avva* sabe que tenéis necesidad de estas cosas. Pero buscad el *maljut ma-shamayim* y todas estas cosas os serán añadidas. No temáis, manada pequeña, porque a vuestro *Avva* le ha complacido daros el *maljut*. Vended lo que poseéis, y dad limosna; haceos bolsas que no se envejezcan, tesoro en *ma-shamayim* que no se agote, donde ladrón no llega, ni polilla destruye. Porque donde está vuestro tesoro, allí estará también vuestro corazón». ¿Lo entiendes, *ah*? Es lógico que los *goyim*, que no conocen al único Elohim, se angustien con todas esas cosas. Sin embargo, no debería ser así entre nosotros porque nosotros sí que conocemos a Aquel que nos cuidará como cuida de las aves o de los lirios del campo. A fin de cuentas, si nuestro corazón está en Adonai, nos reuniremos con Él en su *maljut*, pero si está en el *qesef*... nos acabaremos pudriendo como él.

—No tengo la menor duda de ello —aseveró el médico—. Ni la menor duda.

—Recuerdo que mientras pasábamos por Perea, Yeshua nos contó varios *meshalim* que recogían esta enseñanza —rememoró Yonah—. ¿Conoces el *mashal* del hombre rico?

—Nunca lo he oído —respondió Lucano a la vez que negaba con la cabeza.

—Es un magnífico *mashal* —señaló Yonah—. Verás. Yeshua lo contaba así: «La heredad de un hombre rico había producido mucho. Y él pensaba dentro de sí, diciendo: ¿Qué haré, porque no tengo dónde guardar mis frutos? Y dijo: Esto haré: derribaré mis graneros, y los edificaré mayores, y allí guardaré todos mis frutos y mis bienes; y diré a mi alma: Alma, muchos bienes tienes guardados para muchos años; repósate, come, bebe, regocíjate. Pero Elohim le dijo: Necio, esta noche te reclamarán el alma; y lo que has juntado, ¿de quién será? Así sucede con el que se junta un tesoro, y no es rico para con Elohim».

Lucano guardó silencio abrumado por lo que acababa de escuchar. Sin duda, el relato era breve, pero, a la vez, le había parecido cargado de una profunda y fortísima intensidad. Cuanto más se reflexionaba sobre él, había que reconocer que sólo un necio se habría atrevido a negar su veracidad. A fin de cuentas, se trataba, con escasos matices, de la historia de infinidad de seres humanos, de tanta gente que iba acumulando bienes a lo largo de su existencia y planeando el futuro, para descubrir, por regla general de la forma más amarga, que ésta podía acabar abruptamente en cualquier momento y que de ella sólo quedaba una vergonzosa desnudez ante Dios. Y el protagonista del *mashal*, se dijo el médico, al menos, había sido rico y algo de provecho y satisfacción pudo sacarle a los cortos años de su existencia terrenal, pero ¿qué decir de aquellos que además no disfrutaron ni siquiera de esa posibilidad? Pobres y avarientos, cargados de ansiedad y pensando en un futuro de prosperidad que nunca se materializó, habían desperdiciado la vida. ¿Cabía pensar en un desperdicio mayor?

—Me has dicho que Yeshua contó más *meshalim*... —comenzó a decir Lucano sin dejar de pensar en lo que acababa de escuchar.

—Sí, claro. Escucha éste. «Había un hombre rico —comenzó a decir Yonah— que se vestía de púrpura y de lino fino, y celebraba cada día espléndidos banquetes. Había también un mendigo, llamado Elazar, que estaba echado a la puerta de aquél, lleno de llagas, y ansiaba saciarse de las migajas que caían de la mesa del rico; y hasta los perros venían y le lamían las llagas. Aconteció que murió el mendigo, y fue llevado por los ángeles al seno de Avraham; y murió también el rico, y fue sepultado. Y en el Sheol, alzó los ojos, estando en medio de tormentos, y vio de lejos a Avraham, y a Elazar en su seno. Entonces él gritó a voces: «*Av* Avraham, ten misericordia de mí, y envía a Elazar para que moje la punta de su dedo en agua, y refresque mi lengua; porque estoy atormentado en esta llama». Pero Avraham le dijo: «Hijo, acuérdate de que recibiste tus bienes en tu vida, y Elazar también males; pero ahora éste es consolado aquí, y tú atormentado. Además de todo esto, una gran sima está puesta entre nosotros y vosotros, de manera que los que quieran pasar desde aquí hasta vosotros no pueden, ni tampoco desde allí pasar aquí». Entonces le dijo: «Te ruego, pues, *av,* que le envíes a la casa de mi *av,* porque tengo cinco *ahim,* para que les testifique, a fin de que no vengan ellos también a este lugar de tormento». Y Avraham le dijo: «A Moshé y a los *nevim* tienen; que los escuchen». Él entonces dijo: «No, *av* Avraham; pero si alguno de los que están entre los muertos fuere a ellos, abrazarán la *teshuvah*». Pero Avraham le dijo: «Si no oyen a Moshé y a los *nevim,* tampoco se convencerán porque alguien se levante de entre los muertos».

—Extraordinaria —pensó en voz alta Lucano cuando escuchó la conclusión.

—Lo es —asintió Yonah— y clara. Aquel hombre había crecido en una familia del *am-Israel.* Seguramente, desde niño había escuchado hablar de Avraham, de David, de Moshé, pero ¿a qué había dedicado su vida? ¿A estudiar la Torah? ¿A cumplir las *mitsvot?* ¿A buscar cuál era la voluntad de Adonai para su existencia? No. ¡Ni por asomo! A divertirse y a pasarlo bien. Por supuesto, no es que celebrar banquetes sea malo, pero la vida de aquel hombre estaba únicamente orientada a darse gusto. Tan ciego estaba con la búsqueda de su propio disfrute que ni siquiera se percataba de aquel desdichado que se sentaba a mendigar a su puerta. Y, un día, como nos sucede a todos, más tarde o más temprano, murió. Y ¿qué sucedió entonces? Pues que recibió el justo castigo por sus pecados. Y entonces, en medio de sus tormentos, se acordó de su familia. Si tan sólo alguien ya difunto (quizá él mismo) pudiera advertirlos de lo que sucedía después de la muerte... ¡Absurdo! Y además bien mirado innecesario porque sus hermanos tenían ya la Torah y los *nevim* donde se advertía sobradamente de todo. Eso sí, que nadie se engañara. Por supuesto, si sus *ahim* le volvían la espalda a la revelación de Adonai, como, por cierto, él había hecho, acabarían reuniéndose con él. Y es que si alguien no escucha lo que enseñaron Moshé y los *nevim,* ¿cómo va a atender lo que le diga un *ruaj?* Supongamos que a alquien se le apareciera realmente. Bueno, quizá al principio los impresione e incluso les dé un susto de muerte, pero luego, como su corazón desea resistirse a la *teshuvah,* inventará cualquier excusa: «En realidad, no vi nada..., pudo ser una alucinación..., quién sabe si me dio mucho sol..., no debería beber tanto...».

Lucano soltó una carcajada al escuchar las últimas palabras de Yonah.

—No te rías —protestó el anciano—. Es la pura verdad. Mucha gente está absorbida por la mera idea del disfrute, que no es malo en sí, pero ni es lo único, ni es lo primero. Y un día, seguramente más pronto que tarde, tendrán que rendir cuentas ante Adonai, ¿y entonces?

El médico no respondió a la pregunta. Por el contrario, pareció sumirse en un profundo silencio, como si, de repente, contemplara de manera más vívida que nunca el triste final que esperaba a la gente que no había deseado ni ver ni escuchar.

—Debe de ser terrible comprobar que has desperdiciado toda la existencia —dijo Lucano al fin—, que no te has podido llevar nada de esta vida...

—Sí, terrible, sin duda —corroboró Yonah—, pero no se puede pasar por alto que...

—... tienen a Moshé y a los *nevim* —concluyó la frase el médico.

—Exacto —dijo Yonah—. Exacto. Y no se trataba sólo de la advertencia, sino de la oportunidad de cambiar de vida. Porque si algo quedaba claro cuando escuchabas a Yeshua, créeme, *ah,* era que no rechazaba a nadie que deseara acercarse al *maljut mashamayim* y que éste era el mayor motivo de alegría que podía llegar a conocerse en esta vida.

Capítulo

3

S oy ya viejo y he visto infinidad de cosas —dijo Yonah—, pero puedo asegurarte que nunca me encontré con nadie que hablara como Yeshua; la verdad es que él, de la misma manera que se desenrolla el *séfer ha-Torah* en la *bet ha-knesset,* podía desplegar ante ti la situación en que vivías y, acto seguido, dejar bien claro cómo debías comportarte. Pensabas que ibas a divertirte escuchando un *mashal* y, ¡paf!, ahí quedaba al descubierto el lugar en el que te encontrabas y cómo debías cambiarlo en ese mismo momento.

—¿Siempre? —preguntó Lucano—. Me refiero a que, por lo que decís, la gente, por aquella época, no se sentía muy inclinada a responder a su predicación.

—Pero no por eso dejó de anunciar la *Besoráh.* Ni siquiera en las situaciones más antipáticas —respondió Yonah—. Recuerdo que, yendo por Perea, nos detuvimos en una aldea porque ya se iba a iniciar el *shabbat*. No tardó en correr la noticia de que Yeshua había llegado y entonces, uno de los hombres más importantes del lugar, un *perush*, le invitó a comer. Como tú sospechas, a esas alturas, ya eran pocos los que tenían interés en escuchar a Yeshua para aprender algo. Más bien lo que andaban buscando era alguna palabra, algún gesto, alguna acción que pudieran emplear en su contra. Y, fíjate, delante de él apareció un hombre hinchado por el agua que llenaba su cuerpo. Daba pena verlo, desde luego, tan inflado y con esos ojos que parecía que, de repente, podían saltársele de las órbitas. Y entonces Yeshua les dijo a los *hajemí ha-Torah* y a los *perushim:* «¿Es lícito curar en *shabbat?*». Pero ellos se quedaron callados. No dijeron ni una palabra. Y él, tomándole, lo curó, y se despidió de él. Y dirigiéndose a ellos, les dijo: «¿Quién de vosotros, si su asno o su buey cae en algún pozo, no lo saca de inmediato, aunque sea en *shabbat?*». Naturalmente, no le podían replicar a estas cosas, pero ya puedes imaginarte que luego el ambiente no era el más agradable. Cualquier otro se hubiera callado en ese momento, pero Yeshua, que había estado observando cómo escogían los primeros asientos a la mesa, se puso a enseñarles.

—Me temo lo peor —dijo irónicamente el médico.

—«Cuando te inviten a una boda —comenzó a decir el anciano— no te sientes en el primer lugar, no sea que otro más distinguido que tú haya sido invitado, y viniendo el que te invitó a ti y a él, te diga: "Deja tu sitio a éste"; y entonces, avergonzado, tengas que irte a ocupar el último lugar. Por el contrario, cuando te inviten, ve y siéntate en el último lugar, para que cuando venga el que te invitó, te diga: "Amigo, ocupa un sitio mejor". Entonces te verás ensalzado ante los que se sientan contigo a la mesa, porque cualquiera que se enaltece, será humillado; y el que se humilla, será enaltecido». También le dijo al que le había invitado: «Cuando hagas una comida o una cena, no llames a tus amigos, ni a tus *ahim,* ni a tus parientes, ni a vecinos ricos; no sea que ellos a su vez te inviten, y así seas recompensado. Por el contrario, cuando hagas un banquete, llama a los pobres, los mancos, los cojos y los ciegos; y serás *asherí* porque ellos no te pueden recompensar, pero recibirás la recompensa cuando se levanten los *tsadiqim».* Entonces, al escuchar esto uno de los que estaban con él a la mesa, exclamó: «*Asherí* el que coma pan en el *maljut* Elohim» y Yeshua le dijo: «Un hombre celebró una gran cena, y convidó a muchos. Y a la hora de la cena envió a su siervo a decir a los convidados: "Venid, que ya todo está preparado". Y todos a una comenzaron a excusarse. El primero dijo: "He comprado una hacienda, y necesito ir a verla; te ruego que me disculpes". Otro dijo: "He comprado cinco yuntas de bueyes, y voy a probarlos; te ruego que me disculpes". Y otro dijo: "Acabo de casarme, y, por lo tanto, no puedo ir". Cuando regresó el siervo, le comunicó estas cosas a su *adon*. Entonces enojado el padre de familia, dijo a su siervo: "Ve pronto por las plazas y las calles de la ciudad, y trae acá a los pobres, los mancos, los cojos y los ciegos". Y dijo el siervo: "*Adon*, se ha hecho como ordenaste y aún hay lugar". Dijo el *adon* al siervo: "Ve por los caminos y por los cercados, y fuérzalos a entrar, para que se llene mi casa. Porque os digo que ninguno de aquellos hombres que fueron invitados probará mi cena».

—Me parece una muy historia triste —dijo Lucano.

—Pues no. En realidad, no lo es —negó Yonah—. Si piensas bien en lo que sucedió aquel día en la casa del *perush,* no hay más que motivos para sentirse feliz y contento. El hombre aquel...

—El hidrópico —dijo Lucano.

—¿Qué palabra griega es ésa? —preguntó perplejo Jonah—. No la he oído nunca.

—No tiene importancia —respondió Lucano—. Se trata de un término médico. Quiere decir un hombre que está lleno de agua.

—Sí, eso era justamente lo que le pasaba —comentó sorprendido el anciano—. Bueno, a lo que iba. El hidró... pico, como tú le llamas. ¿Posibilidades de curación? Ninguna. ¿Sufrimientos? Muchísimos. ¿Muerte? Más cerca que lejos. Y entonces Yeshua lo cura. Primer motivo de alegría. Luego les dice que no deben sentirse culpables por ayudar a alguien en *shabbat,* porque, a fin de cuentas, eso es lo que sucede cuando se ocupan de sus bestias y lo hacen sin ningún cargo de conciencia. Segundo motivo de alegría. A continuación les muestra que la soberbia es un camino rápido para sufrir amarguras y decepciones, y les indica cómo librarse de pasar por esos malos tragos. Tercer motivo de alegría. Y, finalmente, y esto es lo más importante, les anuncia que están invitados a un banquete extraordinario, el mejor en el que puedan pensar, el del *maljut ma-shamayim.* Cuarto y último, pero muy importante, motivo de alegría. Se mire como se mire...

—También les dijo que se podían quedar fuera... —arguyó Lucano no del todo convencido por las palabras de Yonah.

—Cierto —reconoció el viejo moviendo la cabeza en señal de asentimiento—. Es cierto, pero ¿acaso no es eso lo que debía hacer? Compra ahora esta fruta, porque mañana estará blanda e incomible. Aprovecha ahora esta carne, porque mañana se habrá descompuesto. Acepta ahora ese trabajo, porque mañana alguien lo habrá ocupado. Todos esos anuncios nos parecen buenos. Los agradecemos. *Los aprovechamos.* ¿Por qué deberíamos actuar de manera diferente con Yeshua? A fin de cuentas, lo que él anunciaba era incomparable. Te decía el *maljut mashamayim* te ha dado alcance. Puedes entrar. No importa lo que hayas hecho en el pasado. Si te vuelves hacia Adonai, él está dispuesto a recibirte y a cambiar tu vida. Es mejor, muchísimo mejor, que el banquete más extraordinario. ¿Cómo podrías ser tan bobo como para perder esa oportunidad? ¿No te das cuenta de lo que pierdes si la desprecias? Y después de que nos advertía de las consecuencias lamentables de no escuchar la *Besoráh,* ¿teníamos que tomárselo a mal?

—Hay gente que la rechaza... —dijo Lucano con pesar.

—No hace falta que lo jures —aceptó Yonah—, pero ¿te has parado a pensar por qué?

—Supongo que hay multitud de razones —respondió el médico.

—Es cierto, *ah* —reconoció Yonah—. Hay infinidad de motivos, pero, en el fondo, si lo meditas bien, *ah,* todas se reducen a uno solo. La negativa a reconocer quiénes somos y cuánto necesitamos que Adonai se ocupe de nosotros. Mira, recuerdo que cuando pasábamos por Perea, se acercaban a Yeshua todos los *mojesim* y pecadores para oírle, y los *pe-rushim* y los *soferim* murmuraban, diciendo: «Éste a los pecadores recibe, y con ellos come».

—Igual que en Galil...

—Sí, igual que en Galil —aceptó el anciano—, pero esta vez, cuando les oyó, les contó este *mashal:* «¿Qué hombre de vosotros, teniendo cien ovejas, si pierde una de ellas, no deja las noventa y nueve en el desierto, y va tras la que se perdió, hasta encontrarla? Y cuando la encuentra, alegre, se la coloca sobre los hombros; y, al llegar a casa, reúne a sus amigos y vecinos, diciéndoles: "Alegraos conmigo, porque he encontrado mi oveja que se había perdido". Os digo que así habrá más gozo en *ma-shama-yim* por un pecador que se entrega a la *teshuvah,* que por noventa y nueve *tsadiqim* que no necesitan de la *teshuvah».* ¿Comprendes? En realidad, todos nosotros somos como una oveja extraviada que anda balando y balando sin poder encontrar por sus propios medios el camino de vuelta. Nos desesperamos en esta vida, gritamos, lloramos, incluso maldecimos y entonces aparece Yeshua, nos coge en brazos y nos conduce al *maljut ma-shamayim.* No porque lo merezcamos o porque hayamos hecho algo especial. Eso resulta impensable. Sólo acontece porque Adonai manifiesta su *ahava* de una manera tan grandiosa que no podemos ni siquiera imaginarla. Por supuesto, también es verdad que podemos ser tan soberbios y necios como para rechazarlo y decir: No, déjame que me quede en el monte, balando de pesar, hasta que me muera.

—Desconocía ese *mashal* —dijo Lucano.

—Yeshua solía contarlo junto con el de la mujer que tenía diez dracmas —comentó Yonah.

—Tampoco lo conozco —confesó apesadumbrado el médico.

—Es sencillo: «¿Qué mujer que tiene diez dracmas, si pierde una, no enciende la lámpara, y barre la casa, y busca con diligencia hasta encontrarla? Y cuando la encuentra, reúne a sus amigas y vecinas, diciendo: "Alegraos conmigo, porque he encontrado la dracma que había perdido". Así os digo que hay alegría delante de los *malajim* Elohim por un pecador que se entrega a la *teshuvah*». ¿Te das cuenta, médico? Si una moneda se cae al suelo y se extravía, ¿puede hacer algo para salir de tan triste situación?

—Supongo que no —respondió Lucano.

—¡Por supuesto que no! Ahí se queda la pobrecita, en un rincón, a oscuras y cogiendo polvo, sin poder hacer nada..., nada hasta que la mujer la encuentra y la recupera. Eso es lo mismo que nos sucede a todos y cada uno de nosotros. Podemos negarnos a verlo, pero necesitamos desesperadamente que Adonai nos saque de donde estamos porque nosotros por nuestros propios medios somos incapaces de hacerlo. A decir verdad... somos..., somos..., *ah*, ¿conoces el *mashal* del *ben* que se marchó de casa?

—Nooo... —reconoció Lucano abrumado por la cantidad de enseñanzas de Yeshua que jamás había escuchado y que Yonah estaba más que dispuesto a contarle en aquellos momentos—. Nunca la he oído.

—Pues verás... —comenzó a decir Yonah—. «Un hombre tenía dos *benim;* y el menor de ellos dijo a su *av: "Avva,* dame la parte de los bienes que me corresponde"; y les repartió los bienes. No muchos días después, tras juntarlo todo, el *ben* menor se fue lejos, a una provincia apartada; y allí derrochó sus bienes viviendo perdidamente. Y cuando hubo malgastado todo, se produjo una gran hambruna en aquella provincia, y comenzó a carecer de lo más indispensable. Y fue y se arrimó a uno de los ciudadanos de aquella tierra, el cual le envió a su hacienda para que apacentase cerdos. Y deseaba llenar su vientre con las algarrobas que comían los cerdos, pero nadie se las daba. Y volviendo en sí, dijo: "¡Cuántos jornaleros en casa de mi *av* tienen abundancia de pan, y yo aquí me muero de hambre! Me levantaré y acudiré a mi *av,* y le diré: *Av,* he pecado contra *ma-shamayim* y contra ti. Ya no soy digno de ser llamado tu *ben;* hazme como a uno de tus jornaleros". Y levantándose, fue a donde estaba su *av.* Y cuando aún estaba lejos, lo vio su *av*, y sintió compasión y echó a correr y se le echó al cuello, y le besó. Y el *ben* le dijo: "*Av*, he pecado contra *ma-shamayim* y contra ti, y ya no soy digno de ser llamado tu *ben*". Pero el *av* dijo a sus siervos: "Sacad la mejor ropa, y vestidlo; y ponedle un anillo en la mano, y calzado en los pies. Y traed el becerro cebado y matadlo, y comamos y hagamos una fiesta; porque este *ben* mío estaba muerto y ha vuelto a la vida; se había perdido, y ha sido hallado". Y comenzaron a celebrarlo con alegría. Y su *ben* mayor estaba en el campo; y cuando vino, y se hallaba cerca de la casa, oyó la música y las danzas; y llamando a uno de los criados, le preguntó qué era todo aquello. Él le dijo: "Tu *ah* ha venido; y tu *av* ha hecho matar el becerro gordo, porque está bueno y sano". Entonces se enojó, y no quería entrar. Salió, por lo tanto, su *av*, y se puso a rogarle que entrase. Pero él le respondió a su *av:* "Mira, llevo sirviéndote tantos años sin desobedecerte nunca y jamás me has dado ni un cabrito para disfrutar con mis amigos. Pero cuando vino este *ben* tuyo, que ha consumido tus bienes con furcias, has ordenado que para él sacrifiquen el becerro cebado". Él entonces le dijo: "*Ben,* tú siempre estás conmigo, y todas mis cosas son tuyas. Pero era indispensable celebrar una fiesta y alegrarnos, porque este *ah* tuyo estaba muerto, y ha vuelto a la vida; se había perdido, y ha sido hallado"».

Yonah terminó el relato y guardó silencio.

—Nunca he escuchado un *mashal* más hermoso —confesó el médico.

—Sí. No cabe duda de que es uno de los más bellos, pero, aparte de apreciar su delicadeza, *ah,* hay que percatarse de que todos nosotros somos como ese *ben* menor —dijo Yonah—. Desperdiciamos lo poco o lo mucho que Adonai nos da y, a decir verdad, arruinamos nuestra existencia. Claro que, en ocasiones, además somos tan estúpidos como el *ben* mayor. Vemos a Elohim como un tirano y nos amargamos sin comprender su *Ahava.*

—Shaul no utiliza *meshalim,* pero su predicación de la *Besoráh* es idéntica. «Todos han pecado y no alcanzan la gloria de Dios» —citó en griego el médico.

—Sí... —reconoció Yonah—. Así se podría decir para gente a la que no le guste escuchar *meshalim,* pero ¡son tan hermosos! Por cierto, no deseo ofenderte, ni hacer que te sientas mal, pero ¿conoces el del *perush* y el *mojes?*

Los labios de Lucano dibujaron una sonrisa risueña.

—Jamás lo he escuchado.

Capítulo

4

Muchas personas —comenzó a decir Yonah— creen que la entrada en el *maljut ma-shamayim* depende de sus esfuerzos, de sus méritos, de lo buenos que son. Entonces se desviven por realizar lo que creen que son buenas obras, como si así pudieran comprar la entrada en el *maljut* de la misma manera que se paga la de un espectáculo. No hace falta que te cuente cómo esa conducta muchas veces sólo produce angustia porque uno comprende que nunca se puede ser suficientemente bueno, y en otras ocasiones, únicamente origina orgullo y desprecio hacia los demás, pero nunca buen corazón.

—Sí, conozco varios casos —reconoció el médico.

—Su problema fundamental es que no han entendido lo más elemental e indispensable —prosiguió el anciano—. No comprenden que la entrada en el *maljut ma-shamayim* es un regalo de Elohim que nunca han merecido y que nunca podrán merecer, pero que pueden recibir, gratuitamente, si se vuelven a Adonai tal y como hizo el *ben* menor del *mashal* que te he contado. Y lo peor, te lo vuelvo a repetir, es la soberbia que nace de no darse cuenta de algo tan sencillo. Yeshua insistía en esto una y otra vez. Recuerdo que, en cierta ocasión, a unos que confiaban en sí mismos como *tsadiqim* y menospreciaban a los otros, les contó este *mashal:* «Dos hombres subieron al *Heijal* a orar: uno era *perush* y el otro *mojes*. El *perush,* puesto en pie, oraba consigo mismo de esta manera: "Elohim, te doy las gracias porque no soy como los otros hombres, ladrones, injustos, adúlteros, ni aun como este *mojes;* ayuno dos veces a la semana, doy diezmos de todo lo que gano". Pero el *mojes,* situado a distancia, no quería ni siquiera alzar los ojos al cielo, sino que se golpeaba el pecho, diciendo: "Elohim, sé propicio a mí, pecador". Os digo que éste descendió a su casa justificado y el otro, no; porque cualquiera que se ensalza, será humillado; y el que se humilla será ensalzado». Creo que no necesito explicarte el significado del *mashal*...

No, ciertamente no era necesario, se dijo Lucano. Difícilmente, podía resultar más claro el mensaje. Para todo el que se acercaba a Adonai en *teshu-*

vah, existía una clara posibilidad de perdón y de nueva vida; para todo aquel que se consideraba *tsadiq* por sus propias obras y méritos no existía más que la perspectiva de una imposibilidad de perdón ya que, a fin de cuentas, él mismo no creía precisarlo. Paulos no hubiera podido expresarlo mejor en ninguna de sus cartas o predicaciones.

—Recuerdo un día —dijo Yonah arrancando a Lucano de sus pensamientos— en que nos detuvimos en una aldea del camino. Su nombre no importa. Pudo ser cualquiera del otro lado del Yardén. Necesitábamos descansar porque llevábamos mucho rato caminando y además hacía tanto calor que casi no se podía respirar. Pero, claro, una cosa era lo que nosotros queríamos y otra lo que se podía hacer. La tranquilidad, desde luego, duró poco. Cuando la gente se percató de que era Yeshua el que había aparecido comenzaron a traerle niños.

—¿Niños? ¿Enfermos?

—No, no recuerdo que ninguno de ellos padeciera dolencia alguna —respondió Yonah—. Se trataba únicamente de niños y no me preguntes por qué. El caso es que a ninguno de los *talmidim* nos entusiasmó aquello. Entiéndeme. Una madre que se empeña en que Yeshua pronuncie una *berajah* sobre una criatura de un par de años que le tira de la barba a uno de los *shelihim;* otro crío que te da una patada en la espinilla; aquel que grita; este que corre... *Ah,* que estábamos muy cansados para aguantar críos... Entonces algunos de los *talmidim* se levantaron y les reprendieron. Que si dejad descansar al *moré,* que si no seáis irrespetuosos, que si esto, que si lo otro...; en realidad, lo único que deseábamos era perder de vista a todos aquellos arrapiezos y a las pesadas que cuidaban de ellos. Pensábamos que nos íbamos a librar de aquellas molestias, cuando Yeshua nos llama. «Ve tú a ver qué quiere *morenu».* «No, mejor ve tú, en lo que yo me libro de estos mocosos»... Al final, dos o tres de nosotros acudimos a ver lo que deseaba Yeshua y en ese momento nos dice: «Dejad a los niños acudir a mí, y no se lo impidáis; porque de los que son como ellos es el *maljut ma-shamayim».* No hace falta que te diga que nos quedamos de una pieza al escuchar aquellas palabras y entonces, antes de que pudiéramos reponernos, añadió: «De cierto os digo que el que no recibe el *maljut ma-shamayim* como un niño no entrará en él».

—Se refería a la inocencia del niño, claro —dijo el médico.

—Por supuesto —reconoció Yonah—, pero yo creo que no sólo a eso. Verás. El niño no es complicado en sus pensamientos, sino sencillo, directo y... rápido.

—¿Rápido? —preguntó Lucano sorprendido.

—Sí, claro que sí, *ah*. Coloca delante de un niño algo bueno, un dulce, un juguete, cualquier cosa, y se lanzará sobre ello en un instante. Y en eso es en lo que insistía Yeshua, en que había que adoptar una decisión con urgencia. Las puertas del *maljut ma-shamayim* estaban abiertas, la cena exquisita estaba esperando, el banquete incomparable se anunciaba. Pero había que entrar ya. Mañana..., bueno, ¿quién podía decir lo que sucedería mañana? Mañana se puede estar tan muerto como el hombre rico que almacenó tantos bienes para morirse de repente una noche o como aquel otro que no se enteró de que el pobre Elazar estaba tendido a su puerta cubierto de llagas.

—«Hoy es el día de la salvación...» —musitó Lucano, rememorando una de las frases preferidas de Paulos.

—¡Por supuesto! —dijo Yonah sonriente—. Y lo terrible es que muchas veces somos más que capaces de espabilarnos y demostramos estar a la altura de las circunstancias para cuestiones de mucha menor relevancia. Incluso aquellos que se comportan de manera deshonesta, pueden convertirse en ejemplo de la celeridad con que hay que actuar para entrar en el *maljut ma-shamayim*.

—¿Los que actúan de manera deshonesta? —preguntó incrédulo Lucano.

—Ay, *ah* —dijo Yonah—. Me temo que tampoco has escuchado nunca este *mashal*. Verás. «Había un hombre rico que tenía un administrador, y lo acusaron ante él por dilapidar sus bienes. Entonces le llamó, y le dijo: "¿Qué es esto que oigo sobre ti? Da cuenta de tu administración, porque ya no podrás seguir siendo mayordomo". Entonces el administrador se dijo: "¿Qué voy a hacer? Porque mi amo me quita la administración. Cavar, no puedo; mendigar, me da vergüenza. Ya sé lo que haré para que cuando me quiten de la administración, me reciban en sus casas". Y llamando a cada uno de los deudores de su amo, dijo al primero: "¿Cuánto debes a mi amo?". Él dijo: "Cien barriles de aceite". Y le dijo: "Toma tu cuenta, siéntate ahora mismo y escribe cincuenta". Luego le dijo a otro: "Y tú, ¿cuánto debes?". Y él dijo: "Cien medidas de trigo". Él le dijo: "Toma tu cuenta, y escribe ochenta". Y alabó el amo al administrador malo por haber actuado con sagacidad; porque los *beni olam ha-ze* son más sagaces en el trato con sus semejantes que los *beni* de luz».

—¿Eso es todo? —preguntó Lucano al comprobar que Yonah callaba y no seguía narrando.

—Sí.

—Casi parece que Yeshua estaba encomiando la habilidad para defraudar al prójimo...

—No —dijo Yonah—. Lo que alababa era la rapidez. Aquel administrador llevaba robando mucho tiempo y, como pasa siempre, lo acabaron descubriendo y la verdad es que tuvo suerte de que tan sólo le privaran de su trabajo. En ese momento, podía haber perdido el tiempo dándole vueltas a cómo tenía que comportarse. Pero no lo hizo. Reaccionó con la mayor celeridad. Fue llamando a los deudores y les falsificó los pagarés. Así, alguno de ellos le agradecería el favor cuando se quedara sin trabajo. Era un ladrón y un corrupto, pero no un estúpido. Hasta su amo se dio cuenta. Lamentablemente, muchas personas no son tan avispadas cuando escuchan la *Besoráh* del *Ben ha-Adam*. En lugar de apresurarse a abrazar la *teshuvah* y a entrar en el *maljut ma-shamayim,* ¿qué es lo que hacen?

—Pensar en mil cosas más —respondió Lucano.

—Exacto y no pocas veces esas mil cosas son mil razones para no escuchar —sentenció Yonah.

—Supongo que para muchos la idea de que el *maljut ma-shamayim* está cerca resulta absurda y lo convierten en excusa para no plantearse nada.

—Porque ignoran lo que es el *maljut ma-shamayim, ah* —dijo Yonah—. Recuerdo que una vez se le acercaron unos *perushim* y le preguntaron cuándo había de venir el *maljut ma-shamayim* y Yeshua les respondió: «El *maljut ma-shamayim* no vendrá con advertencia, ni dirán: aquí está, o allí está; porque, mirad, el *maljut ma-shamayim* está entre vosotros». No son pocos los que creen que el *maljut ma-shamayim* comenzará cuando el *mashíaj* aplaste a los *goyim* e Israel sea colocado en alto y los muertos se levanten... Están equivocados. Ahora, ya mismo, en estos momentos, se puede entrar en el *maljut ma-shamayim* porque el *maljut* está en todos los lugares donde Elohim es reconocido como *mélej*. Ese *maljut* irá creciendo y creciendo y creciendo hasta que el *Ben ha-Adam* regrese a inaugurarlo en toda su plenitud y entonces..., entonces sí que los muertos se alzarán e Israel se alegrará porque todos los oráculos de los *nevim* se habrán cumplido.

—¿Alguna vez escuchaste a Yeshua referirse al momento en que regresaría el *Ben ha-Adam*?

—En eso como en tantas cosas Yeshua era muy distinto a cualquier *hajam* de la Torah —respondió Yonah—. No pocos gustan de anunciar que está cerca o que se va a producir esta señal u otra. Yeshua nos dijo que nunca debíamos creer en ese tipo de anuncios. Precisamente cuando atravesábamos Perea en dirección a Yerushalayim recuerdo que nos enseñó: «Tiempo vendrá cuando deseéis ver uno de los días del *Ben ha-Adam* y no lo veréis. Y os dirán: Helo aquí, o helo allí. No vayáis, ni los sigáis».

—Parece bastante claro...

—Lo era, y luego añadió: «Porque como el relámpago que al fulgurar resplandece desde un extremo del cielo hasta el otro, así también será el *Ben ha-Adam* en su día. Pero primero es necesario que padezca mucho, y sea desechado por esta generación».

Yonah guardó silencio por un instante. La referencia al rechazo del *Ben ha-Adam* había hecho descender sobre su frente una nube de pesar capaz de ocultar la alegría que había acompañado durante toda aquella tarde a sus palabras.

—También nos advirtió de que cuando el *Ben ha-Adam* llevara a cabo la consumación del *maljut ma-shamayim* nadie lo esperaría —prosiguió con voz trémula—. Nos dijo: «Como fue en los días de Noaj, así también será en los días del *Ben ha-Adam*. Comían, bebían, se casaban y se daban en casamiento, hasta el día en que entró Noaj en el arca, y vino el diluvio y los destruyó a todos. Lo mismo sucedió en los días de Lot; comían, bebían, compraban, vendían, plantaban, edificaban; pero el día en que Lot salió de Sedom, llovió del cielo fuego y azufre, y los destruyó a todos. Así será el día en que el *Ben ha-Adam* se manifieste. En aquel día, el que esté en la azotea, y tenga sus bienes en el interior de la casa, que no descienda a tomarlos; y el que se encuentre en el campo, que tampoco vuelva atrás. Acordaos de la mujer de Lot. Todo el que intente salvar su vida, la perderá; y todo el que la pierda, la salvará. Os digo que en aquella noche estarán dos en una cama; el uno será tomado, y el otro será dejado. Dos mujeres estarán moliendo juntas; una será tomada, y la otra dejada. Dos estarán en el campo; el uno será tomado, y el otro dejado. Entonces nosotros le dijimos: "¿Dónde, Adoní?" y él nos contestó: "Donde estuviere el cuerpo, allí se juntarán también las águilas"». *Ah*, de una cosa puedes estar seguro. Si alguien dice que el *maljut ma-shamayim* está a punto de llegar y te da fechas y te quiere envolver en supuestos razonamientos para que aceptes sus cálculos, es un loco o un embustero.

—Sí, lo sé —respondió el médico que sabía cómo Paulos había tenido que escribir a alguna de las congregaciones fundadas por él para advertirles de ese peligro.

—Y además... —prosiguió Yonah— se trata de alguien peligroso. Anunciará paraísos que sólo existen en la mente corrompida de los hombres, distraerá los corazones de la Verdad, pretenderá que todos le sigan. Hasta es posible que invoque la paz, pero, en realidad, sólo estará apartando a la gente de entrar ya en el *maljut ma-shamayim*, de convertir a Adonai en el *mélej* de sus vidas ahora mismo.

Yonah respiró hondo y entonces, de manera inesperada, los ojos se le humedecieron y el labio superior comenzó a temblarle.

Por un instante, el médico temió que la emoción, ese tipo especial de emoción que suele apoderarse de los ancianos cuando recuerdan, abrumara a Yonah. Guardó, por lo tanto, silencio a la espera de su reacción y por unos instantes pudo parecer que el mundo se había detenido.

—Todo eso —dijo de repente Yonah— sucedió cuando estábamos a pocos días de llegar a Yerushalayim.

EL HIJO DEL HOMBRE

Yerushalayim

PARTE 5

Capítulo

1

Sí. Claro que me acuerdo de aquel viaje. Claro
que me acuerdo —dijo Zebulún—. A decir
verdad, creo que podrían pasar miles de años y lo re-
cordaría como si sólo hubieran pasado unas horas.
Por cierto, ¿Yonah se encuentra bien?

—Muy bien, sí —respondió Lucano—. Parece
mentira que un hombre de esa edad esté tan fuerte
y vigoroso, pero lo cierto es que disfruta de una excelente salud.

—Es muy buen *ah* —sonrió Zebulún—. En momentos difíciles, incluso de persecución, nunca dejó
de ayudar a los *ahim* en dificultades, a los que les habían quemado la casa o amenazado o se habían visto
obligados a dejar una población.

El médico guardó silencio como si deseara que el dulce aroma del agradecido elogio se extendiera por la estancia como un perfume sutil. Ahora, al escuchar aquellas palabras, se percataba de que Yonah no le había dicho nada sobre sí mismo en especial, aquello que habría podido resultar honroso para él mismo.

—¿Tú subías desde Galil? —preguntó al fin Lucano.

—No —negó con la cabeza el interpelado—. Yo soy del sur, de Yehudah. Luego, siendo yo pequeño, nos trasladamos a Yerijó. No es que nos faltara nada donde vivíamos. Nunca carecimos de comida, de ropa o de calzado, pero mi padre consideró que en una zona fértil como Yerijó tendríamos un porvenir más seguro. Aquí la producción de las palmeras es casi como una garantía frente a la escasez.

Sí, se dijo Lucano, verdaderamente los palmerales de Yerijó resultaban impresionantes a la vista. Uno recorría toda una franja de terreno árido viniendo desde Perea y, de repente, cuando menos se lo esperaba, en medio del horizonte se recortaba una gran mancha de color verde intenso que era Yerijó. Y todo eso con un trasfondo de colinas achatadas, desgastadas y polvorientas. Sin duda, se trataba de uno de los contrastes de paisaje más abruptos que había contemplado nunca y lo cierto es que llevaba viajando un buen número de años. A decir verdad, después de contemplar todo aquello con sus propios ojos no le causaba extrañeza que Herodes hubiera regalado un palmeral en aquella zona a la reina egipcia Cleopatra con el deseo de granjearse la buena voluntad de Marco Antonio. Claro que no podía saber si en comparación con las riquezas de Egipto, aquella mujer con fama de hechicera había considerado el obsequio digno de ella o despreciable.

—Ésta es una zona fértil, como te habrás dado cuenta —prosiguió el hombre—. No nos falta de nada y además tenemos la suerte de estar lo suficientemente cerca de Yerushalayim para acudir a las fiestas y lo bastante lejos como para librarnos de sus complicaciones. Lo triste es que, en ocasiones, la abundancia de *qesef* también tiene sus malas consecuencias.

—¿A qué te refieres exactamente?

—Pues verás. Con la abundancia de *qesef*, comienzan a aparecer los parásitos que deciden que pueden vivir a costa de los demás en lugar de ganarse la vida trabajando. Y a ésos se suman los que desatan su codicia pensando que se harán ricos con rapidez y los que envidian la buena fortuna de otros y comienzan a clamar contra el *qesef*, pero, en realidad, sólo son ambiciosos que desean ser todavía más ricos que los que ya lo son.

—¿Y cómo distinguirías a estos últimos de los que sólo claman contra la falta de *mishpat*, como los antiguos *nevim*?

—Por la forma en que el *qesef* se les pega a los dedos —respondió prontamente Zebulún—. Si alguien dice: «¡Ay de vosotros los ricos! ¡Alzaos, pobres!», y vive como un rico o aspira a ello es un farsante. En realidad, no quiere *mishpat*. Tan sólo está corroído por la envidia. El que desea *mishpat*, lo primero que hace es dar de lo suyo y no quitar a los demás para entregárselo a otros.

Lucano se dijo que lo que aquel cultivador de palmeras decía estaba dotado de una clara coherencia. Recordaba incluso las palabras de Yohanan a orillas del Yardén cuando exhortaba a los que acudían a él a dar una túnica a los pobres si es que tenían dos. De manera bien significativa, no había realizado un ardiente llamamiento para quitarles las túnicas a los ricos y repartirlas entre los menesterosos.

—¿Has oído hablar alguna vez de Zakkai? —preguntó Zebulún arrancando a Lucano de sus pensamientos.

—De Zavdai...

—No, no Zavdai. Zakkai.

—Pues no —reconoció Lucano negando con la cabeza—. ¿Quién era?

—Verás —comenzó a decir Zebulún—. Yeshua había entrado en la ciudad de Yerijó e iba pasando por ella. Y sucedió que un hombre llamado Zakkai, que era jefe de los *mojesim* y rico, por más señas, procuraba ver quién era Yeshua, pero no podía conseguirlo a causa de la multitud, porque era pequeño de estatura.

—Debía de ser muy bajito... —apostilló el médico sorprendido por el dato que acababa de escuchar.

—Bueno, entre que no tenía mucha estatura y que la gente tampoco estaba muy dispuesta a ayudarlo..., para una vez que podían fastidiar a un hombre rico...

—Comprendo —dijo Lucano.

—Bueno, el caso es que por más saltitos que daba no había manera de que consiguiera ver a Yeshua —prosiguió Zebulún—. Entonces echó a correr para adelantarse a su marcha y se subió a un árbol sicómoro para divisarlo; porque tenía que pasar por allí.

El médico contuvo una sonrisa. Debía, sin duda, haber sido un verdadero espectáculo contemplar a un personaje rico corriendo como un chicuelo para trepar a un árbol.

—Cuando Yeshua llegó a aquel lugar, echó la mirada hacia arriba, le vio, y le dijo: «Zakkai, date prisa, bájate, porque hoy es necesario que me quede en tu casa». Entonces él descendió aprisa, y le recibió lleno de alegría.

—¿Y?

—Bueno, cuando vieron aquello, todos se pusieron a murmurar, diciendo que había entrado a quedarse con un hombre pecador. Pero entonces Zakkai, puesto en pie, dijo al *Adon:* «Verás, Adoní, la mitad de mis bienes se la doy a los pobres; y si en algo he defraudado a alguno, se lo devuelvo cuadruplicado».

—Indudablemente resulta inusual. Incluso sorprendente —exclamó Lucano.

—¿Verdad que sí? Todos censurando a Yeshua porque entraba a ver a un pecador. No pocos criticándolo porque, en realidad, tenían envidia de los bienes de Zakkai. Algunos insinuando que lo que había que hacer era asaltarlo y repartir su hacienda entre los necesitados y, de repente, el hombre aquel anuncia que la mitad de lo que tenía iba a entregarla a los necesitados y que, por añadidura, estaba dispuesto a reparar cualquier fraude que hubiera cometido en el pasado pagando la multa que establece la Torah para esos casos.

—¿Y qué hizo Yeshua?

—Yeshua le dijo: «Hoy ha venido la salvación a esta casa; por cuanto él también es un *ben* Avraham».

—*Ben* Avraham...

—Sí, *ben* Avraham, aunque, seguramente, muchos pensarían que los verdaderos *beni* Avraham eran otros. Los que despreciaban a gente como Zakkai, los que se creían mejores o los que llamaban a la revuelta, pero se equivocaban de medio a medio: los verdaderos *beni* Avraham son los que se entregan a la *teshuvah*.

Lucano recordó las palabras de Yohanan. «Elohim puede sacar *benim* de estas *ebenim*». Sin duda, el hombre que sumergía a la gente en el río Jordán en señal de arrepentimiento se hubiera sentido muy satisfecho de haber contemplado todo el episodio.

—A Yeshua le dolía mucho que los *benim* Avraham no llegáramos a aprovechar lo que Dios nos ofrecía de manera tan generosa. Yo creo que hasta le angustiaba porque sabía que eso tendría malas consecuencias. Precisamente aquí en Yerijó contó un *mashal*...

Lucano respiró hondo y se preparó para escuchar una de aquellas historias que, con seguridad, no había oído nunca.

—Resulta —señaló Zebulún— que no pocos pensaban que el *maljut ma-shamayim* iba a manifestarse de inmediato. El anuncio de la *teshuvah*, el ejemplo de Zakkai, la manera en que Yeshua lo había llamado *ben* Avraham delante de todos no los habían impresionado. Lo único que les interesaba era si el *maljut ma-shamayim* se revelaría y la manera en que podrían beneficiarse de ello. No entendían, quizá no querían entender, quién era el *Ben ha-Adam*.

—Como en Galil —pensó Lucano a la vez que una sensación agridulce se apoderaba de él.

—Entonces —prosiguió el hombre— Yeshua les contó este *mashal:* «Un hombre noble se fue a un país lejano, para recibir un *maljut* y volver. Y llamando a diez siervos suyos, les dio diez minas, y les dijo: "Negociad entre tanto regreso". Pero sus conciudadanos le aborrecían, y enviaron tras él una embajada, diciendo: "No queremos que éste sea *mélej* sobre nosotros". Aconteció que, cuando regresó, después de recibir el *maljut,* mandó llamar ante él a aquellos siervos a los cuales había dado el *qesef,* para saber lo que había negociado cada uno. Vino el primero, diciendo: *"Adoní,* tu mina ha ganado diez minas". Él le dijo: "Está bien, buen siervo; por cuanto en lo poco has sido fiel, tendrás autoridad sobre diez ciudades". Vino otro, diciendo: *"Adoní,* tu mina ha producido cinco minas". Y también a éste dijo: "Tú también gobernarás sobre cinco ciudades". Vino otro, diciendo: *"Adoní,* aquí está tu mina, que he tenido guardada en un pañuelo; porque tuve miedo de ti, ya que eres un hombre severo, que tomas lo que no has puesto, y siegas lo que no has sembrado". Entonces él le dijo: "Mal siervo, por tu propia boca te juzgo. Sabías que yo era hombre severo, que tomo lo que no puse, y que siego lo que no sembré; entonces ¿por qué no pusiste mi dinero en el banco, para que al volver yo lo hubiera recibido con los intereses?". Y dijo a los que estaban presentes: "Quitadle la mina, y dadla al que tiene las diez minas". Ellos le dijeron: "*Adoní,* tiene diez minas". Pero él dijo: "Dádsela, porque os digo que a todo el que tiene, se le dará; pero al que no tiene, aun lo que tiene se le quitará. Y también a aquellos enemigos míos que no querían que yo fuera *mélej* sobre ellos, traedlos acá y decapitadlos delante de mí"».

—Se nos pedirá cuentas por lo que pudimos hacer y no hicimos... —pensó en voz alta Lucano.

—Exactamente —dijo Zebulún—. No todos tienen lo mismo en esta vida, pero no se nos pedirá que rindamos cuentas por lo que poseen los demás sino por lo que recibimos nosotros mismos y en el caso del *am-Israel...* Tú eres un *goy.* Seguramente, naciste y te criaste en medio de imágenes que ni ven, ni huelen ni palpan, ¿no es así?

Lucano asintió con la cabeza.

—Pues bien, ¿cómo podría ser tu responsabilidad igual que la de un *yehudí* que tiene la Torah y los *nevim?* —preguntó Zebulún—. Sobre nosotros, sin embargo, descansa la responsabilidad de compartir nuestra luz con los *goyim,* pero ¿lo hemos hecho? No. No hemos cumplido con nuestro deber de iluminar a los *goyim* y además ellos nos habían oprimido durante siglos. Y ahora, de repente, Yeshua aparecía y nos decía que sí, que el *maljut ma-sha-mayim* se manifestaría en algún momento del futuro que no se molestaba en concretar, pero que eso no era lo importante. Lo que de verdad tenía relevancia era lo que podríamos responder cuando nos pidieran cuentas de acuerdo a lo que habíamos recibido. Zakkai, es cierto, había sido un miserable en el pasado, pero, llegado el momento, había abrazado la *teshuvah* y obrado en consecuencia. ¿Y nosotros?

Zebulún hizo una pausa y se respondió a sí mismo:

—Nosotros estábamos ciegos, *ah*. Tan sólo papábamos moscas con la boca abierta a la espera de un *maljut* que, en realidad, pasaba a nuestro lado sin que lo advirtiéramos y, por añadidura, tampoco nos percatábamos de que el *Ben ha-Adam* subía a Yerushalayim no para proclamarse un *mélej* como los de los *goyim,* que nosotros tanto envidiábamos, sino para morir.

Capítulo

2

Por aquellos días, Yeshua tomó a los doce y les dijo: «Mirad, subimos a Yerushalayim, y se cumplirán todas las cosas escritas por los profetas acerca del *Ben ha-Adam*. Porque será entregado a los *goyim*, y será escarnecido, y afrentado, y escupido. Y después de que lo hayan azotado, lo matarán; pero al tercer día se levantará». Pero ellos no comprendieron nada de estas cosas, y esta palabra les resultaba incomprensible y no entendían lo que se les enseñaba.

—Pues no puede decirse que no se expresara con claridad... —musitó Lucano.

El hombre que acababa de hablar bajó la cabeza como si se sintiera avergonzado por lo que acababa de escuchar. A pesar de que debía de haber pasado los sesenta años tiempo atrás, daba la sensación de tener una fuerza extraordinaria. Alto, de espaldas anchas y pecho poderoso, cualquiera hubiera afirmado que se había pasado la vida combatiendo. Claro que con esta gente que había conocido a Yeshua nunca se sabía...

—No, no puede decirse —dijo al fin—, pero...

—Pero no debe extrañarte, *ah* —intervino un hombrecillo menudo que se hallaba sentado al lado del alto y fuerte—. Ahora es muy fácil decir que era previsible que lo iban a matar y que él mismo había anunciado una y otra vez que lo asesinarían y también resulta muy fácil echar la culpa a los doce y a los otros *talmidim*. No es que no haya verdad en ello, pero entonces... Quiero decir que nos resistíamos a verlo. Sí, decía que lo iban a despreciar, pero ¿acaso no era eso lo que venía sucediendo desde hacía tres años? ¿No habíamos escuchado cómo lo insultaban en Kfar-Najum o en otros lugares de Galil? ¡Pues eso es lo que iba a suceder en Yerushalayim! Pero nada más. ¡Nada más!

—Y además —volvió a intervenir con tono quejumbroso el hombretón—. ¿Quién hubiera podido creer otra cosa? Todos esperábamos que se proclamaría *mashíaj* abiertamente al llegar a Yerushalayim y que el *maljut ha-shamayim* aparecería en toda su *guevurah*.

—Y su entrada fue... ¿Cómo decirte? ¿Cómo lo dirías tú, Cleopas?

—Fue inolvidable —dijo el hombre de las espaldas anchas.

—Y además todo estaba tan bien preparado...
—afirmó el sujeto pequeño—. Verás. Estábamos cerca de las localidades de Beit-paguey y de Beit-anyah. Nos dirigíamos al monte que se llama de los Olivos y entonces nos llamó a nosotros dos y nos dijo: «Id a la aldea de allí enfrente, y al entrar en ella hallaréis un pollino atado, en el cual ningún hombre ha montado jamás; desatadlo, y traedlo. Y si alguien os preguntare: ¿Por qué lo desatáis? le responderéis así: Porque *ha-Adon* lo necesita». Fuimos como nos había ordenado y nos encontramos justo lo que nos había dicho. Y cuando estábamos desatando el pollino, los dueños nos preguntaron: «¿Por qué desatáis el pollino?» y nosotros les respondimos, sin tenerlas todas con nosotros, todo hay que decirlo: «Porque *ha-Adon* lo necesita».

—Y no nos pusieron el menor problema, que te lo diga Elazar —intervino Cleopas—. Ni una palabra.

—Y, claro, ves esto y te dices: pero ¡qué bien planeado está todo! —volvió a hablar el hombre menudo al que Cleopas había llamado Elazar—. Esto tiene que ser porque Yeshua va a entrar en Yerushalayim, va a anunciar que es el *mashíaj,* va a inaugurar el *maljut ma-shamayim* y va a empezar el *olam ha-bah.* Es que no tiene otra explicación.

—Me estabais hablando de la entrada de Yeshua en Yerushalayim —comentó respetuosamente Lucano, que no deseaba que sus acompañantes se desviaran.

—Sí, sí, claro —aceptó Cleopas—. Bueno, el caso es que le llevamos el pollino a Yeshua y entonces nos dice que es para entrar en Yerushalayim montado en él. Debo decirte que nos pareció un poco raro porque..., hombre, te esperas que el *mashíaj* entre en Yerushalayim a caballo como el *mélej* Israel..., pero no íbamos a ponernos a discutir con él. Echamos nuestros mantos sobre el pollino y subimos a Yeshua encima. Y entonces..., bueno, no te lo puedes ni imaginar. De repente, toda la gente que también se dirigía a Yerushalayim comenzó también a tender sus mantos, pero a su paso. ¡Por el camino!

—No sé quién lo mencionó entonces. No consigo recordarlo —intervino Elazar súbitamente emocionado—. El caso es que alguien dijo: ¡Es el *ben* David que cabalga sobre un asno como anunció el *naví* Zakaryahu! Y fue..., fue como si un fuego incontenible se extendiera por en medio de un bosque. ¡Yeshua se acababa de proclamar *mashíaj!* ¡En público! ¡Ante todos los peregrinos que subían a Yerushalayim para celebrar *Pésaj!*

—Para cuando nos acercábamos a la bajada del Monte de los Olivos —dijo Cleopas—, todos los *talmidim,* que no cabíamos en nosotros de alegría, comenzamos a alabar a Elohim dando voces por todas las maravillas que estábamos viendo y nos pusimos a gritar: *¡Baruj ha-mélej* que viene en el nombre de Adonai! *¡Shalom ha shamayim* y *kabod bimromí-al!*

«Paz en los cielos y gloria en las alturas», tradujo mentalmente Lucano, mientras intentaba imaginarse la escena que le describían. Una parte quizá no muy numerosa pero sí importante de aquellas gentes había seguido a Yeshua durante tres años; otros, con seguridad, habían oído hablar de él; todos estarían impregnados por el sentimiento de la fiesta de Pascua, aquella en que los judíos recordaban cómo Dios los había librado de la opresión que padecían en Egipto. Y entonces aquel Yeshua se había proclamado como mesías al montarse en el asnillo en cumplimiento de una antigua profecía. No era extraño que se hubieran entusiasmado, que hubieran cantado, que se hubieran puesto a gritar anunciando el triunfo inmediato del Reino de Dios. Sin duda, no fueron pocos los que en esos momentos debieron sentirse como si tocaran los cielos.

—Claro que nada de esto puede entenderse sin haber estado allí —concluyó Cleopas—. Por mucho que te contemos...

—¿No se produjo ninguna reacción en contra? —preguntó Lucano a la vez que ignoraba las palabras de Cleopas.

El hombretón se calló de golpe al escuchar la pregunta, pero la boca se le quedó abierta, como si hubiera recibido un impacto en la boca del estómago que le hubiera privado de la respiración.

—Sí —respondió Elazar—. La hubo. No todos estaban tan felices por lo que estaba sucediendo. Algunos de los *perushim* que viajaban a Yerushalayim y se encontraban entre la multitud le dijeron: «*Morenu*, reprende a tus *talmidim*». Se habían percatado de que Yeshua era aclamado como *mashíaj* y les desagradaba mucho. Lo menos que esperaban era que ordenara a la gente que lo seguíamos que nos calláramos. Pero Yeshua les respondió: «Os digo que si éstos se callaran, las piedras clamarían».

Lucano imaginó el impacto que aquellas palabras debieron de tener sobre los fariseos descontentos. Lejos de reprender a los entusiastas que lo aclamaban como mesías, Yeshua no había dudado en afirmar que hasta los seres más desprovistos de corazón —¿existe algo más frío que una piedra?— gritarían en caso de que los otros guardaran silencio.

—¿Cómo se sentía Yeshua viendo a la gente que lo aclamaba? —preguntó Lucano—. Quiero decir... ¿Estaba contento? ¿Se le veía feliz?

—Tenía los ojos más tristes que hayas podido ver nunca —respondió Elazar.

—¿Cómo dices? —exclamó el médico sorprendido.

—Estaba embargado por el pesar —insistió el
hombre menudo—. Sé que puede sonar extraño. Tanta gente aclamándolo, tantas personas gritando que
era el *Ben* David, tantos reconociendo que era el
que Adonai había enviado para salvar al *am-Israel*...
No tengo duda alguna de que cualquier hombre se
hubiera sentido arrastrado por aquel torrente de alegría, pero Yeshua no se sentía preocupado por lo
que podía agradarles a los demás. Hacía lo que tenía que hacer y eso era todo. Por eso, cuando llegó
cerca de la ciudad, al verla, lloró sobre ella.

—¿Lloró sobre ella? —Lucano sintió como si el
relato no dejara de depararle una sorpresa tras otra.

—Sí, *ah*, eso fue lo que hizo. Las lágrimas le caían
con un pesar muy hondo como..., como el marido que
ha pensado que su mujer regresaría a él, pero descubre que prefiere marcharse con otro hombre, o como
el padre que ha hecho todo lo posible para sacar a su
hijo del vicio y descubre que no ha servido de nada.
Lloraba como si el corazón se le desgarrara dentro del
pecho, como si su *nefesh* estuviera al borde de la muerte y decía: «¡Oh, si también tú te percataras, por lo
menos en este día, de lo que es para tu *shalom!* Pero
tus ojos se encuentran ahora cegados. Porque vendrán
días sobre ti, cuando tus enemigos te rodearán con

empalizada y te sitiarán y por todas partes te oprimirán y te derribarán a tierra y a tus *benim* dentro de ti y no dejarán en ti piedra sobre piedra, porque no te percataste del tiempo en que fuiste visitada».

Elazar guardó silencio, pero los labios le temblaban como si una emoción difícil de contener se hubiera apoderado de su pecho.

—La verdad es que nos quedamos que no sabíamos qué hacer —musitó Cleopas—. Quiero decir que habíamos recorrido todo aquel camino llenos de alegría porque el *mashíaj* acababa de revelarse y porque había dicho a los *perushim* que no estaba dispuesto a ordenar a la gente que no lo proclamara a los cuatro vientos, y entonces, cuando alcanzamos a ver la Ciudad del *mélej ha-gadol,* rompió a llorar como si alguien le hubiera dicho que acababa de morirse su ser más querido.

—Por un instante, algunos nos temimos que allí terminaría todo, que Yeshua no entraría en Yerushalayim, que todo había sido una ilusión, pero entonces..., ¡oh, entonces sucedió algo tremendo! ¡Algo que nos devolvió la *emunah* que teníamos en él y que se había tambaleado al ver sus lágrimas!

—Sí —dijo Cleopas—. Con paso firme, se dirigió hacia el *Heijal* y, nada más entrar, comenzó a expulsar a todos los que vendían y compraban en él y a decirles: «Escrito está: mi casa es casa de oración;

mas vosotros la habéis convertido en una cueva de ladrones».

—No exageraba lo más mínimo —dijo Elazar—. Los *cohanim* son una verdadera tribu de ladrones, empezando por el *cohen ha-gadol*. No sé si conoces bien nuestro sistema de sacrificios...

—Algo —respondió Lucano modestamente.

—Bien. La Torah de Moshé nos enseña que nada de lo que ofrezcamos a Adonai puede tener defecto o tara. Es para Adonai y debe ser perfecto. No hace falta que te diga que cualquier *yehudí* trae hasta el *Heijal* lo mejor de sus corderos, de sus palomas o de cualquier animal que haya de ser sacrificado. Pero entonces los *cohanim* examinan a la bestia y siempre, siempre, le encuentran algún defecto. Como puedes imaginarte, la persona que ha traído el animal, al ver que se lo rechazan, se siente desanimada, triste, hundida. Quería ofrecer algo a Adonai, se ha gastado en ello su buen dinero y ahora el *cohen* le dice que no vale, que no es adecuado.

—Y en ese momento —intervino Cleopas— el *cohen* también le hace saber que no debe preocuparse, que tiene la solución para sus problemas. Puede comprar las palomas...

—... o el cordero o lo que sea —apostilló Elazar.

—Sí, lo que sea... —aceptó Cleopas— a los *cohanim* del *Heijal*.

—Naturalmente, el precio es una estafa —volvió a intervenir Elazar—, pero ¿qué se puede hacer ya? No queda más remedio que entregar el *qesef* exigido o marcharse sin realizar el sacrificio.

—Como puedes ver, una verdadera cueva de ladrones —sentenció Cleopas.

—Y como la mayor parte de la tajada se la lleva el *cohen ha-gadol*...

—Entiendo —dijo Lucano mientras recordaba lo que le habían relatado en Galil sobre el pasado de Matai.

—No —negó Elazar—. No lo entiendes del todo. Verás, el *Heijal* se halla dividido en distintos atrios. En uno sólo pueden penetrar los *cohanim;* en otro anterior, los *beni* Israel; en otro previo, sólo las mujeres, siempre que pertenezcan al *am-Israel* y, finalmente, nada más entrar se encuentra el destinado a los *goyim*.

—Ésa es la única parte del *Heijal* en la que puede pisar un *goy* —informó Cleopas—. Si se le ocurriera traspasar el límite...

—... sería ejecutado —comentó Lucano, que recordaba muy bien lo que había sucedido con Paulos tan sólo unos meses antes.

—Exacto —reconoció Elazar—. Bien, el caso es que aquellos negocios, por no denominarlos robos, tenían lugar...

—... en el atrio de los *goyim* —concluyó la frase Lucano.

—*Tov, tov meod* —dijo Elazar con una sonrisa balanceándose en sus labios delgados.

—Si no entiendo mal —prosiguió el médico—, con aquel comportamiento, los *cohanim* ganaban mucho *qesef*, pero los *goyim* no tenían sitio en el *Heijal* para poder dirigirse a Adonai.

—Sería difícil que lo hubieras comprendido mejor —le felicitó el hombrecillo menudo—. El *Heijal* había dejado de ser una casa de oración, al menos para los *goyim*, y se había convertido en una cueva de ladrones que despojaban al *am-Israel*.

—La verdad es que cuando Yeshua gritó todo aquello —intervino Cleopas— éramos muchos los que pensábamos lo mismo. No es que nos interesaran los *goyim*, eso no puedo decirlo, pero estábamos hartos, verdaderamente hartos, de la corrupción de los *cohanim*. Y entonces pensamos..., bueno, Yeshua es el *mashíaj*, ha limpiado el *Heijal*..., ahora sólo le queda ordenarnos que nos lancemos contra la torre que controlan los romanos. Lo haremos, los derrotaremos y proclamaremos el *maljut ma-shamayim*.

—Sí —reconoció Elazar—. Eso es justo lo que se nos pasaba por la cabeza en aquellos momentos, pero Yeshua...

—Yeshua no movió un dedo contra nadie —dijo Cleopas—. ¡Contra nadie! No sé..., por lo menos podía haberle partido la cabeza a algún *cohen* corrupto, pero lo único que hizo fue salir del *Heijal* y alejarse.

—A partir de entonces, Yeshua volvió cada día al *Heijal* —señaló Elazar—, pero se dedicó tan sólo a enseñar. Por su parte, los *roshi ha-cohanim*, los *soferim* y los principales del *am-Israel* tramaban matarle aunque no lograban hacerle nada porque todo el pueblo estaba suspenso oyéndole.

—No era para menos —comenzó a decir Cleopas—. Aquellos días fueron..., bueno, tenías que haber escuchado a Yeshua. ¡Cómo les daba respuesta a todos!

—¿A quiénes te refieres cuando dices todos? —preguntó el médico.

—A todos —terció Elazar—. Verdaderamente a todos.

Capítulo

3

Y eshua no se había comportado como esperábamos —dijo Elazar—. No se había apoderado del *Heijal,* ni había arremetido contra el
cohen ha-gadol, ni la había emprendido con los romanos... En realidad, aquellos últimos días se dedicó a enseñar. Eso era lo que tenía decidido mucho
antes de subir a Yerushalayim. Sabía que eran sus
últimas horas y deseaba aprovecharlas comunican-
do el mensaje. Por supuesto intentaron impedírselo
apelando a la autoridad, pero... no, no era fácil frenar
a Yeshua cuando había tomado una decisión. Verás.
Un día, estaba enseñando Yeshua al pueblo en el *Heijal* y anunciando la *Besoráh,* cuando llegaron los *roshi
ha-cohanim* y los *soferim* con los *ziqenim.* Se para-
ron delante de él y le espetaron: «Dinos: ¿con qué au-

toridad haces estas cosas?, ¿o quién es el que te ha dado esta autoridad?».

—Buena pregunta... —pensó en voz alta el médico.

—La mejor —dijo Elazar—. Aquellos adversarios de Yeshua no se comportaban como estúpidos. Lo que planteaban era una cuestión esencial. Si Yeshua apelaba a su propia autoridad, se reirían de él diciendo que era un simple campesino de Galil y luego se dirigirían al pueblo diciéndole: «¿A este ignorante creéis? ¿Estáis locos?». Pero si decía que era el *mashíaj*... En ese caso, podrían apelar inmediatamente a los romanos para que dispusieran de él como un rebelde a la autoridad, como alguien que pretendía implantar un sistema distinto al que existía legalmente.

—¿Y qué les respondió? —preguntó el médico.

—Yeshua los miró, tranquilamente, como si la cosa no tuviera la menor relevancia y les dijo: «Os haré yo también una pregunta; respondedme: La inmersión que practicaba Yohanan, ¿era de *ha-shamayim* o de los hombres?».

—¿Qué tiene que ver...?

Elazar levantó la mano para pedir a Lucano que tuviera paciencia.

—Nada más escuchar aquellas palabras, se pusieron a discutir entre ellos diciendo: «Si decimos que de *ha-shamayim,* dirá: ¿Por qué, pues, no le creísteis? Y si decimos que de los hombres, todo el pueblo nos apedreará; porque están convencidos de que Yohanan era un *naví».* De modo que, después de conversar un rato, se volvieron a Yeshua y le respondieron que no sabían de dónde era. Y entonces Yeshua les contestó: «Pues yo tampoco os digo con qué autoridad hago estas cosas».

Lucano sonrió. Había que reconocer que Jesús había dado muestra de un ingenio singular al formular aquella respuesta. Claro que sus adversarios no debieron de sentirse muy cómodos. A fin de cuentas, atrapados en aquel dilema, eran ellos los que habían quedado como ignorantes.

—Pero no creas que Yeshua estaba dispuesto a dejar las cosas en ese punto —prosiguió Elazar—. Le habían planteado el tema de la autoridad y les iba a dar una respuesta. Se volvió hacia la gente del *am-Israel* que estaba presente y les contó un *mashal.*

El médico respiró hondo. Algo en su interior le decía que, como tantos otros escuchados en los últimos días, éste también le iba a resultar desconocido.

—«Un hombre plantó una viña, la arrendó a unos labradores y se ausentó por mucho tiempo. Y en su momento envió a un siervo a los labradores, para que le diesen del fruto de la viña, pero los labradores le golpearon y le enviaron con las manos vacías. Volvió a enviar a otro siervo; pero a éste también, después de golpearlo y ofenderlo, lo enviaron con las manos vacías. Volvió a enviar a un tercer siervo; pero también a éste lo expulsaron después de herirlo. Entonces el *adon* de la viña dijo: "¿Qué voy a hacer? Enviaré a mi amado *ben*. Quizás cuando lo vean a él, lo respetarán". Pero los labradores, al verlo, se pusieron a discutir los unos con los otros y dijeron: "Éste es el heredero. Vamos a matarlo para que la heredad sea nuestra". Y lo echaron fuera de la viña y lo mataron. ¿Qué, pues, les hará el *adon* de la viña? Vendrá y destruirá a estos labradores, y dará su viña a otros».

—Imagino que no se pondrían muy contentos al escucharlo —pensó en voz alta el médico—. Se trata de un mensaje muy duro.

—Por supuesto que lo es —reconoció Elazar—. Además todos entendimos a la perfección lo que acababa de decir Yeshua porque sabíamos que los *nevim* habían llamado muchas veces a Israel la viña de Adonai. Y ahora Yeshua enseñaba que los que se ocupaban de aquella viña llevaban tiempo dedicándose a rechazar a los *nevim* que les anunciaban la Palabra Elohim y que incluso no tendrían problema alguno para asesinar al *mashíaj*.

—¿Qué dijeron? —preguntó el médico.

—Cuando oyeron esto, exclamaron: «¡Líbrenos Elohim!», pero Yeshua, mirándolos, dijo: «¿Qué es lo que está escrito: La piedra que desecharon los edificadores se ha convertido en cabeza del ángulo? Todo el que cayere sobre esa piedra, será deshecho, pero aquel sobre el que ella cayere, será pulverizado». La verdad es que los *roshi ha-cohanim* y los *soferim* hubieran deseado echarle mano en aquel mismo instante, porque comprendieron que el *mashal* iba dirigido contra ellos, pero tenían miedo del pueblo.

—Y entonces —dijo Cleopas— fue cuando comenzaron a enviarle espías que fingiesen ser *tsadiqim* para sorprenderle en alguna palabra que les permitiera entregarle al poder y a la autoridad del gobernador. Por ejemplo, llegaron hasta donde estaba enseñando y le preguntaron: «*Morenu*, sabemos que dices y enseñas rectamente, y que no haces acepción de persona, sino que enseñas el *dérej* Elohim con verdad».

—Por lo menos, preguntaban con delicadeza —comentó irónicamente Lucano.

—¡Oh, sí, sin duda! —dijo Elazar mientras alzaba ambas manos al cielo—. Por fuera se hubiera dicho que eran los comensales más elegantes de la corte de Herodes, pero por dentro... ¿Sabes lo que le preguntaron después de soltar aquellas palabras?

—Lo ignoro —reconoció el médico.

—Pues bien, con aquella lengua suave como el aceite le dijeron: «¿Nos es lícito dar tributo a Qaisar, o no?». Si te das cuenta, aquella trampa era incluso

EL HIJO DEL HOMBRE

peor que la relacionada con la autoridad. Si Yeshua respondía que no se debía pagar a Qaisar, se apresurarían a denunciarlo para que los romanos lo detuvieran, pero si se le ocurría decir que sí...

—¿Qué tipo de *mashíaj* sería? —concluyó el razonamiento Lucano.

—Lo has comprendido a la perfección —dijo Elazar frunciendo satisfecho los labios—. Dijera lo que dijera, Yeshua estaba perdido. O lo detenían o quedaba desacreditado.

—¿Y qué contestó?

—Yeshua comprendió su astucia y les dijo: «¿Por qué me tentáis? Mostradme la moneda. ¿De quién tiene la imagen y la inscripción?». Y le respondieron: «De Qaisar». Entonces les dijo: «Pues devolved a Qaisar lo que es de Qaisar, y a Elohim lo que es de Elohim».

Las cejas de Lucano se arquearon. Era la respuesta más ingeniosa que había escuchado o leído nunca. Ni el mejor Sócrates la hubiera podido superar. Partiendo de aquellas palabras, nadie podía lanzar sobre Jesús una acusación por oponerse a César o por someterse a él. Sólo había que devolver a cada uno lo que le correspondiera. A Dios, gratitud, obediencia, sumisión, amor y a César... sólo lo que se hubiera recibido antes.

—La verdad —dijo Elazar— es que no pudieron sorprenderle en palabra alguna delante del pueblo y, pasmados por su respuesta, se callaron. Y entonces llegaron los *tsedokim*. Ya sabes. Los que niegan que los muertos hayan de levantarse.

—Conozco a los *tsedokim* —dijo Lucano mientras recordaba cómo Paulos se había enfrentado con ellos en el Sinedrio y cómo, de no haberlo impedido el tribuno, como mínimo le habrían propinado una paliza.

—Pues bien —prosiguió el hombrecillo—, los *tsedokim* aparecieron por donde estaba Yeshua enseñando y le dijeron: «*Morenu,* Moshé nos escribió: Si el hermano de alguno muriere teniendo mujer, y no dejare hijos, que su hermano se case con ella, y levante descendencia a su hermano. Hubo, pues, siete hermanos; y el primero tomó esposa, y murió sin hijos. Y la tomó el segundo que también murió sin hijos. La tomó el tercero, y así todos los siete, y todos murieron sin dejar descendencia. Al final, también se murió la mujer. Cuando los muertos se levanten, ¿de quién de ellos será mujer, ya que los siete la tuvieron por mujer?».

Lucano sonrió. Había que reconocer que los judíos tenían una disposición especial para esta clase de discusiones. Le costaba imaginarse a un romano entregándose a ese tipo de especulaciones e incluso a un griego, a menos que estuviera muy trastornado o que le acompañara la seguridad de que obtendría algún dinero por perder el tiempo en ese género de discusión. Y no sólo se trataba de la pregunta, sino de la manera de plantearla. De entrada, ya colocaba al interrogado en una mala posición. Sin duda, había que ser alguien muy excepcional para no pillarse los dedos con cuestiones semejantes.

—Tenías que haberlos visto, *ah* —continuó Elazar—. Gordos, satisfechos, con sus barbas cuidadas y perfumadas y conteniendo una risita. Estaban seguros de que habían atrapado a Yeshua, de que lo habían colocado contra la pared, de que no lograría zafarse y entonces Yeshua les respondió: «Los *beni olam ha-ze* se casan, y se dan en casamiento, pero los que sean tenidos por dignos de alcanzar el *olam ha-bah* y de levantarse de entre los muertos, ni se casan, ni se dan en casamiento. Porque no pueden ya morir, ya que son iguales a los *malajim* y son *beni* Elohim, porque se levantan de entre los muertos. Pero, por lo que se refiere a que los muertos han de levantarse, aun Moshé lo enseñó en el pasaje de la zarza, cuando llama a *Adonai, Elohi Avraham, Elohi Ytsjaq* y *Elohi Yakov**. Porque Elohim no es Elohim de muertos, sino de vivos, pues para él todos viven».

El médico se acarició la barba. Nunca había escuchado utilizar aquel pasaje de la Torah como una

---

* Dios de Abraham, Dios de Isaac y Dios de Jacob.

prueba de la resurrección de los muertos, ni siquiera cuando Paulos había discutido con otros judíos en la sinagoga. A pesar de todo, tenía que reconocer que, tal y como lo había interpretado Yeshua, dejaba de manifiesto una notable fuerza interpretativa.

—Todos nos quedamos pasmados al escuchar aquellas palabras —prosiguió Elazar—. Recuerdo que incluso algunos de los *soferim* que había allí delante, le dijeron: «*Morenu*, has hablado bien». Y lo cierto es que no se atrevieron a preguntarle nada más. Desde luego, era lo más sensato, visto lo visto. Sin embargo, Yeshua no quiso dar por terminada la conversación. Los miró y les dijo: «¿Cómo dicen que el *mashíaj* es hijo de David? Pues el mismo David dice en el *séfer Tehillim:* Dijo *Adonai* a *Adoní:* Siéntate a mi diestra hasta que ponga a tus enemigos por estrado de tus pies. Si David lo llama *Adoní,* ¿cómo entonces es su hijo?». Tengo que reconocer que nos quedamos pasmados al escuchar aquellas palabras. ¿Qué nos estaba diciendo Yeshua? ¿Que el *mashíaj* no sólo era hijo de David sino además alguien superior, tan superior que el *mélej* se había dirigido a él como *Adoní?* ¿Qué pretendía señalarnos al citar aquel pasaje? Deberíamos, sin duda, habernos detenido a pensar sobre aquello, pero lo cierto es que entonces no lo reflexionamos mucho.

—No lo hicimos —intervino Cleopas— porque estábamos admirados de la manera en que Yeshua había respondido a todos aquellos personajes. Se habían comportado con astucia, con habilidad, incluso con malicia, pero había desbaratado sus argumentos tan bien... Y entonces con un tono de voz suficientemente alto como para que nos oyera todo el pueblo, nos dijo: «Guardaos de los *soferim*, a los que gusta andar con ropas largas, y aman los saludos en las plazas, y las primeras sillas en las *bet ha-knesset* y los primeros asientos en las cenas».

—Aquel día —afirmó Elazar con resolución— Yeshua había vencido sin ningún género de dudas a toda aquella gente y ahora sólo esperábamos que su victoria fuera más..., ¿cómo diría yo?, visible, sí, eso es. Visible.

Capítulo

4

L ucano echó un vistazo al imponente edificio de piedra que se desplegaba ante él. Lo contemplaba desde el Monte de los Olivos y la panorámica resultaba majestuosamente impresionante. En otros tiempos, lo que se extendía ante su vista debía de haber sido un monte común y corriente, pero los arquitectos habían ido allanando la empinada cumbre hasta el punto de convertirla en una inmensa explanada de trazado irregular. Luego, como si fuera lo más natural, sobre ella habían colocado unos cimientos de una altura verdaderamente espectacular y, finalmente, como si hubieran dispuesto una fuente sobre una mesa, habían comenzado a levantar el templo. El edificio donde se cobijaba el santuario, un cubo dorado al que el sol arrancaba destellos de una fuerza casi cegadora, no era quizá muy grande, pero los muros, los atrios provistos de columnatas y el aflujo constante de gente no pocas veces tirando de animales causaban una impresión inmensa. Sí, era igual que si un pedazo enorme y palpipante de vida y vitalidad hubiera descendido desde los cielos para posarse sobre la cima de una montaña. No le cupo duda alguna de que ni Delfos, ni Atenas, ni siquiera Éfeso podían ocasionar una sensación semejante.

Respiró hondo y se preguntó si la frescura neblinosa que semiempapaba el ambiente se le había introducido hasta lo más hondo del pecho. Sí, se trataba de una construcción realmente espectacular y aquella Pascua, con centenares de miles de judíos acudiendo a celebrarla, con Jesús limpiando el templo y después enseñando cada día en sus atrios, debió de convertirse en algo de difícil comparación. No costaba mucho imaginarse que la gente hubiera acudido cada mañana para contemplar cómo el hombre venido de Galilea ponía en ridículo a los sacerdotes, a los escribas, a los fariseos y, sobre todo, para ver si, finalmente, se proclamaba mesías de la manera más abierta y, tras tomar la ciudad, el reino de Dios descendía sobre todos. Bajo aquella tensión, debió, sin duda, de acumularse en no pocos vientres, en no pocos pechos, en no pocas gargantas, esa tensión que acaba por afectar al cuerpo alterando sus funciones vitales.

Apartó la vista del Templo y observó a sus acompañantes. Desde luego, formaban una pareja peculiar. A primera vista, se hubiera dicho que uno era el músculo y el otro, la cordura. Pero ¿era realmente así? ¿De verdad era tan simple uno y tan débil el otro? La experiencia de muchos años dedicados a estudiar, observar y, en la medida de lo posible, curar al género humano le advertía de que sólo Dios conocía la verdadera respuesta. Sabía de sobra que había necios con aspecto de sabios a los que sólo delataba el abrir la boca y que hombres de aspecto animal eran capaces de proferir juicios cargados de cordura. Sí. Era más sensato no fiarse de las apariencias.

Observó cómo Elazar se apartaba de su compañero y caminaba hacia él. Al llegar a su altura, tomó asiento a su lado y dirigió la vista hacia el santuario.

—¿No sientes cómo se te caldea el corazón al ver esas construcciones? —preguntó el hombrecillo.

—Sí —reconoció Lucano—. Sin duda, se trata de algo muy especial. No sé si hay palabras para describirlo.

—Así nos sentíamos aquella mañana —comentó Elazar mientras fruncía la mirada como si así pudiera proyectarla hacia lo sucedido años antes— cuando entramos en el *Heijal*. Estábamos abrumados, asombrados, casi aplastados por lo que nos entraba por los oídos y por la vista.

—¿Y Yeshua? —preguntó el médico.

Elazar alzó las manos al cielo antes de responder.

—Yeshua... —dijo al fin—. Yeshua levantó los ojos y vio a los ricos que echaban sus donativos en el arca de las ofrendas. Y también vio a una viuda muy pobre, que dejaba caer allí dos *lepta*. Y dijo: «En verdad os digo, que esta viuda pobre echó más que todos, porque todos esos dieron para las ofrendas de Dios de lo que les sobra; pero ésta, de su pobreza entregó todo el sustento que tenía».

—Es una enseñanza conmovedora —comentó el médico que no había tenido dificultad alguna para imaginarse a aquella pobre mujer dispuesta a dar todo aquello con lo que contaba para honrar al único Dios verdadero. Era imposible saber si la viuda alguna vez había tenido la oportunidad de escuchar a Jesús, pero, sin duda, hubiera asumido sin pestañear su enseñanza sobre los lirios del campo y las aves del cielo, sobre la confianza en Dios por encima de las riquezas, sobre adorar únicamente al Señor. Pero ¿los que acompañaban a Jesús habían entendido algo?

—Sí, por supuesto que lo es, pero..., bueno, creo que nosotros no teníamos los corazones dispuestos para escucharla —dijo Elazar interrumpiendo los pensamientos de Lucano—. En realidad, andábamos ocupados viendo cómo el *Heijal* estaba erigido con hermosas piedras y adornado con ofrendas votivas. Eso es lo que nos llamaba la atención y no el ejemplo de aquella viuda a la que se había referido Yeshua. Y entonces, como si hubiera leído lo que albergábamos en el interior de nuestros corazones, nos dijo: «Por lo que se refiere a estas cosas que veis, días vendrán en que no quedará nada que no sea destruido». De verdad te digo que nos quedamos pasmados al escuchar aquellas palabras. ¿Todo aquello arrasado? Pero ¿cómo? Era el *Heijal* Adonai y, sobre todo, era todo tan grande y tan hermoso... Inmediatamente, le preguntamos: «*Morenu*, ¿cuándo será esto?, ¿y qué señal habrá cuando estas cosas vayan a suceder?».

—¿Os respondió?

—Ya lo creo —dijo Elazar mientras asentía con la cabeza—. Nos miró y nos dijo: «Vigilad para que no os engañen porque vendrán muchos en mi nombre, diciendo: "Yo soy el *mashíaj*" y: "El tiempo está cerca", pero no los sigáis. Y cuando oigáis de guerras y de sediciones, no os alarméis; porque es indispensable que esas cosas sucedan primero, pero el fin no será inmediatamente».

Lucano meditó sobre lo que acababa de escuchar, «... el fin no será inmediatamente». Seguramente, no les había gustado escuchar aquella afirmación.

—Y añadió: «Se levantará *goy* contra *goy*, y *maljut* contra *maljut*; y habrá grandes terremotos, y en diferentes lugares acaecerán hambres y pestilencias;

y tendrán lugar terror y grandes señales del cielo. Pero antes de que sucedan todas estas cosas os echarán mano, y os perseguirán, y os entregarán a las *bet ha-knesset* y os arrojarán a las cárceles, y seréis llevados ante los *mélejim* y ante los *moshlim* por causa de mi nombre. Y esto os dará la oportunidad de dar testimonio. Adoptad en vuestros corazones la determinación de no pensar con anterioridad en cómo habéis de responder en vuestra defensa; porque yo os daré *davar* y *jojmah,* que no podrán resistir ni contradecir aquellos que sean vuestros adversarios. Pero seréis entregados incluso por vuestros *avot,* y *ahim* y parientes, y amigos; y matarán a algunos de vosotros, y seréis aborrecidos de todos por causa de mi nombre. Pero ni un cabello de vuestra cabeza perecerá. Con vuestra paciencia preservaréis vuestras almas».

No se trataba de un panorama demasiado alentador, pensó Lucano, y más si por aquel entonces esperaban un triunfo inmediato. Persecuciones, enfrentamiento con las autoridades, traiciones que llegarían incluso hasta el seno de la familia y todo, absolutamente todo, por causa del hombre que se dirigía a ellos.

—Y entonces —siguió Elazar—, cuando estábamos pendientes de sus palabras como un sediento que ansía beber agua..., oh, entonces..., entonces añadió: «Cuando viereis a Yerushalayim rodeada de ejércitos, sabed entonces que su destrucción ha llegado. Entonces los que estén en Yehudah, que huyan a los montes; y los que se encuentren en medio de ella, que se vayan; y los que estén en los campos, que no entren en ella. Porque éstos son días de retribución, para que se cumplan todas las cosas que están escritas. Pero ¡ay de las que estén embarazadas y de las que críen en aquellos días! porque se producirá una gran calamidad en *ha-arets* e ira sobre *am-Israel*. Y caerán a filo de espada, y serán llevados cautivos entre todos los *goyim;* y Yerushalayim será pisoteada por los *goyim*, hasta que los tiempos de los *goyim* se cumplan. En esos momentos, habrá señales en el sol, en la luna y en las estrellas, y en *ha-arets* angustia de las gentes, confundidas por el bramido del mar y de las olas; desfalleciendo los hombres por el temor y las expectativas de lo que recaerá sobre *ha-arets,* porque las potencias de *ma-shamayim* serán conmovidas».

Lucano volvió a pasear la mirada por el Templo. Costaba creer que aquella visión tan peculiarmente hermosa pudiera verse extirpada de la realidad y, sin embargo, las palabras de Jesús resultaban claras. Los gentiles —¿y que otros gentiles podían ser salvo los romanos?— caerían un día sobre aquel templo, sobre aquella ciudad, sobre aquella tierra, y aniquilarían todo a su paso. El territorio que Dios había prometido a Abraham, hacia el que Moisés había conducido a los israelitas y en el que habían morado durante siglos, sería humillado, pisoteado, dominado por los gentiles con una dureza que carecía de precedentes. En cuanto a sus habitantes... serían deportados entre las naciones. Sin duda, se trataba de una perspectiva pavorosa, pero bien pensado, nada de lo que había anunciado Jesús con aquellas palabras se contradecía con sus enseñanzas anteriores. Por el contrario, había que reconocer que presentaba una notable coherencia con ellas. Puesto que rechazaban la posibilidad de conversión que Juan les había anunciado y que Jesús había predicado durante más de tres años, lo único que les cabía esperar era el juicio de Dios. Como en los días pasados de Isarel, los de los jueces y de los profetas. Sí, toda esa predicación armonizaba con la Historia pasada y con los tratos que Dios había mantenido con su pueblo. Resultaba extraordinariamente lógico, pero no debía de haber causado mucha alegría en los que prestaran oído a Jesús en aquel día.

—Aquellas palabras — continuó Elazar— nos tocaron en lo más hondo. Bueno, debo reconocerte que no era precisamente lo que esperábamos escuchar. Y entonces, como si pudiera leer en nuestros corazones, Yeshua añadió: «Y verán al *Ben ha-Adam*, que vendrá en una nube con poder y gran gloria. Cuando estas cosas comiencen a suceder, erguíos y levantad vuestra cabeza, porque vuestra redención está cerca». También nos dijo un *mashal*: «Mirad la higuera y todos los árboles. Cuando ya brotan, al observarlo, sabéis por vosotros mismos que el verano está ya cerca. De la misma manera, cuando veáis que suceden estas cosas, sabed que está cerca el *maljut ma-shamayim*. De cierto os digo, que para que todo esto suceda, no pasará esta generación».

—Esta generación... —pensó en voz alta Lucas—. Eso significa...

—Cuarenta años —respondió Elazar—. Los mismos que necesitó la generación de incrédulos de Israel para extinguirse en el desierto.

—Entonces ¿crees que Yerushalayim será arrasada dentro de pocos años? —preguntó el médico.

—Así lo enseñó Yeshua —respondió un vozarrón a sus espaldas.

—No estés ahí de pie, Cleopas —dijo el hombrecillo—. Anda, siéntate con nosotros.

Una sonrisa ancha se dibujó en el rostro del gigantón que se apresuró a obedecer las palabras de Elazar.

—También nosotros nos hicimos esa pregunta —reconoció Elazar—. ¿Nos estaba diciendo que el juicio de Adonai iba a producirse en unos años y que antes se vería precedido por la destrucción del *Heijal* y de Yerushalayim por los *goyim?* ¿Podía llegar a producirse semejante catástrofe, una catástrofe aún peor que la que perpetró hace siglos Nebucadnezzar? Y entonces, mientras cavilábamos en todo aquello, Yeshua nos dijo: «El cielo y la tierra pasarán, pero mis palabras no pasarán» y a continuación añadió: «Cuidad de que vuestros corazones no se carguen de glotonería y embriaguez y de las preocupaciones de esta vida, y venga de repente sobre vosotros aquel día. Porque como un lazo vendrá sobre todos los que habitan sobre la faz de todo *ha-arets*. Velad, pues, en todo tiempo, orando, para que seáis tenidos por dignos de escapar de todas estas cosas que vendrán, y de estar en pie delante del *Ben ha-Adam*».

—Nos dejó claro que no podíamos distraernos —intervino Cleopas—. Lo normal en esta vida es que en algunos momentos te entusiasmes, que te sientas tan alegre como cuando entramos en Yerushalayim, que pienses que todo va a ir a las mil maravillas, pero todos los días no son iguales. Quiero decir que, de repente, uno de tus hijos enferma, o tu mujer grita, o tu suegra se hace sentir más de lo que te gustaría, o a lo mejor no pasa nada de eso, pero hay que preocuparse de comer a diario y de que a los tuyos no les falte de nada. Y, poco a poco, sin querer, puedes llegar a olvidarte de que *ha-olam ha-ze* no durará siempre y de que Adonai pedirá cuentas de lo que hemos hecho y de que su juicio, antes o después, acabará ejecutándose. Al final, el *Ben ha-Adam* dejará de manifiesto el final del *olam ha-ze* y se manifestará en toda su grandeza el *olam ha-bah*. Y por aquel entonces el *olam ha-bah* parecía tan cercano...

Cleopas hizo una pausa. El médico habría asegurado que el hombretón tenía un nudo en la garganta. Se dijo que podía esperar perfectamente a que se tranquilizara y guardó silencio. Sin embargo, apenas tardó unos instantes en proseguir su relato.

—Todos los días —continuó Cleopas con voz temblorosa— Yeshua enseñaba en el *Heijal;* y de noche, salía hacia el Monte de los Olivos. Estaba el lugar lleno de peregrinos que habían venido a celebrar *Pésaj* y hubiera sido difícil encontrarlo entre ellos si los *cohanim* hubieran deseado prenderlo.

—Aun así lo detuvieron —intervino Elazar con el pesar envolviendo sus palabras—. Y uno de nosotros les ayudó para que lo hicieran.

Capítulo

5

Te refieres a Yehudah? —preguntó Lucano.
—Sí —musitó con voz apenas audible Cleopas—. ¿A quién si no?

—Estaba cerca la fiesta de los *matsot,* de *Pésaj* —dijo Elazar como si no hubiera escuchado la respuesta de su amigo—. Y los *roshi ha-cohanim* y los *soferim* buscaban cómo matar a Yeshua, pero temían al pueblo y no podían llevar a cabo sus propósitos de cualquier manera. A decir verdad, no era tarea fácil apoderarse de Yeshua. Durante las horas del día, y después de cómo había conseguido dar respuesta a todos los que habían pretendido desacreditarlo, la gente no lo hubiera consentido y se hubiera producido un altercado. Por la noche, ya te he dicho que la multitud que llenaba el Monte de los Olivos impedía que alguien lo pudiera localizar con facilidad y, sobre todo, con la suficiente rapidez como para que no se escabullera entre los peregrinos nada más aparecer la guardia del *Heijal*. Pero Yehudah, el hombre de Keriot, uno de los doce, fue y habló con los *roshi ha-cohanim* y con los jefes de la guardia, para decirles que estaba dispuesto a entregárselo. Por supuesto, ellos se alegraron y acordaron darle dinero. Y él se comprometió con ellos, y se puso a buscar una oportunidad para actuar a espaldas de la gente.

—¿Por qué se comportó así Yehudah? —preguntó el médico.

—Bueno... —comenzó a responder Elazar—. Creo que hacía mucho tiempo ya que había dejado de confiar en Yeshua. No sé si sabes que su padre, Shimón, era un *perush*...

—Sí —respondió Lucano—. Me contaron todo en Galil, lo de cuando Yeshua fue a comer con él...

—Así fue —dijo Elazar—. No sé..., no podría asegurarlo, pero muchas veces he pensado si Yehudah no comenzó ahí a desilusionarse de Yeshua. Hasta entonces había sido alguien entusiasta. ¡No hay más que ver que Yeshua lo eligió para ser uno de los *shelihim!* Pero luego... La verdad es que solemos reaccionar muy mal cuando no se cumplen nuestros sueños.

—¿Y en qué soñaba Yehudah? —preguntó el médico.

Elazar se encogió de hombros, mientras apretaba por un instante los labios.

—Sólo Adonai lo sabe. Quizá esperaba que los *perushim* como su padre siguieran a Yeshua como *mashíaj;* quizá esperaba que todo el *am-Israel* lo aclamara; quizá esperaba que, tras entrar en Yerushalayim, proclamara el *maljut ma-shamayim* y llegara el *olam ha-bah*. El caso es que esperara lo que esperase nada de eso se cumplió. A Shimón no le gustó que lo compararan con una pecadora; a los *perushim* no les gustó que Yeshua les contradijera; a muchos de los que vivían en Galil no les gustó que Yeshua no se proclamara *mélej* y les llenara las andorgas a diario; a no pocos de los peregrinos que habían bajado a Yerushalayim no les gustó que después de la limpieza del *Heijal* no siguiera adelante atacando a los romanos de la torre Antonia y a Yehudah, el hombre de Keriot, seguramente no le gustó ninguna de aquellas cosas. Había soñado mucho y Yeshua era el hombre que había destruido sus sueños de la misma manera que moviendo las manos puedes disipar el humo. Eso era lo que quedaba de aquellos tres años siguiendo a Yeshua. Humo disipado.

—Debió de sufrir mucho —dijo el médico.

—Sin duda, *ah,* sin duda —asintió con la cabeza Elazar—, pero ¿quién era el culpable de sus padecimientos? Él, tan sólo él. Él se había empeñado en aferrarse a sus deseos y cuando comprendió que nunca se cumplirían, no reflexionó, no pensó, no meditó. *No se le pasó por la cabeza, ni aceptó que podía estar equivocado.* Simplemente, se lanzó contra Yeshua con el deseo de destruirlo. Si, de paso, le daban algo de dinero...

—Yo creo que *ha-Shatán* entró en Yehudah —dijo Cleopas.

Lucano se volvió intrigado hacia el hombretón.

—¿Por qué piensas eso?

Cleopas respiró hondo. Saltaba a la vista que toda aquella cuestión removía en su interior algo extraordinariamente doloroso.

—*Ah* —respondió al fin—. Yo conocía bien a Yehudah. Lo vi caminar por trochas y veredas de Galil, y escuchar a Yeshua, y emocionarse al oír sus *meshalim*... Estoy seguro de que hubo una época en que lo amaba, pero, poco a poco, comenzó a detestarlo. Fue como esos maridos que quieren a sus esposas, pero que, con el paso de los años, las empiezan a encontrar insoportables y cuando llegan a esa situación cada palabra, cada acto, incluso cada gesto sólo sirve para irritarlos más y más. Quizá, quizá las cosas no pasarían nunca de ahí, pero, si aparece otra mujer..., oh, si aparece otra mujer, al final, acaban dándole el *guet* a su esposa y casándose con la que acaban de conocer. Eso fue lo que sucedió con Yehudah. De repente, *ha-Shatán* le dijo: «Yehudah, has perdido tres años de tu vida con este indeseable. Ve a hablar con la gente que gobierna el *am-Israel* y ofréceles entregárselo. Y si te dan algo a cambio, no lo rechaces. Acéptalo como una compensación, pequeña por otra parte, por tanto tiempo malgastado». Y Yehudah aceptó.

—Por supuesto —intervino Elazar—, nosotros no podíamos sospechar lo más mínimo lo que estaba planeando. Cuando llegó el día de los *matsot,* en el que hay que sacrificar el cordero de *Pésaj,* Yeshua ordenó a Kefa y a Yohanan: «Id, preparadnos la cena de *Pésaj* para que la comamos». Ellos le preguntaron: «¿Dónde quieres que la preparemos?», y él les respondió: «Mirad, al entrar en la ciudad os saldrá al encuentro un hombre que lleva un cántaro de agua; seguidle hasta la casa donde entre, y decid al padre de familia de esa casa: *Morenu* te dice: "¿Dónde está el aposento donde he de comer la cena de *Pésaj* con mis *talmidim?*". Entonces él os mostrará un gran aposento alto ya dispuesto. Preparadla allí». Y Kefa y Yohanan se marcharon y encontraron todo como les había dicho; y prepararon la cena de *Pésaj.* No hubiéramos podido imaginar...

—Lo que sucedió en la cena —intervino Cleopas— supongo que lo conocerás. Los *goyim* que creéis en el *mashíaj* Yeshua también coméis el pan y bebéis de la copa, ¿verdad?

—Por supuesto —respondió Lucano—. Lo hacemos el primer día de la semana, el que sigue al *shabbat,* pero, si no tenéis inconveniente, me gustaría escuchar cómo lo relatáis vosotros. Es la última vez que Yeshua cenó con sus *talmidim* y creo que es muy importante que me digáis todo lo que podáis saber al respecto.

Cleopas y Elazar intercambiaron una mirada y, a continuación, al unísono, asintieron con la cabeza.

—Cuando era la hora —comenzó a decir Elazar—, Yeshua se puso a la mesa, y con él estaban los *shelihim.* Y les dijo: «¡Cuánto he deseado comer con vosotros esta cena de *Pésaj* antes de padecer! Porque os digo que no la comeré más, hasta que halle su cumplimiento en el *maljut ma-shamayim».* Y, tomando la copa, pronunció una *berajáh* y dijo: «Tomad esto, y repartidlo entre vosotros; porque os digo que no beberé más del fruto de la vid, hasta que venga el *maljut ma-shamayim».*

—Discúlpame, *ah* —le interrumpió Lucano—, pero ¿la copa no la tomó más tarde?

—No, *ah* —respondió Elazar—. Creo que no terminas de entender lo que sucedió. Primero, Yeshua pronunció la *berajáh* por la primera copa, la primera de las cuatro que se beben durante la cena de *Pésaj.* Aquello fue una cena de Pésaj. ¿Comprendes?

Lucano guardó silencio. Por supuesto que sabía que aquello había sido una cena de Pascua, pero debía reconocer que nunca se había preocupado de manera minuciosa por saber lo que aquello significaba con exactitud.

—Y tomó el pan y pronunció una *berajáh* y lo partió y se lo dio, diciendo: «Esto es mi cuerpo, que por vosotros es dado. Haced esto en memoria mía». De igual manera, después de que hubo terminado la cena, tomó la copa...

— ¿Qué número hacía? —preguntó Lucano.

—Era la cuarta. La que se bebe después de concluir la cena —aclaró Elazar.

—Ya veo —dijo el médico—. ¿De esa manera se daba por acabada la celebración?

—Terminada la cena —respondió Elazar.

—Bien —dijo Lucano, que había tenido la sensación de que el judío le respondía con cierta condescendencia, como si explicara todo a un niño o, como era su caso, a un *goy* ignorante de las cosas más elementales.

—Bueno —prosiguió Elazar—. El caso es que Yeshua tomó la copa y dijo: «Esta copa es el *Berit ha-Hadashah* basado en mi sangre, que por vosotros se derrama».

—Se refería al *Berit ha-Hadashah* que anunció el *naví* Yeremyahu... —intervino Cleopas—. Es el

Berit que Adonai concluiría con el *am-Israel* para escribir la Torah en sus corazones y no sólo en tablas de piedra, y para que todos conocieran en su interior al propio Elohim.

Lucano conocía ese extremo sobradamente, pero no quiso privar al hombretón de la satisfacción derivada de enseñar a un *goy* cuál era el significado del Nuevo Pacto que Dios había contraído con Israel a través del mesías Jesús, un Nuevo Pacto que, por añadidura, se abría a los gentiles.

—También les dijo: «Pero he aquí que la mano del que me entrega está conmigo en la mesa. A la verdad el *Ben ha-Adam* va, según lo que está determinado; pero ¡ay de aquel hombre por quien es entregado!». Entonces ellos comenzaron a discutir entre sí quién de ellos sería el que iba a hacer aquello.

—Conozco esa parte de la historia —le interrumpió Lucano.

—Lo imaginaba —dijo Elazar—. Quizá también sepas que Yeshua estaba especialmente preocupado aquella noche por lo que pasarían sus *talmidim* durante las horas siguientes. Por supuesto, era consciente de que existía un traidor y de lo que harían todos, pero ya pensaba en lo que sucedería después de todo aquello y para él lo importante era que supieran cómo comportarse. Cuando los vio disputar sobre quién de ellos iba a ser el mayor cuando se manifestara el *maljut ma-shamayim*, Yeshua les dijo: «Los *mélejim goyim* se enseñorean de ellas, y los que sobre ellas tienen autoridad son llamados bienhechores; pero vosotros no os comportéis así, sino que el mayor entre vosotros sea como el más joven, y el que dirige, como el que sirve. Porque ¿cuál es mayor, el que se sienta a la mesa o el que sirve? ¿No es el que se sienta a la mesa? Pues yo estoy entre vosotros como el siervo. Pero vosotros sois los que habéis permanecido conmigo en mis pruebas. Yo, pues, os asigno un *maljut*, como *Avva* me lo asignó a mí, para que comáis y bebáis a mi mesa en mi *maljut*, y os sentéis en tronos juzgando a las doce tribus de Israel».

—¿Eso dijo? —preguntó Lucano—. Parece..., parece como...

—Como si quisiera animarlos, hablándoles de lo que más les interesaba —dijo Elazar expresando en voz alta lo que pensaba el médico—. Sí, seguramente fue así, pero, como hacía siempre, a pesar de que deseaba infundirles aliento y consuelo, no suavizó su enseñanza. Por ejemplo, Yeshua le dijo a Kefa: «Shimón, Shimón, he aquí que *ha-Shatán* os ha pedido para zarandearos como a trigo; pero yo he rogado por ti, que tu *emunah* no falte; y tú, una vez que te vuelvas, confirma a tus hermanos».

—¿Qué te vuelvas? —dijo Lucano—. ¿Estaba sugiriendo Yeshua que Kefa cometería un pecado te-

EL HIJO DEL HOMBRE

rrible, tan espantoso que tendría que volverse, que abrazar la *teshuvah*?

—Exactamente —respondió Elazar—. Eso es lo que le estaba diciendo. Kefa iba a caer en un pecado de enorme gravedad, tanto que, para pedir perdón por él, debería abrazar la *teshuvah* igual que los que habían sido sumergidos en el Yardén por Yohanan. Claro, cuando Kefa escuchó aquello le dijo: «*Adoní*, estoy dispuesto a ir contigo no sólo a la cárcel, sino también a la muerte». En otras palabras, negó de plano la posibilidad de que fuera a caer en una conducta que pudiera exigir que necesitara *teshuvah*. ¿Cómo iba a ser así con los sentimientos que albergaba su corazón? Pero Yeshua le dijo: «Kefa, te digo que el gallo no cantará hoy antes que tú niegues tres veces que me conoces». Y entonces se volvió a los *shelihim* y les dijo: «Cuando os envié sin bolsa, sin alforja y sin calzado, ¿os faltó algo?». Ellos dijeron: «Nada». Y les dijo: «Pues ahora, el que tiene bolsa, tómela, y también la alforja; y el que no tiene espada, venda su capa y compre una. Porque os digo que todavía es necesario que se cumpla en mí aquello que está escrito: Y fue contado con los inicuos; porque lo que está escrito de mí, tiene cumplimiento».

—Permíteme ver si te he comprendido bien —dijo Lucano—. Yeshua les anunció que le abandonarían y que incluso Kefa incurriría en una trasgresión tan terrible que necesitaría *teshuvah*...

—Sí, así fue.

—Ya, pero, a la vez, les aseguró que todo sería por un tiempo únicamente, que, al final, disfrutarían del *maljut ma-shamayim,* aunque debían ser conscientes de que en ese *maljut* no regían las normas propias de los *goyim.*

—Lo has comprendido a la perfección —aceptó Elazar con un tono de pesar en la voz—. Desde luego, mucho mejor de lo que entonces lo entendieron los *shelihim.* Cuando escucharon a Yeshua decir que se hicieran con una espada, no entendieron que simplemente les hablaba como en un *mashal,* indicando la situación de peligro por la que iban a atravesar. Tan mal lo entendieron que le dijeron: «Adoní, aquí hay dos espadas».

—¿Eso dijeron? —exclamó Lucano sorprendido por la torpeza de los *shelihim*—. ¿Y Yeshua no les comentó nada?

—Sí —respondió Elazar con el rostro ensombrecido—. Les dijo: «Ya basta». Desde luego, no resulta extraño que estuviera cansado de su falta de comprensión. En realidad, lo que sorprende es la compasión y la paciencia que mostró hacia ellos en todo momento. Después de salir de la casa en la que estaban...

—Luego la iremos a ver, si quieres —terció Cleopas.

EL HIJO DEL HOMBRE

—... se fue, como solía, al Monte de los Olivos; y sus *talmidim* también le siguieron. Cuando llegó a aquel lugar, les dijo: «Orad para que no entréis en tentación». Y él se apartó de ellos a distancia como de un tiro de piedra; y, de rodillas, oró, diciendo: «*Avva*, si quieres, pasa de mí esta copa; pero no se haga mi voluntad, sino la tuya». Estaba en una verdadera agonía, pero siguió orando cada vez con más intensidad y era su sudor como grandes gotas de sangre que caían hasta la tierra.

—¿Cómo has dicho? —le interrumpió el médico.

—¿A qué te refieres?

—A lo de la sangre —respondió Lucano—. Dices que su sudor se convirtió en gotas de sangre que caían a tierra.

—Sí, así fue. Los *talmidim* pudieron verlo después, cuando se les acercó.

El médico guardó silencio. Había tenido ocasión de conocer un par de casos semejantes a lo que acababa de escuchar. Se trataba de gente que experimentaba un sufrimiento tan agudo, tan cruel, tan insoportable que, en un momento dado, las venitas que recorren la parte superior del cráneo estallaban. Cuando eso sucedía, la sangre se mezclaba con el sudor y adoptaba la forma de unos goterones de aspecto grumoso. Sin duda, eso debía de haberle sucedido a

Yeshua y ¡qué grandes tenían que haber resultado sus padecimientos para que se acabara produciendo aquel fenómeno tan excepcional!

—El caso es que cuando Yeshua se levantó de la oración, y se acercó a sus *talmidim*, los halló durmiendo. Estaban tan abatidos que la tristeza los había sumido en el sueño. Entonces les dijo: «¿Por qué dormís? Levantaos, y orad para que no entréis en tentación». Pero mientras les estaba hablando, se presentó una turba; y Yehudah, el de los doce, iba al frente de ellos.

Elazar se detuvo. Saltaba a la vista que, a medida que avanzaba en el relato, se sentía cada vez más abrumado por una asfixiante sensación de agobio que llegaba hasta el punto de dificultarle la respiración.

—Yehudah era indispensable para saber, en medio de las tinieblas de la noche, quién era Yeshua. Tenía que identificarlo, para que lo prendieran inmediatamente, para que no pudiera escapar mezclándose con los peregrinos que dormían en el monte y..., y se comportó según lo acordado. Se acercó hasta Yeshua para besarle. Entonces Yeshuah le dijo: «Yehudah, ¿con un beso entregas al *Ben ha-Adam?*». Creo que en esos momentos, Yeshua le estaba diciendo: «Yehudah, ¿te das cuenta de que eres tú mismo el que está aniquilando todo aquello que has ansiado durante años? No he sido yo el culpable de tus frustraciones, de tus amarguras, de tus odios. Eres tú, que ahora estás entregando no a Yeshua, un artesano de Netseret, sino al mismísimo *Ben ha-Adam*. ¡Y lo haces con un beso!».

—Por supuesto, los *talmidim* pensaron en resistir —intervino Cleopas—. Al darse cuenta de lo que iba a suceder, gritaron: «*Adoní*, ¿echamos mano de la espada?». Incluso uno de ellos hirió a un siervo del *cohen ha-gadol* y le cortó la oreja derecha. Pero Yeshua no deseaba que hubiera violencia y les dijo: «Ya basta. Dejadlo». Y tocando su oreja, le sanó. Y luego indicó a los *roshi ha-cohanim*, a los jefes de la guardia del *Heijal* y a los *ziqenim*, que habían venido contra él: «¿Como contra un ladrón habéis salido con espadas y garrotes? Cuando estuve con vosotros cada día en el *Heijal*, no extendisteis las manos contra mí; pero ésta es vuestra hora, y la potestad de las tinieblas». Y prendiéndole, lo arrastraron y lo condujeron a casa del *cohen ha-gadol*.

—¿Qué pasó con Shimón, me refiero a Kefa? —indagó Lucano, que no podía apartar de su mente las palabras que había dirigido Yeshua al pescador.

—Kefa se puso a seguirle de lejos —dijo Cleopas—. Fue así como llegó a la casa del *cohen ha-gadol* y, con la intención de averiguar lo que sucedía con Yeshua, se confundió con la gente que se encontraba allí. Hacía frío aquella noche, de manera que habían encendido un fuego en medio del patio y se habían sentado alrededor, y Kefa se sentó también entre ellos.

Pero una criada, al verle junto al fuego, se fijó en él, y dijo: «También éste estaba con él». Pero él lo negó, diciendo: «Mujer, no lo conozco». Un poco después, al verlo otro, dijo: «Tú también eres de ellos». Y Kefa dijo: «Hombre, no lo soy». Como una hora después, otro afirmó: «Verdaderamente también éste estaba con él, porque es galileo». Y Kefa dijo: «Hombre, no sé lo que dices». Y enseguida, mientras él todavía estaba hablando, el gallo cantó. Y en esos momentos precisamente fue cuando sacaron a Yeshua y miró a Kefa; y Kefa se acordó de la palabra de *ha-Adon*, que le había dicho: «Antes de que el gallo cante, me negarás tres veces». Y Kefa, saliendo fuera de la casa, se echó a llorar amargamente.

—Los hombres que custodiaban a Yeshua —comenzó a decir Elazar— se habían estado burlando de él y agrediéndolo; y, tras vendarle los ojos, le habían golpeado la cara, y le habían preguntado: «*Naví*, ¿quién es el que te ha atizado?». Y le habían dicho otras muchas cosas injuriándole. Cuando ya se hizo de día, se juntaron los *ziqenim* del pueblo, los *roshi ha-cohanim* y los *soferim* y le trajeron al Sanhedrín. Fue en ese momento cuando, al salir, Yeshua vio a Kefa. Justo cuando acababa de cantar el gallo.

—Esperaron a que fuera de día... —dijo el médico dando pie a sus acompañantes para que le brindaran una explicación de aquella circunstancia.

—Porque nadie puede ser juzgado en las horas nocturnas —respondió inmediatamente Elazar—. Lo cierto es que nada más amanecer se lo llevaron al Sanhedrín y le dijeron: «¿Eres tú el *mashíaj?* Dínoslo». Y les dijo: «Si os lo dijere, no creeréis; y si os preguntare, tampoco me responderéis, ni me soltaréis. Pero desde ahora el *Ben ha-Adam* se sentará a la diestra de la *guevurat ha-Elohim*». Le preguntaron todos: «¿Luego eres tú el *Ben ha-Elohim?*». Y él les dijo: «Vosotros decís que lo soy». Entonces ellos exclamaron: «¿Qué más testimonio necesitamos?, porque nosotros mismos lo hemos oído de su boca». Entonces todos ellos llevaron a Yeshua a Pilato.

Capítulo

6

Lucano observó la dependencia. Efectivamente, como ya le habían dicho, se hallaba situada en un piso alto al que se accedía por una escalerita empinada. No era un cuarto lujoso, pero tampoco resultaba pequeño. Para una docena larga de personas, seguramente habría bastado. Claro que si los asistentes no buscaban cenar con tranquilidad sino dedicarse a otro tipo de menesteres, la sala podía albergar a un número muy superior.

—Aquí fue donde Yeshua celebró la cena de *Pésaj*... —se oyó diciendo.

—Así es, *ah* —respondió Cleopas—. Su dueño la entregó a la comunidad hace muchos años y solemos reunirnos aquí para orar y estudiar la Torah.

Sí, no cabía duda, se dijo Lucano, aquel sitio estaba reservado ahora para la oración y el estudio. Al fondo, podía contemplarse una arqueta donde, con seguridad, se brindaba albergue a un *séfer* Torah y además estaban las estanterías del fondo en que reposaban distintos rollos. Supuso que no serían sólo copias de las Escrituras.

—¿Qué está escrito en esos *seferim?* —preguntó Lucano.

—La Torah, los *nevim,* los *ketubim...* —comenzó a enumerar Cleopas.

—La colección de *devarim* de Yeshua que escribió Matai —añadió Elazar—. Los *toledot* de Yeshua, algunos escritos de los *shelihim...* ¿Deseas consultar algo?

Por supuesto que lo deseaba, pero antes le urgía concluir con la última parte de la historia de Yeshua. Si llegaban a contársela antes de la hora de la comida, quizá podría aprovechar la tarde para empezar su examen de los textos.

—Lo agradecería mucho —respondió—, pero, si fuera posible, preferiría escuchar ahora el final de la historia que me empezasteis a contar esta mañana.

Elazar señaló con la mano un poyo modesto que recorría parte del muro. Lucano se acomodó. La piedra estaba muy fría, pero con el calor que llenaba las calles de Yerushalayim, el médico encontró aquella sensación muy agradable.

—Nos habíamos quedado...

—En que lo llevaban a Pilato —dijo el médico.

—Sí, claro —recordó súbitamente Elazar—. Pues bien, cuando amaneció, lo condujeron al gobernador y comenzaron a acusarle, diciendo: «A éste hemos hallado que pervierte a la nación, y que prohíbe dar tributo a Qaisar, diciendo que él mismo es el *mashíaj*, un *mélej*». Entonces Pilato le preguntó, diciendo: «¿Eres tú el *mélej* de los *yehudim*?». Y respondiéndole él, dijo: «Tú lo dices». Y Pilato dijo a los *roshi ha-cohanim* y a la gente: «Ningún delito hallo en este hombre». Pero ellos insistían, diciendo: «Alborota al pueblo, enseñando por toda Yehudah, comenzando desde Galil hasta aquí». Entonces Pilato, al escuchar que mencionaban Galil preguntó si el hombre era *galili* y al saber que era de la jurisdicción de Herodes, le remitió a Herodes.

—Entiendo que Pilato no quisiera asumir la posibilidad de sufrir un problema de competencias —dijo Lucano—, pero Herodes... ¿no estaba por esas fechas en Galil?

—Herodes había bajado a celebrar *Pésaj* como tantos *yehudim* —respondió Elazar—. Es cierto que era un malvado, que quebrantaba la Torah y que había dado orden de ejecutar a Yohanan, pero aun así cumplía con las *mitsvot* relativas a las festividades. Pilato sabía lo que se hacía enviándole a Yeshua. Por cierto que al verlo, Herodes se alegró mucho, porque hacía tiempo que tenía deseos de conocerlo, porque había oído muchas cosas acerca de él, y esperaba verle realizar alguna señal. Y se puso a hacerle muchas preguntas, pero Yeshua no le respondió nada. Y estaban los *roshi ha-cohanim* y los *soferim* acusándole con gran vehemencia. Entonces Herodes con sus soldados manifestó su desprecio por Yeshua y lo escarneció, vistiéndole con una ropa espléndida; y volvió a enviarlo a Pilato.

—De manera que Herodes no quiso cargar con la responsabilidad de condenar a Yeshua... —observó Lucano.

—Más bien lo que no quiso fue hacer un favor a los *roshi ha-cohanim* —respondió Elazar—. Quizá no hubiera tenido inconveniente en ordenar la muerte de Yeshua después de ver que no abría la boca, pero, al contemplar a los que lo acusaban, decidió aprovechar la ocasión para humillarlos y hacerles sentir que los despreciaba. Claro a partir de entonces Pilato y Herodes se hicieron amigos, porque los dos estaban encantados de mofarse del Sanhedrín. Y eso que antes habían estado enemistados...

Lucano se dejó caer hacia atrás suavemente hasta que su espalda tocó la irregular pared de piedra.

No se podía negar que Yeshua se había encontrado con la peor gente que imaginarse pudiera. Pilato no quería sino librarse de problemas; Herodes tampoco tenía intención de hacer justicia y por lo que se refería a los principales sacerdotes..., ésos habían tenido decidida la sentencia desde el principio.

—Cuando Pilato se encontró con que Herodes le enviaba nuevamente a Yeshua, convocó a los *roshi ha-cohanim,* a los gobernantes y al pueblo y les dijo: «Me habéis presentado a éste como un hombre que perturba al pueblo; pero, después de interrogarlo delante de vosotros, no he hallado en él delito alguno de aquellos de que le acusáis. Ni tampoco lo hizo Herodes, porque os remití a él; y mirad, nada digno de muerte ha hecho este hombre. Le soltaré, pues, después de imponerle un castigo».

—¿Por qué un castigo? —preguntó el médico.

—Pilato era un malvado —respondió el anciano—. Desde su llegada, no había perdido ocasión de ocasionar afrentas y humillaciones al *am-Israel.* Pero no estaba dispuesto a cometer injusticias por cuenta de otro y mucho menos a dar la sensación de que era un instrumento fácil para que el *cohen ha-gadol* se deshiciera de los que no le gustaban. Yeshua era inocente. No existían razones para ejecutarlo, pero para que el *cohen ha-gadol* tampoco se sintiera demasiado molesto, demasiado ofendido, demasiado desacreditado ante la gente a la que debía dominar en favor de Roma, Pilato le ofrecía la posibilidad de aplicar a Yeshua una pena de flagelación que no merecía, pero que constituiría una lección clara.

—Pero el *cohen ha-gadol* no se conformó...

—No —respondió Elazar—. La única salida aceptable para él consistía en que Yeshua fuera crucificado. Así nadie iría agitando los ánimos en el futuro y provocando el riesgo de que los romanos intervinieran y, por ejemplo, destruyeran el *Heijal*.

—Pero Pilato...

—Pilato hizo lo posible por no verse avasallado por el *cohen ha-gadol*. Una cosa era no humillarlo y otra capitular ante él. Como tenía necesidad de soltarles un recluso en cada fiesta de *Pésaj*, les ofreció la posibilidad de que fuera Yeshua. Seguramente, creía que así todos quedarían contentos.

—Se equivocó... —pensó en voz alta el médico.

—Totalmente —reconoció Elazar con voz sombría—. Toda la multitud comenzó a dar voces a una, diciendo: «¡Fuera con éste, y suéltanos a Barrabás!».

—Barrabás —dijo Cleopas mientras se acercaba a Lucano y se sentaba a su lado— había sido arrojado en la cárcel por sedición en la ciudad, y por un homicidio.

—Les habló otra vez Pilato —continuó el relato Elazar—, queriendo soltar a Jesús, pero ellos volvieron a dar voces, diciendo: «¡Crucifícale, crucifícale!». Él les dijo por tercera vez: «¿Pues qué mal ha hecho éste? Ningún delito digno de muerte he hallado en él; le impondré un castigo, pues, y le soltaré». Pero seguían insistiendo a grandes voces, pidiendo que fuese crucificado. Y, al final, las voces de ellos y de los *roshi ha-cohanim* prevalecieron. Entonces Pilato dictó sentencia para que se hiciese lo que ellos pedían; y les soltó a aquel que había sido echado en la cárcel por sedición y homicidio, a quien habían pedido; y entregó a Yeshua a la voluntad de ellos.

—Y así se lo llevaron para crucificarlo —dijo Cleopas—, pero..., pero todos los que lo conocían y las mujeres que le habían seguido desde Galil estaban mirando todo esto desde lejos. Yeshua había quedado destrozado después de la flagelación. En realidad, fue un prodigio que pudiera mantenerse en pie. Por supuesto, era imposible que llevara la cruz hasta el lugar de la ejecución, así que echaron mano de cierto Shimón de Cirene, que venía del campo, y le cargaron con ella para que la llevase detrás de Yeshua.

—Le seguía gran multitud del pueblo, y de mujeres que lloraban y se lamentaban por él —siguió narrando Elazar—. Pero Yeshua, volviéndose hacia ellas, les dijo: «*Benot* Yerushalayim, no lloréis por mí, sino llorad por vosotras mismas y por vuestros *benim*. Porque mirad que vendrán días en que dirán: *Asherí* las estériles, y los vientres que no concibieron, y los pechos que no criaron. Entonces comenzarán a decir a los montes: Caed sobre nosotros; y a los collados: Cubridnos. Porque si en el árbol verde hacen estas cosas, ¿en el seco, qué no se hará?».

Lucano recordó a Shlomit, la mujer que le había contado tantas cosas en Galil. Sí, no cabía duda de que las mujeres habían seguido a Yeshua hasta el último momento, hasta cuando Kefa lo había negado y buena parte de los *talmidim* habían desaparecido. ¿Podía sorprender que a ellas les hubiera dedicado algunas de sus últimas palabras, tan sólo para decirles que no se preocuparan por él, sino que pensaran en ellas y en sus hijos?

—Llevaban también con él a otros dos, que eran malhechores, para que les dieran muerte —continuó con voz sombría Elazar—. Y cuando llegaron al lugar llamado de la Calavera, le crucificaron allí, y a los malhechores, uno a la derecha y otro a la izquierda. Y Yeshua decía: «*Avva*, perdónalos, porque no saben lo que hacen».

—Y repartieron entre sí sus vestidos, echando suertes —dijo Cleopas—. Y el pueblo estaba mirando; y aun los gobernantes se burlaban de él, diciendo: «A otros salvó; que se salve a sí mismo, si éste es el *mashíaj*, el escogido de Elohim». Los soldados también le escarnecían, acercándose y presentándole vinagre, y diciendo: «Si tú eres el *mélej yehudim*, sálvate a ti mismo». Habían colocado sobre él un título escrito con letras griegas, latinas y hebreas: ÉSTE ES EL MÉLEJ YEHUDIM. Y uno de los malhechores que estaban colgados a su lado le injuriaba, diciendo: «Si tú eres el *mashíaj*, sálvate a ti mismo y a nosotros». Pero el otro le respondió reprendiéndole: «¿Ni siquiera temes a Elohim sufriendo la misma condena? Nosotros, verdaderamente, sufrimos con justicia porque recibimos lo que merecieron nuestros hechos; pero éste ningún mal hizo».

—Nunca había escuchado ese relato —interrumpió Lucano—. Sabía que había más condenados cuando lo crucificaron e incluso que lo habían insultado, pero...

—Durante aquellas horas, aquel hombre contempló a Yeshua y distinguió de sobra que no era igual que ellos —continuó Elazar como si no hubiera escuchado la observación del médico—. No era un delincuente como ellos. No era un malhechor como ellos. No era un transgresor de la Torah como ellos. Ni siquiera era un sedicioso. Era alguien al que habían condenado por ser el *mashíaj*. Y entonces seguramente comenzó a pensar si se trataba de una sentencia injusta. ¿Y si, verdaderamente, lo era? Y entonces comprendió que insultar a Yeshua... Bueno, no sólo era una indignidad, es que además significaba dar la espalda a lo que Elohim ofrecía al *am-Israel*. Y comenzó a reprender a su antiguo compañero de delitos y luego, volviéndose a Yeshua, le dijo: «Acuérdate de mí cuando vengas en tu *maljut*». Entonces Yeshua le respondió: «De cierto te digo que hoy estarás conmigo en el *Gan* Edén».

—Era como el *mojes* que había pedido perdón en el *Heijal* —dijo Lucano—. Me refiero al *mashal*...

—Sí, sé el *mashal* al que te refieres —respondió Elazar—. Efectivamente, es igual. Como también es igual al del *ben* que abandonó a su *av* y a su *ah* para gastar todo su *qesef* en una nación lejana. Todos ellos tenían una existencia repleta de pecados y de desobediencias a las *mitsvot* de Adonai. Sin embargo, comprendieron que Elohim les abría la puerta del perdón para que abrazaran la *teshuvah* y actuaron en consecuencia. Aquel infeliz pudo seguir el camino de la desesperación y de la ira que embargaban a su compañero, pero optó por aceptar la *Besoráh* de que Yeshua era el *mashíaj* y de que con él llegaría el *maljut*.

—No fue el único que comprendió quién era Yeshua —dijo Cleopas— y eso que entonces era un simple condenado que estaba agonizando.

—Es verdad —confirmó Elazar—. Verás. Cuando era como la hora sexta, hubo tinieblas sobre toda la tierra hasta la hora novena. Y el sol se oscureció y..., y el velo del *Heijal* se rasgó por la mitad. Entonces Yeshua, clamando a gran voz, dijo: «*Av*, en tus manos encomiendo mi espíritu». Y habiendo dicho esto, expiró. Cuando el centurión vio lo que había acontecido, dio *kavod* a Elohim, diciendo: «Verdaderamente este hombre era un *tsadiq*». También él, un *goy* idólatra, se percató de que no existía ninguna razón para ejecutar a Yeshua, de que era una injusticia absoluta.

—¿Cómo poder decirte el dolor que se apoderó de nosotros? —dijo Cleopas mientras el rostro se le contraía en un gesto de insoportable pesar—. Cuando expiró, todos los que estábamos presentes, al ver lo sucedido, nos volvimos golpeándonos el pecho.

—Había un hombre llamado Yosef, de Ramatayim, una ciudad de Yehudah —dijo Elazar—. Era un miembro del Sanhedrín, un hombre bueno y un *tsadiq*. También esperaba el *maljut ma-shamayim*, y no había consentido ni en lo que habían acordado ni en lo que habían llevado a cabo. Fue a Pilato, y pidió el cuerpo de Yeshua. Y quitándolo de la cruz, lo envolvió en una sábana, y lo puso en un sepulcro abierto en una peña, en el que todavía no se había puesto a nadie. Era día de la preparación, y estaba por comenzar el *shabbat*. Y las mujeres que habían venido con él desde Galil, lo siguieron también ahora, y vieron el sepulcro, y cómo era colocado su cuerpo. Y, regresando, prepararon especias aromáticas y ungüentos; y descansaron el día de *shabbat,* conforme a la *mitsvah.*

—Parecía que todo había terminado... —dijo Cleopas conteniendo a duras penas las lágrimas.

—Sí, parecía que todo había terminado... —corroboró Elazar.

Capítulo
7

E l primer día de la semana —dijo Elazar—.
Muy de mañana, las que lo habían seguido desde Galil vinieron al sepulcro, trayendo las especias aromáticas que habían preparado, y algunas otras mujeres
iban con ellas. Y hallaron removida la piedra que cerraba la tumba; y al entrar, no hallaron el cuerpo de
Yeshua. Estaban pasmadas por aquello y entonces, en
ese mismo momento, se detuvieron junto a ellas dos
hombres con vestiduras resplandecientes; y como estaban asustadas y bajaban el rostro, les dijeron: «¿Por
qué buscáis entre los muertos al que vive? No está aquí,
sino que se ha levantado. Acordaos de lo que os habló,
cuando aún estaba en Galil: Es necesario que el *Ben ha-
Adam* sea entregado en manos de hombres pecadores,
y que sea crucificado, y que se levante al tercer día».

—Entonces ellas se acordaron de las palabras de Yeshua —dijo Cleopas— y, regresando del sepulcro, dieron la noticia de todas estas cosas a los once, y a todos los demás.

—¿Quiénes eran *ellas?* —preguntó Lucano deseando concretar lo más posible las identidades de los testigos.

—Miriam la Magdalít, y Yohanna, y Miriam, la madre de Yakov... —respondió Elazar—. Sí, y además había otras mujeres con ellas, que también dijeron estas cosas a los *shelihim.*

—Pero a ellos les parecían una locura las palabras de las mujeres —intervino Cleopas— y no las creían.

—Aunque Kefa no pudo evitar acercarse —dijo ahora Elazar—. Se levantó, corrió al sepulcro; y cuando miró dentro, vio los lienzos solos. Y se fue a casa maravillándose de lo que había sucedido.

—Y entonces sucedió lo inesperado —volvió a intervenir Cleopas—. Elazar y yo nos dirigíamos a una aldea que se llama Ammaús y que está a sesenta estadios de Yerushalayim. Íbamos charlando entre nosotros de todas las cosas que habían acontecido y sucedió que mientras hablábamos y discutíamos, se acercó un hombre y comenzó a caminar a nuestro lado. Y nos dijo: «¿De qué vais hablando mientras camináis?».

—También preguntó por qué estábamos tan tristes... —dijo Elazar.

—Sí, es cierto —reconoció Cleopas—. También nos preguntó por qué estábamos tan tristes. *¡Baruj ha-Shem!* ¿Que por qué estábamos tan tristes? Me volví y le dije: «¿Eres tú el único forastero en Yerushalayim que no se ha enterado de las cosas que han sucedido en la ciudad durante estos días?». Entonces nos dijo: «¿De qué cosas?». No podía dar crédito a lo que acababa de preguntarme. ¡De qué cosas! Me volví no sé si más indignado o más lleno de dolor y le dije: «De Yeshua *ha-Notsrí*, que fue un *naví*, poderoso en obra y en palabra delante de Elohim y de todo *am-Israel;* y de cómo le entregaron los *roshi ha-cohanim* y nuestros gobernantes a sentencia de muerte, y cómo le crucificaron».

—Lo que dice Cleopas es totalmente cierto —señaló Elazar—. Estábamos destrozados, deshechos, conteniendo a duras penas las ganas de llorar y, de pronto, aparece aquel sujeto que no sabía nada de nada, que no tenía idea de nada, que no se había enterado de nada..., me volví a él y le dije: «Nosotros esperábamos que él era el que había de redimir a Israel; y hoy, por añadidura, se cumple ya el tercer día desde que sucedió todo». ¿Es que no se daba cuenta aquel patán que nos había salido por el camino de que habíamos pasado tres días de dolor, de desesperanza, de desilusión porque aquel en el que habíamos confiado, aquel al que habíamos entregado nuestra vida, había terminado su vida en una cruz romana a la que lo habían empujado algunos de nuestros gobernantes más principales sin excluir a los *roshi ha-cohanim?*

—Elazar estaba tan hundido... —suspiró Cleopas—. Pero tampoco era cuestión de tomarla con aquel ignorante. Entonces le dije: «También nos han asombrado unas mujeres de las que están entre nosotros, las que antes de que amaneciera el día fueron al sepulcro; y como no hallaron su cuerpo, vinieron diciendo que también habían contemplado una visión de ángeles y que les habían dicho que vive. Y fueron algunos de los nuestros al sepulcro, y hallaron las cosas como las mujeres habían dicho, pero a él no le vieron».

—Entonces el hombre aquel que se nos había juntado en el camino se detuvo, se colocó delante de nosotros y dijo: «¡Oh insensatos, y tardos de corazón para creer todo lo que los *nevim* han dicho! ¿No era necesario que el *mashíaj* padeciera estas cosas, y que entrara en su *kavod?*». Y entonces comenzando desde Moshé, y siguiendo por todos los *nevim*, nos fue diciendo todo lo que las Escrituras afirmaban sobre el *mashíaj*. Nos mostró cómo el *mashíaj* sería traicionado por uno de sus *talmidim*, cómo debía nacer en Bet-lehem, cómo entraría en Yerushalayim montado en un asno, cómo sería rechazado por los principales de Israel...

—Nos mostró cómo se repartirían sus vestiduras en el momento de su muerte vergonzosa... —añadió Cleopas—. Y cómo iniciaría su ministerio en Galil y, sobre todo, cómo no sería un *mashíaj* guerrero sino el siervo de Adonai del que habló hace siglos Isayahu.

—Sí —corroboró Elazar—. Isayahu había descrito con tanta precisión lo que había sufrido Yeshua..., la manera en que lo habían tenido en poco, en que había sido juzgado de manera injusta, en que lo habían llevado como oveja al matadero, en que no había abierto la boca ante sus acusadores, en que lo habían destinado a ser sepultado con delincuentes, pero su cadáver había sido depositado, finalmente, en la tumba de un hombre rico... Todo eso lo había escrito casi ocho siglos antes y nosotros lo habíamos visto con nuestros propios ojos. *Lo habíamos visto y no habíamos entendido nada.*

—No habíamos comprendido que, como había anunciado el *naví* Yeshayahu, muchos pensaban que era el propio Elohim el que lo había condenado, cuando, en realidad, tan sólo cargaba sobre él los pecados de todos nosotros. Yeshua había consumado la expiación que habíamos anunciado tantas veces en el *Yom Kippur* y lo había hecho muriendo por nosotros en aquel patíbulo romano.

—Y ahora, como también había anunciado el *naví* Yeshayahu —añadió Elazar—, «tras poner su vida en expiación por el pecado», había visto la luz, se había levantado de entre los muertos..., como habían dicho las mujeres.

—Así, charla que te charla —dijo el hombretón—, llegamos a la aldea adonde nos dirigíamos y entonces aquel sujeto hizo como que tenía que seguir el camino porque iba más lejos, pero, a esas alturas, no sé..., le habíamos cogido cariño..., hablaba tan bien... y...

—Y le obligamos a que no se marchara —reconoció Elazar—. Le dijimos: «Quédate con nosotros, porque se hace tarde, y el día ya ha declinado».

—Y entró a quedarse con nosotros —dijo Cleopas mientras una sonrisa luminosa se asomaba a sus labios—. Y cuando estaba con nosotros a la mesa, tomó el pan y pronunció una *berajáh*, lo partió, y..., y nos dio...

—Entonces se nos abrieron los ojos y reconocimos que era Yeshua.

—Sí —corroboró Cleopas juntando las manos—. Era Yeshua. El hombre que nos había acompañado durante buena parte del camino, que nos había citado un pasaje tras otro de la Torah y de los *nevim*... Ese mismo no era otro que Yeshua, Yeshua que se había levantado de entre los muertos como nos había anunciado. Y nosotros con la vista totalmente veladas...

—Nos miramos sorprendidos —dijo Elazar—. Sí, muy sorprendidos, claro, pero, a la vez, tan llenos de alegría, de emoción, de gozo y entonces volvimos la mirada hacia él. Por un instante, nada más que un instante, pudimos contemplarlo y luego..., luego desapareció.

Capítulo

8

Desapareció?

—Sí —dijo Cleopas—. Se desvaneció ante nuestros ojos.

Un silencio peculiar pareció descender sobre el recinto. En la calle, una mujer gritaba a un niño que, al parecer, haraganeaba en vez de obedecerla. Por la ventana, penetraba un chorro de luminosidad amarilla que hería la oscura pared de piedra arrancándole extrañas figuras. Lucano se preguntó por un instante cómo habría sido la luz que había contemplado a Yeshua, levantado de entre los muertos, ante Cleopas y Elazar.

—Cuando Yeshua desapareció —comenzó a decir Elazar— nos dijimos: «¿Acaso no ardía nuestro corazón dentro de nosotros, mientras nos hablaba en el camino, y cuando nos abría las Escrituras?». Y en ese mismo momento, nos pusimos en pie y nos volvimos a Yerushalayim.

—Era de noche —dijo Elazar—, pero ¿qué más nos daba? ¿Acaso el dormir o el viajar seguros podían ser más importante que contar lo que habíamos escuchado y visto? Y además con lo que nos ardía en el pecho no habríamos podido pegar ojo.

—Encontramos a los once reunidos con algunos otros *talmidim* —rememoró Cleopas—. Estaban sentados aquí mismo. Nosotros, claro está, pensábamos que les íbamos a dar una sorpresa, pero, nada más entrar, nos dijeron: «Verdaderamente se ha levantado de los muertos *ha-Adon* y se ha aparecido a Shimón». Y nosotros nos pusimos a contarles las cosas que nos habían acontecido en el camino, y cómo habíamos reconocido a Yeshua al partir el pan. Y entonces...

—¿Puedes ver el punto en el que da la luz contra la pared? —preguntó Elazar al médico.

Lucano dirigió la mirada hacia el sitio que acababa de indicarle el hombrecillo.

—¿Te refieres al lugar donde parece que se juntan las dos piedras?

Elazar asintió con la cabeza, mientras Cleopas corría hacia la línea indicada.

—Sí, aquí —señaló entusiasmado el hombretón—. Aquí. Aquí mismo.

—Aún estábamos hablando de estas cosas —dijo Elazar— cuando Yeshua se puso en medio de nosotros, justo ahí donde está ahora Cleopas, y nos dijo: «*Shalom lajem*». Entonces, nos quedamos espantados y atemorizados, porque pensábamos que estábamos viendo un *ruaj*.

—Eso pensábamos. Es cierto —confirmó Cleopas—. Pero él nos dijo: «¿Por qué estáis turbados, y vienen a vuestro corazón estos pensamientos? Mirad mis manos y mis pies, que soy yo mismo. Palpad, y ved; porque un *ruaj* no tiene carne ni huesos, como veis que yo tengo», y mientras nos decía todo esto, nos mostró las manos y los pies. Y ahí..., oh, *Baruj ha-Shem*, ahí estaban las huellas de los clavos con que lo habían sujetado a la cruz. Sí, era él. No un *ruaj*, no una aparición, no una visión. *Era él mismo.*

—Estábamos tan contentos que no podíamos creerlo —reconoció sonriendo Elazar—. Y más después de todo lo que habíamos pasado esos tres días. Y entonces nos dijo: «¿Tenéis aquí algo de comer?». Entonces le dimos parte de un pez asado, y un panal de miel. Lo que había.

—Y él lo tomó, y comió delante de nosotros —dijo Cleopas—. Como lo harías tú o yo o Elazar. Como alguien que es realmente de carne y hueso. Creo que nunca antes habíamos visto con tanto interés cómo alguien se metía un pedazo de pescado en la boca. Sí. Era Yeshua. No podía existir duda alguna. El que había sido crucificado, el que conservaba las huellas de los clavos en las manos, el que se había levantado de entre los muertos.

—Cuando despachó el pescado y comió un poco de miel nos miró y nos dijo: «Éstas son las palabras que os hablé, estando aún con vosotros: que era necesario que se cumpliese todo lo que está escrito de mí en la Torah de Moshé, en los *nevim* y en los *tehillim*». Y entonces el entendimiento de todos nosotros se abrió y comprendimos las Escrituras.

—Han pasado casi treinta años desde aquella noche —dijo Cleopas— y ni un solo día he dejado de preguntarme cómo pudimos estar tan ciegos. Muchos de nosotros conocíamos algo las Escrituras y además habíamos tenido ocasión de escucharlo cuando proclamaba la *Besoráh* y lo habíamos contemplado curando enfermos y expulsando *rujot* malignos y, sin embargo..., sin embargo, no habíamos comprendido nada. Cuando lo prendieron, no nos percatamos de que se estaban cumpliendo las Escrituras y cuando le dieron muerte, nos faltó entendimiento para darnos cuenta de que sus sufrimientos, como el Siervo de Adonai, como el *Ben ha-Adam*, expiaban nuestros pecados. Y nuestra *emunah*, nuestra pobre y mísera y raquítica *emunah* se desplomó.

—No creíamos ya en nada, *ah* —dijo Elazar—. Habíamos quedado aplastados. Sólo podíamos preguntarnos cómo nos habíamos equivocado tanto siguiendo a alguien al que habían rechazado las autoridades del *Heijal* y al que había ejecutado Pilato. Pero entonces lo vimos. Lo vimos y lo palpamos y nuestra *emunah* nació entonces con más fuerza que nunca. Por eso podemos decir que Yeshua vive y que ha de regresar para la manifestación del *kavod* del *maljut ma-shamayim*.

Lucano volvió a mirar el lugar donde había aparecido Yeshua. Los paganos se hubieran apresurado a levantar allí una estatua y a rendirle culto, y a atribuirle relatos prodigiosos sobre curaciones y otras maravillas. Incluso es posible que hubieran llenado el recinto con reproducciones de peces y abejas. Sin embargo, en aquella habitación dedicada a la oración y al estudio de las Escrituras, no había ni siquiera una señal que permitiera intuir dónde se había mostrado el *mashíaj* a sus *talmidim* después de regresar de entre los muertos.

—No tenemos mucho más que contarte. Si quieres examinar los *seferim*... —dijo Elazar señalando a las estanterías.

—Os estoy muy agradecido, *ahim* —respondió Lucano—. No podéis imaginaros el bien que me habéis hecho y la manera en que habéis contribuido a mi labor. Sin vosotros, que visteis a Yeshua levantado de los muertos...

—Hay mucha más gente que lo vio —indicó Cleopas.

—Shaul —señaló el médico— me dijo que el número de personas que llegó a contemplarlo cuando regresó de la muerte superaba los quinientos...

—Es cierto —reconoció Elazar—, aunque muchos durmieron hace tiempo y ya se encuentran con *ha-Adon*. Si quisieras hablar con algunos de los que todavía viven podríamos arreglarlo.

—Ahora, si fuera posible, preferiría ver las *toledot* en que se habla de los antepasados de Yeshua —dijo el médico.

—Por supuesto, por supuesto —respondió Elazar a la vez que se ponía en pie y se dirigía hacia una de las estanterías.

Identificó con facilidad el texto que deseaba, lo extrajo y se lo tendió a Lucano.

—Aquí lo tienes.

El médico desenrolló el manuscrito y comenzó a leerlo. No tardó en captar que se trataba de una genealogía larga, una genealogía que establecía que Jesús pertenecía a la familia del rey David, pero que luego seguía remontándose hacia Abraham, el padre del pueblo de Israel, y aún continuaba generación tras generación hasta llegar a Adán.

—Es el *Ben Adam* —señaló Elazar—. No sólo el *mashíaj* de Israel. No sólo el *Ben* David. No sólo el redentor del *am-Israel*. Es el *Ben ha-Elohim*, es *ha-Adon*, es el salvador de todos los hombres.

Sí, se dijo Lucano. Así era. Así lo habían anunciado las Escrituras. El mesías no sólo sería la salvación de Israel, sino también la luz de los gentiles, el que anunciaría la salvación incluso a las islas más lejanas.

—Siempre hay un *ah* en la casa de al lado con la llave de este recinto —dijo Elazar—. Le avisaremos para que no te ponga impedimentos y puedas volver siempre que lo necesites para consultar los *seferim*.

—No dudes en comunicarnos lo que puedas necesitar aparte de eso —añadió Cleopas—. Ya te hemos dicho lo de los *ahim* que lo vieron...

—Imagino que toda la *mishpahah* de Yohanan murió hace tiempo... —comentó el médico.

—¿Te refieres al *naví* que predicaba en el Yardén? Sí, los padres murieron incluso antes de que comenzara su predicación y no tenía *ahim*...

De repente, el corazón de Lucano dio un vuelco. Claro. ¿Cómo se le había podido pasar? ¿Cómo había podido ser tan torpe? Bueno, en Nazaret no le habían dicho nada. En cualquier caso, no era nada seguro, pero tampoco perdía nada por intentarlo.

—¿Sigue viva Miriam? —preguntó conteniendo la emoción que comenzaba a embargarlo.

—¿Qué Miriam? La Magdalít murió hace ya mucho tiempo...

—La madre de Yeshua —respondió el médico.

—Sí, por supuesto, la madre de Yeshua —exclamó Elazar—. Sí, vive. ¿Querrías hablar con ella?

—Sí, tengo mucho interés en hablar con ella.

—Es ya muy mayor —intervino Cleopas—, pero rige bien. No sale mucho, salvo para acudir a la *bet ha-knesset* o al *Heijal*. Es muy cariñosa. Sí, creo que no tendrá inconveniente en que la visites.

Capítulo
9

Pero come un poco.

Lucano miró la mesa de madera basta que tenía ante sí. Sobre ella, la anciana había ido depositando una serie de escudillas de barro que albergaban las verduras más diversas. Aceitunas, berenjenas, zanahorias, pepinos..., todo estaba cocinado con ese gusto por las especias de que tanto hacían gala en esta parte del imperio. Los sabores eran deliciosos, tanto que llamaba la atención que pudieran proceder de un simple fruto de la tierra. Pero aquella mujer había sabido imprimirles ese gusto especial que sólo dan los años y la obligación de alimentar a una familia con pocos, mínimos más bien, recursos. A decir verdad, el queso de cabra era también bueno, pero su sabor fuerte resultaba casi soso en comparación con los platillos elaborados por las manos de la anciana.

—Si me hubieran avisado con un poco de tiempo, te hubiera podido preparar algo especial —dijo la mujer con un deje de queja en la voz.

—Gracias —señaló Lucano—, pero está todo muy bueno. De verdad. Delicioso.

La anciana sonrió satisfecha al escuchar el cumplido del médico.

—Cleopas me ha dicho que quieres que te cuente mi historia —comenzó a decir—, pero, sinceramente te lo adelanto, no acabo de entender qué puedes encontrar de interesante en ella...

Lucano pudo reprimir a duras penas una sonrisa. Las palabras que acababa de escuchar habían sido pronunciadas con tanta sinceridad que no le cabía duda de que no eran un despliegue de falsa modestia.

—Eres la madre de Yeshua —dijo con voz suave el médico.

—Pues precisamente —sonrió ahora la mujer—, Yeshua es el importante. Él es el *mashíaj*, el *Ben ha-Adam*, pero yo..., y para que aparezca en un *séfer*. Pero ¿quién soy yo para que escriban un *séfer* en el que yo aparezca?

Por primera vez desde que había entrado en aquella casita humilde del barrio pobre de Yerushalayim, el médico se sintió desanimado. No es que quisiera discutir lo que acababa de decirle la mujer. Por supuesto, tenía su parte de razón, pero...

—Miriam —dijo Lucano—. Te lo agradecería tanto. He viajado desde muy lejos y...

—Está bien, está bien —cedió la anciana mientras alzaba las manos en un gesto que casi hubiera podido interpretarse como «ya que insistes tanto, qué remedio queda».

—¿Conoces la historia de Yohanan? —preguntó Miriam.

—Sí —respondió Lucano—. Pude hablar con personas que lo habían conocido personalmente, que habían sido de sus *talmidim*.

—Bien —asintió Miriam con la cabeza—. ¿Y sabes lo de su concepción? ¿Conoces que sus padres no podían tener hijos?

—Esa parte de la historia la conozco.

—*Tov meod,* porque en esa parte de la historia entro yo, tu humilde servidora. Verás. Al sexto mes del embarazo de Elisabet, la madre de Yohanan, el *malaj* Gabriel fue enviado por Elohim a una ciudad de Galil, llamada Netseret.

—¿A ti?

—Sí, a mí. Por aquel entonces yo era una muchacha virgen que había sido desposada con un hombre llamado Yosef, de la *Bet* David. Y aquel *malaj* entró en donde yo estaba y me dijo: «*¡Shalom laj habat rujamah! ¡Adonai immaj!*».

«Paz a ti, muy favorecida. El Señor es contigo», tradujo para sí Lucano. ¿De manera que eso es lo que le había dicho el ángel?

—¿Y qué pensaste al escuchar aquello? —preguntó el médico.

—Yo, nada más verlo, quedé turbada por sus palabras, y me puse a pensar qué clase de saludo sería aquél. Entonces el *malaj* me dijo: «Miriam, no temas, porque has hallado *matsat* a los ojos de *ha-Elohim.* Y ahora, concebirás en tu vientre, y darás a luz a un *ben,* y le pondrás por nombre Yeshua. Éste será grande, y será llamado *Ben* Elyón y Adonai Elohim le dará el trono de David su *av;* y reinará sobre la *Bet* Yakov para siempre, y su *maljut* no tendrá fin».

¿Qué edad podía haber tenido María al escuchar aquellas palabras? ¿Catorce, quince años? No era de extrañar que se pusiera a pensar en el significado de todo aquello.

—Entonces yo le dije al *malaj: «¿Eijah tihyeh jazot?»**. No se lo pregunté porque dudara de sus palabras. ¿Cómo iba yo a poner en duda lo que me decía alguien enviado por Adonai? Pero..., bueno, le dije: «Es que no conozco varón».

---

* ¿Cómo puede ser eso?

El médico sintió que un raudal de ternura se apoderaba de él. Aquella muchachita había escuchado al ángel y, a diferencia de lo sucedido con el marido de su prima, la incredulidad no había hecho mella en su corazón. Sin embargo, la pregunta era lógica. Si nunca había tenido relaciones con un hombre, ¿cómo iba a quedar encinta y a dar a luz al niño al que se refería el ángel?

—Entonces el *malaj* me dijo: «*Ha-Ruaj ha-Kodesh* vendrá sobre ti, y la *guevurah* del Elyón te cubrirá con su sombra; por lo cual también el *Qadosh* que nacerá, será llamado *Ben* Elohim. Y mira tu parienta Elisabet, ella también ha concebido un *ben* en su vejez y éste es el sexto mes para ella, la que llamaban estéril; porque nada hay imposible para Elohim».

—¿Y tú qué le dijiste? —preguntó Lucano.

—Pues yo le respondí: «Aquí esta la sierva de Adonai. Que se haga conmigo conforme a tu palabra». Y el *malaj*..., bueno, el *malaj* se marchó.

Sí, se dijo Lucano, no cabía la menor duda de que Miriam se había comportado de una manera muy diferente a la del viejo *cohen* que se había casado con su prima. Ni una palabra de duda, ni una frase de titubeo. Era una simple sierva y como tal se sometía a la voluntad de Adonai.

—Por aquellos días —prosiguió Miriam— dejé Netseret y me fui deprisa a la montaña, a una ciudad de Yehudah. El embarazo empezaba a notarse y... y yo no estaba aún casada... Bueno, pensé en encontrar un sitio donde estar a salvo de las miradas de la gente. A lo mejor, mi prima Elisabet que estaba casada con un *cohen* me podía echar una mano. Bueno, el caso es que entré en casa de Zakaryahu y saludé a Elisabet. Y sucedió que cuando escuchó Elisabet cómo la saludaba, la criatura que llevaba en el vientre dio un salto...

La anciana detuvo su relato. En sus ojos, pequeños y negros, había aparecido el brillo especial que sólo proporcionan las lágrimas.

—Y..., y Elisabet fue llena del *Ruaj ha-Kodesh* y exclamó a gran voz: «*Barujáh at minnashim ubarúj peri bitnej*».

«Bendita tú entre las mujeres y bendito el fruto de tu vientre», tradujo mentalmente Lucano.

—Y añadió: «¿Por qué se me concede esto a mí, que la madre de *Adoní* venga hasta mí? Porque tan pronto como llegó la voz de tu saludo a mis oídos, la criatura saltó de alegría en mi vientre». «Y *asheret* la que creyó, porque se cumplirá lo que le fue dicho de parte de Adonai».

—Supongo que fue..., no sé..., ¿impresionante?

—¿Qué quieres que te diga? —dijo Miriam—. Cuando yo escuché aquellas palabras sólo sentí que Elohim no me iba a dejar sola y que podía contar con mi prima y que mi niño podría ir formándose sin sobresaltos, y de mi corazón comenzaron a brotar las palabras de gratitud hacia Adonai. Y, llena de alegría, comencé a alabarlo. ¿Qué otra cosa hubiera podido hacer?

La anciana guardó silencio un instante y luego, como si estuviera recitando una plegaria profundamente sentida, comenzó a decir:

—Engrandece mi alma a Adonai, y mi *ruaj* se regocija en Elohim mi Salvador. Porque ha mirado la bajeza de su sierva y, mirad, desde ahora en adelante me llamarán *asheret* todas las generaciones. Porque me ha hecho grandes cosas el Poderoso. *Qadosh* es su nombre. Y su *hesed* es de generación en generación para los que le temen. Hizo proezas con su brazo, dispersó a los soberbios en el pensamiento de sus corazones, quitó de los tronos a los poderosos y exaltó a los humildes. A los hambrientos colmó de bienes y a los ricos envió vacíos. Socorrió a Israel su siervo, acordándose de la misericordia de la que habló a nuestros padres, a Avraham y a su descendencia para siempre.

Miriam cerró los ojos y, por un instante, Lucano tuvo la impresión de que el tiempo se había detenido en aquel momento en que, décadas atrás, una jovencita de Netseret se había puesto a glorificar a Dios por la manera en que había actuado en ella. Lo había hecho siguiendo el espíritu de su pueblo, el pueblo de Abraham, Isaac y Jacob, recordando las promesas de Dios y agradeciendo la forma en que comenzaban a cumplirse.

—Me quedé con ella unos tres meses y después me volví a casa —concluyó la anciana el relato y volvió a abrir los ojos—. Pero... no comes nada.

—Eh, sí, sí, por supuesto —dijo el médico a la vez que se llevaba a la boca un pedazo de pan con verduras. Era bueno aquel pan. Consistente y a la vez tierno. ¿Cuántas veces antes de ahora lo habría amasado y cocido aquella mujer—. ¿Regresaste a Netseret? —preguntó.

—Sí, claro —respondió la anciana—. Yo vivía en Netseret y también Yosef.

—Lo sé, pero..., pero entonces ¿cómo nació Yeshua en Bet-lehem?

—¿Lo dices por eso? —sonrió la anciana—. Entiendo. Bueno, verás, por aquellos días, se promulgó un edicto de parte de Qaisar Ogustos para que todo el mundo fuese empadronado...

Lucano calculó mentalmente el año en que podría haberse llevado a cabo. Seguramente, la mujer se refería al censo que había ordenado Cirenio, el gobernador de Siria. Bueno, en cualquier caso, ya tendría tiempo para cotejar más adelante las fechas. De momento, debía seguir el relato de Miriam.

—... e iban todos para ser empadronados, cada uno a su ciudad. Y Yosef subió de Galil, de la ciudad de Netseret, a Yehudah, a la ciudad de David, que se llama Bet-lehem, porque era de la casa y *mishpahah* de David, para ser empadronado conmigo que ya estaba encinta. Bueno, y tan encinta. Mientras estábamos allí, se me cumplieron los días de dar a luz. Y di a luz a mi hijo primogénito, y lo envolví en pañales, y lo acosté en un pesebre...

—¿En un pesebre? —preguntó sorprendido Lucano.

—No había lugar para nosotros en el mesón —le aclaró Miriam con un tono de voz tímidamente dulce.

—Comprendo —dijo el médico.

—Bueno —prosiguió Miriam—. El caso es que cuando estábamos atendiendo al niño, Yosef y yo, aparecieron unos pastores.

—¿Unos pastores? ¿Eran familiares vuestros? Miriam negó con la cabeza.

—No. ¡Qué va! Eran unos pastores de aquella región, que vigilaban por la noche el rebaño. Nos dijeron que se les había presentado un *malaj* Adonai y que el *Kavod* Adonai los había rodeado de resplandor, y que habían sentido mucho miedo. Pero el *malaj* les había dicho: «No tengáis miedo porque mirad que os doy noticias de alegría que será para todo el

pueblo, porque os ha nacido hoy, en la ciudad de David, un Salvador, que es el *mashíaj, ha-Adon»*.

—¿Y cómo dieron con vosotros? Quiero decir...,
Bet-lehem estaba lleno de gente que había ido a em-
padronarse...

—El *malaj* les había dicho que les serviría de
señal el hallar a un niño envuelto en pañales, acostado en un pesebre. Debes reconocer que no es un sitio muy común para acostar a un recién nacido.

Lucano sonrió. Efectivamente, no era el lugar
habitual para poner a alguien que acababa de llegar
al mundo.

—Pero ahí no había terminado todo —prosiguió la anciana—. Según nos contaron los pastores,
de repente, había aparecido con el *malaj* una multitud de las huestes celestiales, que alababan a Elohim
y decían: *¡Kavod le-Elohim bammarom. Shalom
ely-arets ve liben adam ratson!**. Cuando los *malajim* se separaron de ellos y marcharon al cielo, los
pastores se dijeron unos a otros: «Vamos hasta Bet-
lehem y veamos esto que ha sucedido, y que Adonai
nos ha manifestado».

—Debió de ser muy impresionante —comen-
tó Lucano—. Quiero decir con todos los *malajim*...

---

* ¡Gloria a Dios en las alturas. Paz en la tierra y buena voluntad para con los
hombres!

—No sabría qué decirte, *ah* —respondió Miriam—. Yo..., bueno, yo me guardaba todo esto y lo meditaba en mi corazón.

—¿Te refieres a que sucedieron más cosas como éstas?

—No —dijo la anciana conteniendo la risa—. No hubo más *malajim,* pero, a los ocho días, tal y como establece la Torah, había que realizar el *berit milah* del niño y le pusimos de nombre Yeshua, el mismo que había dicho el *malaj* antes de que fuese concebido. Y cuando se cumplieron los días que teníamos que guardar para que tuviera lugar nuestra purificación, conforme a la Torah de Moshé, le trajimos a Yerushalayim para presentarle a Adonai. ¿Conoces lo que está escrito en la Torah?

—Creo que sí —respondió el médico—. Todo varón que abriere la matriz será llamado *qadosh* para Adonai.

—Muy bien, sí —sonrió Miriam—. Eso es lo que ordena la Torah y eso fue lo que hicimos Yosef y yo. Aunque, como éramos pobres, nuestra ofrenda a Adonai no podía ir más allá de un par de tórtolas, o dos palominos.

—Comprendo —dijo Lucano.

—Bueno, el caso es que había en Yerushalayim un hombre que se llamaba Shimeón, y este hombre, que era *tsadiq* y *jasid,* esperaba la consolación de Israel; y el *Ruaj ha-Kodesh* estaba sobre él y le había revelado que no vería la muerte antes de contemplar al *mashíaj* de Adonai. Y movido por el *Ruaj ha-Kodesh*, vino al *Heijal*. Y cuando Yosef y yo trajimos a Yeshua al *Heijal*, para cumplir la *mitsvah* contenida en la Torah, aquel anciano lo tomó en brazos, y bendijo a Elohim.

—¿Lo bendijo porque se había cumplido la promesa de que vería al *mashíaj* antes de morir?

Miriam asintió con la cabeza.

—Sí —respondió—. Recuerdo que mientras sostenía a Yeshua en los brazos elevó los ojos al cielo y dijo: «Ahora, Adonai, despides a tu siervo en paz, conforme a tu palabra, porque han visto mis ojos tu salvación, que has preparado en presencia de todos los *amim*. Luz es para revelación a los *goyim* y *kavod* para *am-Israel*».

¿Qué había llevado a aquel anciano a distinguir a Yeshua de los otros niños que habían aparecido por el templo llevados por sus padres? El *Ruaj ha-Kodesh*, había dicho Miriam y ciertamente resultaba muy difícil discutir sus palabras. Como millares, a decir verdad millones de judíos, aquel hijo de Abraham le había suplicado a Dios que no le llevara de este mundo sin ver antes al que había de salvar a su pueblo —y a los mismos gentiles— de acuerdo con las profecías pronunciadas a lo largo de los siglos. Pero él, a diferencia de tantos otros, había sido escuchado... No podía sorprender que en ese mismo instante hubiera llegado a la conclusión de que podía morir invadido por la sensación de que sus pupilas habían contemplado todo lo que necesitaba.

—Nos quedamos maravillados por aquellas palabras —dijo Miriam—. Quiero decir que subes al *Heijal* para cumplir con una de las *mitsvot* de la Torah y aparece un hombre como aquél...

—Es fácil de entender.

—Fue tan amable con nosotros, tan dulce —prosiguió Miriam—, pero es que saltaba a la vista que rebosaba alegría. Era como si, de repente, cualquier desgracia, cualquier pérdida, que hubiera podido sufrir a lo largo de su existencia careciera de valor porque Yeshua iba a dar cumplimiento a lo que había esperado siempre. Recuerdo que me devolvió al niño y entonces pronunció una *berajáh* sobre Yosef y sobre mí. Nos sentíamos al mismo tiempo tan felices y tan pasmados..., y entonces me miró, me miró y...

Una sombra se posó sobre el rostro de Miriam oscureciéndolo de la misma manera que un campo de trigo habría quedado casi desprovisto de color bajo los nubarrones de una tormenta. La boca de la mujer siguió abierta, pero de ella no salió ni una sola palabra.

—¿Te encuentras bien? —preguntó Lucano temeroso de que la fuerza de los recuerdos hubiera provocado algún daño a la anciana.

Miriam cerró los ojos, pero para abrirlos inmediatamente. Luego movió la cabeza hacia abajo como asintiendo. Sin embargo, el médico se sentía inquieto. Sabía de sobra que la ancianidad es un estado extraordinariamente frágil y que la persona más rebosante de salud podía quebrarse de pronto igual que un arbolillo azotado por el huracán.

—No te preocupes —respondió al fin Miriam—. Estoy bien.

—Puedo regresar en otro momento...

—No —negó con vigor la mujer—. No es necesario. Es que ya soy un poco mayor, ¿sabes?

—Volvería...

Miriam no le dejó terminar la frase. Depositó su arrugada mano sobre la de Lucano y la apretó con suavidad, casi como si le suplicara que le permitiera concluir el relato.

—Shimeón me miró —susurró más que dijo Miriam— y, como si se tratara de un mensaje muy especial para mí, de un mensaje de Adonai, dijo: «Mira, éste está puesto para caída y para levantamiento de muchos en Israel, y para señal que será contradicha; y una espada traspasará tu misma *nefesh* para que sean revelados los pensamientos de muchos corazones».

La voz de Miriam había temblado ligeramente mientras pronunciaba aquellas palabras, pero había que reconocer que había mantenido el ánimo tranquilo y sereno mientras recordaba la manera en que Shimeón le había anunciado sufrimientos. Con seguridad, no se había equivocado. Tenía que haber padecido mucho al ver cómo los amigos de Nazaret lo rechazaban y cómo los escribas y los fariseos lo veían con creciente desdén y cómo descendía hacia Jerusalén sin que nadie pudiera asegurar que regresaría en algún momento. Sobre todo, tenía que haber sentido que se le destrozaba el alma al contemplar cómo el cuerpo de su hijo había sido clavado en una cruz romana para sufrir una horrible agonía que duró horas. Las palabras de Shimeón se habían cumplido de manera inexorable sin que pudiera negarse su veracidad tanto en lo que tenían de esperanzado como en lo que manifestaban de terrible.

—Aquel día —continuó narrando Miriam— estaba también allí Hanhah, *nevíah*, hija de Fanuel, de la tribu de Aser, de edad muy avanzada, pues había vivido con su marido siete años desde su virginidad, y era viuda hacía ochenta y cuatro años. Esta mujer no se apartaba del *Heijal*, sirviendo de noche y de día con ayunos y oraciones. Se presentó en la misma hora y dio gracias a Elohim y se puso a hablar de Yeshua a todos los que esperaban la redención en Yerushalayim. Por lo que se refiere a nosotros, después de haber cumplido con todo lo prescrito en la Torah de Adonai, nos volvimos a Galil, a nuestra ciudad de Netseret.

—¿Cómo fue Yeshua de niño? —preguntó Lucano a sabiendas de que Miriam podía responderle de la misma manera que lo habían hecho sus antiguos vecinos de Netseret.

—Era un niño que crecía y que se iba haciendo fuerte, y que se iba llenando de *jojmah* y la gracia de Elohim era sobre él —respondió la anciana—. Lo normal en cualquier otro niño *yehudí* al que sus padres se preocuparan en educar de acuerdo con las enseñanzas de la Torah...

En otro momento, Lucano quizá se hubiera sentido irritado por aquella frugalidad de datos, pero ahora casi estuvo a punto de lanzar una carcajada. Era obvio que Jesús había sido normal, tan normal que nadie, ni su propia madre, podían recordarlo vinculado con algo espectacular o prodigioso. Aunque, bien mirado, ¿no era eso lo mismo que la Torah contaba de Abraham, de Isaac o de Moisés? A diferencia de Heracles o de los héroes de las falsas religiones, Jesús había sido en su infancia tan corriente como el rey David o el profeta Isaías.

—Sólo una vez... —dijo Miriam y Lucano sintió que el corazón le daba un vuelco.

—... Yeshua se salió de lo normal, pero, bueno, todos los niños hacen alguna travesura de vez en cuando —continuó la mujer.

—¿Qué sucedió? —preguntó el médico que a duras penas lograba reprimir la impaciencia.

—Verás. Íbamos Yosef y yo todos los años a Yerushalayim en la fiesta de *Pésaj*. Pues bien, cuando Yeshua tenía doce años, subimos a Yerushalayim de acuerdo con la costumbre de la fiesta. Pero cuando terminó y emprendimos el camino de regreso. Yeshua no iba con nosotros. A decir verdad, pensábamos que estaría entre los demás peregrinos que habían subido a Yerushalayim para la celebración. Así que anduvimos como un día de camino y, visto que no aparecía, nos pusimos a buscarlo entre los parientes y los conocidos. Sólo que no lo encontramos. Que dónde puede estar, que no le has visto unirse al grupo, que seguro que con nosotros no iba cuando empezamos el camino de regreso... Bueno, el caso es que al final Yosef y yo nos volvimos para Yerushalayim convencidos de que debía de haberse quedado allí sin que nosotros supiéramos nada de nada. Vuelta a preguntar por los lugares donde habíamos estado alojados, por donde habíamos pasado, por donde nos habíamos acercado, pero Yeshua seguía sin aparecer. Cuando llevábamos tres días dando vueltas, sin resultado alguno, decidimos subir al *Hei-*

jal para rogarle a Adonai que nos ayudara en nuestra búsqueda y ¿a que no te imaginas a quién nos encontramos allí?

—¿A Yeshua?

—Sí, sí... —respondió Miriam conteniendo a duras penas la risa—. A Yeshua. Nosotros buscándolo por todas partes en Yerushalayim y allí, en el mismísimo *Heijal,* estaba nuestro hijo.

—Y... ¿qué hacía allí? ¿Oraba?

—Estaba sentado en medio de los *hajemí ha-Torah* —respondió Miriam con una sonrisa divertida.

—¿Cómo dices? —exclamó Lucano—. ¿Qué estaba sentado...?

—En medio de los *hajemí ha-Torah* —repitió la anciana—, como si fuera uno de ellos. Los escuchaba y les hacía preguntas. Y tengo que decirte que todos los que le oían, se quedaban pasmados de su inteligencia y de sus respuestas.

—¿Y qué hicisteis?

—Bueno —respondió la mujer—. No quiero ocultarte que cuando lo vimos, nos quedamos sorprendidos. Total que me acerqué a él y le dije: «*Beni,* ¿por qué nos has hecho esto? Mira, tu *av* y yo te hemos buscado con angustia». Y no exageraba lo más mínimo. La de cosas que se le puede pasar a uno por la cabeza cuando desaparece alguno de los retoños.

—¿Y qué os respondió? —preguntó Lucano cada vez más sorprendido por el curso que iba tomando el relato.

—Nos miró a Yosef y a mí y nos dijo: «¿Por qué me habéis estado buscando? ¿Acaso no sabíais que en los asuntos de *Avi* me es necesario estar?».

«De *Avi*». ¡De mi padre!, pensó Lucano. ¡Les había anunciado claramente que era el Hijo de Dios!

—La verdad es que no entendimos las palabras que nos acababa de decir —continuó Miriam—, pero el caso es que lo habíamos vuelto a encontrar y eso nos dio una enorme alegría.

—¿Y luego?

—¿Luego? Bueno, descendió con nosotros de regreso a Netseret, y no volvió a hacernos ninguna trastada. La verdad es que estuvo sujeto a nosotros sin darnos ningún problema. Yo, por mi parte, me iba guardando todas estas cosas en el corazón y él, Yeshua, siguió creciendo en *jojmah* y en estatura, y en gracia delante de Elohim y de los hombres. Y..., y eso es todo.

Y eso era todo. Lucano observó a la mujer. ¿Qué edad podía tener? ¿Setenta y cinco años? Posiblemente más. Debía de andar cerca de la raya de los ochenta y, sin embargo, contaba con una vitalidad grande y alegre. No podía caber duda de que se expresaba con una enorme lucidez y de que su memoria era buena y no se perdía en digresiones como tantos ancianos. ¡Incluso conservaba la buena mano para cocinar! Bien pensado, debía felicitarse de que sus conversaciones con los que habían conocido a Jesús concluyeran con ella, la que lo había llevado nueve meses en su vientre, la que lo había visto crecer, la que lo había observado como a un niño totalmente normal y la que, a la vez, en el interior de su corazón no había dejado de meditar en aquellas otras cosas que habían sucedido. Sí. No cabía duda. Su tarea había terminado.

EL HIJO DEL HOMBRE

Jerusalén-Cesarea 57 A. D.

CONCLUSIÓN

Capítulo

1

Jerusalén

Ocho días después de estas palabras, Yeshua tomó a Kefa, a Yohanan y a Yakov, y subió al monte a orar. Y mientras estaba orando, la apariencia de su rostro se cambió y su vestido se puso blanco y resplandeciente. Y aparecieron dos hombres que hablaban con él y que eran Moshé y Elyahu. Aparecieron rodeados de *kavod* y hablaban de su marcha, la que iba a consumar Yeshua en Yerushalayim. Y Kefa y los que iban con él estaban rendidos de sueño; pero, al quedarse despiertos, vieron la *kavod* de Yeshua, y a los dos hombres que estaban con él. Y cuando se marcharon aquellos dos, Kefa le dijo a Yeshua: «*Morenu*, bueno es para nosotros que estemos aquí; y hagamos tres enramadas, una para ti, una para Moshé, y una para Elyahu», aunque la verdad es que no sabía lo que decía. Mientras estaba hablando, vino una nube que los cubrió; y tuvieron temor al entrar en la nube. Y vino una voz desde la nube, que dijo: «*Beni* amado es éste. Escuchadlo». Y cuando cesó la voz, Yeshua estaba solo; y ellos callaron, y por aquellos días no dijeron nada a nadie de lo que habían visto.

Lucano levantó la mirada del texto que había estado leyendo en voz alta y la posó en Yakov, *ha-ah ha-Adon*, el dirigente indiscutido de la congregación de seguidores de Yeshua en la ciudad de Yerushalayim.

—¿Te parece adecuado? —preguntó un tanto inquieto el médico.

—Me parece perfecto —respondió Yakov—, pero ¿cómo lo haces?

—No entiendo a lo que te refieres.

Yakov parpadeó y luego dejó que sus labios descorrieran una sonrisa que apareció risueña en medio de la poblada barba.

—Tu griego es excelente, *ah* —comenzó a decir Yakov.

—Creo que exageras... —le interrumpió Lucano a la vez que levantaba ambas manos como si con semejante gesto pudiera impedir el elogio. A diferencia de la inmensa mayoría de los hombres, el médico se sentía incómodo cuando escuchaba ese tipo de palabras dirigidas a él.

—No —cortó Yakov—, Kefa, Yohanan, yo mismo, por supuesto Yeshua hablábamos el griego desde niños. Era la lengua adecuada para que todos nos entendiéramos con los *goyim*. Incluso Pilato interrogó a Yeshua recurriendo al griego. Podíamos hablar, bromear, jugar, incluso —Elohim nos perdone— insultar, porque eso es lo que permite la lengua. Ninguna fuente da a la vez agua salada y agua dulce, pero la lengua puede producir a la vez alabanzas a nuestro Elohim y *Av*, y maldiciones para el prójimo. Sin embargo, nuestro conocimiento de esta lengua siempre fue limitado. Yo mismo tuve que redactar hace poco una carta en griego y no me resultó fácil, pero tú..., oh, médico, tú eres un maestro escribiendo.

—Tu juicio es muy benévolo, *ah* —señaló Lucano.

—No lo es —cortó Yakov—. Y además no se trata únicamente de que sepas escribir bien en griego, que, como tú sabes, es verdad. Por añadidura, tu texto es..., es..., no sé muy bien cómo decirlo... Has conseguido recoger toda la fuerza de los que han contado la vida y las enseñanzas de Yeshua en hebreo. Verás, me he fijado en lo que me has enseñado con mucha atención. Cuando eres tú el que narra, escribes en un griego exquisito, pero cuando relatas lo que otros te contaron o copias lo que otros escribieron antes que tú..., bueno, resulta extraordinario, *ah,* pero yo podía traducir en mi corazón todas y cada una de tus palabras del griego al hebreo sin ningún problema. Has adaptado tu lengua natal para que se exprese como lo haría un campesino de Galil o un *perush* de Yerushalayim o..., o Yeshua cuando viajó por Perea camino de su última semana.

Lucano respiró hondo en un intento, no del todo fructífero, de contener la emoción profunda que había comenzado a embargarlo. Sí, lo que decía Yakov, *ha-ah ha-Adon,* era totalmente cierto. En las partes de su libro que relataban episodios concretos de la vida de Yeshua había utilizado el griego correcto que se esperaría de un historiador. Sin embargo, había sentido que no contaba con ninguna autorización para reducir a un molde helénico las enseñanzas y los recuerdos que le habían transmitido Cleopas y Elazar, Yehoram y Shimshon, Shlomit y Zebulún, y todos los demás. En esos casos, había intentado —y, a juzgar por la opinión de Yakov, no le había salido del todo mal— reproducir en la lengua de Platón, Aristóteles y Alejandro las palabras de aquellos que habían conocido personalmente a Yeshua, *ha-mashíaj.*

—Tengo todavía que añadir cosas al texto —dijo el médico—. Lo que has tenido ocasión de ver es un simple borrador.

—¿Qué tendrías que añadir?

—Las fechas exactas en que sucedieron todas las cosas —respondió Lucano—. Debo dejar consignado quién era Qaisar y en qué año de su reinado, quién gobernaba en Galil y Yehudah, quién era *cohen hagadol*. La gente debe saber con exactitud, por ejemplo, cuándo nació Yeshua o cuando Yohanan comenzó a predicar a orillas del Yardén.

—Me parece buena idea —reconoció Yakov.

—Además he de incluir las *toledot* en que se habla de los antepasados de Yeshua —prosiguió Lucano— y una vez que lo acabe todo, desearía que Shaul pudiera leer el texto igual que lo has hecho tú.

—Supongo que sabes que Shaul sigue encarcelado en Cesarea —dijo *ha-ah ha-Adon*.

—Sí —respondió el médico—. Sospecho que el gobernador espera que Shaul le entregue dinero a cambio de ponerlo en libertad. Por supuesto, Shaul no lo hará.

—De esa manera deja de manifiesto que es un verdadero *talmid* del *mashíaj* —señaló Yakov—. Pocas cosas hay que corrompan más la vida de los hombres que el aceptar sobornos. Al igual que sucede con la parcialidad hacia unos en detrimento de otros, esa conducta impide ejecutar *mishpat* y sin *mishpat* no es posible que un *maljut,* sea el que sea, se mantenga en pie. Tarde o temprano, caerá. Por cierto, antes de que te marches, desearía hacerte una pregunta.

—Estoy a tu servicio.

—He observado que eres muy meticuloso al referirte a las dolencias de las personas a las que curó Yeshua —comenzó a decir Yakov—. No es que me parezca mal. No, en absoluto. Pero utilizas palabras que la mayoría de la gente no entiende. Por supuesto, pueden ver que Yeshua curó a la persona, pero ¿era necesario utilizar esos términos extraños?

Lucano no pudo evitar que la sonrisa apareciera ahora en su rostro. Con gesto humilde, casi de rendición, abrió las manos y dijo:

—Soy médico.

Capítulo

2

Cesarea

Paulos de Tarso apartó la mirada del manuscrito. Luego, como si sus ojos hubieran requerido un esfuerzo especial para concluir la lectura, se llevó la diestra hasta los párpados y los frotó con fuerza.

—Te dije que no deberías forzar la vista... —se quejó suavemente Lucano.

Paulos apartó la mano de los ojos y dirigió a Lucano una mirada de abajo arriba a mitad de camino entre la burla y la acusación.

—No se trata de mis ojos, médico —dijo con tono risueño—, sino de que soy viejo. Soy un viejo encadenado.

Las últimas palabras provocaron en Lucano un pinchazo de pesar. Durante los últimos meses, ocupado en recorrer el territorio del antiguo Israel, no había tenido ningún contacto con Paulos y ahora lamentaba el no haberse mostrado más solícito con su maestro.

—Pronto te verás libre... —musitó el médico deseando que sus palabras fueran ciertas.

—No estoy tan seguro —le interrumpió Paulos—. Este gobernador es corrupto hasta los huesos. De vez en cuando me llama para hablar conmigo, me pregunta por Jesús...

—Pero eso está muy bien...

—No te engañes. No desea conocer la Verdad. Tan sólo se dedica a tantearme para ver si le ofrezco un soborno sustancioso.

Lucano apretó los labios apesadumbrado por lo que acababa de oír. Sus peores premoniciones acababan de ser confirmadas por el apóstol.

—Quién sabe si el Señor tocará su corazón —se atrevió a decir.

—Ciertamente, ¿quién lo sabe? En cualquier caso, Lucano, esto va para largo. Sé que acabaré llegando a Roma. De eso no tengo la menor duda, pero el tiempo que me queda por pasar en Cesarea... sólo Dios lo sabe.

Por un instante, los dos amigos guardaron silencio. En el exterior, tan sólo se escuchaba el rumor cansino de las olas del Mare Nostrum que venían a lamer una playa solitaria que controlaba Roma.

—Paulos —dijo al fin Lucano—. Desearía saber tu opinión sobre mi libro.

—¡Oh, sí, tu libro! —exclamó el apóstol mientras se daba con la palma de la mano en la frente calva—. Sí, claro, discúlpame, hermano, pero me había distraído. Bueno...

Paulos respiró hondo, se pasó la mano por la boca, dejó que descendiera después sobre la mesa, tamborileó un instante con los dedos y, finalmente, dijo:

—Es extraordinario.

El corazón de Lucano dio un salto al escuchar aquellas palabras.

—Has logrado relatar la vida del Señor Jesús de una manera verdaderamente excepcional —continuó con alegría apenas contenida el apóstol—. No se trata sólo de que la hayas encuadrado en el tiempo para que todos sepan que cuando llegó el momento profetizado nació el Cristo, el Hijo de Dios, nacido de mujer y nacido bajo la Ley de Moisés. Eso lo has hecho magníficamente y con una exactitud prodigiosa.

Es que además cuentas lo que nadie había relatado. Hay episodios de la vida de Jesús y enseñanzas suyas que la gente podrá conocer gracias a ti. Y, por cierto, he podido comprobar que tus conocimientos de hebreo han aumentado de manera admirable.

Lucano se hubiera entregado de buena gana a dar saltos de alegría, pero se contuvo. No deseaba por nada del mundo interrumpir al apóstol en lo que estaba relatando.

—Y hay algo más que..., bueno, reconozco que me ha impresionado, aunque lo cierto es que no debería haberme sorprendido en ti.

—¿De qué se trata? —preguntó Lucano con voz impaciente.

—De la manera en que describes las enfermedades —respondió Paulos— cualquier persona que lea tu libro sabrá que aquel hombre curado era un hidrópico o que la mujer sufría un tipo de flujo de sangre que no pueden remediar los médicos o que la mano de aquel desdichado estaba aquejada de un mal específico. Sí, has llevado a cabo una labor magnífica que sólo tú podías concluir, Lucano. Estoy muy agradecido al Señor porque te ha permitido llevarla a cabo sosteniéndote con su poder. Por supuesto, también me siento muy orgulloso de ti. Todo eso puedo afirmarlo con toda la fuerza de mi corazón, pero...

La última palabra de Paulos tuvo un efecto de paralización sobre Lucano. Durante los instantes anteriores, su espíritu se había elevado sin descanso por las alturas de la satisfacción y de la alegría, y ahora daba la impresión de que su amigo iba a poner un inesperado límite a su dicha.

—... pero hay algo que debo señalarte.

—Te escucho —dijo Lucano con un tono de voz que apenas lograba ocultar su inquietud creciente.

—Verás —comenzó a decir Paulos—. Tu libro ha sido escrito para llevar el Evangelio a todos. Tú no tienes un interés especial en los judíos, como Mateo, cuando escribió su texto, ni piensas en un grupo especial de los gentiles. No, en realidad, tu texto pretende que Jesús sea aceptado por judíos y gentiles sin excepción y por eso, por ejemplo, en tu genealogía llegas hasta Adán. Y ahí está la cuestión.

—No entiendo.

—Está claro, Lucano, no puedes escribir un Evangelio para todos si está lleno de referencias exclusivas a los judíos que sólo los judíos pueden entender —dijo Paulos.

—Pero tú mismo has dicho siempre que el Evangelio es poder para la salvación, primero del judío y después del gentil...

—Pues precisamente —corroboró el apóstol—. Primero para el judío y después para el gentil. Ningún gentil te entenderá si no traduces al griego los términos correspondientes. El judío que sepa griego no tendrá ningún problema porque sabe que el Cristo es el ungido, es decir, el *mashíaj* y de la misma manera identifica inmediatamente al Espíritu Santo con el *Ruaj ha-Kodesh*, pero un pobre gentil... Ésos no entienden nada. Se han pasado toda su vida rindiendo culto a efigies que no ven ni oyen ni entienden. Les ofrecen sacrificios, las tienen en pequeñas imágenes en casa, les rezan. No conocen al único Dios verdadero, el Dios de Abraham, de Isaac, de Jacob, de nuestro Señor Cristo Jesús y si tú se lo presentas hablando en hebreo, no llegarán a conocerlo. Pensarán que el mensaje sobre Jesús es otra superstición de origen oriental. Tienes que contárselo en una lengua que comprendan. Todo. Como yo, como Kefa, como el resto de los apóstoles hemos hecho durante años.

—Pero se trata de una vida de Jesús... —comenzó a argumentar Lucano.

—Razón de más —cortó tajante Pablo—. Escribe en ella todo lo que indique que Jesús fue un judío, como su madre, como el resto de su familia, como sus apóstoles, como yo, pero no lo encierres en un marco meramente judío porque eso sería faltar a la Verdad y abortar una parte importantísima de su misión, la de que gente como tú conociera al Dios de

Israel y mediante la fe en el sacrificio de Su Hijo en la cruz se salvara.

Lucano guardó silencio durante unos instantes. A decir verdad, hubiera preferido mantener todas las referencias que Paulos había mencionado. Sí, sabía que no era lo habitual al dirigirse a gentiles, pero, precisamente por ello, ¿no debería conservarlas?

—Seguramente, tienes razón —dijo al fin Lucano—, pero quiero hacerte una pregunta.

—Tú me dirás.

—¿A veces no te da miedo de que alguno acabe separando a Jesús de su pueblo, de Israel? —preguntó el médico.

—Médico —respondió el apóstol—, tenemos que anunciar a Jesús en todas las lenguas y para ello nos valemos de sus diferentes retóricas e imágenes y culturas. El mensaje siempre es el mismo. Todo ser humano, por bueno que se considere, se encuentra perdido de la misma manera que un enfermo que no puede curarse, que una oveja extraviada en el monte o que una moneda que ha caído en un rincón de la casa. De esa situación, no puede salir nadie por sus propios medios sino que es Dios quien lo saca. Y para que pueda suceder tal cosa, Jesús tuvo que hacerse hombre y morir el destino de un delincuente, la muerte en la cruz, resucitando después de entre los muertos. El que cree en él es justificado no por obras para que nadie se jacte, sino a través de la fe. La manera en que expresemos estas verdades es secundaria. La Buena noticia no cambia. De todas formas, ¿quién sería tan estúpido como para negar que Jesús es un judío? Nuestro mensaje descansa sobre ese hecho, el de que era Hijo de David e Hijo de Dios y dio cumplimiento a las promesas que el Dios único realizó a lo largo de los siglos a Israel. El que pierda eso de vista, ha perdido de vista al propio Jesús y a los apóstoles a los que eligió que, dicho sea de paso, somos todos también judíos.

Lucano asintió en silencio. Sí, Paulos tenía razón.

—¿Qué te pareció Jerusalén? —cambió de conversación el detenido.

—Muy hermosa —respondió el médico—. Es una ciudad... Bueno, ¿creerás que yo también estuve a punto de romper a llorar cuando la contemplé por última vez?

—Sí, lo creo. He pasado por muchas dificultades y tribulaciones en esa ciudad —dijo Paulos a la vez que levantaba las manos y provocaba que los grilletes colocados en sus muñecas sonaran de manera quejumbrosa—, pero sé que no puede compararse con ninguna. ¿Cuál piensas que será su destino en el futuro próximo?

El rostro de Lucano se ensombreció al escuchar la última pregunta. Era como si una herida que apenas dolía, de la que casi se había olvidado, hubiera sido rozada por una mano brusca que le hubiera arrancado un alarido.

—Creo..., creo que no quedará nada y que no tardará mucho en correr esa suerte... —respondió con la voz envuelta en el dolor—. La generación que contempló la muerte de Jesús concluirá en breve y no se ha producido el arrepentimiento que la hubiera salvado del juicio.

—Como él anunció.

—Sí, justo como él anunció.

—Razón de más para que yo llegue cuanto antes a Roma... y a España...

Lucas sonrió con ternura. Ni siquiera en medio de una conversación como aquella era Paulos capaz de olvidar los objetivos de su misión. Lo primero era ejecutarla, cumplir con su deber, consumarla. Por lo que se refería a lo demás, resultaba de una importancia muy relativa. Eso sin excluir el hecho de que estaba cargado de cadenas en un calabozo romano.

—Lo harás, Paulos, lo harás —dijo el médico y el apóstol sonrió al escuchar las palabras que acababa de pronunciar. Sabía de sobra que Lucano nunca hubiera dicho algo semejante por el simple gusto de ser complaciente o de conseguir la benevolencia de alguien. Como él mismo, como Jesús, su discípulo sabía que la Verdad estaba por encima de todo.

—Con la ayuda de Cristo —respondió el detenido— lo haré y tú vendrás conmigo para verlo y dejar un relato escrito de lo que suceda.

Esta vez fue Lucano el que sonrió. Pensó que era como si el anciano hubiera podido leer lo que albergaba en lo más profundo de su corazón. Sí, no podía negar que estaba seguro de ello. Pablo concluiría su misión, de la misma manera que él había terminado la redacción del libro. Y eso sólo sería una parte, una parte ínfima y diminuta del inmenso plan de Dios. Porque hacía tiempo que era consciente de que el juicio de Dios consumaría aquella Era en la que estaban viviendo. Entonces el Templo de Jerusalén sería destruido y la ciudad se vería hollada por los gentiles y resultaría obvio que el único sacrificio capaz de expiar los pecados del género humano era el de Jesús porque ya no se podrían presentar otros en aquel edificio que había levantado, primero, Salomón y que luego había sido ampliado por Herodes, el rey que vivía cuando vino al mundo Jesús. Herodes había muerto hacía ya varias décadas, pero Jesús seguía vivo porque había regresado de la muerte, y continuaba llamando a todos como lo había hecho por los caminos, las sinagogas y las ciudades de Galilea, de Judea, de Samaria y de Perea. Seguiría convocándolos por todo el mundo y a todas horas hasta que un día, de manera inesperada, regresara a este mundo como el Hijo del Hombre. Entonces se consumaría su Reino y, derrotada para siempre la muerte, la Historia llegaría a su final.

El libro de los dichos de Yeshua escrito por Matai

É stos son las *toledot* de Yeshua ha-Mashiaj, ben David, ben Avraham.

Avraham engrendró a Yitsjak; Yitsjak engendró a Yakov; Yakov engendró a Yehudah y a sus hermanos; Yehudah engendró a Perets y Zeraj, cuya madre fue Tamar; Peretz engendró a Hetsron; Hetsron engendró a Ram; Ram engendró a Amminadav; Amminadav engendró a Najshon; Najshon engendró a Salmón; Salmón engendró a Boaz, cuya madre era Rajab; Boaz engendró a Oved, cuya madre era Rut; Oved engendró a Yishai; Yishai engendró a David, el *mélej*.

David engendró a Shlomo, cuya madre fue la esposa de Uriyah; Shlomo engendró a Rejavam; Rejavam engendró a Aviyah; Aviyah engendró a Asa; Asa engendró a Yehosafat; Yehosafat engendró a Yoram; Yoram engendró a Uziyahu; Uziyahu engendró a Yotam; Yotam engendró a Ajaz; Ajaz engendró a Hizkyahu; Hizkyahu engendró a Menasheh; Menasheh engendró a Amón; Amón engendró a Yoshiyahu; Yoshiyahu engendró a Yejanyahu y a sus hermanos en la época del Exilio en Bavel.

Después del exilio en Bavel, Yejanyahu engendró a Shealtiel; Shealtiel engendró a Zerubavel; Zerubavel engendró a Avihud; Avihud engendró a Elyakim; Elyakim engendró a Azur; Azur engendró a Tsadok; Tsadok engendró a Yajin; Yajin engendró a Elijad; Elijad engendró a Elazar; Elazar engendró a Mattan; Mattan engendró a Yakov; Yakov engendró a Yosef, el marido de Miryam, de la que nació Yeshua que es llamado el *mashíaj*.

Así que hubo catorce *toledot* desde Avraham a David, catorce *toledot* de David hasta el Exilio en Bavel y catorce *toledot* desde en el Exilio en Bavel hasta el *mashíaj*.

* * *

Yohanan vino a toda la región cercana al Yardén y dijo a las multitudes que acudían a ser sumergidas por él:

—¡Estirpe de víboras! ¿Quién os aconsejó que huyerais de la ira venidera? Dad fruto propio de *teshuvah* y no empecéis a decir en vuestro interior: «Tenemos a Abraham por padre»; porque yo os digo que de estas piedras Elohim puede levantar hijos a Abraham. Ya está el hacha colocada junto a la raíz de los árboles. Por lo tanto, todo árbol que no da buen fruto es cortado y arrojado al fuego. Yo, ciertamente, os sumerjo en agua, pero Aquel que viene después de mí (que es más fuerte que yo y cuyas sandalias no soy digno de desatar) os sumergirá en *ha-Ruaj ha-Kodesh* y fuego. Lleva en la mano el aventador para limpiar su era y reunir el trigo en su granero, y quemará la paja en un fuego inextinguible.

Sucedió que cuando todo el pueblo era sumergido por Yohanan, también fue sumergido Yeshua, y, mientras estaba orando, el cielo se abrió y descendió *ha-Ruaj ha-Kodesh* sobre él corporalmente, como una paloma, y vino una voz del cielo que decía:

—Tú eres *Beni* amado; en ti me complazco.

Yeshua, lleno de *ha-Ruaj ha-Kodesh,* regresó del Yardén y fue llevado por *ha-Ruaj* al desierto, siendo tentado allí por *ha-Shatán* durante cuarenta días. Y no comió nada durante esos días, y cuando concluyeron tuvo hambre. *Ha-Shatán* le dijo:

—Si eres *ha-Ben* Elohim, di a esta piedra que se convierta en pan.

Y Yeshua le contestó:

—Está escrito: No sólo de pan vivirá el hombre.

Lo condujo entonces a Yerushalayim y lo situó en el pináculo del Templo y le dijo:

—Si eres *ha-Ben* Elohim, lánzate desde aquí, porque está escrito: Ordenará a sus ángeles que te guarden, y te sostendrán sobre sus manos, para que no tropiece tu pie en piedra.

Yeshua le contestó:

—Dicho está: No tentarás a Adonai Elohim.

Entonces, tomándolo *ha-Shatán*, le mostró todos los reinos de la Tierra en un instante, y le dijo:

—A ti te daré toda esta autoridad y su gloria, porque me ha sido entregada y yo se la doy a quien quiero. Por lo tanto, si tú me adoras, será toda tuya.

Y Yeshua le contestó:

—Está escrito: Adorarás a Adonai tu Elohim y a Él sólo servirás.

Y habiendo concluido toda tentación, *ha-Shatán* se apartó de él hasta que llegara una ocasión más apropiada.

En aquellos días, subió al monte a orar y pasó la noche orando a Elohim. Y cuando descendió, se detuvo en un lugar en compañía de una multitud de sus *talmidim* y de una gran muchedumbre de gente. Y alzando los ojos a sus *talmidim*, dijo:

—*Asheri* sois los pobres, porque vuestro es el *maljut* Elohim.

»*Asheri* sois los que tenéis hambre, porque seréis saciados.

»*Asheri* sois los que lloráis, porque reiréis.

»*Asheri* sois cuando la gente os odie, y cuando os aparte y os insulte, y rechacen vuestro nombre como malo, a causa del *Ben ha-Adam.*

»Alegraos en ese día y saltad de alegría, porque, ciertamente, vuestra recompensa es grande en *ma-sha-mayim;* porque así hicieron sus padres con los *nevim.*

»Pero ¡ay de vosotros, ricos, porque habéis recibido vuestra consolación!

»¡Ay de vosotros que ya estáis llenos, porque estaréis hambrientos!

»¡Ay de vosotros que ahora reís, porque os lamentaréis y lloraréis!

»¡Ay de vosotros cuando toda la gente hable bien de vosotros, porque igual se comportaron sus padres con los falsos *nevim!*

—Sin embargo, a los que escucháis os digo: Amad a vuestros enemigos, haced bien a los que os odian, bendecid a los que os maldicen, orad por los que os calumnian. Cuando alguien te golpee en la mejilla derecha, ofrécele también la otra; y si alguno te quita el manto, no le niegues la túnica.

»Da a todo el que te pida; y al que te quite tus pertenencias no le pidas que te las devuelva.

»Y así como deseáis que os hagan los hombres, hacedles vosotros igualmente. Porque si amáis a los que os aman, ¿qué hacéis de particular? Porque hasta los pecadores aman a los que los aman. Y si hacéis bien a los que os hacen bien, ¿qué hacéis de particular? También hacen lo mismo los pecadores.

»Y si prestáis a aquellos de los que esperáis recibir el pago, ¿qué hacéis de particular? También los pecadores prestan a los pecadores porque esperan recibir lo mismo.

»Más bien, amad a vuestros enemigos, y haced bien, y prestad sin esperar nada, y vuestra recompensa será grande y seréis hijos del Elyón, porque Él es bueno también con los ingratos y los malos.

—Sed misericordiosos, como vuestro *Avva* es misericordioso.

»No juzguéis y no seréis juzgados. No condenéis y no seréis condenados. Perdonad y seréis perdonados. Dad y se os dará. Colocarán en vuestro regazo una medida llena, apretada, removida, rebosante. Porque con la medida con que midáis, seréis medidos.

—¿Acaso puede un ciego guiar a otro ciego? ¿No caerán ambos en un hoyo? Un discípulo no puede estar por encima de su maestro, pero todo aquel que reciba una educación completa será como su maestro.

—¿Por qué miras la paja que está en el ojo de tu hermano y no ves la viga que está en tu propio ojo? ¿Cómo puedes decir a tu hermano: «Déjame que te quite la paja que tienes en el ojo», cuando tú mismo no ves la viga que está en tu propio ojo? Hipócrita, saca primero la viga de tu ojo y entonces verás para poder quitar la paja que está en el ojo de tu hermano.

—Porque ningún árbol bueno da mal fruto, ni tampoco un árbol podrido da buen fruto, sino que se puede conocer cada árbol por su propio fruto.

»Porque no se recogen higos de los espinos, ni se cosechan uvas de los zarzales.

»El hombre bueno del tesoro bueno del corazón saca lo que es bueno; y el hombre malo saca lo que es malo del mal tesoro de su corazón; porque la boca habla de acuerdo a lo que tiene el corazón en abundancia.

—¿Por qué me llamáis «*Adoní, Adoní*» y no hacéis lo que os digo?

»Os mostraré a qué se asemeja todo aquel que viene a mí y escucha mis palabras y las pone en práctica. Es como un hombre que, al edificar una casa, cavó y ahondó y colocó el cimiento sobre la roca; y cuando llegó la riada, el torrente se estrelló contra aquella casa, pero no la pudo derribar, porque estaba cimentada sobre la roca.

»Pero aquel que las escucha y no las pone en práctica es como una persona que edificó una casa sobre un terreno sin cimientos. El torrente se estrelló contra ella e, inmediatamente, se vino abajo, y la ruina de aquella casa fue grande.

Y después de haber terminado de pronunciar todas sus palabras a oídos de la gente, entró en Kfar-Najum. Había allí cierto centurión que tenía un siervo, al que apreciaba mucho, enfermo y que se encontraba a punto de morir. Cuando oyó hablar acerca de Yeshua, le envió ancianos de los *yehudim* para que le pidieran que viniera a curar a su siervo. Cuando llegaron ante Yeshua se lo rogaron insistentemente, diciendo:

—Es digno de que se lo concedas, porque ama a nuestro pueblo y hasta nos ha edificado por su cuenta una *bet ha-knesset*.

Yeshua fue con ellos. Cuando estaba ya a no mucha distancia de la casa, el centurión le envió unos amigos para decirle:

—*Kyrie,* no te molestes, porque yo no soy digno de que entres bajo mi techo. Por eso, no me considero digno de salir a tu encuentro, pero di una palabra y mi siervo se curará. Porque yo mismo soy un hombre situado bajo una autoridad, con soldados que me están subordinados, y digo a uno: «Ve» y va; y al otro: «Ven», y viene; y a mi siervo: «Haz esto», y lo hace.

Cuando Yeshua escuchó esto, se maravilló de él, y volviéndose a la multitud que le seguía, dijo:

—Os digo que no he encontrado una fe así ni siquiera en Israel.

Y cuando regresaron a la casa los que habían sido enviados encontraron que el siervo había sido curado.

Los *talmidim* de Yohanan le contaron todas aquellas cosas y Yohanan, llamando a dos de sus *talmidim,* los envió a *ha-Adon* para que le dijeran:

—¿Eres tú el que ha de venir o tenemos que esperar a otro?

Cuando los hombres llegaron, le dijeron:

—Yohanan, el que sumerge, nos envió a ti diciendo: «¿Eres tú el que ha de venir o tenemos que esperar a otro?».

En esa misma hora curó a muchos de enfermedades y dolencias, y de *rujot* malignos, y dio la vista a muchos ciegos.

Y él les respondió:

—Id y decid a Yohanan lo que habéis visto y oído: los ciegos recuperan la vista, los cojos caminan, los leprosos son limpiados, los sordos oyen, los muertos son levantados y la *Besoráh* es anunciada a los *anavim;* y *asherí* es aquel que no halla ocasión de tropiezo en mí.

Cuando los mensajeros de Yohanan se hubieron marchado, comenzó a hablar a las muchedumbres en relación a Yohanan:

—¿Qué salisteis a ver en el desierto? ¿Una caña sacudida por el viento? ¿Un hombre vestido de ropas lujosas? Ciertamente los que llevan ropas lujosas están en los palacios de los reyes. Entonces, ¿qué salisteis a ver? ¿Un *naví*? Sí, os digo, y más que un *naví.* Éste es aquel del que está escrito: «He aquí que envío mi mensajero delante de tu rostro, el cual preparará tu camino delante de ti».

»Os digo que entre todos los nacidos de mujer no hay ninguno mayor que Yohanan, pero el más pequeño en el *maljut* Elohim es mayor que él.

—La Torah y los *nevim* fueron hasta Yohanan. Desde entonces se proclama el *maljut* Elohim, y todos los que deseen entrar han de pasar por donde lo hizo el que abrió camino.

—¿A qué compararé a la gente de esta generación y a qué se asemejan?

»Son como los niños sentados en la plaza que se dicen los unos a los otros: «Os tocamos la flauta y no danzasteis; os entonamos una lamentación y no os lamentasteis». Porque Yohanan, el que sumergía, no comía pan ni bebía vino y decís: «Tiene un *ruaj ra*». El *Ben ha-Adam* vino comiendo y bebiendo, y decís: «Ése es un comilón y un borracho, un amigo de los recaudadores de impuestos y de los pecadores. Sin embargo, la *jojmah* es declarada justa por todos sus hijos.

Y mientras iban por el camino, alguien le dijo:

—Te seguiré a donde quiera que vayas.

Y Yeshua le dijo:

—Las zorras tienen guaridas y las aves del cielo tienen nidos; pero el *Ben ha-Adam* no tiene dónde apoyar la cabeza.

Y a otro le dijo:

—Sígueme.

Pero éste le dijo:

—*Adoní*, déjame que vaya antes a enterrar a mi padre.

Y Yeshua le dijo:

—Deja que los muertos entierren a sus muertos.

También le dijo otro:

—Te seguiré, Adoní, pero déjame primero despedirme de los que están en mi casa.

Yeshua le dijo:

—Nadie que pone su mano en el arado y mira hacia atrás es apto para el *maljut* Elohim.

Y dijo entonces a sus *talmidim:*

—La mies es mucha, pero los trabajadores son pocos. Rogad por lo tanto al *adon* de la mies que envíe trabajadores a su mies.

»Ciertamente, os envío como a ovejas en medio de lobos.

»No llevéis bolsa, ni alforja, ni calzado; y no os detengáis a saludar a nadie por el camino.

»En cualquier casa donde entréis, decid en primer lugar: "*Shalom* sea sobre esta casa". Y si vive allí algún hijo de *shalom,* vuestro *shalom* descansará sobre él; pero si no es así, volverá de nuevo a vosotros.

»Quedaos en la misma casa, comiendo y bebiendo lo que os ofrezcan, porque el trabajador es digno de su salario. No vayáis de casa en casa.

»Y si entráis en una ciudad y se os da la bienvenida, comed lo que os presenten; y curad a los enfermos que haya en ella y decidles: "El *maljut* Elohim se ha acercado a vosotros". Pero en cualquier ciudad donde entréis y no se os dé la bienvenida, salid por las calles y decid: "Sacudimos contra vosotros hasta el polvo que se ha pegado a nuestros pies; pero sabed que el *maljut* Elohim se ha acercado a vosotros". Os digo que en aquel día será más tolerable el castigo de Sedom que el de esa ciudad.

—¡Ay de ti, Korazín! ¡Ay de ti, Beit-tsaidah! Porque si los milagros realizados en vosotras hubieran sido hechos en Tzor y Tsidon, hace mucho tiempo que hubieran abrazado la *teshuvah,* vistiéndose de saco y cenizas. Por eso, será más tolerable el castigo de Tzor y Tsidon en el juicio que el vuestro. Y tú, Kfar-Najum, ¿serás exaltada hasta *ma-shamayim?* ¡Al Sheol descenderéis!

—Cualquiera que os escucha a vosotros, a mí me escucha, y cualquiera que os rechaza a vosotros, a mí me rechaza; y el que me rechaza a mí, rechaza al que me envió.

En aquella misma hora Yeshua se regocijó en el *Ruaj ha-Kodesh* y dijo:
—Te alabo, *Avva,* Adonai *ma-Shamayim* y *ha-arets,* porque has ocultado estas cosas de los sabios y de los instruidos, y se las has revelado a los niños. Sí, *Avva,* porque así resultó de tu agrado. Todas las cosas me han sido entregadas por mi *Avva;* y nadie conoce al *Ben* salvo el *Avva,* ni al *Avva* salvo el *Ben* y aquel a quien el *Ben* desea revelárselo.

—¡*Asheri* son los ojos que ven lo que vosotros veis! Porque os digo que muchos *nevim* y *mélejim* desearon ver lo que vosotros veis y no lo vieron, y desearon oír lo que vosotros oís y no lo oyeron.

Les dijo:

—Cuando oréis, decid: *Avva,* santificado sea tu nombre; venga tu *maljut;* danos hoy nuestro pan cotidiano; y perdónanos nuestras deudas, igual que nosotros perdonamos a nuestros deudores; y no nos sometas a la tentación.

—Pedid y se os dará; buscad y hallaréis; llamad y se os abrirá. Porque todo el que pide recibe, y el que busca halla, y al que llama se le abre.

»¿Qué padre de entre vosotros, si su hijo le pide un pescado, le dará una piedra, o si le pide un huevo, le dará un escorpión? Por lo tanto, si vosotros, siendo egoístas, sabéis dar cosas buenas a vuestros hijos, ¡cuánto más vuestro *Avva* celestial dará el *Ruaj ha-Kodesh* a los que se lo pidan!

Y estaba arrojando un *ruaj ra* que producía mudez, cuando el *ruaj ra* salió, el mudo se puso a hablar y la gente se maravilló. Pero algunos de ellos decían:

—Por Baalzebú, el príncipe de los *rujot* malignos, expulsa a los *rujot* malignos.

Otros, para tentarlo, le pedían una señal del cielo. Pero él, conociendo sus pensamientos, les dijo:

—Todo *maljut* dividido contra sí mismo es devastado, y una casa dividida contra sí misma se hundirá. Y si *ha-Shatán* expulsa a *ha-Shatán*, es que él está dividido contra sí mismo y entonces ¿cómo resistirá su *maljut*? Y si yo arrojo a los *rujot* malignos por Baalzebú, ¿por medio de quién los arrojan vuestros hijos? Por lo tanto, ellos serán vuestros jueces. Pero si es por el dedo de Elohim que yo expulso a los *rujot* malignos, entonces es que el *maljut* Elohim ha llegado.

»Cuando un hombre fuerte, convenientemente armado, guarda su palacio, sus posesiones están seguras; pero cuando uno más fuerte viene y lo vence, le arrebata entonces la armadura en que confiaba y reparte el botín.

»El que no está conmigo está contra mí, y el que no recoge conmigo desparrama.

—Cuando el *ruaj ra* sale del hombre, va por lugares áridos buscando un sitio donde reposar, y al no hallarlo, dice: «Regresaré a mi casa de donde salí». Y cuando vuelve, la encuentra barrida y arreglada. Entonces va y toma otros siete *rujot* peores que él, y entran y moran allí; y la situación última de aquella persona es aún peor que la inicial.

Mientras decía estas cosas, una mujer de la muchedumbre levantó su voz y le dijo:

—¡*Asherí* sea el vientre que te llevó y los pechos de los que mamaste!

Y Yeshua dijo:

—*Asheri* son más bien los que escuchan el *davar* Elohim y lo guardan.

Otros, para tentarle, le pedían una señal del cielo. Al comenzar a juntarse las multitudes, comenzó a decir:

—Esta generación es una generación mala. Busca una señal, y no se le dará ninguna señal salvo la señal de Yonah. Porque igual que Yonah fue un signo para los habitantes de Nínive, igualmente lo será el *Ben ha-Adam* para esta generación.

»La reina del Sur se alzará en el juicio con los hombres de esta generación y los condenará; porque ella vino desde los confines de la tierra para escuchar la sabiduría de Shlomo y ciertamente aquí hay algo más grande que Shlomo.

»Los ninivitas se alzarán en el juicio con esta generación y la condenarán; porque ellos se arrepintieron a causa de la predicación de Jonás y, ciertamente, aquí hay algo más grande que Jonás.

—Nadie coloca una luz encendida en un sitio oculto o bajo un almud, sino en el candelero, para que aquellos que entran puedan ver la luz.

»La lámpara del cuerpo es el ojo; cuando el ojo es bueno, todo el cuerpo está lleno de luz; pero cuando es malo, el cuerpo está lleno de tinieblas. Cuídate, por lo tanto, de que la luz que hay en ti no sea tinieblas. Por lo tanto, si todo tu cuerpo está lleno de luz, sin tener parte oscura, estará completamente iluminado, como cuando una lámpara te alumbra con su resplandor.

Cuando terminó de hablar, le rogó un *perush* que comiera con él; y entrando Yeshua en la casa, se puso a la mesa. El *perush,* cuando lo vio, se extrañó de que Yeshua no se hubiera lavado antes de comer. Pero el *Adon* le dijo:

—Lo cierto es que vosotros los *perushim* limpiáis el exterior del vaso y del plato, pero en vuestro interior estáis llenos de rapacidad y maldad. ¡Necios! ¿El que hizo el exterior, no hizo también el interior? Entregad vuestro interior y entonces todo será limpio.

¡Ay de vosotros, *soferim* y *perushim* porque diezmáis la menta y la ruda y toda verdura, y descuidáis la justicia y el amor de Elohim! De esto último deberíais ocuparos sin dejar por ello lo otro.

»¡Ay de vosotros, *perushim,* que amáis los primeros puestos en las *beit ha-knesset* y los saludos en las plazas!

»¡Ay de vosotros, *soferim* y *perushim*, hipócritas, que sois como los sepulcros que no se ven, de manera que los que los pisan, lo hacen sin saberlo!

En respuesta, le dijo uno de los intérpretes de la Torah:

—Rabí, al decir esto, también nos ofendes a nosotros.

Y él dijo:

—¡Ay de vosotros también, intérpretes de la Torah, porque cargáis a la gente con cargas que no pueden soportar, mientras que vosotros no tocáis las cargas ni siquiera con un dedo!

»¡Ay de vosotros que construís los sepulcros de los *nevim* que mataron vuestros padres! Así sois testigos y consentidores de las acciones de vuestros padres, porque ellos los mataron y vosotros construís sus sepulcros.

»Por eso, la *Jojmah* de Elohim dijo: "Les enviaré *nevim* y *shelihim,* y a algunos de ellos los matarán y a otros los perseguirán, para que se reclame de esta generación la sangre de todos los *nevim* que ha sido derramada desde la fundación del *olam,* desde la sangre de Hevel a la sangre de Zakaryahu, que fue asesinado entre el altar y el santuario. En verdad os digo que se reclamará a esta generación.

»¡Ay de vosotros, intérpretes de la Torah, porque os habéis apoderado de la llave del conocimiento! Vosotros mismos no entrasteis, e impedisteis que lo hicieran aquellos que lo deseaban.

»Nada hay encubierto que no haya de ser revelado, ni nada oculto que no llegue a conocerse. Por lo tanto, lo que habléis en las tinieblas, será oído a la luz, y lo que habéis susurrado al oído en habitaciones secretas, será proclamado desde las azoteas.

—Yo os digo, amigos míos, que no temáis a los que matan el cuerpo y después no pueden hacer nada más. Voy a señalaros a quién debéis temer. Temed a aquel que, después de haber quitado la vida, tiene poder para arrojar en la Guehenna. Sí, os digo, ¡a ése temed!

»¿Acaso no se venden cinco pajarillos por dos monedas de escasa cuantía? Aun así, Elohim no se ha olvidado de ninguno de ellos. Pues incluso los cabellos de vuestra cabeza están contados. No temáis, porque vosotros valéis más que muchos pajarillos.

—Os digo que todo aquel que me confiese delante de los hombres, el *Ben ha-Adam* también lo confesará delante de los *malajim* Elohim; pero cualquiera que me niegue delante de los hombres, será negado delante de los *malajim* Elohim.

—Todo el que dijere una palabra contra el *Ben ha-Adam* será perdonado; pero aquel que blasfeme contra el *Ruaj ha-Kodesh* no será perdonado.

—Cuando os llevaren ante las *bet ha-knesset* y ante los gobernantes y las autoridades, no os preocupéis por cómo o qué debéis contestar o qué tenéis que decir; porque el *Ruaj ha-Kodesh* os enseñará en la misma hora lo que debéis decir.

Alguien de la multitud le dijo:
—*Moré,* di a mi hermano que divida la herencia conmigo.
Pero él le dijo:
—Hombre, ¿quién me ha puesto como juez o partidor sobre vosotros? —Y les dijo—: Mirad y guardaos de toda avaricia, porque la vida del hombre no consiste en la abundancia de bienes que posee.
También les refirió un *mashal,* diciendo:
—La propiedad de un hombre rico produjo en abundancia, y pensó para sus adentros, diciendo: «¿Qué voy a hacer? Porque ya no tengo dónde guardar las cosechas. —Y dijo—: Esto es lo que voy a hacer. Derribaré mis graneros y construiré otros mayores y almacenaré allí todo mi grano y mis posesiones; y diré a mi alma: "Alma, tienes muchas cosas almacenadas para muchos años. Descansa, come, be-

be, diviértete"». Pero Elohim le dijo: «¡Necio! Esta noche te pedirán tu alma, y ¿de quién será todo lo que has preparado?». Así es aquel que hace un tesoro para sí, y no es rico para con Elohim.

Dijo después a sus *talmidim*:

—Por tanto os digo: no tengáis ansiedad por vuestra vida, por lo que comeréis, o por vuestro cuerpo, por lo que vestiréis. La vida vale más que la comida y el cuerpo más que el vestido. Considerad los cuervos. No siembran, ni siegan, ni tienen almacenes o graneros, y Elohim los alimenta. ¿Acaso no valéis vosotros mucho más que las aves? ¿Quién de vosotros, a fuerza de preocuparse, conseguirá añadir un codo a su estatura? Y si no podéis lograr una cosa tan pequeña, ¿por qué os preocupáis por otras? Considerad los lirios, cómo crecen. No trabajan ni hilan, pero os digo que ni Shlomo con toda su gloria se vistió como uno de ellos. Y si Elohim viste así la hierba que hoy está en el campo y que mañana es arrojada al horno, ¡cuánto más os vestirá a vosotros, hombres de poca fe! Vosotros, por lo tanto, no os preocupéis por lo que comeréis o lo que beberéis, ni os dejéis llevar por la ansiedad. Porque los paganos buscan estas cosas pero vuestro *Avva* ya sabe que las necesitáis. Buscad, por lo tanto, el *maljut* Elohim y todas estas cosas os serán añadidas.

—Vended lo que poseéis y dad limosna. Procuraos bolsas que no se envejezcan, un tesoro inagotable en los cielos, donde no llega ningún ladrón ni causa destrozos ninguna polilla.

—Que vuestras cinturas estén ceñidas y que vuestras lámparas estén encendidas, y sed como la gente que espera que su *adon* regrese a casa procedente de unas bodas, para que cuando llegue y llame, puedan abrirle inmediatamente la puerta. *Asheri* son aquellos siervos a los que su *adon* encuentre velando cuando venga. En verdad os digo que se ceñirá, y hará que se pongan a la mesa y vendrá a servirlos.

»Y aunque venga en la segunda vigilia, o en la tercera, si los encuentra así, *asheri* son aquellos siervos.

—Pero sabed que si el padre de familia supiera en qué momento de la noche va a venir el ladrón, vigilaría y no permitiría que le abrieran el muro para robarle la casa. Vosotros también tenéis que estar preparados porque el *Ben ha-Adam* viene a una hora que no esperáis.

—¿Quién es el mayordomo fiel y sabio a quien su *adon* pone a cargo de la casa para que les dé su alimento al tiempo debido? *Asherí* es aquel siervo al que su *adon,* cuando venga, encuentre actuando de esa manera. En verdad os digo que le colocará al cuidado de todas sus posesiones. Pero si ese siervo se dice a sí mismo: «Mi *adon* se retrasa», y empieza a golpear a los demás siervos y siervas, y a comer y a beber y a emborracharse, el *adon* de aquel siervo vendrá el día que no lo espera, y a una hora que no sabe, y le castigará severamente y le dará un lugar junto con los hipócritas.

—He venido a prender fuego a la tierra, y ¿qué más puedo desear, puesto que ya se ha encendido? Tengo que ser sumergido y me siento agobiado hasta que eso suceda. ¿Creéis que he venido a traer *shalom* a la tierra? Pues os digo que no. He venido a traer división. Porque desde ahora en adelante si hay cinco en una casa se encontrarán divididos: tres contra dos y dos contra tres. Estarán divididos el *av* contra el *ben* y el *ben* contra el *av;* la madre contra la hija y la hija contra la madre; la suegra contra la nuera y la nuera contra la suegra.

Y decía también a las multitudes:
—Cuando veis una nube que se alza por el oeste, rápidamente decís: «Va a llover»; y así sucede.
»Y cuando sopla el viento del sur, decís: "Hará calor"; y así sucede.

»¡Hipócritas! Sabéis cómo interpretar la apariencia de la tierra y del cielo, ¿por qué no sabéis entonces interpretar esta época?

—¿Por qué no juzgáis por vosotros mismos lo que es justo?

»Cuando vayas al juez junto con tu oponente, procura llegar a un arreglo con él mientras vais de camino, no sea que te arrastre al juez, y el juez te entregue al alguacil, y el alguacil te arroje en prisión.

»Te digo que no saldrás de allí hasta que hayas pagado hasta el último cuadrante.

Y dijo:

—¿A qué es semejante el *maljut* Elohim y a qué lo compararé? Es como un grano de mostaza que alguien tomó y arrojó en su propio huerto, y creció y se convirtió en un árbol y las aves del cielo hicieron sus nidos en las ramas.

Y volvió a decir:

—El *maljut* Elohim es como levadura que una mujer tomó y escondió en tres medidas de harina, hasta que toda la masa quedó fermentada.

—Esforzaos por entrar por la puerta estrecha; porque os digo que muchos intentarán entrar y no podrán.

»Una vez que el padre de familia se haya levantado y haya cerrado la puerta, empezaréis a llamar a la puerta desde fuera, diciendo: "*Adon*, ábrenos". Él os contestará: "No sé de dónde sois".

»Entonces comenzaréis a decir: "Comimos y bebimos contigo, y tú enseñaste en nuestras calles".

»Y él os dirá: "Os digo que no sé de dónde sois. Apartaos de mí todos vosotros, hacedores de maldad".

—Y vendrá gente del este y del oeste y del norte y del sur y estarán a la mesa en el *maljut* Elohim. Y habrá llanto y crujir de dientes cuando veáis a Avraham y a Ythsjak y a Yakov y a todos los *nevim* en el *maljut* Elohim, mientras vosotros quedáis excluidos.

»Y ciertamente aquellos que son los primeros, serán los últimos y aquellos que son los últimos, serán los primeros.

Llegaron unos *perushim* y le dijeron:

—Sal y márchate de aquí, porque Herodes desea matarte.

Y Yeshua les dijo:

—Id y decid a esa zorra: Ciertamente, expulso *rujot* malignos y realizo curaciones hoy y mañana, y al tercer día concluyo mi obra. Sin embargo, es preciso que hoy y mañana y pasado mañana continúe mi camino; porque no es posible que un *naví* muera fuera de Yerushalayim.

—¡Yerushalayim, Yerushalayim, que matas a los *nevim* y apedreas a los que te son enviados! ¡Cuántas veces he deseado reunir a tus hijos, como la gallina a sus polluelos debajo de sus alas, y no quisiste! Ciertamente, vuestro Templo será desolado. Pero os digo que no me veréis hasta que venga el tiempo en que digáis: «*Baruj* el que viene en el nombre de Adonai».

Sucedió un *shabbat* que había entrado a comer en casa de un gobernante, que era *perush.* Éstos lo vigilaban. Y sucedió que había delante de él un hombre hidrópico. Entonces Yeshua dijo a los intérpretes de la Torah y a los *perushim:*
—¿Es lícito curar en *shabbat?*
Pero ellos callaron. Y él, tomándolo, lo sanó y lo despidió. Y dirigiéndose a ellos, les dijo:
—¿Quién de vosotros, si su asno o su buey cae en un pozo, no lo saca inmediatamente, aunque suceda en *shabbat?*
Y no le podían contestar a estas palabras.

—Porque todo el que se ensalza será humillado, pero el que se humilla será ensalzado.

Entonces Jesús le dijo:

—Cierto hombre dio un gran banquete, e invitó a muchos, y envió a su siervo a la hora del banquete a decir a los invitados: «Venid, que ya está todo preparado».

»Y uno a uno comenzaron a presentar sus excusas. El primero le dijo: "He comprado una hacienda y tengo que ir a inspeccionarla. Te suplico que me disculpes".

»Y otro dijo: "He comprado cinco yuntas de bueyes y tengo que probarlos. Te suplico que me disculpes".

»Y otro dijo: "Acabo de casarme y, por tanto, no puedo ir".

»Y el siervo vino y se lo dijo a su *adon*. Entonces el padre de familia se encolerizó y dijo a su siervo: "Sal a las plazas y a las calles de la ciudad y trae a los pobres, a los mancos, a los cojos y a los ciegos".

»Y el siervo dijo: "*Adoní*, he hecho lo que me mandaste, y todavía queda sitio". Y el *adon* le dijo al siervo: "Sal por los caminos y las sendas y hazles entrar para que se llene mi casa. Porque te digo que ninguno de los que fueron invitados disfrutará de mi banquete".

—Si alguno acude a mí, y no me prefiere a su *av* y a su madre, a su mujer y a sus *benim*, a sus *ahim*, e incluso a su propia vida, no puede ser mi *talmid*. El que no toma su cruz y me sigue no puede ser mi *tal-*

mid. El que procura salvar su vida la perderá, pero el que la pierda, la salvará.

—La sal es buena; pero si la sal se vuelve insípida, ¿con qué se le podrá devolver el sabor?

»No sirve ni para la tierra ni para el muladar. La tiran. El que tiene oídos para oír que oiga.

—¿Qué hombre hay entre vosotros que teniendo cien ovejas, si pierde una de ellas, no deja las noventa y nueve en el desierto y va en busca de la perdida hasta que la encuentra? Y encontrándola, la coloca sobre sus hombros, lleno de alegría, y volviendo a casa invita a sus amigos y vecinos, diciéndoles: «Alegraos conmigo, porque he encontrado a mi oveja que se había perdido?». De igual manera, os digo que habrá más alegría en el cielo por un pecador que abraza la *teshuvah* que por noventa y nueve justos que no necesitan *teshuvah*.

»¿Qué mujer que tiene diez dracmas, si pierde una dracma, no enciende la lámpara y barre la casa y busca diligentemente hasta que la encuentra. Y al encontrarla, invita a sus amigos y vecinos, diciendo: "Alegraos conmigo, porque he encontrado la dracma que se había perdido?". De igual manera, os digo que se alegrarán los *malajim* Elohim por un pecador que abraza la *teshuvah*.

—Nadie puede servir a dos Adonim, porque u odiará a uno y amará al otro, o será leal a uno y despreciará al otro. No podéis servir a Elohim y al dinero.

—La Torah y los *nevim* fueron hasta Yohanan. Desde entonces es proclamado el *maljut* Elohim, y todos los que entran lo hacen siguiendo al que abrió camino. Pero es más fácil que pasen el cielo y la tierra que no que caiga una tilde de la Torah.

—Es imposible que no se produzcan tropiezos, pero ¡ay de aquel por quien vengan! Sería mejor para él que le colgaran del cuello una piedra de molino y lo arrojaran al mar que el haber hecho extraviarse a uno de estos pequeños.

—Si tu *ah* peca, repréndele, y si abraza la *teshuvah*, perdónale. Y si peca contra ti siete veces al día y se vuelve a ti las siete veces diciendo: «Abrazo la *teshuvah*», perdónale.

—Si tenéis *emunah* como un grano de mostaza, podríais decir a este sicómoro: «Desarráigate y plántate en el mar», y os obedecería.

Cuando subía Yeshua a Yerushalayim, tomó a sus doce *talmidim* aparte en el camino y les dijo: «Mirad, subimos a Yerushalayim, y el *Ben ha-Adam* será entregado a los *cohanim* y a los *soferim* y lo condenarán a muerte; y le entregarán a los *goyim* para que se burlen de él, lo azoten y lo crucifiquen, pero, al tercer día, se levantará.

—Os dirán: «Aquí está o allí está». No vayáis ni los sigáis. Porque igual que el relámpago resplandece desde un extremo del cielo hasta el otro, así será también el *Ben ha-Adam* en su día. Pero antes es necesario que sufra mucho y sea rechazado por esta generación. Y le dijeron: «¿Dónde, *Adoní?*». Y les dijo: «Donde está el cuerpo, se juntan los buitres».

»En los días del *Ben ha-Adam* sucederá como aconteció en los días de Noah. Comían, bebían, se casaban y se daban en matrimonio, hasta el día en que Noah entró en el arca, y vino el diluvio y los destruyó a todos.

»Igual sucedió en los días de Lot. Comían, bebían, compraban, vendían, plantaban, construían; pero el día en que Lot salió de Sedom llovió del cielo fuego y azufre, y los destruyó a todos.

»Aquel día, el que esté en la azotea y sus bienes se encuentren en casa, que no baje a por ellos, y el que se encuentre en el campo, que no vuelva.

»Acordaos de la mujer de Lot.

»Todo el que intente salvar su vida, la perderá; y todo el que la pierda, la salvará.

»Os digo que en aquella noche habrá dos personas en una cama. Una será tomada, y la otra será dejada.

»Dos mujeres estarán moliendo juntas; una será tomada y la otra será dejada.

Por lo tanto, dijo:

—Un hombre noble se fue a un país lejano para recibir un *maljut,* y después regresar. Y llamando a diez siervos suyos, les dio diez minas y les dijo: «Negociad con ellas en lo que regreso». Y sucedió que cuando regresó, tras haber recibido su *maljut,* dio la orden de llamar a estos siervos a los que había entregado el dinero, para saber cómo había negociado cada uno con él. El primero vino y le dijo: «*Adoní,* tu mina ha producido diez minas». Y él le dijo: «Bien hecho, buen siervo. Porque fuiste digno de confianza en lo poco, tendrás autoridad sobre diez ciudades». Y el segundo vino y le dijo: «*Adoní,* tu mina ha producido cinco minas». Y él le dijo también a éste: «Tú estarás sobre cinco ciudades». Y el otro vino y le dijo: «*Adoní,* aquí está tu mina. La he tenido guardada en un pañuelo, porque tenía miedo de ti. Porque eres un hombre severo, que sacas de donde no pusiste y cosechas de donde no sembraste». Él le dijo: «¡Mal siervo, por tu propia boca te juzgo! Si sabías que yo soy un hombre severo que saca de donde no puso y cosecha de donde no sembró, ¿por qué no entregaste mi dinero a un banco, para que cuando yo viniera pudiera recibirlo con intereses? —Y dijo a los que estaban presentes—: Quitadle la mina y dádsela al que tiene diez minas». Y ellos le dijeron: «Adoní, ya tiene diez minas». Y él les dijo: «Os digo que a todo el que produzca se le dará, y al que no produzca se le quitará incluso lo que ya tiene. Y al siervo inútil arrojadlo a las tinieblas de fuera. Allí será el llanto y el crujir de dientes».

—¿Cuál es mayor, el que está a la mesa o el que sirve? ¿No es el que está a la mesa? Pues yo estoy con vosotros como el siervo. Pero vosotros sois los que habéis permanecido conmigo en mis pruebas; y yo os asigno un *maljut* como mi *Avva* me lo asignó a mí, para que comáis y bebáis a mi mesa en mi *maljut*, y os sentéis en tronos juzgando a las doce tribus de Israel.

Y después de que regresó de la muerte, Yeshua se les apareció y les dijo: «Toda *guevurah* me es dada en *ha-shamayim* y en *ha-arets*. Por lo tanto, id y haced *talmidim* de todos los *goyim*, sumergiéndolos *ha-shem* del *Avva*, y del *Ben* y del *Ruaj ha-Kodesh;* enseñándoles que guarden todo lo que os he ordenado; y fijaos en que estoy con vosotros todos los días, hasta el fin del *olam ha-ze*. Amén».

Nota del autor

La pregunta habitual que se formula el lector de novelas históricas siempre viene referida a la proporción de verdad y de ficción que aparece recogida en lo que está leyendo. A mi juicio, resulta obligado para el autor rendir cuentas al respecto siquiera de manera breve. En este caso, las preguntas principales estarían relacionadas con el hecho de si Lucas escribió el tercer Evangelio, si las circunstancias de la redacción son semejantes a las recogidas en esta novela y si el material se corresponde con el que acaba de leer. La respuesta es afirmativa en los tres casos, aunque, lógicamente, con el matiz nada insignificante de que ésta es una obra de ficción y no un estudio especializado.

Comencemos con cuestiones como quién y cuándo escribió el tercer Evangelio sinóptico que ha llegado a nosotros con el nombre de Lucas, un médico que colaboró con Pablo. El Evangelio de Lucas forma parte de un interesantísimo díptico formado por este Evangelio y los Hechos de los Apóstoles. Existe una unanimidad prácticamente total en aceptar que ambas obras pertenecen al mismo autor y que, por supuesto, el Evangelio de Lucas fue escrito con anterioridad, como se indica en los primeros versículos del libro de los Hechos. Partiendo de la datación de éste, debemos situar la fecha de la redacción de Lucas antes del año 70 d. de C. y, muy posiblemente, al final de la década de los cincuenta del siglo I d. de C.

Al menos desde inicios del siglo II, el Evangelio —y en consecuencia el libro de los Hechos— se atribuyó a Lucas. Referencias a este personaje que fue médico aparecen ya en el Nuevo Testamento (Colosenses 4, 14; Filemón 24; 2 Timoteo 4, 11). El británico W. K. Hobart (*The Medical Language of Saint Luke*, Dublín, 1882, pgs. 34-37) y el alemán A. Harnack (Lukas *der Arzt*, Leipzig, 1906) señalaron cómo la lengua y estilo del Evangelio apuntalaban esa tesis. De hecho, en el vocabulario del Evangelio aparecen rasgos de los conocimientos médicos del autor, vg: 4, 38; 5, 18 y 31; 7, 10; 13, 11; 22, 14, etc., y, sin duda, el texto lucano revela un mayor conocimiento médico que los de los autores de los otros tres evangelios. Por otro lado, el especial interés del tercer

Evangelio hacia los paganos —y, muy especialmente, su carácter universalista— encajaría también en el origen gentil del médico Lucas.

Por lo que se refiere a la datación, aunque es muy común señalar una fecha para la redacción de los Hechos situada entre el 80 y el 90 d. de C., ya hemos demostrado en trabajos anteriores cómo el texto fue escrito antes del año 61 d. de C. (C. Vidal, *El judeocristianismo en la Palestina del siglo I*, Madrid, 1992 y C. Vidal, *El documento Q*, Barcelona, 2004). No vamos a repetir aquí las razones que obligan a aceptar ese punto de vista, pero sí podemos indicar que el libro de los Hechos concluye con la llegada de Pablo a Roma, sin que se mencionen hechos tan importantes como su proceso, la persecución o su martirio acontecidos a mediados de la década de los sesenta del siglo I d. de C.; que el poder romano es contemplado con aprecio (aunque no con adulación) en los Hechos y la atmósfera que se respira en la obra no parece presagiar ni una persecución futura ni tampoco el que se haya atravesado por la misma unas décadas antes —algo muy distinto de lo que encontramos, por ejemplo, en Apocalipsis—; que no se menciona tampoco el martirio de Jacobo o Santiago, el hermano del Señor, en el año 62 d. de C., a pesar de la importancia que el autor de Hechos da al personaje; y que tampoco se describe un hecho de la importancia de la destrucción de Jerusalén y la aniquilación del Segundo Templo en el 70 d. de C. Nos encontraríamos, por lo tanto, con una obra escrita antes del 62 d. de C.

Lógicamente, por lo tanto, si Hechos se escribió antes del 62 d. de C., aún más antigua tiene que ser la fecha de redacción del Evangelio de Lucas. Para oponerse a esa tesis se suele aducir que la profecía de la destrucción del Templo que se encuentra en Lucas 21 tuvo que escribirse con posterioridad al hecho, siendo así un *vaticinium ex eventu*. Semejante afirmación no sólo es, a nuestro juicio, muy dudosa, sino que pone de manifiesto un evidente desconocimiento de las fuentes históricas de la época y pasa por alto, por ejemplo, los antecedentes judíos veterotestamentarios en relación a la destrucción del Templo (Ezequiel 40-48; Jeremías, etc.); la coincidencia con pronósticos contemporáneos en el judaísmo anterior al 70 d. de C. (vg: Jesús, hijo de Ananías en Guerra, VI, 300-09); la simplicidad de las descripciones en los Sinópticos que hubieran sido, presumiblemente, más prolijas de haberse escrito tras la destrucción de Jerusalén; el origen terminológico de las descripciones en el Antiguo Testamento; la acusación formulada contra Jesús durante su proceso en relación con la destrucción del Templo (Marcos 14, 55 ss) y las referencias en el documento Q —que se escribió antes del 70 d. de C.— a una destrucción del Templo. De esta misma opinión se han manifestado especialistas como A. Harnack, C. H. Dodd, C. C. Torrey, N. Geldenhuys, G. Theissen o R. A. Guelich, entre otros.

Esta antigüedad de Lucas —redactado antes del 62 d. de C.— unida a otras circunstancias, llevó, por ejemplo, a la escuela jerosilimitana de los sinópticos formada por eruditos cristianos y judíos (R. L. Lindsay, D. Flusser, etc.) a considerar el tercer Evangelio como el primero de todos cronológicamente hablando. Desde nuestro punto de vista, semejante tesis es discutible y, ciertamente, Lucas no fue el primer Evangelio escrito, pero, en cualquier caso, queda de manifiesto su cercanía notable a los hechos que relata.

Junto con esos aspectos, Lucas es un Evangelio que presenta algunas peculiaridades extraordinariamente llamativas que he intentado reflejar en el texto. Por ejemplo, su redacción es literariamente cuidadosa y con referencias cronológicas, dentro de la tradición de los historiadores clásicos griegos. Al respecto, la calificación que ha recibido Lucas de ser el «Tucídides» de los primeros escritores cristianos es totalmente justa. Sin embargo, junto con ese aspecto, llama la atención que Lucas tuvo acceso a textos y testimonios no utilizados, quizá incluso desconocidos, por otros evangelistas. Por ejemplo, Lucas comparte con Mateo una colección de dichos de Jesús que, convencionalmente, es denominada Q. Para no pocos, esa colección podría ser los *loguia* de Jesús redactados por Mateo en hebreo de los que hablan fuentes cristianas antiguas. En mi novela, he aceptado la existencia de esa fuente —a la que dediqué un estudio en mi *El documento Q*— y he considerado que lo más verosímil es que la entrega de esa fuente hebrea viniera de mano de los judeo-cristianos.

Igualmente, Lucas tuvo acceso a datos no consignados en otros evangelios relativos a la vida de Jesús. Por ejemplo, Lucas es el único que, por citar algunos episodios, menciona la proclamación mesiánica de Jesús en Nazaret y el rechazo que provocó entre sus paisanos, que se refiere a los antecedentes de Juan el Bautista, que relata el viaje por Perea camino de la última semana en Jerusalén o que se refiere al nacimiento de Jesús y a su infancia desde el punto de vista de María, su madre. Ninguno de los otros tres evangelios habla del paso por Perea o nos indica el parentesco entre Jesús y Juan, y sólo uno más se refiere a su nacimiento y, de manera bien significativa, lo hace desde la perspectiva de José, el padre legal, y no de María, la madre. En todos y cada uno de los casos, resulta muy difícil no ver la recepción de datos de testigos oculares, cuando no de los mismos protagonistas de los episodios.

Finalmente, Lucas recoge una cantidad notable de material relacionado con las enseñanzas de Jesús que no nos ha llegado por otra fuente, que resulta verdaderamente extraordinario tanto por la forma como por el fondo y que, en buena medida, también está relacionado con el paso por Perea. Una vez más resulta difícil excluir la referencia a testigos oculares y cercanos a los relatos y más cuando se tiene en cuenta que si retraducimos las enseñanzas del griego, en que fueron escritas, al hebreo en que pudieron consignarse, la traducción resulta de una extraordinaria sencillez como en su día vio, por ejemplo, R. Lindsey.

¿Cuándo y dónde pudo obtener Lucas esos datos? Sabemos que Lucas descendió con Pablo a Jerusalén en el año 57 d. de C. para llevar el dinero de las ofrendas que el apóstol llevaba recogiendo desde hacía años en pro de los judeo-cristianos. La suma, efectivamente, fue entregada a Santiago o Jacobo, pero Pablo fue detenido en el Templo bajo la acusación —falsa— de haber introducido gentiles en el recinto sagrado y lo cierto es que, sin la intervención de la guarnición romana acuartelada en la fortaleza Antonia, habría sido linchado por la multitud. Pablo fue trasladado a Cesarea para evitar que muriera víctima de un atentado, pero no fue puesto en libertad. De hecho, durante dos años permaneció en la ciudad costera a la espera de que el gobernador romano cumpliera con su deber y lo liberara. Al final, apeló al césar y fue trasladado a Roma, pero ésa es otra historia. Lo cierto es que durante todo ese tiempo, Lucas permaneció al lado de Pablo y, ciertamente, esa época constituye un momento especialmente adecuado para que el médico reuniera materiales sobre la vida de Jesús destinados a redactar una biografía. Precisamente, esa tesis es la que aparece recogida en esta novela.

Aclarado todo lo anterior, ¿qué parte de la novela se corresponde con la realidad y qué parte es fruto de la imaginación del autor? He procurado en todo momento ser fiel al texto que escribió Lucas. Así, no me he permitido libertades con sus relatos sobre la pasión o sobre el nacimiento de Jesús y los he consignado de manera muy ajustada. Para la gente que ha disfrutado de películas sobre la pasión o el nacimiento de Jesús que rezuman imaginación por parte de los directores y guionistas, puede resultar un tanto frustrante el resultado, pero yo he preferido recrear el contexto y el resultado del trabajo de Lucas en lugar de adornarlo y, de paso, desvirtuarlo o incluso falsearlo.

Sí son imaginarios los testigos oculares con los que Lucas se encuentra en la novela aunque, personalmente, estoy convencido de que los que le comunicaron los dichos y los hechos de Jesús no distaron mucho de los que aparecen en las páginas precedentes. En el caso de Yakov —Jacobo o Santiago— incluso el dato de sus rodillas similares a las de un camello aparece recogido en las fuentes y relacionado con el tiempo que pasaba orando de hinojos. Por lo que respecta a María, me parece indiscutible que concluyó sus días en Jerusalén. El libro de los Hechos relata cómo desde la muerte de Jesús estuvo muy vinculada a la comunidad judeo-cristiana de esta ciudad y se encontraba con ella durante Pentecostés. Por añadidura, su sepulcro se encuentra en Jerusalén. De hecho, la autenticidad de la tumba de María en Jerusalén resultaba tan obvia un siglo más tarde que durante la guerra de los judíos contra Adriano fue uno de los lugares sagrados de los judeo-cristianos arrasados por las legiones romanas, como ya dejé de manifiesto hace años en un estudio monográfico. Una vez más no me he permitido ninguna concesión a visiones posteriores sino que me he limitado a transmitir lo que Lucas cuenta con elegante sencillez. Por otro lado, a diferencia de otros, confieso sin ningún reparo que no me siento capaz de mejorar el texto lucano.

Por último, debo hacer una referencia a la transcripción de los nombres de los personajes. Lógicamente, nosotros nos referimos a Jesús, Pablo o Pedro, pero un griego hubiera hablado de Iesous, Paulos o Petros y un judío de Galilea hubiera mencionado a Yeshua, Shaul o Kefa. He intentado señalar esa distinta visión a lo largo del libro no sólo conservando los nombres sino también las expresiones y, en la medida de lo posible, los términos originales. Creo que de esa manera el lector puede acercarse a la forma y al sabor con que sonaron determinados términos y contenidos en el siglo I y comprender la no escasa distancia que media entre la realidad histórica contextualizada y disparates contemporáneos como los recogidos en *Jesus Christ Superstar, La última tentación de Cristo* o *El código Da Vinci,* por citar sólo unos cuantos. El resultado final puede parecerle más o menos grato, pero mientras que los ejemplos citados están a años luz de la Historia real de Jesús, las páginas anteriores sí constituyen una reconstrucción cuidadosamente documentada del mundo, la vida y las enseñanzas de Yeshua *ha-Notsrí,* más conocido entre nosotros como Jesús de Nazaret.

Julio de 2007, Madrid-Jerusalén-Miami

Este libro
se terminó de imprimir en los
talleres gráficos de Legis S.A.
en el mes de noviembre de 2007,
Bogotá, Colombia.